創造の技術

ルネサンス模倣論とミルトン

上利政彦

九州大学出版会

まえがき

　英国近代初期，16–17 世紀の文芸批評は模倣論を中心に展開したように思われる。独創的なテクストを如何にして作り出すか，そのためにモデルを決めてそれを模倣する。これが創作の方法であった。ここにモデル，模倣，テクストの関係が生じる。この創作法はギリシャ文化を追従，凌駕しようとするローマ人の国家的運動であったようであるが，彼らの模倣原理は深く哲学的であった。キケロによれば，自然界に散りばめられている不変の真理を追究する方法として，優れた先人の業績を追求すること，そのために精神を練磨すること，練磨するために哲学と歴史を学ぶこと。こうして，彼自身が言うように，プラトン的真理を求める模倣行為が成立する。従って模倣の第一の対象は自然である。次にこの第一段階を経た「結果」（テクスト乃至は芸術）は，人知の成し遂げた最高のものであれば，のちの自然観察者のモデルと成り得る。即ち，モデルは自然を観察する手段としなければ，模倣は単なる物真似となる。

　しかし，モデルとなるテクストに施された技術（アート，技巧，芸術）を解きほぐしてイデア探求の秘密を知ることは容易ではない。模倣論が技術的になる理由の大半がここにあると思われる。近代に入って英国の文芸批評は大陸の影響を受けつつ，原理的にキケロ主義を踏襲する。当初アスカム等はラテン語教育や紳士教育の観点から模倣の言語操作を教えたが，エリザベス朝期を代表するサー・フィリップ・シドニーの模倣論において芸術の地位は絶頂に達し，次のジョンソンにその影響が見られることになる。しかしプラトンの自然が忘れられた訳ではない。（シェイクスピアについてドライデンは自然には見られない箇所をのちに挙げているが。）この間，ギリシャ語に対してラテン語の洗練が叫ばれたように，模倣によるテクスト生産のため英語の洗練が緊急の課題となり，また英語訳の意義も主張された。そして 17 世紀内乱期を経て，王政復古期，新科学時代のドライデンにおいて英国模倣論は集

約されることになるが，もはやヴァージル―ミルトンと続いた古典的叙事詩の模倣を継承する意見は見られない。

　その間，ミルトンは，ルネサンス文芸の最盛期がいまだ続く頃に幼少期を過ごし，内乱，王政復古，その後の悲惨を経験する。しかし彼は終生，叙事詩人への道を逸れず，ドライデンがそうであるように既に近代のキリスト教的エピック・ロマンスがもてはやされる時代にあって，古典叙事詩の継承を選んだ。しかも『失楽園』第9巻プロローグに見られるようにキリスト教教義を題材としたのである。従ってこの意味で，ロマンス以外にはキリスト教叙事詩は今後書けないとドライデンは言ったのであろう。

　叙事詩の伝統の受容と独創は，ミルトンに至るまでどのように論じられたのか。ミルトンの古典主義とキリスト教化への言及は上の第9巻と1642年『教会統治の原則』に見られるが，伝統の枠組みの中でどのように独創的であろうとしたのか。以下，英国16–17世紀においてテクスト（アート）を通じて普遍の原理を見ようとする「模倣論」を通観し，そしてミルトンによる模倣の成果を観察したい。

　なお，本書の題名の「技術」はArtに対応する。この語は本書中，その他，芸術，技能，技法，学芸（arts）の意味で訳出しているが，適語を見出し得ず，「アート」としたところも多数ある。また，英語ideaも多義に及んでおり，「イデア」のままに残した箇所も多い。出来る限り英語原文を添えて意味を推し量ることが出来るようにした。

目　次

まえがき……………………………………………………………………… *i*

はじめに　古典模倣論について………………………………………… *1*

1. キケロの模倣論―イデア論に基づく……………………………… *1*
2. セネカの模倣と読書論について―『書簡集』84 …………………… *4*
3. クウィンティリアヌスによる模倣モデルの具体例とその成果：
   『雄弁術の原理』*Institutio Oratoria* より ………………………… *7*
4. 模倣と凌駕………………………………………………………… *8*

第1部　模倣論　アスカムからドライデンまで………………… *11*

1. ロジャー・アスカム『教師』(1570)：
   模倣の言語的技術について……………………………………… *15*
2. ヨーハン・シュトゥルム『貴族及び紳士のための宝庫』(1570)：
   アートを理解する技術について………………………………… *31*
3. ハーヴェイ (1580) とカーク (1579) の書簡より………………… *45*
4. リチャード・スタニハースト「献辞」(1582) より……………… *47*
5. フィリップ・シドニー『詩の弁護』(c. 1583, printed 1595)……… *48*
6. ジョン・ハリントン『詩の弁護』(1591)……………………… *62*
7. ジョージ・チャプマン『ホーマーの弁護』
   (prefaced to *Achilles Shield* 1598)……………………………… *64*
8. ベン・ジョンソン，ホラティウス『詩論』英訳 (1640)；
   『ティンバー』(1641)…………………………………………… *66*

付記　ミルトン『アリストテレスの理解になるプラトンのイデアに
ついて』(1628?)………………………………………………………… *84*

iv 目　次

9.　ジョン・ドライデン『文芸論』(1667–1697)················· *85*

(1)　「序文」*Preface to Annus Mirabilis*(1667)················· *86*

(2)　『劇詩について』*Of Dramatick Poesie, An Essay*(1668)··········· *88*

(3)　『英雄詩劇について』*Of Heroic Plays: An Essay*(1672)·········· *100*

(4)　『詩劇の擁護』*Defence of the Epilogue; or, An Essay on the Dramatic Poetry of the Last Age*(1672)················· *104*

(5)　『英雄詩と破格表現の弁護』The Author's Apology ... Prefixed to *The State of Innocence and Fall of Man, An Opera*(1677)········ *105*

(6)　「『トロイラスとクレシッダ』序文」Preface to *Troilus and Cressida*(1679)·················· *110*

(7)　「翻訳と模倣」*Preface to the translation of Ovid's Epistles*(1680)·················· *118*

(8)　「続翻訳論」Preface to *Sylvae*(1685)··············· *121*

(9)　「英語の特徴」Preface to *Albion and Albanius, An Opera*(1685)·················· *125*

(10)　「近代叙事詩論」*A Discourse concerning Original and Progress of Satire*(1693)··············· *129*

(11)　「詩と絵画」*A Parallel of Poetry and Painting*, prefixed to version of Du Fresnoy *De Arte Graphica*(1695)········ *136*

(12)　「叙事詩総論」*Dedication of the Æneis*(1697)·············· *159*

第2部　ミルトン　キリスト教叙事詩に向けて
　　　　『失楽園』「航海」とキリスト教叙事詩················· *207*

おわりに　神学的真実論と新科学時代················· *243*

　書　　誌················· *251*

　あとがき················· *259*

創造の技術

ルネサンス模倣論とミルトン

はじめに

古典模倣論について

　文学作品の創作にあたって，中世における「規範としての世界観」（the Model of the Universe）は，ルネサンス期を経て 17 世紀末頃に至るまで，個人の創作の枠組みを作ったとルイスは言う（C. S. Lewis, *The Discarded Image* 12–13）。創作とはシステムとして蓄積されてきた歴史的遺産の中から，継承に値するものを選ぶことであり，その結果としてのテクストは「モデルの模倣」であった。

　このような模倣の系譜は，「教師が弟子に対して雄弁のモデルになるべきである」と言ったイソクラテス（Isocrates 436–338BC）に始まり（Atkins 87, McLaughlin, *Literary Imitation* 5），キケロ（Cicero 106–43BC），ホラティウス（Horatius 65–8BC），セネカ（Seneca c. 4BC–65AD），クウィンティリアヌス（Quintilianus 35–?96AD），「ロンギーヌス」（"Longinus" ?c. 213–273AD）以下に続く（McKeon 2）。更に，ルネサンス期，特にイタリアで，文芸と教育の場で模倣の議論が受け継がれる（McLaughlin, *Literary Imitation* により詳述される）。英国では 16 世紀に入り本格的に議論されることになる。ここでは，のちに 16–17 世紀英国の模倣論に影響を与えた古典ローマの模倣論についてその基本的と思われる考え方を，雄弁と文学の両面において観察し，その実践の成果についてのクウィンティリアヌスの発言を紹介したい。

　（なお，以下本文中，原文の引用には原則として引用符号を省略する。）

1. キケロの模倣論—イデア論に基づく

　キケロ（Marcus Tullius Cicero 106–43BC）は『雄弁家』 *Orator*（「書誌」参照）の中で，模倣の原理的な考えを述べている。それは雄弁の完璧な理想，模

範は何か，その論議から始まる。まず，その文体，その文体の本質で完全な
ものは何か。理想の雄弁家になるために個人の資質はどうであれ，とにかく
最善のコースをとって努力することを勧める。彼は言う，一位を狙って努力
し，結果的に二，三位になっても恥ではない。ギリシャ文学ではホーマー
（Homer 前 8 世紀）やアルキロコス（Archilochus 前 7 世紀），ソポクレス
（Sophocles c. 496–c. 406BC）だけでなく，二位かそれ以下の詩人もいる。プラ
トン（Plato 427–347BC）がいてもアリストテレス（Aristotle 384–322BC）が知
識を広げたし，また彼に続く者も現れたではないか。また，ローデス島のプ
ロトゲネス（Protogenes 前 4 世紀）による英雄イアリュソス（Ialysus）の絵の
美しさ，アペレス（Apelles of Cos c. 352–308BC）描く美の女神ウェヌスの美
しさを凌駕しようとする画家達，ピディアス（Phidias c. 490–430BC）による
オリンピアのユーピテル像，ポリュクリトス（Polyclitus c. 450–415BC）によ
るドリュポロス（Doryphorus）「槍を持つ男」像も他の彫刻家達が追った。大
家に劣る人達もその努力は称賛すべきものがある。ギリシャの雄弁家では，
一位を挙げるのは難しい。だから，精進をおこたらないようにしなければな
らない，およそ考え得る最高のものを努力の対象としなければならない。最
高のものに最も近いのが最も優れているからである。

　以上がキケロにとって雄弁家を目指す者の基本的姿勢である。キケロはこ
こから模倣の原理的論議に入る。

　完全な雄弁家を考える時，キケロはこれまで存在したことのない雄弁家を
心に描く。彼が問うのは，誰が完全な弁論家であったかではなく，ある時に，
ある場所で，ある話し手がより光彩を放ち，そして他者が凌駕できない，こ
れらの特徴が一つに総合された理想は何か，これを問うのである。「**しかし私
は，（絵画など）如何なるものであれ，元の物のコピーでもって美しさは凌駕
されないと確信している**」（強調付加）。彼は続ける，この「理想」（イデアで
はなくそれに近いものか）は，目や耳，その他の感覚で捉えられるものでは
なく，想像（cogitatio）と思考（mens ii.8）により理解できるものである。ピ
ディアスの立像や前述の絵画は確かに美しいが，我々はもっと美しいものを
想像できる。それは，ピディアスの絵の美しさは実在のモデルを描いたので
はなく，彼の心の中で見つめ，神の似姿を描いたからである。彫刻や絵画に

1. キケロの模倣論

完全で傑出したものは，目には見えない対象を「知的理想化によって」（ad cogitatam speciem iii.9）表現したものである。これと同様に心の中で完全な雄弁の理想を考え出す。耳はそのコピーを捉えるにすぎないからだ。この典型（formas iii.10）をプラトンは *ἰδέας*（ideas）と呼んでいる。イデアは変化せず，永遠に存在し，知力（intelligentia）と理性（ratio iii.10）に含まれる（contineo iii.10）。物は生まれては消え，流動して長く同じ状態にとどまらない。従って，理性的にそして秩序立って論じられる雄弁の如き問題は，その分野の究極的形態（forma）と種（species）（iii.10）にまで追求しなければならないのである。

このように，原型に至る思考を原則的な出発点として，キケロは理想の雄弁家育成論に入る。その根幹は哲学であると言って具体例を挙げる。即ち，ペリクレス（Pericles 495–429BC）は哲学者アナクサゴラス（Anaxagoras c. 500–c. 428BC）から，デモステネス（Demosthenes c. 384–322BC）はプラトンから多くを学んだ。自然哲学も題材を与えてくれる。文彩のためレトリックも学ぶ必要がある。発想と表現を学ぶためである。一世代前のアントニウス（Marcus Antonius 83–30BC）は雄弁家を見たことがないと言っているが，それは完全な雄弁家を心に描いていたからだ。これを正確に描き出して模倣する（imitor v.19）のが我々の目標である。

次にキケロは雄弁術の三つの文体 genera dicendi に移る。1. 荘重体 genus grandiloqui の雄弁家は内容（sententiae v.20）の見事な力強さと堂々たる用語（verba v.20）を使う。これは壮大な効果をあげる方法である。2. 対照的な簡素体。3. 中間体。これらのどれかに優れた雄弁家はいるが，それだけでは理想の雄弁家ではないと言う。キケロは，『ブルートゥス』*Brutus*（ix.35）で既に言及したように，総合的に見て他の誰よりもデモステネスが優れていると彼は見做す（vi.23）。力強く，正確で，練られた文体（23）において類を見ないと言う。

キケロは模倣の現状にもふれている。皆，自分に模倣できると思うものだけを褒め称えると批判する。デモステネスからアッティカ風（Atticorum vii.24）を学ぶように勧める。

キケロの教えの要点はこうである：雄弁術の原理に迫れるものならば，知

力・理性（判断）を使って論点をイデアに向かって追求せよ。そのために哲学を勉強せよ，哲学に精通するために「森羅万象すべての事柄について，知識豊かに多彩に語ることのできる」（*De Oratore* I.13.59 他：大西英文訳）ように努めよ。このことは，弁論の内容（発想，題材，論点）と用語（文体，即ちアート）双方において言えることである。自然の研究は芸術の質をも高めるのである。即ち，自ら自然界から獲得したイデアの断片に加えて，モデルとする芸術（作品）の中に自然界から獲得されたイデアの断片を発見するのである。知力と判断力によって絶えずイデアに迫りながら，例えばアペレスの絵やデモステネスの文章を，修練した知力と判断力で凌駕する，この二層からなる模倣がキケロの模倣の原理と言えよう。彼が言うようにアペレスの絵を真似るのは単なるコピーである，仮面は顔ではない。従って，真の模倣は必ず凌駕を伴う。デモステネスを最良のモデルとして挙げたが，キケロは雄弁術が対象とする三文体それぞれの理想を追求した。学び手は各人デモステネスをきっかけとして各文体のイデア（各人における認識か）に迫るのである。各人の精神の相違により成果が異なるのは当然であり，むしろ望ましいと言えよう。ホーマーがモデルとして，のち異なる叙事詩を生んでいくのも同様の模倣の働きによると言えよう。

　プラトン（『国家』第 10 巻）はイデアに迫るため魂（或いは精神）の理（ことわり）の部分を教化するよう強調するが，同時に芸術を司るその協力者である感覚的部分を理性の力で強固にせよと叱咤しているのであろう（藤沢令夫訳『国家』下，「補注」B の特に 475–476 頁 9 行を参照）。このプラトン思想を色濃く受け継ぐキケロの模倣論はのちセネカに受け継がれ，全く異なる表現ながら唱導され続ける。

2.　セネカの模倣と読書論について―『書簡集』84

　セネカ（Lucius Annaeus Seneca c. 4BC–65AD）に従えば，読書は今の自分に満足させないだけでなく，他者が勉強して見つけたことを学んだのちに，その発見に判定を下し，更に発見できるものはないかと考えさせる。読書は生得能力（ingenium 1）を成長させ，勉強で疲れた本性を元気づける。しかしこ

の元気も勉強なしでは得られない。執筆と読書のどちらかに限らないほうが良い。執筆だけでは体力に影を落とし疲弊させる。読書だけでは体力をだらけさせ水っぽくする。従って，両者は交互に混ぜるのが良い。そうすれば読書の成果がペンによって具体的な肉体を与えられる。

このように読書が生まれながらの能力を高めると述べたあと，彼はミツバチの喩えを出す。即ち，ミツバチが蜜を作るのに適した花を選ぶ。そして運んだ液がすぐ蜜になるのか，花の液に何かを混ぜて蜜を作るのか分からない。ミツバチは蜜を集めるだけで作る技術はもたないと考える人もいる。インドではある種の葦の葉の上に蜜が見つかったが，露か葦の液かによるそうだが，非常に甘く濃いそうである。わが国にも似た植物はあり，見つけて集める生き物もいそうだが定かでない。甘い草花から集めた材料は貯蔵すると発酵し，個別の要素が混じり合って蜜に変化するという見方もある。

セネカは，我々はミツバチを真似て (imitor 5)，多様な方面の読書から集めたものを区分して保存することを勧める。それから，生得能力 (ingenium 5) により注意深く個別の味を混ぜ合わせて一つの美味しい合成物にしなければならない。その結果，たとえ個別の出自が分かろうとも，それは元のものとは異なる新しいものである。ミツバチが花液に加える「何か」と同様に，読書のあと我々独自の考えを加えて作るのが蜜なのである，と言って更に，同じことが体内でも起こる。食べた食物は，本来の特性を保ち堅い塊のまま胃の中にある限り重荷である。元の形から変化して初めてそれは体力と血液になる。生得能力 (ingenium 6) を育む食物についても同様である。食物は消化しなければ我々の一部にはならないように，読んだものは消化しなければ生得能力 (ingenium 7) の中に入らない。(即ち，判断力の強化にはならないということであろう。) セネカはこれまで ingenium を読書から学ぶ判断力の意味で使った。これは生得の能力であり，それを読書によってなお一層強化すべし，と主張した。以下，animus へと視点が広がり，理性・判断力を含む精神の領域にまで高まって行く。

食物を取り入れて自分のものにすることは，多くの要素から一つのものが形成されることである。これと同じことを精神 (animus 7) がする。それは自分を援助してくれたあらゆる材料を見えなくし，自分が作り上げたものだけ

を表すからである。しかしその際，深い印象を与えた作家の特徴が痕跡とし
て残っていても当然である。子は父に似るのと同じで，絵が実物に似るのと
は違う。絵に生命がないからである。（ここは，模倣においてモデルの痕跡は
残るが，自らが作った蜜は己の精神作用による独創であると解釈できよう。）

　では，誰の話し方（oratio 8），誰の論証法（argumentatio 8），誰の名言（sen-
tentiae 8）を模倣しているか分かって良いのか，とセネカは問う。彼にとって
「蜜」が模倣の最高の成果を意味する。彼が「真の写し」と言う時キケロのイ
デア論が想起される。もし写し（imago 8）が真実のものであれば，それが誰
を模倣したものかは分からないことがある。何故なら，真の写しは，オリジ
ナルから写したすべての細部に自身の理想の型（forma 8）を刻印していて，
しかもそれら細部が互いに関連して一つの融合体を成しているからであると
言う。

　ここでセネカは多くの声から一つの声を出すコーラスの例を出す。各歌い
手の声は隠れ，全員の一つの声が聞こえる。彼が求める精神（animus 10）は
このコーラスの特徴をもつ。多くの学芸（artes 10），規則（praecepta 10），歴
史上の多くの行動規範（exempla 11）を身につけた精神において，すべてが調
和よく混ざって一つになる。これは絶え間ない研鑽と理性（ratio 11）に従う
ことにより達成できると言う。続けて彼は，理性に耳を傾けて世俗にかまけ
ず，危険を伴い重荷でもある富を捨てよ，肉体と精神（animus 11）の享楽を
捨てよ，それは人を柔弱にするだけだ，地位と野心を追い求めるな，それは
膨れ上がり，無益で空虚なもの，追い越し追い越されまいと限りがない，そ
れは嫉妬で悩まされるが，実際は自分と相手に対する二重の嫉妬だ，争いを
起こすような危険はやめて英知（sapientia 12）の道を歩め，それは心の平穏
と満足を与えてくれる，高い地位を求めて何の意味があろうか，それだとて
困難な道だ。そうではなく，運命の女神の支配圏よりはるか高くにある峰に
立たんとする者は，変転極まりない世界をはるかに超えたこの峰に登りたい
のであれば，最高位と見做すものすべてを上から見下ろすであろう。しかし
ながら，それにもかかわらず，平地を辿って頂上に着けるのだ，と言ってこ
の書簡は終わる。

　この書簡は読書による精神の教化の勧めを主旨とする。他者による努力の

成果を学んで精神を鍛練することはキケロの主張でもあった。書簡の最後の箇所は，魂が世俗を捨てて不変の真理の領域に上昇することを地上で行うことができると説く。それは精神の鍛練の目的がイデアの追求にあることを述べているのであろう。現身のこの世で，世俗に煩わせられず，権勢慾とは無縁に「平地を辿って」(per planum 12) 峰に立つということは，不変の真理探究の勧めだけではないようだ。大アフリカーヌスが夢の中で息子スキピオに言う，地上の名声なぞ空しい，永遠の天界に目を向けよ，徳による名誉を求めよ，徳を磨いた魂はより早く天に到着できる，と。「この世で」徳を積め，これこそ真の栄光ぞ，と説いたことにも通じるであろう（キケロ『国家について』*De Re Publica* 6)。

　次に，ホラティウスが勧めたように，モデルのギリシャ文化をラテン語で模倣したローマ文化の成果をクウィンティリアヌスに見てみたい。

3. クウィンティリアヌスによる模倣モデルの具体例とその成果：『雄弁術の原理』*Institutio Oratoria* より

　クウィンティリアヌス（Marcus Fabius Quintilianus 35–?96AD）は雄弁を学ぶ者のために，ギリシャ・ラテンの模倣のモデルを挙げるが，それは恰もラテン文化の成果を誇示するが如きである。

　雄弁家になるためには詩（X.1.27)，歴史（31）を読む必要がある，と言って以下学芸の諸分野でモデルとなる作家を挙げる（X.1.–131)。まず，あらゆる雄弁のモデルとしてホーマー，彼の修辞法その他の具体例を挙げ，のちの叙事詩人の追随を許さないこと。次に，（荘重体と簡素体の）中間文体の第一人者ヘシオドス（Hesiodus 前 8–7 世紀)。抒情詩はピンダロス（Pindarus c. 522–c. 443BC)。喜劇はアリストファネス（Aristophanes c. 450–c. 388BC)，悲劇はアエスキュロス（Aeschylus c. 525–c. 456BC)，ソポクレス（Sophocles c. 496–c. 406BC)，エウリピデス（Euripides c. 480–c. 406BC)。歴史はツキジデス（Thucydides c. 460–c. 400BC）とヘロドトス（Herodotus 前 5 世紀)。雄弁術はデモステネス。次に，キケロが雄弁術のために学んだ哲学，プラトンはすべ

ての点でホーマーに匹敵する。そしてクセノフォン（Xenophon c. 430–
c. 354BC)，アリストテレス。

ギリシャを終わってローマに移る（85–)。ホーマーに対応するのがヴァー
ジル（Publius Vergilius Maro 70–19BC) である。彼は突出してホーマーに近い。
クウィンティリアヌスは彼我を比べるだけではない，「我々はエレジーでもギ
リシャ人の覇権に挑む」(93) に見られるように，対抗して凌駕を目指すロー
マ人の意識を代弁する。諷刺詩はホラティウス，抒情詩共にローマの独壇場
である。喜劇はギリシャに匹敵できない，ラテン語ではアテネ風を再現でき
ないからだ。しかし歴史ではギリシャと戦える，ツキジデスにはサルスティ
ウス（Sallustius 86–35BC)，ヘロドトスにはリウィウス（リヴィー）(Titius
Livius c. 59BC–17AD) がいる。雄弁ではデモステネスもキケロに比ぶべくもな
い。先人を模倣できる立場にあった彼は，デモステネスの力強さ (vis)，プラ
トンの豊かさ (copia)，イソクラテスの快活さ (iucunditas) を再現しただけで
なく，自らの才能を実現し，その名は雄弁そのものと見做される。その他，
生徒が模倣するに値する雄弁家は多士済々である。最後に哲学である。この
分野は手薄であるが，キケロはプラトンに匹敵できる。他にブルートゥス
(Brutus)，セネカ等がいる。以上が弁論のモデルとすべき作家達である。

ギリシャ，ローマのモデルを挙げながら，クウィンティリアヌスはモデル
を模倣する視点を教示する。これは多岐にわたる。優れたモデルの語彙，修
辞法，文章構成法の蒐集 (X.2.1)，キケロにはあらゆる種類の雄弁が見られ
るが，それぞれを模倣するのは至難である，複数のモデルを選び長所を模倣
すべきである (14–15, 23–26)，モデルの特徴を完全に調査しなければ，言語
やリズムが似ていても，オリジナルの精気と創意を獲得できないこと。生徒
は何を模倣しようとしているか，何故それが良いのかを知るべきであること
(16–18)。生徒の適正を見抜き (20)，詩や歴史，悲劇と喜劇に共通する要素
を学ばせること (1.27, 31; 2.22)，と弁論の修得に文学の重要性を説く。

4. 模倣と凌駕

雄弁の修得と作品の創作において模倣と凌駕（aemulatio）は不即不離の関

係にある。ホラティウスは，文学の創作において周知の素材でも使い方を変えれば独自の作品となるので，モデルの物真似をして足枷になるのは滑稽だ（『詩論』128–137），出来事の配列を変えることは凌駕の方法である（140–152）と言う。ローマはギリシャをモデルにしなければならないが，ローマの詩人達はギリシャを捨てて自立した（285–288）と誇らしげに宣言する。

「ロンギーヌス」（『崇高について』）も，模倣に際して凌駕の意識をもってすれば，作家を高みに引き上げてくれると言っている。ヘロドトス，プラトンでさえ，ホーマーを真似た。先人から霊感を受けることは剽窃ではなく，美しい刻印を受けることである。プラトンはホーマーと競ったからあの完成された結果を得た。先人と競い，彼らの判定を求め，また，後世の評価を意識して我々は高みに引き上げられる（同書 13–14）と感動的に語る。

　以後，近世に至る過程において，模倣の視点は微細になっていくようだ。例えば大陸ではガリーノ・ダ・ヴェローナ（Guarino da Verona 1374–1460）は模倣の際，単数を複数で，肯定を否定で，別の同意語で，節の順序を変えて，と技術的詳細まで論じるようになる（MacLaughlin, *Literary Imitation* 120）。このような変化のもと，16 世紀英国の模倣論が展開する。

第1部　模倣論

アスカムからドライデンまで

　最初に英国 16–17 世紀における文芸模倣論を通観したい。ルネサンス期における模倣論を剽窃との関係で論じるのではなく，従来やや曖昧に置かれたその系譜を見通してみたい。

　英国 16 世紀は人文主義の受容と共に始まり，その詩的成果は『トテル秀歌集』（*Tottel's Miscellany* 1557）として結実しエリザベス朝期に伝えられる。ここには 1530–1550 年前半に作られた詩が収められていると言われる（しかしチョーサーのバラッド風短詩 *Truth* が掲載されている：No. 238）。詩集における人文主義の影響は詩の題材の選択に見られる。古典とイタリア詩から採ったものが近代の新しい気風を伝える。また，その題材を表現する新しい詩の英語が求められる。その結果，この世紀にはチョーサー（Geoffrey Chaucer 1340?–1400），ガワー（John Gower c. 1330–1408），リドゲイト（John Lydgate c. 1370–c. 1451）など先行する英国詩人が良く読まれ，彼らの古い英語が好んで用いられた。中でもトテル詩集随一の人文主義者グリモールド（Nicolas Grimald c. 1520–c. 1562）はただ独り古英語の詩語をも使った。これは一過性の現象となったが，この時代の古語志向は特に世紀後半スペンサー（Edmund Spenser c. 1552–1599）にまで残る。そして自国語主義は 17 世紀に入りラテン語に近づくよう英語の洗練を唱導するジョンソン（Ben Jonson 1572–1637）やドライデン（John Dryden 1631–1700）によって受け継がれる。

　模倣論として最初に来るのはアスカム（Roger Ascham 1515–1568）の『教師』（1570）である。ラテン語教授の一環として意図されている。その枠を越えて包括的な模倣が意図されたが，残念ながら果たされなかった。次にパトナム（George Puttenham 1529–1590）は『英詩の技法』（*The Art of English Poesy*, 1589）で，サリー（Henry Howard, Earl of Surrey Surrey 1517–1547）と

ワイアット（Sir Thomas Wyatt 1503–1547）について「彼らの師ペトラルカを
英語の文体で忠実に（naturally and studiously）模倣している」と言う（Smith
II.65）（この時代，先輩詩人ワイアットよりもサリーが先行して言及された）。
ハーヴェイ（Gabriel Harvey 1545–1630）がチーク（Sir John Cheke 1514–1557）
の文体はプラトンの「ミツバチ」，アスカムのはイソクラテスの「サイレン」
だと，両者の散文とそのモデルの関係を指摘する（Smith II.282）。シドニー
（Sir Philip Sidney 1554–1586）は，神の超越性の模倣としてダビデ，ソロモ
ン，モーゼ，デボラ，ヨブ，オルフェウス，竪琴の名手アンピオン，そして
ホーマーを挙げる（Smith I.158）。ケアリー（Richard Carew 1555–1620）は，
チョーサーからシドニー，シェイクスピアに至る英国作家を古典作家に対応
させる。叙事詩を初め詩と散文のすべてのジャンルにおいて，古典作品と同
じ始まりが英国にある，と認識されていたのである。その中で，ヴァージル
を読みたければサリーを見よ，と『アエネイス』の英訳 II, IV 巻を挙げる
（Smith II.293）。古典を翻訳によって英国のものにするという時代意識を示す
のであろうか。チャプマン（George Chapman 1559–1634: 後述）は，ホーマー
とヴァージルの作詩の違いと両者の関係について，「ホーマーの詩は奔放な狂
気（fury），霊魂そのものから書かれた。それに対して，ヴァージルの詩は宮
廷的，推敲を重ねた全面的に模倣的精神で書かれた。シミリ一つとってもホー
マーにないものはない。題材，人物，（語句等の）配置の何れもホーマーの土
台の上に建てられている。多くの場合，語彙そのものもホーマーのを使って
いる」（Smith II.298–299）。ハリントン（John Haringtonn 1560–1612）は『狂
えるオルランドー』（*Orlando Furioso*）訳の序文で，タッソー（Torgnato Tasso
1544–1595）がヴァージルを模倣している事実を指摘する（Smith II.212）。ア
スカムはチョーサーを English Homer と呼んだが，メアーズ（Francis Meres
1565–1647）はスペンサーがホーマーであると言う（Smith II.319）。スペン
サー自身はチョーサーを English Virgil と呼んでいる。最後に，ウエッブ
（William Webbe 1568–1591）はヴァージルのモデルについてホーマーと，田
園詩はテオクリトスだと言う（Smith I.237–238）。

17 世紀に入るとジョンソン（後述）の *Timber*（1641）が出る。古典模倣論
に連なるが（Atkins 327, Pigman 8），ヴィーヴェス（Vives 1493–1540）の影響

も指摘される（Burrow 490）。ホラティウスの影響を受け、『詩論』の（殆ど逐語）訳があるほどだ。古典は学問の導師であるが、それに支配されてはならない（*Timber* 160–, 2596–）。詩人の条件として挙げるのは、生まれながらの善良な資質、修練、模倣、学問（知識）、そして技術 Art である（2986–）。模倣には優れた詩人を選び、本人か本人に間違われるほど近づくこと、動物のように生のまま呑みこまず、（セネカが教えるように）よく味わいよくこなして分別し、養分に変えること。ホラティウスが戒めるように、盲従し欠点を見間違うのでなく、ミツバチの如く最良で最高の花から吸い取って、香り良い蜜に作り変える（3067–）。最後に仕上げとしてアリストテレスとホラティウスに技術 Art を学ぶように勧める（3107–）。（人の善良な資質を詩人の基とするのは古典期以後引き継がれる詩学の要諦である。）クウィンティリアヌスが教えるように、ホーマーとヴァージルを読むことは、若者を教化し、人格を形成する最善の方法と言うのである（2240–）。

ピーチャム（Henry Peacham 1546–1634）がラテン詩人の王と呼ぶヴァージルは模倣を超えるモデルだと言い、「思慮 prudence、無駄のなさ efficacy、多様さ variety、甘美 sweetness」という詩人の条件を兼ね備えていると言う（Spingarn I.121）。テンプル（William Temple 1628–1699）は Ancient-Modern 論争で、近代は古代に劣る、ホーマーやヴァージルを凌駕できず、真の詩は古典語による以外にないと言う（Spingarn III.83）。タッソーとアリオストーは大胆にもヴァージルを模倣しようとしたが、如何せん、才能と近代語の不利故に羽ばたけず地に落ちた（99）。しかしラングベイン（Gerald Langbaine 1656–1692）には古典模倣論の継承が見られる。ジョンソン氏はホーマー、ヴァージル、オウィディウス、ホラティウス、プラウトゥス（Plautus c. 254–184BC）、テレンティウス（Publius Terentius Afer c. 195–c. 159BC）、セネカ等大作家の規範に従っていること、彼らがあらゆる種類の花から吸った蜜を共同の蔵に蓄える勤勉なミツバチを模範としたこと、そしてこれら輝かしい作家達を模倣して見事凌駕することに成功していることを称える（Spingarn III.122–123）。この古典模倣論と実作に関して、17世紀英国にはスペンサーの名声が行きわたっていたので、タッソー、アリオストーに続くエピック・ロマンスに対抗する古典的叙事詩の大作も旗色が悪かったようである。のち

14   第 1 部　模倣論

に述べるドライデンもミルトンには敬して近づかずの感があったようだ。王
政復古の世情の中，古典的実作には弁明が必要だったのかもしれない。ブラッ
クモア（Richard Blackmore 1654–1729）は，タッソーとアリオストーそして
スペンサーは，ホーマーとヴァージルをモデルとせずアレゴリーの森をさま
よっている，自作 *Prince Arthur*（1695）は「ヴァージルのモデル」に基づき，
キリスト教化したものであると弁明している（Spingarn III.234–241）。

　16–17 世紀に顕著な視点の一つに「自然」がある。この概念は一方でプラ
トン的イデアを志向して真の作品「アート」を創ろうとする際の思考と観察
の対象であり，他方は新科学時代における観察の対象である。前者はシドニー
の詩論に色濃く見られ，後者はジョンソンと，それ以上に具体的にドライデ
ンに現れる。しかし両者は対立するものとは見られずむしろ，自然の観察が
進むほどにイデアに近づく期待が高まったように思われる。つまり，新科学
の自然がプラトン的自然を拡大し深化させ，イデアにより近づくと考えられ
たようだ。

　以下に扱う作者は次の通りである：
　1.　アスカム　Roger Ascham（1515–1568）
　2.　シュトゥルム　Johann Sturm（1507–1589）
　3.　ハーヴェイとカーク　Gabriel Harvey（c. 1545–1630）& Edward Kirke
　　　（1553–1613）
　4.　スタニハースト　Richard Stanyhurst（1547–1618）
　5.　シドニー　Sir Philip Sidney（1554–1586）
　6.　ハリントン　John Haringtonn（1560–1612）
　7.　チャプマン　George Chapman（1559–1634）
　8.　ジョンソン　Ben Jonson（1572–1637）
　9.　ドライデン　John Dryden（1631–1700）

1. ロジャー・アスカム『教師』 *The Scholemaster* (ed. by D. C. Whimster) (1570)：模倣の言語的技術について

キケロ（特に *De Oratore*）その他ラテン作家達，同時代のシュトゥルム（Johann Sturm）等の影響を受けて（Ryan 参照。但し Carroll 255–256 はこれが Bartholomeo Ricci の *De imitatione* (1541) を論述したものとする），アスカムの『教師』は，「鞭より愛を」の教育観と「1 年の学問は 20 年の経験に匹敵する」という学問論に基づく初期近代人文主義の宣言である。「学問の奨励と省察」（W128, W = Whimster）を最終目標とするが，当面の目的は雄弁（eloquence）の会得である。それは，雄弁とそれが拠って立つ弁論は学問のすべての領域の知識を必要とするからだと著者は考えている。そのためには何を学ぶべきか。弁論のためには優れたモデルに学ばなくてはならない。モデルはギリシャ・ラテン語作家に求めるべきである。両語の修得が必須であるが，ラテン作家がギリシャに範を求めて成功したように，我々はラテンに範を求めなければならない。こうしてアスカムはラテン語の修得法を説くのである。従って，修得の過程においてラテンのモデル文模倣の具体的な技術が示される。

その方法は「二言語転換」（double translation W85）から始まり難度順に六段階から成る：

1. Translatio linguarum　二言語転換。ラテン語を英語に変え，その英語をラテン語に戻す。
2. Paraphrasis　原文のラテン語を他のラテン語で言い換える。
3. Metaphrasis　ラテン語の詩を選び，意味を変えずに別の韻律で作り変える，或いは別のことばで散文にする。或いは散文を韻文に変える。
4. Epitome　「摘要」。内容（matter）を変えずに語や文を切り取って表現を精選する。
5. Imitatio　「模倣」（以下解説）。
6. Declamatio　演説の練習（執筆中断により説明はない）。

16   第 1 部　模倣論

1.　Translatio linguarum（W86–90）はグラマー・スクールの生徒にふさわし
い。ギリシャ語とラテン語間の転換の方法によって得られる効用について大
プリニウスに言及する（W88; Plinius, *Epistolae* VII.ix: Ryan 332, n.6）：「（ギ
リシャ語の）用語の適切さと美しさ，正しい文章構成，豊かな比喩表現，説
得の力が得られる。また，優れた作家を模倣することによって同様の能力が
得られる。読んで気付かないことも訳してみると分かる。こうして「洞察力
と判断力」（*intelligentia et judicium* W88）が得られるのである。」このように
アスカムは各項目について古典の前例を挙げてそれらの正当性を権威づける。
　　この方法はキケロも用いたものである（*De Oratore* I.34.155: Ryan 335, n.33）。
2.　Paraphrasis（W90–99）　　粗野・野蛮なラテン語を適正・純粋に変える
ことは生徒に可能な訓練であるが，適正・純粋なラテン語を変えることは，
教師にとっても不可能である。ホーマー，クセノフォン，デモステネス，が
同じ内容を同じ語で書いたものを繰り返し使う場合，これは彼らが最善の語
を使ったからである。従ってアスカムはこの方法をグラマー・スクールにふ
さわしくない，また大学でさえもふさわしくないと言う。（その例をキケロの
『最善と最悪について』とその後に書かれた『義務について』から引いてい
る。）
　　なお，composition「文章構成」，form「文体・表現法」，order「叙述の順序
或いは調和」を変えるのは Imitatio「模倣」（後述）に属する。
3.　Metaphrasis（W99–104）　　上との違いは表現様式を変える点にある。こ
の手段もグラマー・スクールでは不適切である。しかし，教師が生徒のため
に検討すべきだと言って，プラトン『国家』III.393–394 における『イリアス』
冒頭のソクラテスによる散文訳を挙げる。比較は四点に及び，語の選択，或
いは「文体」（form）の選択において，1. 何が踏襲され，2. 加えられ，3.
除去され，そして 4. 置き換えられているか。これは言わば手仕事の如き作
業であり，しかし大学に行けばいずれモデルとテクストについて何れが，何
故，優れているか理解が深まってくる。これらの視点はまた「模倣」の視点
でもある。
4.　Epitome（W104–111）　　この手法も生徒にはふさわしくない。既に学識
がある人が自分のためにこれを行って内容を「記憶」するために利用するも

のである。(つまり備忘録に通じると言える。)「それは広範な知識を秩序だっ
て整理するのに必要である。読んだものすべてを順序良く確実に原典と結び
つけ、無為な勉学をしない手段だ」(W105)と効用を語る。

しかし「摘要」は、判断力に優れた賢明な人によって一般的に役立てるこ
とができる。アスカムはホール(Edward Hall)の『年代記』(1548)を挙げて、
良い内容が法律用語で邪魔されている、まず奇異なインクホーン用語を適切
な常用語に直すべきであり、次に冗長で無駄な語と、これまた繰り返される
無駄な文を除くべし、内容を変えずにこのように整理すれば、読んで楽しく
便利になる(W106)。(注：インクホーン用語と言われるものは、人文主義の
浸透と共にラテン語を語源とする多綴語が特に散文の英語に入ってきたもの
を言う。詩には稀で、『トテル秀歌集』ではワイアットによる transplendent
が見られるだけである。)

作家自身における「摘要」の例を挙げる。若い頃、生まれながらの性質や
教育のせいで饒舌になることがある。それでいて用語は適切で精選され、文
も立派に構成されていて、内容は優れた判断力に基づき、趣旨は論理的に展
開されている場合がある。しかしながら、その原稿を演説で聴いたり読んで
みると、判断力のある人は苦笑したり首を横にふることになる。年齢と共に
文体技法は上達し題材も重要性を増すと、若い頃のこの饒舌は分別・判断に
欠けると思われ、抑制が必要となる。そのような時に「摘要」が有効である
(W106–107)。そう言ってアスカムはキケロ自身の経験を例示する。彼はロー
ドス島に渡りモロー(ママ Apollonius Molon)に師事する。そこで若気の熱気
からくる溢れんばかりの冗長な文体を抑制され、二年後全く生まれ変わった
と自ら言っているが、それには師の指導によると同時に彼自身による「摘要」
の努力があったとアスカムは見る。デモステネスのギリシャ語に匹敵する「引
き締まった精密さ」(firme fastnes W109)をもつ彼のラテン語はこうして実現
した。

個人が執筆する際の「摘要」の具体例として、ヴァージルの『農耕詩』が
挙げられる。彼は一日に 40 から 50 行を書いて、それを 10 から 12 行まで削
除整理をして仕上げをした(W109)。(この手法は後代の詩人に継承されたよ
うだ。叙事詩人ミルトンはよく知られるように、『失楽園』執筆の際、同じこ

とをしたが，ヴァージルが乗り移ったのであろう。)

　生来，才長けた者には「勉学，努力，自由時間，学習，判断力」(studie, labor, leasure, learning and judgement W111) が必須だ。そのために「摘要」の方法が役立つと言ってアスカムはこの項を閉じる。

5.　Imitatio (W111–156)　　アスカムはこの項を未完のまま亡くなる。従って五項目の研鑽の集大成としての最終目標である Declamatio についての解説及び注意事項はない。

　「模倣」とは倣おうとする模範 (example) を生き生きと過不足なく表現する能力 (facultie W111) である。従って（と彼は言う）その対象は大きく広範に及ぶ。自然という作品はすべて芸術（アート）が倣うべき模範であるからだ。言語の修得も「模倣」による。我々の使用する言葉は真似ながら育つ環境によって左右される。粗野な国の粗野な母語のもとで育った人はそれなりの言葉を使う。その中で知恵あることを喋る人も多くいるが，ギリシャ語とラテン語にはかなわない。英語などと違い，両古典語にはいつも知恵と雄弁，優れた内容（題材）と優れた言説 (utterance) が必ず見られる。優れた内容と正しい判断を示す彼らは，用語は正確，文は適切，表現は明晰・純粋である。つまり，正確で適切な用語は良い内容に必須であり，明快で分かりやすい表現はこの上なく優れ，深遠な言説に必須である。この二点，明晰な表現と深遠な言説にこそ完全な雄弁が在る，と言う。つまり，「言葉と心」(the tong and the hart W112) が一致しているのであり，両者の乖離が始まると言葉が乱れ，人心の荒廃が始まる。そして学問は破壊される (W112–1130)。しかしプラトン，アリストテレス，キケロは一致の典型である。この三人を模倣し，加えてキリストの教えを学べば，その人は学識を得，賢明になり，誠実な人となる (W113)。知識と徳は古典時代以来学問の両輪とされてきたと思われるが，近代ヒューマニズムはキリスト教が全体を支える。

　以上の序言のあと，言葉と学問の学習に関する模倣の具体的議論が始まる (W114)。優れた作家を模倣する場合，一人か多数か，一人とすればそれは誰か，セネカかキケロか，サルスティウスかカエサルかという古典期以来の問題がある。数を決めると次の問題は，どのように模倣するか，どの箇所を選ぶか，どのような順序をとるか，どのような手段を用いるか，どのような

知識と判断力をもって模倣が正しいか否かを間違いなく見分けるのか，という問題が待ち受ける。

アスカムはまず模倣の仕方について述べる。それは「異なる素材の同じ処理」(dissimilis materiei similis tractatio) であり，また「同じ素材の異なる処理」(similis materiei dissimilis tractatio W114) である。例えば，ヴァージルはホーマーを模倣したが，主題は異なり，片やオデュッセウスであり，片やアエネーアースであるが，共に目的地に向かって苦難の旅をする点で同じである。キケロはアントニウスを雄弁の武器で弾劾したが，それはデモステネスがマケドニアのフィリッポス王弾劾に使った手段である。これも異なる題材に同じ弾劾演説の雄弁を用いたものである。ホラティウスはピンダロスを模倣したが，主題・人物はシシリー王ヒエロンに対し，こちらはアウグストゥス皇帝と異なるが，武勇と善政を称える点で共通する。苦難の旅，弾劾，武勇と善政，という共通点から見れば，これはモデル（素材）を異なる主題に使ったことになり，「同じ素材の異なる処理」と言うこともできるのである。

モデルが模倣によって新たなテクストを生んだことは分かったが，両者の比較の方法を示すことにより初めて学問が前進する (encrease of learning W115) と言って，アスカムはキケロとデモステネスを例に具体的に比較の六項目を挙げる (W115)：

1. キケロは，これほどの量の内容，これらの文，これらの語，をモデル（デモステネス）から「継承」する (reteyne)。
2. 上記それぞれの点において「除去」しているもの，その意図と目的を明らかにする。
3. それぞれ新たに「付加」したもの。その場所。
4. それぞれ数・量を「減少」した (diminishe) 場合。その場所。
5. それぞれの「順序」の変更。
6. 変更について：「語の属性」（名詞を形容詞に変える等）。「文の形態」。「内容」(substance of the matter)。キケロの目的が必要とする当面の状況（が求める変更）。

以上，「継承」，「除去」，「付加」，「減少」，「順序」の変更，「語・文・内容」の変更，この順序により真の模倣が正しくなされるならば，他の学習方法以上に知恵と判断力が得られると言う。アスカムが「真の模倣」（W115）と呼ぶものは教育の場における技術論であり，キケロの模倣論（先述）と通底する。キケロが三文体のそれぞれの理想を追求して雄弁術のイデアを追求することを勧めたが，その具体的な技術をここで示していると考えられる。真の模倣は知恵と判断力をつけ，知恵と判断力が増せば真の模倣がそれだけ純化される，両者は相互作用的なものとアスカムは考えているようだ。彼自身は具体的な分析を行わないが，リッティの『模倣について』（Bartolomeo Ricci, *De Imitatione*, 1541）を評価しつつ，なお彼に詳細な分析を求める。何処でどのように，何度，どれほど多様にヴァージルがホーマーに倣っているか明らかにして欲しい，と（W120–121）。オデュッセウスがアルキノウス王とカリュプソのところへ行くのと，アエネーアースがカルタゴとディードーのところへ行くのとの比較，アキレスが行うゲーム，競走，格闘技と射矢と，アエネーアースが行う同種の催しとの比較。共にヴァルカン製作のアキレスとアエネーアースの馬具の比較。アキレスとヘクトルの戦いと，アエネーアースとトゥルヌスの戦いの比較。オデュッセウスとアエネーアースによる冥界行の比較。その他比喩（similitudes），ナレーション，メッセージ，人物・場所・戦い・嵐・難破それぞれの描写の比較。その他様々の目的に用いられる共通の話題がある。これらを比較する際，上述の六項目にわたって調べる。語，文，内容において何が新たに付加され，何が除外されているか，順序はどうか（前に置いているか，中間にか，後にか），そして，語・句・文・文彩（figure）・論理（reason）・主題・状況，これらの如何なる点が変更されているか。

　これらを達成すれば最も優れた「模倣」の見本としてリッティは称賛されるとアスカムは言う（W121）。

　そこでアスカム自身は以下の「模倣」を提案する（W123–）。規範（preceptes）を設けてギリシャ語ラテン語双方の選りすぐりの作家から豊富な実例を蒐集する。この仕事には勤勉な努力に加えて実例を規範毎に分別する判断力が求められる。この模範としてエラスムスを挙げる。彼は三つの規範においてギリシャ・ラテンのすべての作家からすべての実例を蒐集する：1. 諺（Adagies)，2. 寓話 (similitudes)，3. 名言 (wittie sayinges)。その結果は『1000の諺』(*Chiliades Adagiorum*)，『名言』(*Apophthegmata*)，『寓話』(*Similia*) となって後世に多大の便宜を与えた。

次に，キケロが五人の作家（哲学に関してプラトンとクセノフォン，弁論に関してイソクラテスとデモステネス，修辞学に関してアリストテレス）を模倣 (expromere, effingere) している箇所を勤勉に見つけ出し，書き留めて順序良くまとめ，その上，上述の六項目のルールに従って比較する。（のちにも述べているが，モデルから題材を集める場合，秩序を強調する。）アスカムは蒐集作業を「建築」(W125) に喩える。この材料 (stuffe) についてデモステネスはこう組み立て (frame)，キケロはこのように，クセノフォン，プラトン，イソクラテス，アリストテレスは各々こうだと明らかにしなければならない。その結果得られるものは，一つにプラトンの豊かな語彙，クセノフォンの優美，イソクラテスの甘美，デモステネスの力強さ，アリストテレスの適切で欠点のない繊細である。その上，ギリシャ語，ラテン語の完全な知識が得られ，あらゆる主題について，即座に，的確な弁論が可能となる。これは，学問と誠実を愛する人が生涯を費やすにふさわしい仕事だと述べて，アスカムは師チーク教授の言葉に言及する：「私は優れた学生にはギリシャ・ラテンすべての作家を読んで欲しいと思うが，限られた書物だけでも良い，まず神の聖なる書，加えてキケロ，プラトン，アリストテレス，クセノフォン，イソクラテス，そしてデモステネス，これらを読む者は必ず優れた人 (an excellent man) になる」(W124)。それは，模倣すべき五人のモデルから知恵を学ぶためは勿論，模倣の過程で判断の力を磨くためだ，とキケロの模倣論を継承するものであろう。

その他ラテン作家とギリシャのモデルとの比較蒐集と順序立った整理があらゆる学問，特に雄弁に役立つと強調する。

次にアスカムは，模倣すべきモデルは一人か数人か先述の問題に入る (W133–)。人物画家を例にとり，美しい手や形の良い脚だけを描くことのできる画家ではなく，男女子供の身体のすべての部所を描いている画家をモデルとすべきである。即ち，優れた技術を使って男女子供の一人一人の特徴を出しながら，正しいフォーム，実物のフィギュア，自然な色を出して，男の

威厳と女の美しさ，幼児の可愛さにふさわしく描くことができる人を選ぶのである。雄弁の点でこのようなモデルを与えてくれるのはギリシャ・ラテン作家である。どの作家が雄弁の一点，一要素を扱っているか，どの作家が全体をくまなく作り上げているか。このように言ってアスカムは具体的に紹介する（それは師であり友人であるジョン・チーク教授との対話に基づくが）。話し方・文体（genus dicendi）を卑近・中庸・荘重の三種にではなく，作者が対象とする題材（matter）によって以下のように分ける（W134）：1. 詩的　2. 歴史的　3. 哲学的　4. 弁論的

　その理由は，これらの題材は語の選択，文章の構成（framing），主題（argument）の取り扱い，正しい形式（right forme），文彩（figure），韻律（number）の使用が各々独特で異なるからだと言う。（注：ジャンルの文体を修得することを勧めているが，これはキケロを想起させる。即ち，「十全にして完成された雄弁家とは，森羅万象すべての事柄について，知識豊かに多彩に語ることのできる者の謂である」（大西英文訳『弁論家について』I.13.59）。）

　「詩的」題材は次のように分かれる：

1. 詩的題材

　1. 喜劇　2. 悲劇　3. 叙事詩　4. 抒情詩

テレンティウス，セネカ，ホラティウス，或いはアリストファネス，ソポクレス，ホーマー，ピンダロスを注意深く読んで，上述の語，文，題材の取り扱いそれぞれを観察し，何が適切・正統（fitte and *decorum* W134）であるかを知れば真の模倣に役立つと言ってアスカムは模倣に関する具体的な視点を示す。ケンブリッジ大学セント・ジョンズ・コレッジのトマス・ウォトソン（Thomas Watson）先生が悲劇 *Absalom* を書いた時，作者とチーク先生とアスカムの三人はアリストテレスとホラティウスの詩の規範とエウリピデス，ソポクレス及びセネカの実例と比較した。アリストテレスの詩の規範とエウリピデスの模範を守るものはこの悲劇とスコットランドのジョージ・ブキャナン（George Buchanan）作 *Jephthes* だけである，悲劇では前提部（Protasis）を短・長（Iambus）で始めるが，これを誤って長・短（Trochaeus）で始める無知もあるが（これは悲劇が最高潮に達した Epitasis においてのみ使われる），しかし *Absalom* にも微小だが正統でない欠陥がある，Iambus の代わりに短・

短・長（Anapestus）が二，三箇所あり，ウォトソン先生はそのためこの作品を世に出さなかったという。（アスカムは当時のセント・ジョンズ・コレッジが「模倣」をかくまでも厳しく追及したという歴史的事実を記したのである。このリズムの問題は「演説」（Declamatio）に関わるとしてこれほど重要視されたのであろう。）

次に

2. 歴史的題材

1. 日記　2. 年代記　3. 回想録　4. 歴史プロパー

語の適切な使用，文の平易さ，明快さ，軽やかさの見本は3. と4. ではカエサルとリウィウスに見られる。1. と2. では今日残るものはない。

3. 哲学的題材

1. 論説（sermo）　2. 議論（contentio）

1. にはキケロの『義務』，アリストテレスの『倫理学』がある。2. にはプラトンの対話篇，クセノフォン，キケロがある。最近の研究としては我が友人ヨーハン・シュトゥルムによる *Gorgias* のコメンタリーが優れている。

4. 弁論的題材

1. 卑近　2. 中庸　3. 荘重

これら三種がギリシャ語に，特にデモステネスにすべてが見られる。三文体は弁論だけでなく，すべての言説と作家で違いが容易に分かるものである。

以下（W137–）アスカムはモデルとなるべきラテン作家について，誰が雄弁の実例を示してくれるか，それはどの種類の雄弁か，どれを模倣すべきか，その中で何を避けるべきか，どのようにすれば雄弁の例を正しく判断することができるか。彼がチーク教授から何度も聞いたことを記す。（アスカムは病いに倒れ途中で筆を折る。また，『模倣について』を書く計画も果たさずに終わった。）

純正ラテン語の歴史とその作家の系列が紹介される（W137–）。（年代理解のため人名と生涯年を記す。）ラテン語は発生から滅亡に至るまで，その純正に関して老人の生涯よりさほど長くは続かず，小スキピオ・アフリカーヌス（Scipio Aemilianus, Africanus Minor c. 185–129BC）とラエリウス（Gaius Laelius Sapiens 188–129BC）の時代からアウグストゥス皇帝（Augustus Caesar

27BC–14AD）までの 100 年そこらであった。完成された雄弁がキケロ（Marcus Tullius Cicero 106–43BC）とその時代にのみ残り，彼以前にはさして目立つ者はいず，以後もキケロと面識があった者を除いて同様の状態であった。短命な純正ラテン語の初めの 40 年間とそれ以前については，プラウトゥス（Titus Maccius Plautus 254–184BC）とテレンティウスの喜劇と大カトー（Marcus Porcius Cato 234–149BC）による農業史が残る。プラウトゥスに関しては，教師は語使用の正しさ，句と文の組み立て，題材の誠実な選択について生徒に学ばせるべきものがある。ラテン語に関する判断と作法に関する指導が並行すれば，プラウトゥスはローマが善行と言葉遣いの良さにおいて全盛であった頃のラテン語の純正さを示していて，卑近な題材（meane matters W138）と日々の事柄を普通の雄弁（common eloquence）で表した当時の話し言葉の宝庫である。

　テレンティウスも続く時代のラテン語の宝庫である。プラウトゥスほど題材と語彙は多様ではないが，語は純粋に選択され，しかも秩序正しく配置されている。文の諸要素が手際よくまとめられて，文中のあらゆる場所に巧みに組み込まれている。

　両者に共通して，題材，表現（utterance），語，韻律に特に注意しなくてはならない。題材は卑近な人々の習慣の範囲内にあり，ひどい父，愚かな母，放蕩な息子，悪賢い召使い，こすい女郎宿の女将，ずるい娼婦達の考えや実態を述べるにとどまる。語彙とスピーチに関しては，プラウトゥスのほうが豊かである。テレンティウスのほうが純粋で適切（proper）であり，ローマの名だたる貴族達の喋る話し言葉（talk）が聞かれる。しかしテレンティウスには時に韻律のため語の配置のねじれが見られる。この点はプラウトゥスも同様で，ホラティウス（Quintus Horatius Flaccus 65–8BC: *Ars Poetica* 268–69），クゥィンティリアヌス（Marcus Fabius Quintilianus 35–96?AD: *Institutio Oratoria* X.1.99）が指摘するように，これは未成熟な時代のせいであり，模倣は直接ギリシャの喜劇に求めなくてはならない，と言う。

　ここで話題は，ギリシャ対ラテンの模倣関係をきっかけとして，（歴史的にギリシャに範を求めなかった）英国への批判に飛ぶ。

　ヴァージル（Publius Vergilius Maro 70–19BC）とホラティウスが先人のラテ

ン作家の欠陥に習わないで，完全なギリシャ作家を模倣してラテン詩を完成
させた。英国の先人は残念ながらゴート族・フン族に倣って脚韻を使った。
「しかし今日，その違いを知り，優劣の実例を手にした時，ギリシャ詩人に真
の作詩法を学ぶよりむしろゴート詩人に脚韻法を学ぶのはたしかに人間の中
でムギパンを食べられるのに豚と一緒にドングリを食べるようなものだ」
(W141)。続けて，「たしかに英国にはチョーサー，ノートン (Thomas Norton
c. 1433–c. 1513)，サリー (Henry Howard, Earl of Surrey 1517–1547)，ワイアッ
ト (Sir Thomas Wyatt 1503–1542)，フェア (Thomas Phaer 1514–1560)，そし
て他にオウィディウス，パリンゲニウス (Marcellus Palingenius Stellatus c. 1500–
c. 1551:『生命の黄道』の作者，イタリア詩人)，セネカを英訳した人達がい
て，模倣したモデルに勝るとも劣らない名声を博したが，もし彼らの叡智と
勤勉が状況と習慣に流されてゴート詩人に野蛮で粗野な脚韻法を学ばずに，
最も優れたギリシャのモデルの模倣に向けられたならば，彼ら英国詩人達は
詩作において少なくともゴート詩人よりはギリシャ詩人に似た学識と技術を
もっと称賛されたであろう」(W141)。このように言ってアスカムは，チー
ク先生とウォトソン先生が，ラテン詩人がギリシャ詩に学んだように英国の
先人がギリシャ詩を模倣しなかったことを残念に思ったことを紹介する。英
国詩人はラテン詩を立派に模倣した実績があるのに残念だというわけである。

　では，主に単音節語を使う英語は長短短 (Dactylus) 六脚を使うギリシャ・
ラテンの英雄詩を受け入れることができないのか。(アスカムは 17 世紀にま
で続く英語の単音節と脚韻の問題に入る。しかし 17 世紀では脚韻を前提と
して論じられる)。彼は言う，この韻律はたしかに単音節の英語が移入するに
は不自然である。ましてや更に脚韻を踏むことなぞ無理な話である。しかし
短長 (Iambus) は受け入れられる。アテネやローマの詩人達が努力したよう
に，あらゆる韻律に正しいリズム (measure) を見つけるだけでなく，すべて
の脚 (foot) とシラブルに正しい音量を見つける努力をすれば，今日のように
14 音節を数えて脚韻でつまずく三文詩だらけにはならなかった (12 音節の
Alexandrine と 14 音節の Fourteener から成るカプレットは Poulter's Measure
と呼ばれ当時流行した)。チョーサーとペトラルカ (Francesco Petrarca 1304–
1374) を詩の神様 (Gods in verses W142) と崇めてその功罪を見分けない者が

いる。脚韻法（罪）が正しい詩法（功）を駄目にした，古典語のリズムを英語の特質に合わせて改変するよう努力すべきだったのに，とアスカムは歯軋りをする。

英国とスペインにおける古典作品の近代語訳が脚韻を捨てたことを取り上げて，アスカムは模倣の観点からこれらを批判する。サリー伯ヘンリー・ハワードがあの『アエネイス』第4巻を訳し（1557）（2巻は言及されず），スペイン王フェリペ二世の秘書官ペレス（Gonzalo Perez 1500–67）が『オデュッセイア』を訳したが（1550, 1553, 1556, 1562），共に判断良く脚韻の過ちを避けた。しかし彼らの脚（feet）は関節のない脚（feete without joyntes W143）であって，シラブルの本当の数量によって個別化（distinct）されていない。従って脚は麻痺し，詩行が行を変わりスムーズに流れる（turn and run roundly W143）にはふさわしくない，と批判する。

アスカムは，同様に脚韻法を批判するイタリアのフィリウッチィ（Felice Figliucci 1518–1595）によるアリストテレスの『倫理学』の注釈 Della filosofia morale（1551）を取り上げる。彼はその中で，アリストテレスによるホーマーやエウリピデスの引用をペトラルカの脚韻を真似ず，無韻のイタリア詩に訳してギリシャ・ラテンの本来の作詩法に従う。国外ではペトラルカ・アリオストー派，国内ではチョーサーしか知らない現状をアスカムは嘆いて，ヴァージルとホラティウスの例と比べる。彼らはラテンの先人エンニウス（Quintus Ennius 239–169BC）とプラウトゥスを捨てホーマーとエウリピデスを模倣してラテン詩を完成したように，サリーがイタリアに先んじて脚韻を捨てギリシャに見習ったことを称賛する（–W145）。

ここでアスカムは母国愛に燃えてキケロ師匠に語りかける：「先生は甚だ失礼にも未熟な英国をののしって，極端な貧しさと全くの野蛮が英国の特徴だと友人のアッティクスにお書きになった，《島中に一片の銀もなく，学問や文字を知る者は独りとしていない》（Epistulae ad Atticum iv.16.6）。しかし，キケロ先生，1600年経った今日，英国の一都市（ロンドン）の銀の食器はあなたのローマを含むイタリアの四都市分以上になります。学問に関しては古典語と人文学（liberal sciences）の修得は勿論のこと，あなたの書物もよく読まれていて，あなたの卓越した雄弁が今日英国で立派に実践されていてイタリ

アの何処にも劣りません」（W145）。

アスカムは再びラテン語の歴史に戻る。プラウトゥスとテレンティウスの
のち，ラテン語はクラッスス（Lucius Licinius Crassus 140–91BC）とアントニ
ウス（Marcus Antonius 143–87BC）において美しく開花したが，キケロの時代
に初めて，そして主にキケロにおいて最高度の完成に達した。するとその影
響を受けて玉ならぬ石も見かけの雄弁家になる。こうして直ぐにラテン語は
色あせ始める。その中でアスカムは模範とすべき四人を挙げる：ワロー（Mar-
cus Terentius Varro 116–27BC），サルスティウス（Gaius Sallustius Crispus 86–
c. 35BC），カエサル（Gaius Julius Caesar 102–44BC），そしてキケロである。同
じ時代，ラテン語の名に値する優れた詩人達は，ルクレーティウス（Titus
Lucretius Carus c. 98–55BC），カトゥルス（Gaius Valerius Catullus c. 84–c. 54BC），
ホラティウス等である。しかしとアスカムは言う，我々は若年の生徒にダン
スではなく歩く（go）こと，歌うことではなく話すことを教えるのを目的と
している。詩人，特に叙事詩人と抒情詩人は，優れた踊り手であり小ぎれい
な歌い手であるのに対して，雄弁家と歴史家は立派な歩み手であり美しく懸
命な話し手であるから，まずそれを習って，踊りと歌は適当な時に習って欲
しいと言ってアスカムは上述の四人を模倣のモデルとする。以下，その四人
のラテン語についてその特徴を解説する（しかし筆半ばで終わる）。アスカム
による各作者の特徴を以下紹介する。

ワロー（W148–150）　彼の『ラテン語と類推について』*De lingua Latina
et Analogia* は雄弁について深く切り込むところはない。農事に関する書物
Rerum rusticarum de agricultura は田園と農事に関する語彙の点で大いに注目
すべきである。ときに粗野で，大カトーを模倣して古語が多く廃語がある。
80 歳の時書いたため語と文体の点で正しいラテン語からそれることもある。
従ってカエサルとキケロの試金石によって検分しなければならない。彼は国
家と個人の生活に関わるあらゆる分野の学識を示す。教育論，ローマの全史
等今は失われたが，のち彼の学識がよく理解され愛されたことはキケロにお
いて明らかであり，なかでも聖アウグスティヌス（Aurelius Augustinus Hip-
pensis 354–430）『神の都』を注意深く読めば分かるとアスカムは言う。

サルスティウス（W150–155）　彼について師ジョン・チーク卿による評

価を紹介する。用語，句，文の構成が適正でなく，従って内容も明晰でない。「それはね，サルスティウスにとっては書くことは自然（nature）というより技術（art）であり，art よりも苦役（labor）であるからだよ。しかもその labor は余りに苦役なのだ。恰も自分にできる以上に良く書きたいという満たされることのない意欲を伴うものだ。それは多くの人に共通する欠点だ。だから彼はクセノフォンのギリシャ語のように，主題を民衆の言葉（common speech）で生き生きと自然に表現しないのだ。……カエサル，キケロ，サルスティウスが同じ時代に生きたのに，前二者の話がかくも自然で明晰であり，サルスティウスの書き方が不自然（artificial）で曖昧なのはどうして起こるのか？ わたしの想像はこうだよ。カエサルとキケロは神に与えられた天性の雄弁の才能の他に，仕事柄民衆の中で日々演説をし，元老院では最高の政治家であった。従って身分の低い人も理解し最も教養ある人もよく認める言葉を用い，多数の人々のように話し少数の人のように賢明であれ，というアリストテレスの忠告を注意深く守ったのだ。それに反してサルスティウスは」とジョン卿の話は続く（W150–）。サルスティウスの不自然さと曖昧の原因は，のちにラテン語による執筆を始めるまでの環境にあると以下のように言う。生来，性質悪く，それは育ちで更に悪くなり放蕩の青春を過ごした。賢者の忠告，善良な人々の模範により生きる誠実さに気付き，のち勉学に励み，カエサル政権下，行政官として北アフリカに赴任，ローマの日常語にも触れずローマ人の物語を書いた。そのため大カトーとピーソ（Lucius Calpurnius Piso Frugi c. 182–c. 120BC）から題材と史実を集めた。カトーから史実蒐集によって彼の粗雑な文体を受け継いだ。しかし古語使用がサルスティウスの粗雑と曖昧の最大の原因ではない。チーク教授は規範としてのキケロと比較する。語，句，文のそれぞれにおいて，まず語に関して両者の違いは少ない。また新しさ・古さは両者の最大の違いではない。語は慣用的だが句になると非慣用な用法がサルスティウスに見られる。nimius と animus は普通に用いられるが homo nimius animi「精神が過激な人」は非慣用である。ingens と vires はよいが，vir ingens virium「力が異常な男」は不適切な言い方である。サルスティウスの他の多くの句がそうである。題材は妥当，語は適正で明快だが，特に導入部と演説本体は一番苦労を重ねて書かれ，文全体の意味が難解で曖昧になっ

ている。

このような文法上の問題を穿り出す（pickle W154）のを笑う人達に対して，アスカムはキケロ 60 歳の時の逸話を持ち出す。カエサルとポムペイウスの抗争の真只中，国と個人に関する深刻な事態に心を砕きながらなお，ピラエウスの港が町なのか，定かでなかったので，*ad Piræa* か *in Piræa* か，それとも前置詞なしで *Piræeum* とすべきか，親友のアッティクスに尋ねる：「もしきみがこの問題を解決してくれたら，悩みからぼくを解放してくれよう」（*Ad Atticum* vii.3.10: W154 注）。もしキケロがその年齢で，あの権勢にあり，祖国を憂い，身の危険と親友達の非常な困難に直面しながら，自らは雄弁のプリンスでありながらも母語の小さな文法の問題を身を低くして論じることを恥としなかったとしたら，生徒たるもの何をすべきか。いや，人みな何をすべきか。もし悪行より善行を良しとするならば，そして，本心と違うことを言うのではなく，半端よりは完全に，曖昧であるよりは確実に，つまり真にあるべき自分であることを選ぶならば。ラテン語の修得を目標とする者は，気紛れで曖昧な無知によりつまずくのではなく，完璧で確実な知識によらなければならない。キケロの故事が教えるところは知識修得のあり方である。その正しいステップは次の順序による，即ち，素質の適正，学習好き，段階毎の勤勉，楽しく節度ある継続（三日徹夜，七日遊ぶ，ではなく），ベストの作家から学ぶ。そうすれば最高に知恵あると同様に判断力がつくであろう。以上が，サルスティウスとラテン語に関する正しい見方と学問についてチーク先生がアスカムに授けた鉄則である。既に述べたキケロ，セネカの模倣論の復習であることは明らかである。

カエサル（W155–）　次にカエサルについて断片的な記述が続く。伝えられているものが少ないためウェヌスの半分の顔のようで，残り半分は隠され胴体と四肢はまだ描かれていない。しかしギリシャの大画家アペレス（既出）が見事に完成したので人々は立ち止まって驚嘆し考え込み，誰ひとり同じ絵を描こうなど思わないだろうとアスカムは絵画の比喩でもって始める。

『ガリア戦記』七巻と『内乱』三巻は，内容は叡智に満ち，表現は雄弁に書かれていて，最大の敵でさえ彼に不公平の痕跡も見出せないし（それは，特に自らの行為を書くにあたっては驚くべき知恵である），況してやラテン語の

最高の判定者も，或いは他人の著作を妬む者，すべてが完璧であると言うほかはない。キケロの過剰文体（fulness in words and matter W155）を批判したブルートゥス（Marcus Junius Brutus 85–42BC），カルウス（Gaius Licinius Calvus 82–c. 47BC），カリディウス（Marcus Calidius ?–48BC）もカエサルには如何なる欠陥も見出していない。更にアスカムはカエサルに最高の賛辞を贈る。時代・言語を問わず最高の作者達には，プラトンであれデモステネスであれ，キケロも例外でなく，欠陥は当然見られるが，カエサルにだけは見当たらない。しかしながら，彼の卓越した長所は雄弁の一分野において見られるに過ぎない。完全な頭部，胴体の前とうしろ，腕と脚，すべてをもつ例を模倣しようとして探す時，一側面しか見られない。（以上でアスカムの筆は中断）

　アスカムの模倣論はラテン語学習のためであるが，雄弁術修得におけるキケロの模倣論を継承する。そしてこの古典模倣論が，ケンブリッジ大学初代ギリシャ語教授ジョン・チーク卿のサークルに親しく語られていたことが分かる。「模倣」について以上の記述のうち，モデルとそれに拠ったテクストの比較六項目にわたる詳細（W115），特にホーマーとの比較に見られる熱気（W120–121）から，アスカムにとっては「模倣」が雄弁の修得を目的とするだけでなく詩歌の分野に及ぶことが分かる。ラテン作家がギリシャに学んで優れた雄弁の文体を創り上げたと同様の機運を英国の作家に求め，詩歌の新生を願っているように思われる。

　アスカムは著作中何度も親しい友ヨーハン・シュトゥルム（Johann Sturm）に言及している。貴族の子弟の教育について書かれた『教養ある貴族について』*De nobilitate literate*（1549）の英訳（1570）がある。これまで述べてきた古典の学問論を継承し，アスカムが示した模倣の技術以上に具体的で，古典詩の分析は特に注目されよう。

2. ヨーハン・シュトゥルム『貴族及び紳士のための宝庫』A ritch Storehouse or Treasurie for Nobilitye and Gentlemen (translated into English by T[homas]. B[rowne]. STC 357.9)(1570)：アートを理解する技術について

　これは，君主と王国のために仕える人材を養成するための具体的な学問論である。知力（mind）を磨くために何を知らなければならないか，という内容（things または matter）に関する知識の領域。そしてその知識を如何に適切に美しく伝えるか，という言語表現の領域。この書物はこれら二部からなる（B5v）。著者は読むべき作家名を挙げながら各々の言語的特徴を指摘してその修得を勧める。これらを覆う原則は人格の確立，精神の浄化である。従って，生徒にとって勉学の目的は，優れた学問を知ること，誠実な生き方，洗練された文体，美しく純正なスピーチの修得である（C3v）。また，宗教は社会を健全にするように，雄弁は社会を美しく（pleasant）し，両者相俟って社会を健全にする（C6）。

　まず，国家行政（civil policy）について。これは広義の哲学（心理学，倫理学，政治学，経済学を含む moral science B6 ママ）と関係する。と言うのは，著者は将来善政によって国を導く人材の養成を目的とするからである。ツキジデス，カエサル等のギリシャ・ラテン作家と共にキリスト教を学ぶこと（B8 ママ）。（これはアスカムと共通する近代ヒューマニズムの原則である。）心と同時に言葉も清くあるべきで，キリストの教えをふさわしい言葉で語るほうが豪華な寺院を立てるより効果がある（B8 ママ）。例えば古典の歴史書を読むことによって国家・市民に関する知識を身につけることができる。適正な古典の知識は今日の社会の統治に有効であるという前提がある。（のちに[D6]，学識のためにこれまで称賛を受け，統治において賢者とされてきたギリシャ・ローマの人々，つまり，修辞学者，雄弁家，哲学者のみならず，執政官（Consuls），皇帝，王を模倣しなければならないと言う。）

　三年間で読むべきものは，ラテンではキケロ，カエサルのコメンタリー，サルスティウス，暇があればプラウトゥス，テレンティウス，ワロー，ルクレティウス。ギリシャではクセノフォン，ヘロドトス，ツキジデス，デモス

テネス，アリストテレス，ホーマー，ヘシオドス，テオクリトス，ピンダロス，エウリピデス，ソフォクレス（C7v）。そしてホラティウス（D3）。読書によって多くの事実（matter）を蒐集するが，それは話題に応じて適切な文体を思うままに操ることにもつながる（C8）。

　では，その目的のために「読む」とは如何なる行為か。著者はそれを題材の順序（placing）を観察すること，何処に置いているか，初めか，中程か，最後か。そして，題材の処理（handling）を観察することと言う。作者は題材を詳述しているか，簡略化しているか。反復しているか。語の種類，文の形はどうか，どんな方法によっているか。これらすべてに，読み手の理解，模倣，書く，話す行為が成立する（D5v）。つまり，モデルとなる作品を読み手は「理解し」，これを「模倣し」，その模倣に基づいて読み手自ら新たなテクストを「書く」，或いは「話す」（演説する），という順序を踏むのである（D5v）。

　モデルからテクストへ　　これを達成するために，題材（things），語（words），技術・技法（art）三種類の備忘録が必要と言う。Art の規範はとりわけアリストテレスとキケロに見られると言う（D7 で技術の原則 places of Art は修辞学書から集められるとある）。

　題材と語の備忘録は記憶のためと同時に，モデルに付加，削除，或いは変更を加えることによって新たなテクストを創り出すことを可能にする（D7）。

　ノートの仕方　　三種類ある（D8）。1. 該当の文章（places）全体を。2. それを少数の語でまとめる（abridgements）。3. 各箇所を図形で描く（figurative draughts or defigurations）。この図式による表示はギリシャとイタリアでもロジック・レトリック学者，また雄弁家によっても使われたものである。

　図示について著者は，数・量に話題（の内容）の観点を考慮する。例示の中から，ヴァージルのエクローグ 1 の分析を見よう（E2–）。原文，ブラウンによる英訳と続く：

Meliboeus
Tityre, tu patulae recubans sub tegimine fagi
silvestrem tenui musam meditaris avena;
nos patriae finis et dulcia linquimus arva;
nos patriam fugimus: tu, Tityre, lentus in umbra

2. ヨーハン・シュトゥルム『貴族及び紳士のための宝庫』(1570)   *33*

formosam resonare doces Amaryllida silvas.

O happie art thou Tityrus, that vnder Beechen tree,
Thy song in Pipe of slender Ote, doste sounde with voice so free.
But we alas our countrie costes and pleasant fields forsake.
We flie our natiue soyle. But thou in shade thy case doste take,
And makest the woods for to resounde aloude faire Amarill.

「ああ，ティティラスよ，おまえは幸せだ，ブナの木の下に座し，/ 細い麦笛で恋の歌をのびやかに吹いているのだから。/ だがわれらはなつかしの故郷，美しい野をあとにするのだ。/ われらの故国を追われるのだ。// だがおまえは，木陰で無心に / 美しいアマリリスよ，と木々にこだまさせる。」

メリベウスは最初の2行（英訳で14＋14シラブル）でティティラスの至福を歌う。次に1行半（14＋6）で自分の身の上を嘆く。そして再びティティラスの幸せに戻って8シラブルの半行（計14シラブル）で行を完成させる。さらに幸せの1行（14シラブル）を加える。幸せの歌→嘆き→幸せの歌，という内容（matter）の環（circle）がある。そして著者は横棒線でこれを表す：

（横線は行を，縦線は4行目が6シラブル目で行中休止となることを示す。）

このように，メリベウスはティティラスで始めティティラスで終わる。この方法の利点は，1. 図形により，よりはっきりと内容が理解，記憶しやすくなる。2. 作者の技巧（art or workmanship）を知ると他の作品を読む願望が生ずる。3. 判断力に磨きをかけ，より難解な個所の深く隠された意味を発掘できることである。

ティティラスは応答歌（Antistrophe or Counterverse）で今の穏やかな生き方を神に感謝する：

Tityrus

O Meliboee, deus nobis haec otia fecit.

namque erit ille mihi semper deus, illius aram

saepe tener nostris ab ovilibus imbuet agnus.

ille meas errare boves, ut cernis, et ipsum

ludere quae vellem calamo permisit agresti.

O Melibey our God to vs this quiet state did will.

For he, for aye shall be my God, vpon his Altar stone

Oft shall the tender Lambe bee slaine from sheepe-foldes of our owne.

He did permit my beastes to graze at randon [sic] as you see,

And bade me play on homely Pipe what best delited mee.

　「ああ，メリベよ，このおだやかな日々はわれらの神が下されたもの。/そのお方は変わらずわが神であられるからだ。いつも石の祭壇に/囲いから若い子羊を捧げよう。/わが羊があのように自由に草をはむのもお恵みのせいだ。/好きな歌をひなびた笛で奏でることができるのも。」

　この最後の2行で，彼は最初第1行で触れられた穏やかな日々に再び戻り，それが何に因っているかを述べ，麦笛の歌に戻る。このように，内容がわずかに異なっていても，どこが異なっているかはっきりと分かる。

　Art（秘技）は隠されている　　ここで明らかにされるArtは先に言及された修辞学的artとは違って隠されていることが多い（著者は自然のコピーとしてのアート，即ち芸術作品を意味していると思われる）。そこでArtを明らかにする順序について（E6）著者は次のように勧める，1. 先ずキケロとデモステネスの演説を調べる。2. 次にキケロの哲学書，歴史書，書簡を。3. 次に詩人に行く。しかし詩歌に身を入れるより雄弁のスタイルを確立することが先である，雄弁家になることが目的だから。キケロの中のアントニウスは詩を全く読まなかったという。

　書くこと（E7–）　　著者は生徒の眼前にあるモデルの材料を模倣して，それに基づいて書く，という前提で語っている。書く順序は，1. 主題を決め，題材の特質をすべて理解する。2. 容易に理解し，処理し，発表できる事柄を

選ぶ（身の丈に合った題材の選択）。3. すばやく発表できるよう，問題のすべてではなく限られた行数のものにする。これと関連して次のようにも言っている。勉学の一年目はキケロから雄弁の全体を模倣するのではなく，そのスタイルを確立するための範例（matter）を集めるべきだと言って，もっと短い文章を集めるように勧める。初めは短い演説を書くことを勧めているのであろう。

　キケロを読むこととスタイルの形成で初年度を費やし，残り二年間はそれに歴史と詩歌の勉強を加えてもよいが，雄弁とスタイルの勉強が妨げられないように控えめにしなければならない。その理由は，歴史の過度の勉強と詩歌の奇妙な表現（strange tongues and terms）によって元老院と宮廷にふさわしい雄弁家の話し方（the senatory and Courtlike speache of an Orator）が汚染されてはならないからだ，と言う。（この英訳が出た 1570 年頃，英国の宮廷ではチョーサーの古語法がはやっているとトマス・ウィルソンは指摘している（*The Arte of Rhetorique* 1553, fol.86v:『修辞学の技術』195 頁参照）。）以上で，スタイルとライティングについて終わる。

　　次は**模倣に関する諸問題**（E8–）：

1. どの作家が模倣すべき模範となるか（what authors are to be as ensamples and patterns for to imitate）
2. 一人，或いは多数の作家を模範とすべきか（whether we ought to take ensample of one, or of many）
3. 如何なる題材を模倣すべきか（what things are to be imitated）
4. その方法（and how）
5. いつ模倣を開始すべきか（at what time we should begin this imitation）

　　「模倣」の定義　　他の弁論の中の称賛に値するものを，自分の弁論の中で用いる方法を学ぶことである。つまり，模倣は新たなテクストの再生産を目的とする。その際心得るべきは，モデルにふさわしく優美（comeliness［seemliness, decency: OED］）（E8v）であることだ。そのために必要なものは（F1–），普遍的特性とすべての知識（a science of an universal thing, and of all things）である。（前者，普遍性は，雄弁のイデアのような概念を指すのであろう。すべての知識は精神を磨いてイデアにひたすら近づく。これはキケロの模倣原

理を継承することは明白である。）では誰を模倣のパタンにすべきか？ 卓越した徳 (vertues) に富むが我々に真似ようとする欲望をかき立てる者。次に，模倣する人は，**隠されている修辞法を見出さなければならない。**と言えば，ラテン作家の中でキケロに勝る人はいない。彼は修辞的雄弁，演説の身振り，大衆的 (daily) スピーチなど個々の見本を示すのではなく，全体を示しているか，個々の一部を示していて残りが分かるようにしている。従ってキケロを除いて確かで優れたラテン語の見本は無い。たしかに，キケロは国家，歴史，農業，自然誌，戦争，建築等について書いていない。子弟にあらゆる作家を読むように言ったが，最高の規範を模倣する場合手懸かりになるのはスタイルであり，そのスタイルは選りすぐりのもの，題材に最も一致した表現を選ばなければならない。この表現の種類と特性がキケロに最もよく見られると言うのである (F2v)。従って，「模倣」する場合，欠けるところがあるにせよ，まずキケロに行くことだ。彼に欠けるものがあれば他のところへ行くことだ。キケロに染まったなら，恐れることなく他の作家に行ってもよいし，物語や法廷の言葉はそれなりのスタイルで書くとよいと言う。

　それぞれの主題に応じて処理が異なると述べてきて，主題の選択に関してホラティウスの忠告を引いている (F5v)：

> To choose such matter when wee write,
> 　　as fit is for our strength:
> And long to wey and payse the same,
> 　　vntill we know at length
> How much our shouldiours may sustaine,
> 　　and what they will not beare.
> (*Ars Poetica* 38–41)

　「自分の力に合った題材を選び，選んだ題材を長く考察・熟慮する。しかるのちに我が双肩がどれほど支え，どこが支え切れぬかを知らねばならぬ。」

この「力」は我々の努力で増すので，自覚，知識，勤勉 (wit, knowledge, diligence F5v) 次第であると戒める。

　模倣とは凌駕である。何故なら，と著者は結論的に言う：模倣は自由であ

るべきで，隷属的でも猿真似でもいけない。また，模倣者がたえず他者の足跡を辿るのでなく，様々な折に，しかも見事に（decently）仕上げることが出来れば何度も先人を追い抜いて欲しい（F7v）と望む。（模倣は凌駕であるということは，既に触れたことであるが，ギリシャを手本としたローマが本来目指すところであった。）

　既に題材と語の備忘録に関しては触れたが（D7），次に著者は模倣の仕方について熟慮すべき点を要約する（F8–）。第一に，題材は何であるか（what he sayth）。これは生徒による題材の発見（invention）に連なる。第二に，題材が如何なる順序で述べられているか（in what order）。文中の語等の配置（collocation）のことである。第三に，発話の種類（with what kind of utterance）。これは陳述の種類（the form of speech）のことである。第四に，処理の仕方（by what method or manner of handling）。これは上のスピーチの種類を決める要因であるが同時に，文彩（ornaments and figures of speech）を含む。文，陳述（sentences and reasons）の洗練，また節と文章全体の組み立て，結合，リズム立て（the framing, knitting and numerousness both of members and whole Periods）がある。そして技法（Art）に属する諸々の事象を比較観察，それぞれに応じて図示しなければならない。以上を備忘録に記録し必要に応じて使う。

　上に触れられたが（E7–），書くこと即ち執筆（F8v）に移る。上記の過程が終わるとすぐに，主題と題材（Argument and matter）に関する最も容易な事柄から，しかも同種のものから始めること。例えば歴史を書くなら歴史家を模倣すること。

　模倣の仕方について資質の観点から付言する（F8–, G1v–）。何が模倣可能で，何が不可能かを考えること。不可能なものとして，題材を発見する際の鋭敏さ（wit in invention），熱意（vehemence），ひらめき（facility）を挙げる。これらは生来の才能に属し，技術・技法（Art）によっては得られるものではない。だから最初は最も易しい部分から始めて，徐々に難しいところに進めば最後には全体に到達することができる。模倣者の傲慢（arrogance）はこれを妨げる（G3）。

　模倣に値するものに二種類ある（G3v）。見て分かる（apparent）ものと隠れた（hidden）ものとである。前者は語，語の修辞的洗練（polishing），語の結

合 (joining … together)，また発見した題材の順序，即ち配置と組み立て (the order, placing and framing of those things that be invented) である。後者は雄弁家の愛すべき人柄の暗示 (A signification of an amiable honestie in the Orator)，意味の二重性，語，陳述，文が省略されている場合，また修辞的装飾・洗練が省かれている場合 (beautifications and poliings omitted, which might haue bene vsed) である。これを書くことによって実践することは難しいので，教師の指導が必要である。モデルをそのまま真似るのは稚戯に等しいと言う。ここで著者は絵画における原画と模写の例を引く（これは模倣を語る時のキケロ以来の常套である）。あのアペレスのウェヌス，或いはライバルのプロトゲネスによる田園画を，仮に同じ色彩，顔かたち，陰影を用いて一点の違いもなく真似ることが技術を要する (artificial G4) としても，アポロやアキレスを描いて，アペレスが医術の神アエスクラピウスやプリアムスの未完だが似姿を描いた時に見せた技法 (Art) そのものを表現するほうがもっと優れている (G4v)。

　従って（と彼は続ける），模倣においては，1. 模範（パタン，モデル）と似ていないテクストを作ること。2. モデルの題材と似ていても，ある別の目的でそうしたことが分かるようにすること。これができるのは，モデルと競う時だけである。また題材が同じでなくても品格 (elegance) も同じでなくてはならない。そして処理同様，ジャンル (kind) も同じでないことが必要である。キケロの演説はデモステネスの演説と同じ種類のスピーチと発話形式を用いるが，意図的に異なるように努めている。

　著者はここでアエネーアースとオデュッセウスとを比較する (G5–)。詳しく見ると，まず，両作品に陳述の種類（形態）(form of speech) の類似が見られる。しかしその中に大きな相違 (diversity, variety) がある。その結果，ごく一般的に言ってオデュッセウスはアエネーアースに似ているとはっきりとは言えない。しかしながら，模倣者は時には姿を見せてもよいと思う，と言ってベンボー (Pietro Bembo 1470–1547) とキケロの例に言及する (G5–)。Brutus 冒頭で述べられるように，ロードス島でホルテンシウス (Quintus Hortensius 114–150BC) の死を聞いたキケロの嘆きは誰よりも深かった。ウルビーノ公爵の死を聞いたベンボーの父の悲しみも同様に深かった。父の悲しみをベ

2. ヨーハン・シュトゥルム『貴族及び紳士のための宝庫』(1570)　　*39*

ンボーが，キケロをモデルに書いたと分かるように意図したのか，或いは分かるはずはないと思ったのか，いずれにせよ，キケロとベンボーの記述を読んで大いに喜びを覚えた，と著者シュトゥルムは両者の類似を察知し，模倣の本道に納得して独り微笑む。

　模倣者による類似（真似）がモデルに匹敵し，さりとて如何なる手段で，どの場所，どの具体例に類似が見られるのか，容易に分からないようにするのは至難のことである。それ以外は，模倣者は類似を隠さなければならない（an Imitator must hide all similitude and likeness G5v）。そこで，

模倣を隠す三つの方法（G5v–）:

　1. 付加（addition），2. 除去（ablation），3. 変更（alteration and changing）。これには語，文，節，文章群それぞれの結合（conjunction），形態（figuration），代替（commutation），修辞的変容（transformation）が含まれる。

　1. 付加（addition）と 2. 除去（ablation）は，語，句，節，文に見られる。3. 変更（alteration）は語や題材の様々な変更。また語，節，文，必要な題材を前か，後か，中間に置くことである。

　形態（figuration）は主に性（genders），数（numbers），格（cases）に見られる。これらの変化は喜びを与え，冗長を除く。

　代替（commutation）は一語や物（題材）について代わりを用いることである。

　修辞的変容（transformation）は修辞のあらゆる文彩（all the figures of rhetoric），隠喩（metaphors），即ち tropes of words そして文の装飾（the ornaments and beautifications of sentences）を含む。

　このような手段によって新たなスピーチの形が出来上がり，スピーチに変化（diversity, variety）を与える。しかし，隠すことによってモデルと（1）同等か，（2）より優れたものを，或いは（3）たとえ劣っていてもある目的・理由をもって作らなければならない。

　以下，「変更」の例が挙げられる。『アエネイス』冒頭，Arma virumque cano, 即ち of armes, and of a Captayne eke I doe indite は明らかにホーマーの冒頭に似せて形成（frame）されている（G7v）。しかし違いがある。即ち，ホーマーはアキレスの名を挙げて，その怒りとそれがギリシャ軍にもたらした禍を歌うように詩の女神に「手短かに」求める。ヴァージルはアエネーアースを名

第1部　模倣論

指しせず，彼の目的を「長々と」述べる。彼のほうが優れているとは言えないが，ホーマーに匹敵する美しい冒頭である。

　しかし，題材によってはモデルに譲るほうが誠実な場合がある，と言って先に述べたキケロとベンボーの例 (G6) を引く：

> I conceived greater grief of mind than any man would have supposed.
> He conceived verily great grief and sorrow.

（これは英訳者ブラウンによる英語の比較である。）キケロのほうはより豊かで語数が多い。ベンボーのほうは嘆きにふさわしく控えめである。キケロの「比較」(greater … than) を一語 verily に凝縮する一方，grief に sorrow を加える。たとえ小さな付加 (addition) や除去 (ablation) でも，主題 (matter) を飾るこの技巧・アートが控えめなベンボーのテクストにふさわしい，とシュトゥルムは彼の独自性を称える。

　著者は更に「変更」に関してアートの例を挙げる（但し，モデルに関してではない）。既出のヴァージルによるエクローグの figuration を注目する (G8–)。（ブラウン訳によると，）メリベウスによる *thou* Tityrus から But *we are expulsed* への「数」の変化（移行）には故国を追われる二人を慮って見事な配慮 (grace) が見られると言う。ティティラスは，尊大さ (arrogance) も嫉妬心 (envious emulation) も抱かずにこの気配り (elegance) を受け容れる (imitate)。それは，メリベウスは彼の友だったからである：O Melibey *our* God to *us* this quiet state did will（いつもは my God と言っているのに）。

　著者は「修辞的変容」の機能を詳述するために再びヴァージルをホーマーと比較する (H2–)。O Muse, recite Achylles wrath, etc. はホーマーの意図にふさわしく，重厚で美しい。しかし，ヴァージルの Arma virumque cano, etc. にもホーマーに劣らず多くの美しさがある。つまり重厚と美しさの点で洗練された (artificial) 共通点がある。アキレスの怒りと狂乱に対して，ヴァージルはアエネーアースという英雄をより言葉と事績を尽くして描く。両雄には違い (variety) があるが，処理は共に重厚 (gravity) を目指すという点で同じである。彼はそのため多くの重要な事柄を詰め込んだ。ホーマーがギリシャ語

2. ヨーハン・シュトゥルム『貴族及び紳士のための宝庫』(1570)

の詩語の美しい響きを奏でたのに対し，彼は figuration の美しさの極致を駆使してこれに対抗した。Arma virumque (of armes & of that Captaine bold)… Italiam Lauiniaque litora (to Italie lande and Lauine shores)… Terris iactatus & alto (by seas and eke by lande ytoste)，ここでは単数と複数が三度組み合わされている。Vi superum saevae memorem Iunosis ob iram (through force of Gods, and for the mindefull wrath of Iuno fell) では，単・複数の組合せの上，連続する格語尾が見られる。Genus unde Latinum Albanique patres atque altae moenia Romae (from whence the line of Latine bloud and Albane fathers came, and loftie walles of Rome doe rise)，ここには性，数，母音（音声）が見事に示されている。

　最後に，ホーマーでは冒頭であったが，Musa, mihi causas memora, etc. (O Muse, recite to mee the uses of this griefe) では 8 行目で初めて詩神への祈願が行われる。ヴァージルはゆっくりと英雄の苦難の原因を問い，嘆く。このように，主題の提示を祈願から離して主人公と題材を変え，ホーマーより詳しく事柄を述べている（これは「付加」に属する）。全体としては，語，性，格，数の多様性によってすべてが共鳴して重厚性を創りだしている。それはエレガンスと相反することはない。「模倣」はこのように配置，変更，付加，変容によって「隠される」。

　模倣の過程を終わり，愈々演説の原稿（テクスト）をつくる段階が来る。模倣すべき作家と主題を選んだのち (H3v–)，発表するテクストのジャンル (kind) を決め，その目的と種類（形態）(form) に内容と語を合わせる。その際，内容と語の配置と変化を考えなければならない。これは難しいことであるが，アートがなければ模倣対象である作者の隠された似姿 (Image H3v) は気付いてもらえない（注：モデルがアートを駆使していること，そのアートを学ぶ者が理解すること，そのアートをもとに新たなアートを提示すること。しかしモデルが誰かが分かるようにしなければならない）。そしてこの配置（替え）は大変な熟練を要するので達成できる生徒は少ない，教師の手助けが必要である。サルスティウスは立派な歴史家であり，クウィンティリアヌスの簡潔表現は良く知られているが，どうしてそうなのか，何処にその特徴があるのか，理解する人は少ない。ハリカルナッセウス (Halicarnasseus) の王

が書いているが，ツキジデスの語の構成は上品で美しい（goodly and beautiful H3v–H4）が甘美で心地よい（sweet or pleasant H4）ものではない。一方クセノフォンでは心地よいが上品ではない。また，ヘロドトスの構成は自ら言うように心地よく上品である。たしかに，何処に上品さと喜ばしさ（comeliness and delectableness H4）があり，上品さが甘美と心地よさとどのように違うかを見極めるのは，鋭く練達の判断力といわゆる鋭い目にしか出来ない。徳行と快楽にほんの僅かの違いしかないかのような問題ではないが，演説では上品と甘美は容易に切り離せない。従って，アートは必要であり教師も不可欠，その上訓練と経験が必要である（–H4）。（アートに関してヴァージルの農耕詩は完成されているが，『アエネイス』は同じく完全に洗練されていないという通説に言及し，著者はこれに反対する。）

このようにシュトゥルムは模倣の中心課題としてアートの発見と再創造の難しさと重要性を強調して，生徒が作る演説原稿の種類（形態）（form of utterance）の問題に移る（H4–）。彼は以下のように注意する。即ち，原稿を作成中，題材を形づくる間その種類（形態）のイメジを目前に浮かべていなくてはならない。それに我々は手を付けるように文体を当てがって，適切でツボを得た語や装飾語を用いる。それをシュトゥルムは文彩，光陰法（colours, shadowings and lights H4v）ではなく，適切さ（conveniency or fitness H4v）と呼ぶ。即ちラテン語で言う decorumu，英語では seeseemliness（H4v）であり，特に模倣では最も必要なものである。

（著者はここでデコーラムという，以後ルネサンス期を支配する創作理念について詳述する。）

模倣とデコーラム　　これについては二つの点を留意しなければならない。1. 適切（aptness）と 2. 適度（measure）である。「適切」は一貫して内容（things）と言葉（words）が対応することである。「適度」は対応する内容が多過ぎも少な過ぎもしないことである。例えば，上述のホーマーとヴァージルの冒頭に違いはあるが共に適度で，前者に欠けるところはなく後者に多すぎるところもない。このように，「適切」は感情の喚起（moving），人の流儀（manners），自然（nature H4v）に見られる。自然は人間に関わりのないもの，草本（erbs），樹木（trees），宝石（precious stones），果樹園（orchards），農地

2. ヨーハン・シュトゥルム『貴族及び紳士のための宝庫』(1570)

(lands)，領地 (lordships) 等であり，それぞれにふさわしいスピーチによって表現されるべきである。感情の喚起は詩人と雄弁家の領分で，他の人達同様に自分自身の流儀と性癖を露わにし，聴衆や読者の心を怒り，憎悪，愛，慈悲に駆り立てるのである。この点についてアリストテレスの言う三種類の発話が関係する。それは『修辞学』第3巻で感情的，道徳的，そして事物の本性に応じた発話である (H5)。(著者は更に続ける，) アリストテレスがこれらで意味するところは明らかにデコーラムである。発話という身体の裸像 (a bare image of this form H5) を恰も外面の皮膚に似せるだけでなく，血液，血管，腱，たくましい筋肉が見えるようにしなければならない。従って我々のスピーチは美しく，賢明で，健全であるように努めなくてはならない。その三つのうち，美しさはエレガンスに，知恵は取り上げる事物そのものに，健全は自然と見目良さに属する。その結果 (スピーチの) 身体 (形態) そのものが自然で，好ましく，そして美しくなる。ギリシャの画家アペレスは海から立ち上がるウェヌスを描いた。たしかに海の form (形態?) を纏っているように見えるが，この女神の美しい身体 (form and beauty) のほうをより愛らしく描いている。従って，アペレスがその絵の一部を粗雑で手を加えないでおいたように，模倣者も同様にどの程度まで美しく表現するかではなく，どの程度の仕上げがふさわしいのかをよく考えなければならない。そうしないと，原稿は誇張・誇大化し，的外れで馬鹿げたものになること必定だ。それ故，ホーマー描くアテナに従え，という忠告がある (ホラティウス『詩論』385に「ミネルヴァ＝アテナの意に従わないなら語ることも創ることもできない」の趣旨が見られる)。女神はしばしばオデュッセウスの姿を，時には哀れな乞食姿，皺だらけの醜い小男か農夫，時には杖で触れて肉付きよく五体を大きく見せる。そしてちぢれた巻き毛が垂れるさまは紫色のヒアシンスのようだと言う。雄弁家も同様である。いつも高価な絹のガーメントではなく，普段着のコートも頻繁に着て人前に出なくてはならない。

　以上が「適切・ふさわしさ」(seemly and comely H6)，即ちデコーラムについての著者の解説である。全体をまとめると，まず題材 (things) を集めて，順序よく並べる (set in order)。そしてその中から多くの語を見出す。次にそれらの語を既に述べた方法に従って理由をもって配置する。しかし普通の人

には気付かれないようにである。その理由は，我々のスピーチはすべての人を満足させ，評判を得るように特に努力しなければならないが，一方，アートと模倣，そして類似性が見えないようにしなければならないからだ。

　以上，スタイルと模倣について述べたが意図して述べなかったことがあると著者は付け加える。ギリシャ語を如何にラテン語に訳すべきか。どのように詩に見えないように散文に変えるべきか。如何に批判して創意を出すべきか。如何に演説（declamation）を始め，締めくくるべきか。これらはこれまで述べ来ったことを十分訓練したのちの課題であり，今は取り上げない，と言う。

　最後に改めて「読む」「書く」ことに戻る。読書には二つの目的がある。1.模倣するための範例（ensample）を探すこと，2. 知識の獲得と理解力の涵養である。1. では範例に隠されている英知を取り出すために立ち止まる必要がある。2. では題材を通読して様々な事柄を次々に見つけて記憶する。三年間でキケロをすべて読み理解し，模倣に役立てなければならない。既に挙げた作家達からも知恵と知識を得るならば，「君達」（シュトゥルムの生徒である貴族の子弟フィリップとアントニー）は同輩の模範となるであろうと言う。

　戦における武勇に次いで貴族と旧い家柄にふさわしい者は，誠実な振る舞い（honest manners），教養（learned understanding），叡智（wise tongue），故事及び国家統治に関する知識を身につけるべきである。こうして著者は学識によって国の柱になるように勧めて書を締めくくる。

　シュトゥルムとアスカムの関係は明らかである。共に子弟教育の場で模倣の技術を教える。模倣論に関しては前者がその著作において先行しているが，チーク教授を中心としたケンブリッジ・サークルでもシュトゥルムは共通の話題であったと思われる。

　エリザベス朝期に「模倣」について多くの発言があったことはよく知られている。通観としては H. O. White, *Plagiarism and Imitation during the English Renaissance*（1935）があるが，「剽窃」の視点が，「模倣」のもつ芸術的創造力という文化的な深みへの考察をやや阻害しているように思われる。この点に注意して，以下ルネサンス及び 17 世紀英国における文化的創造，特に詩的創造としての模倣論を辿りたい。「模倣」はモデルのギリシャ語に対してラ

テン語の洗練という本来的な課題を背負っていた。近代英国において，古典語（や先行するイタリア語）からの英語訳において，英語を如何に洗練するか，このことも英国にとって本質的な問題であったと思われる。

3. ハーヴェイ (**1580**) とカーク (**1579**) の書簡より (Smith I.101–122; 127–134)

　ハーヴェイ (Gabriel Harvey) はスペンサー (Edmund Spenser c. 1552–1599) に宛てた書簡 (1580) の中で，この時期の模倣と凌駕の話題に触れている。スペンサー自身の九つの喜劇（のちの『妖精の女王』を指すと思われる）をヘロドトス（の『歴史』が九部に分けられて，九人のミューズの名で呼ばれた）の故事に倣って自ら「九人のミューズ」と名付けたことに触れ，それが適切な雄弁術の優美さと詩的題材の奇抜さ故に，妖精の女王と狂えるオルランドーの題名の差異以上にアリオストーの喜劇に近づかないとは言えないと称える。ハーヴェイは，スペンサーが『狂えるオルランドー』*Orlando Furioso* と競って (emulate) これを追い抜こうとしていると言って，最近の手紙でスペンサーがその点を指摘したこと，どこの国でも，特にイタリアでは学識のある著名な賢者がこのように自分を主張するのは普通のことであることに言及する (Smith I.115–116)。スペンサーが『狂えるオルランドー』と競ってこれを凌駕することを明言したこと，それはこの時期大陸でよく知られた文芸風潮であったことが明らかである。

　次にカーク (E. K. 即ち Edward Kirke) を取り上げたい。カークはスペンサーの『羊飼いの暦』*Shepheardes Calender* (1579) に付されたハーヴェイ宛の書簡の中で，詩人が「最近巣立ちをした若鳥のごとく」(Smith I.132) 牧歌を題材としたのは，古典以来の「範例」(example) に従ったのだ，と言ってテオクリトス，そして中世・近代のペトラルカ (Francesco Petrarca 1304–1374)，ボッカチョ (Giovanni Boccacio 1313–1375)，マントゥアン (Battista Mantovano 1448–1516)，サナツァッロ (Jacobo Sannazzaro 1456–1530)，マロ (Clément Marot 1496–1544) の先例を挙げる。古典・中世・近代のモデルと多様なテクストを前にしてスペンサーが模倣し，凌駕したものがこの牧歌

詩である。特にテオクリトスとの密接な関係については，詩の「全体梗概」の中で「ヴァージルはエクローグの題材のすべてを水源から引くように明らかにテオクリトスから取っているから，権威の取り分はテオクリトスが勝ち」(Theocritus in whom is more ground of authoritie, then in Virgile, this specially from that deriuing, as from the first head and wellspring the whole Inuention of his Æglogues. MacCabe 32) と言っているように，ラテン詩人はギリシャ詩人を模倣したのである。この模倣と凌駕についてクウィンティリアヌスが誇らしく成果を列記したことは既に述べた。

　カークは「8月」の「梗概」において (MacCabe 107)，これがテオクリトス (*Idylls* 5, 6) の模倣であり，ヴァージルはテオクリトスに倣って第3と7の牧歌を作ったと，テオクリトスとヴァージルの関係を指摘する。更に「11月」の「梗概」では，フランス女王ルイーズの死を悼むマロの牧歌を模倣しながら，「マロ及び先人達すべての作よりもはるかにこの牧歌集が勝ると思う」(But farre passing his reach and in myne opinion all other the Eglogues of this booke. MacCabe 138) と言ってスペンサーの「凌駕」を称える。

　カークは「注解」の中でも頻繁にスペンサーと模倣の具体例に触れるが，以下ハーヴェイ宛書簡中，スペンサーが実践するデコーラムについての発言を取り上げたい。それは模倣の実践そのものである。この作品では「人物，季節，題材，スピーチにおいてデコーラム「適切」が守られている。即ち，題材の処理と語の組み立てすべての純朴さにそれが見られる」と言う。「この作品で最高の目新しさは語が古いこと，語の長短複雑な組合せ，豊かな表現故に快く，新しさ故に落着きのある文章群とスピーチの創意である」(Mac-Cabe 25)。

　次にスペンサーが用いる難語と廃語に関する言及も模倣論の考え方に根差すものと思われる。それはスペンサーがチョーサー等過去の英国詩人の英語を渉猟しそれに染まり「日焼けした」結果である，と有名な喩えを出す (Mac-Cabe 26)。これはキケロ『弁論家について』(大西訳) の中で，楽しみのために読書をしても何かの役に立つものだ，「日差しの中を歩けば，別の目的で歩いても，自然に日焼けする」(2.14.60) ように，その影響を受けて自分の弁論が変わったとアントニウスに言わせているところである。しかし，難語・廃

語を用いたのはそのような影響のせいなのか，鄙びた羊飼いにふさわしいと考えたのか，いずれにせよ彼の用語は詩行に「美しさと権威」（grace and auctoritie MacCabe 26）を与えていると言う。新しさと権威は一見矛盾するアイディアと思われるが，英国の詩的遺産を現在に生き返らせることは模倣の行為である。それは伝統という権威の継承でもあって，「不朽の古遺物」の発掘である（MacCabe 26）。

　これらの論述には，シュトゥルムが示した模倣の具体的方法を想起させるものがある。詩人がアートを発揮する場合の拠り所をカークは明かしていると言ってよい。既に模倣は文芸現象として英国に膾炙していたことは明らかであろう。

4. リチャード・スタニハースト「献辞」（1582）より（Smith I.135–147）

　スタニハースト（Richard Stanyhurst）にも同様の影響が見られる。自らの『アエネイス』訳の献辞の中で，更に具体的にモデルと模倣について述べている。「尊敬すべきはチョーサーが『カンタベリー物語』を語る時のように，自然の秘密を探し出す努力をしていますが，まことに適切に語を使い，スムーズに詩行を滑らせ，巧みに文章を配置し（order），見事に雄弁を磨き，適切に比喩を用い，十分にデコーラムを守っているので，卓越した詩人の名，比類なき雄弁家の名声，該博な賢者の称賛を得たのも至極当然であります」（Smith I.137）。ここで，語，詩行，文章，雄弁，比喩（修辞）にわたる視点はアスカム（の六項目：W115）と，加えてデコーラムはシュトゥルム，カークに共通する模倣の視点である。チョーサーと対比させているが，これは人文主義運動と共に台頭した自国の文化遺産への回帰によるものである。モデルとしてのヴァージルは以下に触れられる。「それ故，アスカム先生の遺訓をいささかなりとも実践しようと思い立ちました。先生はあの名著『教師』の中で大学生達に英知を尽くして英雄詩に教わって英語を美化するようにと願われました。それを試みるのにどんなラテン語学者もふさわしいと私は思いませんでした。ただ独り，ヴァージルだけです。彼は比類のない文体と無比の題材故に全ローマ詩人の中で最高の称賛を受けているのです」（Smith I.137）。アス

48　　　　　　　　　　第1部　模倣論

カムは六項目に及ぶラテン語修得法を挙げたが (W85–)，最初の「二言語転換」以下はグラマー・スクールの生徒には困難で，のち大学に進んで訓練すべきと考えた。その段階に至って実質的に Paraphrasis, Metaphrasis, Epitome, そして Imitatio が始まる。これらの作業にはラテン語——英語の往復使用が伴うため，ラテン語が次々に英語に入ってくる。またアスカムはホーマーを模倣したヴァージルの例を挙げた。スタニハーストはヴァージルの英訳によってアスカムの願いを叶えようと言ったのであろう。

5.　フィリップ・シドニー『詩の弁護』*An Apology for Poetry*（**c. 1583, printed 1595**）（Smith I.148–207）

　シドニーの「模倣」と詩に関する議論から始めたい。これはルネサンス期に浸透していた詩学の基本概念と思われる。

　自然と人の技（Art）という不可分の関係について彼は次のように述べる：「[神によって] 人間に手渡された技はすべて自然の造物を主要な対象とする。人の技なしには造物は存在し得ないと言えるし，技法に依存して造物は自然が表現したいものの，言わば役者を演ずるのである」(Smith I.155)。こうして天文学者は星を眺めて自然の秩序を知る。以下，幾何学者，数学者，音楽家，自然科学者，道徳哲学者，法律学者，歴史学者，文法学者，修辞学者，論理学者，医学者，形而上学者，とそれぞれ自然界と関わる。しかし「詩人だけが自然の規制に縛られることを嫌い，自らの創意の活力によって天空に舞い上がり，実質的に**もう一つの自然**を生み出す。即ち，自然が産むよりも優れた物を作るか，これ迄自然になかった種族——例えば神人，半神，一つ目巨人族，火焔怪獣キメラ，復讐女神等——を全く新たに作るからである。つまり，詩人は自然と同等に相携えて，彼女の与える造物の限られた範囲に留まることなく，自由に自身の想像力の宇宙の中をひたすら経巡るのである」(Smith I.156)。シドニーは「詩」を「自然」と対置しながら宇宙 (Zodiack) を共に構成する Art と見做している——Nature と Art の対置について，これが新プラトン主義であるのか，以下に C. S. ルイスの意見を紹介したい。

　シドニーは更に続ける (Smith I.156–)。「自然は，諸々の詩人が描くつづれ

5. フィリップ・シドニー『詩の弁護』(c.1583, printed 1595)　　49

織りのようにこの地球を豊かに描かなかった。詩人が描く美しい川，たわわ
に実る果樹，香しい花，その他この愛おしい大地を更に愛おしくするものは
無いほどだ。自然は真鍮の世界，詩人だけが黄金の世界を描く。しかし人間
はどうであろう。造物が人のためにあるように，自然の究極の技が人に注が
れているように思われるが，ヘリオドールス (Heliodorus of Emesa, Syria 4
世紀の人) 描くテアギネス (*Theagines and Chariclea* 中の) ほど忠実な恋人，
エウリピデスの *Oresteia* の中で母の不義を糺すオレステス (Orestes) に同調
するいとこのピラデス (Pilades) ほど誠実な友，アリオストー描くオルラン
ドー (*Orlando Furioso* 中の) ほど勇敢な武者，クセノフォンが *Cyropaedia* の
中で描くキュルス (Cyrus) ほど正しい王，ヴァージル描くアエネーアースほ
どあらゆる面で秀でた人，この人達を自然が産み出したかどうか。前者の造
物は本質的，後者のそれは模倣乃至フィクションだと言って，この件を笑い
飛ばしてはならない。よく考えてみれば，職人 (Artificer) の技は造物自体に
はなく，作品の原理 (*Idea*) つまり予定 (fore-conceit: これら二語の定義は OED
に依る) に存在するからだ。詩人がその原理をもっていることは，想像した
ままに優れた作品を生み出すことから明らかである。この制作はまた空中の
楼閣というような全く想像上のものではなく，実体をもつ生きたものとして
現実に作用する。その結果，自然が作ったと思われるほど優れた個別の人物
としてのキュルスを作るに止まらず，この世界にキュルスという見本を与え
て，何故，そして如何に「作り主」(that Maker) がキュルスを作ったか，そ
れを正しく人が知ろうとするならば，多くのキュルスが生まれるのである
(Smith I.–157)。

　「詩という人の英知の頂点を，自然の生産力と比較するのは奇抜すぎること
ではない。むしろ詩人 (maker) を造り給うた天の創造主 (the heavenly Maker)
に感謝すべきである。創造主は人をご自分の姿に似せてお造りになり，第二
の自然 (注: 芸術作品のことである) の全作品の上位に置かれたからである。
そして人はそのことを何よりもまして詩において示す—神から受けた聖なる
息吹きの力でもって，自然の行いにはるかに勝る作品を作り出す……(Smith
I.–157)。

　「従って，詩歌は模倣の一つの技法 (an arte of imitation) である。それはア

リストテレス（『詩学』冒頭）が *Mimesis* に関して述べている通りである。その意味は，再現（a representing），模写（a counterfeiting），形象化（a figuring forth）である。比喩的に言えば「語る絵」（a speaking picture）である。その目的は，教えることと喜ばすことである。これには三種類がある」と言う（Smith I.–158）。

シドニーと新プラトン主義—ルイスの見解

　シドニーは模倣論を，プラトンを超えてアリストテレスとの関係において論じているが，その理由を含めてここで英国ルネサンス期の模倣論についてルイスの見解を紹介したい（C. S. Lewis, *English Literature in the Sixteenth Century excluding Drama*, 319–320）。主として『国家』第10巻を基としながらルイスによると，プラトンにとって現象界である自然は実体的超感覚世界のコピーである。非実体的自然というからには必然的に実体的原初があることになる。自然を模倣する芸術作品（the arts）と言えば，その原初から更に離れて「コピーのコピー」となる。これに対してアリストテレスは，詩は自然の個別の現象をコピーするのではなく，自然の共通の特性を解体し描出する。詩的神話は，或る種の特性があらゆる状況に置かれた時，必ず，またはきっと，または多分起こりうる事態を描いている。それは普遍的なものを露わにしていて歴史より「科学的」と言ってもよい（注：アリストテレスによるプラトンのイデア論批判は『形而上学』第1巻9章に見られる）。このアリストテレス主義からずっと時を隔てて1世紀のディオ（Dio Chrysostom c. 40–c. 120）は，前5世紀アテネの彫刻家ピディアス（Phidias）に「オリンピアのゼウス像」制作にあたって最大の問題は，数年もかかる制作が終わるまで心の中にゼウス像を変わることなく抱き続けることだったと言わせている。モデルとなるゼウスは明らかに自然界に属するものではなく，画家の心にあるイメジであり，作り出されたものである。何故なら，ディオによれば「知恵と理性は直接描けないからである。それ故，知恵と理性が働く対象としての自然はよく知っているものだから，我々はその対象に頼って，知恵と理性に人の形を着せ，見えるものによって見えないものを表現するのである」。ルイスは，この考えがアリストテレスに一致する側面をもつが，既に新たな

方向を示していると言う。一世紀後，ピロストラートス（Lucius Flavius Philostratus c. 170–c. 245）は再びピディアスの作品と更に彫刻家プラクシテレス（Praxiteles fl. 370–330BC）の作品について，自然を模倣して作られたものではなく，「想像力が作ったのであり，それは模倣よりすぐれた芸術家（artist）である。それは，一方は目で見た物だけを彫るが，他方は見ていないものを彫るからだ」と言っている（『アポロニウスの生涯』 *De Vita Apollonii*, VI.xix）。3世紀になってプロティノス（Plotinus 204/5–c. 270）がこの理論を完成する。「自然を模倣するという理由で芸術作品（the arts）を貶める者がいれば，次のことを想い起こすべきである，即ち，自然界の造物はそれ自体模倣物に過ぎないこと，そして芸術作品はただ目で見るものを模倣するだけでなく，自然自身を生んでくれた元の原理（λόγους）に上昇回帰する，と。…ピディアスは像のために目に見えるモデルを用いなかった」（*Enneads*, V.viii.1–14 を要約したもの）。こうして芸術（Art）と自然（Nature）は超感覚的原初を同じくした二つのライバル・コピーとなり，時には芸術のほうが優れたものにならない理由はない。その結果，芸術家は自然の制約を自由に超えることができる。黄金期の詩歌に求められたのは，アリストテレス主義ではなく，新プラトン主義である。『狂えるオルランドー』，『エルサレム解放』，シドニーの『アーケイディア』，『妖精の女王』がそうであり，シェイクスピアにも多岐にわたり見られる。

　以上がルイスの見解である。芸術は，原初のコピーである自然のコピー（芸術はコピーのコピーである）とするプラトン主義，芸術は自然の普遍性を描くとするアリストテレス主義，そして芸術と自然は共に原初のコピーであり，時に芸術が自然に勝る，とする新プラトン主義に至って，ルネサンス文芸が開花するとルイスは言う。

　先に引用したように，シドニーは「詩人は自然と同等に相携えて，彼女の与える造物の限られた範囲に留まることなく，自由に自身の想像力の宇宙の中をひたすら経巡るのである」（Smith I.156）と言った。これは芸術を自然のライバル・コピーと見る新プラトン主義の発言かもしれない。アリストテレスの言う「普遍性」は「原初」に通じる。シドニーの言及するアリストテレスは今一歩でライバル・コピー論に通じると言えるかもしれない。アートと

自然がそれぞれイデアが投影された対等の現実だとしても，自然の無いアートをルイスは想定していないのではないかと思われる。アートは「時には」自然に勝ることがあるとルイスは言ったが，自然を突き抜けることがあるアートの想像力を指摘したと思われる。

　本題に戻って，シドニーは自然の普遍性の模倣を三種類にわたって以下のように述べる。

　第一に，神の不可知の卓越性を模倣したもの：ダビデの詩篇，ソロモンの雅歌，伝道の書，箴言，モーゼの賛歌（出エジプト記15章；申命記32章：Smith I.387），デボラの賛歌（士師記5章：Smith I.387），ヨブ記。異教だが，同種のものにオルフェウス，アムピオン，ホーマー，その他ギリシャ・ローマ詩人達。

　第二に，哲学的な問題を扱うもの。モラルに関しては，スパルタの軍人詩人ティルテウス（Tirteus），前6世紀の詩人ポキリデス（Phocilides），カトー（Dionysius Cato: Smith I.387–388）による詩。自然に関してはルクレーティウス（T. Lucretius），ヴァージルの農耕詩。天文学に関しては，ローマ詩人マニリウス（Marcus Manilius fl. 1世紀），*Urania* を書いたイタリア詩人ポンターヌス（Joannes Jovianus Pontanus 1426–1503: Smith II.447）によるもの。歴史に関しては，ルカーヌス（Marcus Annaeus Lucanus 39–65）による『内乱』*Pharsalia*。

第三の種類について―詩と普遍性

　第二の種類が，それぞれ題材の影響を受けていて自らの創意（invention Smith I.159）によらない，従って詩に属するものではないと言う。（アリストテレスの言うアート Art のもつ「普遍性」は invention を前提としているとシドニーは言っているのであろう。創意の視点は16世紀に至って文芸模倣論と抵触するのか。アートの独創性は古典期以来の模倣の伝統を否定するのか。表現は激しいがシドニーの考えはそうではないようだ。）シドニーは続けて言う，「真の詩人と第二種の作家とのあいだには，劣る画家と優れた画家との違いがある。前者は目の前の顔を似るだけだが，後者は画法（law）に従わずに己の知力（wit）により，人の目に最高にふさわしく見える顔を描く。これら第三種のものは「教え，喜ばす」ためにきわめて適切に「模倣し」（imitate），

模倣するために現在そしてこれまでも将来も存在するものは何一つ借用することはせず，学識に支えられた判断に導かれて神的な領域に入り，在りうる姿，在るべき姿について熟慮する。そして彼らこそローマ人が Vates と呼んだ最も高貴なる詩人にふさわしい」（Smith I.159）。普遍的なものを学識に支えられた判断と熟慮によって志向する，これはキケロ以来続く模倣の理念である。学問は自然を知るための手段であり成果である。学問により精神は磨かれ普遍的なものに近づく。大きな芸術の成果も自然の研究に支えられて可能だとシドニーは考えているのであろう。自然なしに芸術はあり得ないのである。

　第三種の詩は以上の通り，シドニーが目指す最高の詩である。これを以下更に詳述する。

　詩と善　シドニーが「模倣する」と言う時，イデア，原初，普遍性の用語で表すものが前提にあると思われる。「詩人は喜ばし教えるためにひたすら模倣する，しかも喜ばすのは「原初」のものから取ってきた善（goodness）を人々が手に取るように仕向けるためである，喜びがなければ避けて見ないからである。教えるのは目の前にしたその善を知らしめるためであり，これこそ学問が目指す最も高貴な目的である（Smith I.–159）。

　「詩人を推し量る基準は，徳・悪徳等の記憶すべき実像を作り出し，これによって人がすすんで教訓とすることにかかっている（Smith I.160）。即ち，根源的な原初の「善」に達する手段を詩人は提供する。詩が対象とする題材は種々に分かれるが，共通するものは「知」である。知ることによって精神を肉体の穴ぐらから引き上げて己の神に似た本質を自覚することである」（Smith I.161）。精神の上昇の途は知識・学問であるが，限りある人の性(さが)は学問の領域を狭めざるを得ない。しかしながら，各分野の知は個別の目的をもつけれども，すべて一つの最高の「知」，ギリシャ人に *Arkitecktonike* と呼ばれる mistress Knowledge に向けられている（シドニーはアリストテレスの言う「棟梁的な」知に言及している：Smith I.388n.；『ニコマコス倫理学』（高田三郎訳）冒頭。アリストテレスの言う棟梁的，即ち統括的な知がその下で働く大工の知を支配する）。人間の本性を知ること（the knowledge of a mans selfe Smith I.161）の中に，即ち倫理的・政治的思考の中に（in the Ethicke and pol-

itick consideration Smith I.161）最高の知が存在し，その目的は知識だけでな
く善行にある（政治が統括的知識を必要とする点について『ニコマコス倫理
学』I.2 を参照）。知の従属関係について再びアリストテレスから馬具職人の
例を引く。彼らはよい鞍を作るだけでなく馬術という，より高貴な位階に役
するという目的をもつ。騎兵と軍事の関係も同様である。軍人はその技能を
身につけるだけでなく，実践を遂行しなければならない。こうして，この世
の学問すべての最終目的は徳の実践であるから，最もその役を果たす技能が
君主の名にふさわしい（Smith I.161）。

　　詩の特性―哲学との対比　　しかしながらシドニーは倫理的・政治的思考
を涵養する学問が学問の君主だとは言わない。哲学と歴史が詩に迫る学問だ
と考えてそれぞれを比較検討する（Smith I.164–: 哲学と歴史は，模倣に際し
て精神を教化するための学問として第一に挙げたものである）。

　哲学者は規範（precept）を示すが，抽象的・概念的知識に基づいていて理
解が難しい。歴史学者は規範に欠け，個別の事例に左右されて普遍的原理に
到達し難い。詩人は各々の普遍的概念と個別の事例を結びつける。哲学者が
言葉を尽くして描くものに姿（image）を与えて知力（想像力？）（powers of the
minde Smith I.164）をかき立て，魂の視覚（the sight of the soul）をとりこにす
る（Smith I.164）。例えば象やサイを見たことのない人に，また豪華な宮殿に
ついて，姿形，色，巨大さ，特徴などをすべて詳細に説明する場合，復唱で
きるほど聞いても，本当の生きた知識を得たという実感（inward conceits Smith
I.165）はないであろう。しかし，実物の巧みな絵や模型を見れば，説明なし
で正しく理解できる。哲学者は，徳と悪徳，公共政策や家庭統治の諸問題で
あれ，その定義に関して多くの叡智ある絶対的根拠を記憶させる。しかしな
がら，それは想像力と判断力の前で暗く判然としないのである。詩歌の「語
る絵」（speaking picture of Poesie）こそはっきりと姿を描き出すことができる
（Smith I.–165）。

　このように詩の特性を述べて更にシドニーは，ギリシャ・ラテンの古典か
らチョーサーに至る詩から，トロイ城炎上のさなか，息子等の逃走を促し唯
ひとりなおも戦おうとする老アンキーセスの剛毅（6 巻 638 行以下）等，様々
の印象的な事例を挙げ（Smith I.165–166），詩のもつ現実的な効果は哲学には

望めないと繰り返す。ここで一世代前のトマス・モア『ユートピア』(1516)の方法を，国家のあり方を考える詩側の例として挙げる。何故「方法」かと言えば，モアの間違いは，人間モアの失策であり詩人モアのそれではないと言う。即ち，彼自身の振る舞いが完全でないのに（注：彼の本性は哲学的完全さにはなく詩的である），国家の構成法が極めて完全であったのだ（注：つまり哲学的である）。問題は，詩が描くイメジと哲学の定番の教授のどちらが教育力があるかということである。この点でどちらが本来の目的を果たしているか，哲学者と詩人を比べて，もし前者が勝ったとすれば，それは詩という芸術の欠陥ではなく，達成が難しいからだとシドニーは言う（Smith I.166）。(法律家や弁護士とは違って，「詩人が凡庸であることを人も神々も，本屋も認めたことはない」（ホラティウス『詩論』*Ars Poetica* 372–373）を引用するが，これは詩人であることの難しさと同時に，教育力の点で哲学者に負けてはならないことを強調している。モアは国家のあり方を詩として書くべきであったが哲学の方法を選んだ。彼は才能の使い途を過った，というのがシドニーの見方であろう。) 結局両者の関係について，彼は「詩人はまさに大衆の哲学者である」(the Poet is the right Popular Philosopher Smith I.167) と結んで『イソップ物語』を例に挙げる。

詩の特性―歴史との対比　　実体を想像（イメジ化）することが想像力（イマジネーション）にふさわしいとすれば，歴史は詩に勝る，と言ってシドニーはアリストテレスに言及する（Smith I.167–）。アリストテレスによれば，詩は歴史より哲学的，学問的である。それは詩が普遍的考察を，歴史は個別的考察を問題とするからだ。「普遍的考察は，蓋然性か必然性において何を言い行うのがふさわしいかを考え，個別的考察はアルキビアデスは何をし何をされたか，これかあれかだけを注意する」（松本・岡訳『詩学』第9章 149–150頁注2参照）。これを踏まえてシドニーは問う，個別の行為の記述が本当か間違いか，人物画が本人に似ているほうが良いか否かを問われるならば答えは明白である。しかし（と続けて），もしあるべき姿か実際の姿のどちらが自身の意図と教訓にとって好ましいかと問われるなら，ユスティーヌ（Iustine）によるキュルス大王（Cyrus）の実像よりもクセノフォンによる虚像のほうが，ダレス（Dares Phrygius ホーマー描くトロイ人神官と思われる）によるアエ

ネーアース像よりもヴァージル描く虚像のほうが教化にふさわしい（more doctrinable Smith I.168）、とシドニーは言う。また、肖像画をとびきり気品良く描くようにと言う貴婦人には、画家は、汚く醜いとホラティウスが断定するカニディア（Canidia）をそのままに描くよりは、非常にきれいな顔を描き、それにカニディアと書き入れるほうがよいではないか、と言って作為の効用を強調する（カニディアが登場するホラティウス『諷刺』I.8 他について Smith I.390 注参照）。

詩と歴史、そして哲学の関係と各々の特徴が以下述べられる。彼は三者の優劣を問うのではなく、人の教化という目的にふさわしいものは何か、如何にあるのかを問う。

感動は教化を可能にする途である。詩歌の特性である「模倣」（mimesis, imitation）は人にとって最大の生得的本性（the most conveniency to Nature Smith I.173）であるから、戦いにおける残忍な行為でも詩による模倣（表現）では楽しいものにすることができる。それは「人間の死体の形状のように、その実物を見るのは苦痛であっても、それをきわめて正確に描いた絵であれば、それを見るのを喜ぶからである」（『詩学』第4章）。老父アンキーセスを背負ってトロイの城を脱出するアエネーアースを見て、それがわが身にふりかかるのを願わない者はいない。感動を与え喜ばすことを目的としない哲学でさえ、詩歌の仮面をつけると人々は詩の中に善の形象（the forme of goodness Smith I.173）を見る。

従って、シドニーの結論はこうである、詩人は喜びという手段によって他のどの学芸（Art）よりも効果的に心をひきつける。この世の学問にとって徳が最も優れた目標であるから、詩は徳を教えるのに最も卑近な手段であり、徳に向かわせるのに最も立派な手段である。従って、最も優れた作品をつくる者が最も優れた名匠（workman Smith I.175）であるとシドニーは言う。更に、牧歌詩（the pastoral poem）から英雄詩（the heroical poem）に至る詩は、時代・習慣と詩人のせいで欠陥を見せることがあるが詩そのものの本性は変わらない。英雄詩はアキレス、キュルス（Cyrus）、アエネーアース、トゥルヌス（Turnus）、ティデウス（Tideus）、リナルドー等の英雄を描いて、読む人の心を人間の真実、高邁（magnanimity Smith I.179）、正義へと高揚させる。

5. フィリップ・シドニー『詩の弁護』(c.1583, printed 1595)　57

この点で最も完成された形式である。シドニーは特にアエネーアースの振る舞いに記憶すべき人間の真価を見る。祖国の破滅の際，老いた父の救出と宗教祭儀の品々搬出の際，ディードーを捨てよとの神命に従った時（恋の思いやりと恩義心から別の決断もあったであろうが），嵐に遭い，競技に戯れ，戦いの時，平常の時，逃亡，勝利の時，城攻め，異国びと・同盟軍・敵・自軍それぞれに対して，アエネーアースはどのように振る舞っているか，己の胸中の思いと矜持ある振る舞い，偏見のない広い心をシドニーは見る。

　結論の中でシドニーは詩歌が学芸の中で最古であり，他の学芸の祖であると言って，詩の自己充足性と創造性に関して再度次のように述べる。「他の学芸が本業の中に留まり，言わばその存在を詩から受け取るのに対し，詩（人）だけが自ら本性を保ち，造物から主題を学ぶことなく（注：この箇所は新プラトン主義と呼ばれるところであろう）自ら主題のために造物をつくる」(Smith I.180)。*Make matter* for a conceite というのはギリシャ人が詩人を *poiein* (to make) からそう呼ぶことと関係する。シドニーは「詩」を「自然」と対置しながら宇宙を共に構成する Art と見做している (Smith I.155–156) ことは既に触れたが，Art のもつ創造力に言及しているのである。

　神性に接する詩歌をシドニーは，脚韻と韻文化 (ryming and versing Smith I.182) の観点から見る。詩を作るのはこれら脚韻と韻文化ではない，韻文構成を採らない詩人はいるし，詩のない韻文屋には誰でもなれる。しかし（とシドニーは言う），行形式と詩は切り離すべきでない，言葉 (*Oratio*) は理性 (*Ratio*) に次いで人が神から授かった最大の賜物である。その恵みを最大に洗練するのが詩歌である。詩歌は言葉一つ一つの特質と最も適切な韻律数 (measured quantities) を熟慮しながら，全体の調和を図らなければならない（シラブル数 Number，韻律 Measure，語・句の順序 Order，文の均衡 Proportion が今日乱れていることを彼は恐れるが）。しかし，詩が神聖な音楽に適した唯一の表現法であることに加えて確かなことは，記憶は知識の唯一の保管長であり，記憶に最もふさわしい詩の言葉は知識にとって最適だということである。換言すれば，韻文は散文にはるかに勝って記憶を一つにまとめ上げる。何故なら，詩の言葉は（それが与える喜びは記憶を促し）精巧に組み立てられているので一語を無くしても作品全体が壊れることになる。語はまず吟

味され，次にその語に記憶を甦らせて，やはりこの語だと強く確信する。その上，脚韻詩であれ韻律詩（measured verse Smith I.183）であれ，前のは語によって次の語を推測できるように，言わば語が語を生むように作られている。（このようにシドニーは脚韻詩一辺倒ではない。）ここから記憶の問題へと話題は以下のように展開する。

　記憶術を教える人達でさえ，記憶にとって一番の方法は一定の空間を多くの場所に分けて各々を熟知することである（場所の分割等，記憶について，トマス・ウィルソン『修辞学の技術』252 以下参照）。詩行も同様に各語が本来の位置に置かれ，その場所が語を思い出させる。機能的に，或いは有機的に結びついた詩行中の言葉は，記憶するのに容易であり，その結果知識は増すという訳である。

　詩が受けるあらぬ汚名に対する弁護のなかで，シドニーは個別の命名（Naming）について，詩人が Cyrus や Aeneas と命名するのは，これほどの名声，運命，身分の人が何を成すべきかを示すため以外にないからだと言う（Smith I.186）。人間共通の普遍的な問題を個人の振る舞いに具体化して，教化の目的を果たすと言うのであろう。

プラトンと詩人

　シドニーはプラトン（『国家』第 10 巻）に対して詩の擁護を展開する（Smith I.190–）。哲学者の中で最も尊敬に値するが，それは彼が一番詩的（poeticall Smith I.190）だからと言う。しかし，詩人を追放することにより彼の詩の源泉を汚すその理由を明らかにするのは当然という訳である。以下シドニーの見解が展開される。プラトンは哲学者だから生来詩人の敵であったとする悪意のある非難が当然ある。と言うのは，哲学者達は詩歌の甘美な神秘の中から，知識の叡智ある要点を取り出すや直ちに，知識を体系づけて詩人が天与の喜悦により与えたものを教科に変えてしまい，導いてくれた詩人を恩知らずの徒弟のように馬鹿にして，自前の店を立ち上げた。それだけでは足らず，親方を何としても蹴落とそうとしたのである。しかし詩の与える喜びに邪魔されて，徒弟である哲学者が親方である詩人を追放できないとなると，ますます詩人への憎悪を募らせた。と言うのは，七つの都市がホーマーを市民と

5. フィリップ・シドニー『詩の弁護』(c.1583, printed 1595)　　59

して迎えようと争い，一方多くの都市が共に住むにふさわしくないとして哲学者を追放することになったからである。エウリピデスの詩文を繰り返しただけで多くのアテネ市民の命がシラクサ人の手から救われた時，アテネ市民自身，多くの哲学者は共に住むのに値しないと思ったのである。或る詩人達は，シモニデス（Simonides）やピンダロスのように，シラクサの王ヒエロ一世を説き伏せて暴君を正しい王に変えた。一方，プラトンはジオニシウス王（Dionisius II）を教化できずに哲学者から奴隷にされた。（と述べたところでシドニーは，詩人に向けられた非難に哲学者に対する非難で応じたり，同様に哲学者が愛を論じているが（『パイドロス』や『饗宴』，或いはプルタルコスの恋愛論），詩人がみだらな愛にお墨付きを与えたからではない，といった非難合戦を戒めながら，なお再度問う。）如何なる国家（共同体）からプラトンは詩人を追放したのか？　実際は，プラトン自身も認めるように女性の共同体からだ。従って，この追放は詩歌の柔弱な不徳のせいではない，男性が好きな女性を選べる場合，愛のソネット（を書いた詩人）が有害になることはまずあり得ないからである。哲学の教えに敬意を払うが，それが悪用されて詩にまで及ばないよう願う。（彼自身詩を弁護して，哲学を非難するつもりはないと言ったばかりである。）

　プラトンと詩人について続く。シドニーはキリストの教えと詩人に関する聖書の言葉に言及する。以下，詩人を称えてシドニーは語る。聖パウロは四人の詩人を挙げて（*Titus* 1.12 の prophet Epimenides of Crete; *Acts* 17.28 の Aratus of Cilicia。他の二人は Cleanthes of Assos か，I *Cor* 15.33 の Menander か：Smith I.395–396 注参照），哲学による神への不敬に対して警告を発している（パウロは『われわれも，確かに神の子孫である』と 3 世紀のギリシャ詩人アラートゥスの言葉を引用している：『使徒行伝』17.28）。プラトンも不敬には同様に反対であるが詩にはそうではない。彼は当時の詩人達が世間に神々に対する間違った考えを広めて，人本来の穢れのない本質を軽んじる風潮を非難した。従って若者がそのような考えに感化されるのが我慢できなかったのだ。結論を言えば，詩人達が乱れた考えを吹き込んだのではなく，既に吹き込まれていた考えを真似たのである。当時の宗教そのものが多くの，様々の姿をした神々に基づいていて，詩人に教えられたのではなく様々な神の特

性を真似たものであることはギリシャの物語を読めばよく分かる。プルタルコスを読めば，エジプトの夫婦神 Isis と Osiris の物語，異教の神託が沈黙した理由，神の摂理の記述があり，その神観はそのような妄想に基づいていたことが分かる。詩人達はこのような夢想を盲信していて，まだキリストの光を受けていなかったから，神の知 (theology Smith I.191) に関して哲学者よりうまく振る舞った。哲学者は迷信を捨てて異教をもたらしたが。従ってプラトンは（シドニーは「わたしはプラトンの権威に不当に敵対するより正当に理解したい」と言う），「国家から詩人を追放しようと，粗暴な野蛮人どもはプラトンの威光を悪用しようとねらっている」（『詩学』*Poetice* 1.2）とスカリジェ（Julius Scaliger 1484–1558）が言ったように，詩人全般を意図したのではなく，神性に関する誤った考えを駆逐しようと思ったのだ。今ではただキリストの教えが有害な信仰を取り除いている。彼自身『イオン』の中で詩歌を称賛している。従ってプラトンは，詩そのものではなく詩に対する誤謬を取り除いて，詩には正当な敬意を示しているので，我々の敵ではなく擁護者と言うべきである。と言うのは，彼らがプラトンというライオンの皮を被って，詩を非難してロバのようにいなないているのである。シドニーの意図は，その過ちを暴くことであって，彼の権威を貶めようというのではない。彼は自分以上に詩の神的な力を信じていることは先の『イオン』に明らかである。そして最後に，プラトンの師ソクラテスが老年の一時期，イソップの寓話を詩に書き換えたことを挙げて，プラトンが詩人を糾弾したとは考えられないと言ってこの論題を締めくくる (Smith I.–192)。

　以上の詩のミメーシス論と詩及びプラトン擁護に続くのは，シドニーの創作原理の要約と言えよう：「詩は天与の才能であり人の技能ではない (a diuine gift, no humaine skill)，何故なら，他の知識はすべて理性 (wit) のちからをもつ者を待っているからである。努力しても天賦の才能が伴わなければ詩人にはなれない。昔の諺にあるように，雄弁家は作られ，詩人はうまれる (*Orator fit, Poeta nascitur*)。（なお，ロッジ（Thomas Lodge）『詩の弁護』*Defence of Poetry* (1579) にも同様の引用があり，彼はこれを次のように説明する：「詩歌は上天から，天の輝く神の御座から，優れた被造物たる人が授かる。雄弁家は訓練によって作られるにすぎない」(Smith I.71)。）しかしながら，肥沃

5. フィリップ・シドニー『詩の弁護』(c.1583, printed 1595) 61

な土地も肥料が要るように最上空を飛翔する天才も導師ダエダロス (Daedalos) が必要であることは認める。また, この名匠は人によってはふさわしい称賛の高みにまで引き上げてくれる三つの翼—Art, Imitation, Exercise—をもつと言われる。しかし, これら技術的規則 (artificial rules) にも模倣の規範 (imitative patterns) にも我々は煩わされることはない。「練習」はするけれども真逆の順序でする, 即ち, 我々は知るために練習すべきであるのに, 既に知っているものとして練習する。従って我々の頭脳は知識が産まなかった (即ち, 知識に基づかない) 多くの題材 (matter) を生み出すことになる。何故なら, 言葉によって表現される題材とその題材を表現する言葉との二つの主要な部分があるが, そのいずれにおいても我々は技術 (Art) も模倣 (Imitation) も正しく (rightly) 使わないからである。題材はまったく「好き勝手なもの」(quod libet) になる。そして, オウィディウスの「わたしが言おうとすることすべてが詩であった」(*Tristia* 4.10.26: Smith I.397 注) を間違って実践することになり, 隊列の何処に入れたらよいか分からなくなるのである。読者も自分が何処にいるのか分からない」(Smith I.195–196)。

　ここでシドニーが拠っているのは, まず, 創作とは作者が全く新しい題材を思い付くのではなく, 模倣によるべきと言うホラティウスである (『詩論』128–137)。独創なるものは, 模倣による創作という継承の「隊列」の中に居場所がないと言うのである。次に Art と art, そして Imitation の問題である。シドニーは artificial rules と imitative patterns はアスカムやシュトゥルムに見られた模倣の技術に属し, 三つの翼と関わらないと言っているようだ。三つの翼を使ってイデア界へと飛翔するために, Art (芸術) を知る (知識), 即ちイデアを知ること (Imitation) が必要である。知ることは模倣することであり, それを繰り返すことが練習である, そして天賦の才をもつ詩人の成すことである。これがシドニーの詩の原理だとすれば, 芸術から自然を知るのではなく, 芸術から直接イデアを見るという新プラトン思想の高揚を見せていることになる。そして彼の詩論の最大の特徴は詩 (Art) の自立性を強烈に主張したことにあろう。

6. ジョン・ハリントン『詩の弁護』 *A Preface, or rather a Briefe Apologie of Poetrie, and of the Author and Translator* (**1591**)（Smith II.194–222）

これはアリオスト—（Ludovico Ariosto 1474–1533）の *Orlando Furioso*（1532）の自らの英訳に序文として付したものである。その中で自ら言及するように（Smith II.196, 422），シドニーの『詩の弁護』に負うところが多い。「翻訳」が模倣の枠内で語られていたことを示す点で注目すべきものである。

　ハリントンはまず自らアリストテレスに従ったと言って，art は imitation であり，自然の普遍性を描くものと言う（上述）。詩人は詩的特権（*Poetica licentia* Smith II.200）をもつが，それは世間に言われるように嘘をつくことではない。古代の詩人は，自ら感覚や神秘と呼ぶ様々な意味（meanings）を言葉で包んだ。最初に外皮にあたる文字通りの意味を伝えるために歴史の形で記憶すべき人の事跡を述べた。次に同じフィクションの二番目の，微妙でもっと芯に近い皮に詩人は道徳的な意味を入れた。人の生き方に有益で徳ある行為を勧め，悪徳を戒めるためだ。また，同じ言葉の下に詩人は倫理，政治，時には神について考えを込める。これはアレゴリーと呼ばれ，プルタルコスの定義（Smith II.423: 202.4 の注）によれば，一つの言葉に別の意味が理解される。この含意の中に詩人の優れた知識が込められている。ユーピテルの子ペルセウス（Perseus）が怪物ゴルゴンを退治し，のち昇天したことは詩人達の語るところである。そのモラルは，賢者ペレウスが天から徳または力（vertue）を授かり，ゴルゴン表すところの罪と悪，地上の粗悪なものを殺した。そして徳の天空へ昇ったのである。アレゴリー的な意味は，人の精神（mind）は神によって与えられたものだから，神の子はゴルゴン的地上の汚れを征服して昇天される。そして人は天界，高き世界，永遠世界のことどもを理解し，人としての完全を目指すのである。これは，人は自然の造物だから**自然のアレゴリー**（強調付加，以下同）である。より高い，**天上のアレゴリー**もある。即ち，ユーピテルから生まれたという天の性質が絶え間ない運動，汚染，死性を劣性の体内に取り入れるが，最後に地上の肉体から離れて天上に昇り，そこに永遠に留まるのである。また**神学的アレゴリー**もある。万物

6. ジョン・ハリントン『詩の弁護』(1591)   63

の創造主である至高の神から生まれた天使の性質は，ゴルゴンが意味すると
ころの肉質を打ち負かして天に昇ったという訳である。このように，古の最
高の学問と英知ある人達は学問の深遠な神秘を目的をもって寓話や詩歌のベー
ルで隠したのである。

　このようにハリントンは詩の擁護をしたのち，一部に評判の悪い『狂える
オルランドー』を擁護する。そのため，既に万人に認知されている『アエネ
イス』と比較する。この近代の英雄詩がモデルを模倣 (follow Smith II.211)
しているとして，両者の冒頭と最終末を比較する。ヴァージルはアウグストゥ
ス皇帝のためにアエネーアースを称揚し，アリオストーはエステ家の名誉の
ためにロジェロー (Rogero or Ruggiero) を称えた。アエネーアースにはディ
ドーが，ロジェローにはアルチーナ (Alcina) がいる。ダンテがヴァージルに
より間違った道を正されたように，最大の共通点はヴァージルの教訓性をア
リオストーが模倣したことである。それ以上に，ヴァージルにない，キリス
ト教精神がアリオストーにある。この点で彼はモデルを凌駕するとハリント
ンは言う。偽りの神々，その数々の忌むべき行為は今やキリストの教えと範
例に取って代わる。彼は作品中，異教徒サラセンのロジェローに隠者がキリ
スト教信仰をすすめる厳粛な場面を引用する (注: 41 歌 55–56 聯)。しかし，
アルチーナとロジェローの交接など非キリスト教的描写により作品が非難さ
れる。指摘される欠陥は神も憎まれることを想い起こして，これらを教訓に
してほしいと言う。ヴァージルにも，ディードーとアエネーアースの間等に
同様の欠陥がある。しかし，両者共に卑猥な語句は使わず，人物にふさわし
い decorum が配慮されている。

　アリオストーは時代が変わったにもかかわらずホーマーの手法とアリスト
テレスの規範に従っていて，art が欠けているという批判がある。ホーマーの
両作品に依拠する点で自らのアートの工夫に欠けていると見做されたのであ
る。書名からして，*Rogero* ではなく *Orlando Furioso* としているが，ホーマー
がアキレスを歌うと言いながら *Achillide* ではなく *Iliad* としているのと同様
である。世の批判通り，作家はホーマーに従っていると言う訳である。

　アリストテレスに関しては，アリオストーはその規範に厳格に従っている
と言う。まず，カール大帝 (Charlemagne 742–814) という実在の人物の（歴

史），一年余を超えない期間を扱う（時間）。第二に，魔術においても奇跡においてもすべてありそうで必然的であること。第三に，悲劇同様，英雄詩に求められる運命の急変と逆転（*Peripeteia* Smith II.216）に満ちていること。最後に，愛，憐憫，憎しみ，怒り等，感情の表現が適切に行われていることである。これらの点は『詩学』の処々（11.1 等）に触れられていると思われるが，注釈（Smith II.424–425）では Antonio S. Minturno に拠るとしている。なお，最初の「時間」に関しては，次の箇所が当てはまるであろう：「ホーマーは，…トロイアー戦争さえも，それが初めと終わりをもっているにもかかわらず，その全体をそのまま詩につくることは試みなかった…。実際にはホーマーは，（トロイアー戦争の全体から）一部分だけを取りあげ，出来事の多くを場面として用いた」（松本・岡訳『詩学』23）。のちにホラティウスは，「トロイアー戦争を双子の卵から始めることもしない。たえず終わりに向かって急ぎ，皆が物語をよく知っているかのように，事件の核心へ聞き手を引きいれる」（『詩論』147–149）と言っている。

　ハリントンがシドニーの影響を受けていること，古典模倣論を近代的エピック・ロマンスに適用したことの是非が批評界に問われていること，これらの点が注目されよう。

7．ジョージ・チャプマン『ホーマーの弁護』*A defence of Homer* (prefaced to *Achilles Shield* 1598)（Smith II.297–307）

　この序文でチャプマンは，スポンダーヌス（Spondanus, or Jean de Sponde 1557–1595）によるホーマーの注釈（1583）に拠り，有名な「アキレスの盾」（『イリアス』18.478–608）について解説，次いでヴァージルと比較する。ホーマーの描写が魂と人技の極致に溢れていること（Smith II.297–298），続いて，ここで描かれるのは盾の小環が取り囲む広大無辺の宇宙。その中では天体が回転し，星々が輝く。地は花咲き乱れ，海は潮高く荒れ狂う。城市が建てられる，幸せと平和の愛に満ちているもの，合戦と待ち伏せの恐怖に慄くものに分かれる。その他すべてが生き生きと描かれ，これまで多くの人々が自ら動きだしそうだと信じたのも尤もなことだ，とチャプマンは語る。ホーマー

7. ジョージ・チャプマン『ホーマーの弁護』(prefaced to *Achilles Shield* 1598)

はこれらすべてが硬い金属から成るのではなく，本当に生きて動く魂をもっているかのように描く。盾の円環は宇宙の丸さ，四金属は四元素を意図する。即ち，金は「火」，真鍮は固さ故に「地」，スズは柔らかさと塑性故に「水」，銀は精錬前の不純・曖昧性故に「風」である。盾を巡る輝く三重の縁は黄道帯（Zodiack）を表し，内側は三重の厚さ，輝くのは円環の中で巡る太陽の永遠の運行による。銀の吊り帯は回転軸（Axletree），その周辺を天空が運行する，等々。

チャプマンが『イリアス』1–2巻，7–11巻の七巻を出版すると（1598）直ちにヴァージルとの比較が成されたらしく，ここでも「模倣」の視点が顕在化して優劣が論じられたようだ。彼は「アエネーアースの盾」（8.626–728）は「アキレスの盾」とは比較に耐えないとしながら両者の特質を述べる。その中で模倣の具体がピックアップされるのは注目すべきであろう：「ホーマーの叙事詩は自然な霊感，完全で十全の魂から出たものであるが，ヴァージルの叙事詩は宮廷的で，勤勉な，全く模倣的な精神による。一つの直喩もホーマーに拠らぬものはない。一つの題材，人物，気質もホーマーの土台の上に全面的に或いは本来的に建てられていないものはない。そして多くの場所にホーマー自身の用語を使っている。ヴァージルの創造力の豊かさは，アエネーアースの苦難の旅を12の不完全な巻に収める程度であったが，ホーマーは同じ量の主題を二作品48の完全な巻に仕上げた。本質的な点は，ホーマーは以後あらゆる種類の詩の長となったことである。何ものをも模倣せず，何ものにも真価を汚さず模倣されることはなかった」（Smith II.298–299）。

チャプマンはホーマーの卓越性を強調してヴァージルと比較するが決してヴァージルを称賛しない訳ではない。主題を初め，直喩，エピソードを含む題材，人物，気質，用語をホーマーに見習い，できれば凌駕して独自の地歩を築こうとするローマ詩人の創作の手腕をもっと理解していたと思われるが，ここはホーマー英訳を擁護する場であった。彼は両詩人の特質を浮彫にして，ホーマー源泉，そこから出でた大河の関係を端的に示した。

8. ベン・ジョンソン，ホラティウス『詩論』英訳 *Horace, Of the Art of Poetry*（1640）（Parfitt 354–371）；『ティンバー』*Timber*（1641）（Parfitt 373–458）

　ジョンソンはホラティウス『詩論』を英訳している（1640）。原詩（476行）よりやや長く（680），内容に違いがあれば指摘することにして，この英訳を紹介したい。その際，フェアクラフ（H. R. Fairclough）の英訳と岡道男訳『ホラーティウス　詩論』とを適宜参照したい。

　この書は叙事詩を中心として詩歌の模倣と凌駕について方法論的条件を語るものである。扱う人物のよく知られた性格の一貫性を守ることの重要性を論じながら，そうではなく一般によく知られた事柄を「独自性をもって」（properly: L. proprie 128）語る難しさを指摘する（この語は独創を意味すると思われる）。モデルなしに独創性を得ることは難しいということである。従って，これまで語られたことのない未知の事柄を初めて独自に（of thine own 185）発表するよりも，ホーマーの中の卑近な一部（a rhapsody Of Homer's 185–186）を劇化したほうがよいと。即ち，吟唱により人々によく知られた題材を別のジャンルに使うよう勧める。原典では「イーリオンの歌」（Iliacum 129）とあって，イリアス即ちトロイを歌う詩を意味する。ホーマーの『イリアス』を指すのではない（岡 267.10）。ジョンソンはホーマーの叙事詩を含めてトロイ物を意味しているように思われる。このよく知られた題材を使って独創性を出す方法として，まず汚らしい，人々が踏みならした円場（ring）を放棄すること。これは叙事詩の環と呼ばれ，民衆にあまりに膾炙したトロイ物（岡 267.12）を題材にしないように諭したものである。題材として低俗というわけである。何故なら，詩人たるもの，自ら話を作り出すことができるのだから，忠実に翻訳しようとして逐語訳を心掛けてはならないし，或いは模倣（真似）という策によって狭い隘路に跳びこんで，臆病や作詩法に縛られてそれから抜け出せないのも困る。また，「わたしは世に名高い戦いと（トロイの王）プリアモスの運命を歌う」と，その昔環詩人が言ったように（大言壮語で）始めてはならない（195–196）。（ホラティウスは，周知の題材を使う際に留意すべき点の一つとして，物真似による模倣を挙げている訳である。）

8. ベン・ジョンソン，ホラティウス『詩論』英訳 (1640)：『ティンバー』(1641)　67

叙事詩人としての力量と相談して，大きすぎる主題を提示しても後が続かない。産みの苦しみののち大山から生まれたのはネズミ一匹 (198–199)，では困る。

　ホラティウスはここで，ホーマーのモデル例を出す (201–)。ホーマーは，トロイ攻略後，多くの町と人々を見，風習を識り得たオデュッセウスのことを語るようにムーサに祈った。彼は炎のあとに煙を出そうなどと考えず，煙のあとに炎を出すことを考える。あとで驚くべき話 (bright Wonders 204–205) をもってくるためだ。(『オデュッセイア』の冒頭はいわば「煙」にあたり，その後「炎」である驚異の出来事が続くのである。即ち，) 食人族の王アンティパテースとの冒険 (10 巻 81–)，船乗りを襲う怪物スキュラ (12 巻 85–，223–)，カリュブディスの淵の冒険 (12 巻 101–, 426–)，一つ目の巨人族キュクロプス (Cyclops) の話 (9 巻 106–。ジョンソン訳では豪力 Polypheme に代表されている)。また，英雄ディオメデスの帰国をその叔父のいのちを左右した宿命の燃えさしから始めることをせず，またトロイの悲惨な戦いを，白鳥に身を変えたゼウスとの間にヘレンを生んだスパルタ王妃の二つの卵から始めることもせずに，彼は終わりに向かってひたすらに急ぐ。そうして，磨いて光り輝かない題材は扱わず，聴き手には分かっているかのように「事件の核心へ」(岡：L. in medias res 148) 導く。いかにも巧みに話を作り，虚偽に真実を混ぜて真ん中が最初と，最後が真ん中と食い違わないようにするのである (–218: L. –152)。

　詩人は虚実ないまぜに語ることができる。ホラティウスはこれをモデルと模倣による創作の作法と考えているようだ。如何に周知の題材でも独創性を発揮することは難しい。叙事詩的題材でもこれを劇に使うのも独創性への途である。しかし，最も避けるべきは文字通りの真似である。冒頭で大詩人張りの主題提示をしても後が続かない。ホーマーが示したように周知のトロイ題材から「実」を選び，それに「虚」即ち創意を付加して自己のテクストを創る，ということであろう。岡は，「事件の核心」に関して修辞法の Dispositio に言及している (272.11)。時を経て英国 16 世紀，弁論において「配列」は「(キケロが定義するように) 事柄の一定の提示の仕方であり，時と場所が最も強く要求する通りに，その部分部分にふさわしいことを適切に述べるこ

とである」（トマス・ウィルソン『修辞学の技術』（1553）189）と定義される。話題の秩序立った配列によってもっと聞く人を喜ばせ理解を広げることになる（188）。「配列法」は雄弁術と同様，叙事詩の成立においてモデルを模倣しながら新たなテクストを創造する手段の一つとしてホラティウスは示していると思われる。

　先に，周知の題材で独創性を出す難しさに触れたが，それはモデルの模倣としては困難なものであった。この点に関してホラティウスは独創性を実現する方法を述べる。彼は「周知の仕掛けを使って話を作り出すことができる」と言う（I can out of *known gear*, a fable frame 349）。「周知のものから歌を作るように願うのである」（L. ex *noto* fictum carmen sequar, ... 240:「公衆から」de *medio* 243 も同様の意味であろう）。「周知のもの」は題材として誰もが自分にもできると思ってやってみようとする。しかし，大汗を流して苦労はするが結局無駄骨を折ることになる。成功と失敗，何が両者を分けるかというと，ジョンソンによれば「順序と関係」が抜群であること（the excellence ... Of order and connection 352–353）である。原典では「連鎖と結合が力を発揮する」（L. series iunctuamque pollet 242）とあって，具体的に指すものは曖昧である。ジョンソンも同様である。題材はよく知られているから誰もが詩を作ろうとするが，失敗する。成功するにはただ一つ，「連鎖と結合」がポイントとなる。編者フェアクラフは，carmen（240）は poetic style（plot ではなく）を意味すると言う。岡は更に具体的に「語の組み立てと結びつき」としている。この後で，登場する人物と聴衆にふさわしい言葉遣いに留意しなければならないと言うように，語の絶妙の組合せと配置から成る文体が成功の鍵なのであろう。これは fictum（240: fingo）が示すように創作に属するもので，誰にでもできることではない。従って，この種の創作は厳密には模倣によるとは言えない。

　この後ホラティウスは，ギリシャのモデル（Greek examples 397: L. exemplaria Graeca 268）を道案内のため絶えず手にとることを勧める。しかし一方で，ラテン詩人達は劇においても試みないものはなく，大胆にもギリシャ詩人の足跡から離れ祖国の事跡を顕彰して大いなる名声を得た（405–408: L. 285–287）と言う。ギリシャに対抗して，模倣から凌駕へと至る文化運動と称

8. ベン・ジョンソン, ホラティウス『詩論』英訳 (1640):『ティンバー』(1641)　　69

すべき努力の結果は, のちにクウィンティリアヌスが誇らしく列挙すること
になる (既述)。

　ホラティウスは模倣の次に学ぶべき, この凌駕の方法を次のように示して
いるようだ。賢明であること (sapere 309; Jonson: to be wise 441) が (詩を)
書く原理であり源泉であること。題材はソクラテス哲学に関する書から得る
なら言葉はついて来ること。この段階でホラティウスは, (ギリシャの詩に関
する) 経験を積んだ模倣者に (doctum imitatorem 318), 次のモデル (exemplar
317) として人生と習慣を観察し, そこから生きた言葉 (vivas ... voces 318)
を引き出すように勧めている。つまり模倣は, 己の生きている現実を見る観
察眼を養うための準備段階と見做しているように思われる (原文 317–318)。
そしてこれから凌駕が始まると言うのではないかと思われる。

　しかし,「現実」という共通の題材は凌駕を困難なものにするかもしれな
い。ホラティウスの態度は曖昧に見える。「時には, 決まり文句 (locis 319)
による見かけのよい, そして正しいしつけを教える劇は, 魅力は全く無く,
重厚さも詩の技術も見当たらなくても, 内容の乏しい詩句や調子のよい駄弁
よりは民衆を楽しませその場に留まらせる」(319–322)。ホラティウスは模
倣と凌駕が甚だ困難な事業であることをここで指摘しているのかもしれない。

　ジョンソンはこの箇所をどのように読んでいるのだろうか。「わたしは更に
学識のある詩人 (the learned maker 453) に人生と習慣を見つめてそれらを本
とし, そこから真の表現を引き出すように勧めたい」(453–455) とする。そ
の理由は,「何故なら, 美しさも重厚さや作詩技法もなく, 脚韻を踏ませ, 立
派な決まり文句 (編者注によると, 修辞技法か) をはさんで, 人物の性格を正
しく描いている詩のほうが, まったく中身のない詩の上品な響きや幼児の玩
具よりもっと人々の心を確実に喜ばせ, (劇場の) 席に留まらせることが時に
はある」(455–460)。原詩の模倣者は詩人に変わり, 模倣と凌駕の二分が曖
昧である。推奨する生きた詩の言葉に脚韻が加えられていることは理解が容
易ではない。英国当代の似非詩人 (poetaster) 全体への風刺が意図されている
のかもしれない。

　ホラティウスの原著はアリストテレスの『詩学』と共に 16 世紀以来模倣
と創作のバイブルであったと言って過言ではない。この英訳詩もドライデン

がのちに言及していることから（後述）推測すると，17世紀の新しい読者に
よく読まれたのであろう。

　次に，同じジョンソンによる一種の備忘録（commonplace book）である
Timber: or Discoveries（**1641**）に移りたい。

　モデルに学ぶがそれに支配されてはならない。そのモデルとは何か。この
問いにたいするジョンソンの姿勢が示される箇所をまず取り上げたい。それ
はヴィーヴェス（Vives）による『教育論序説』（*In Libros de Disciplinis Prae-*
fatio）に啓発されたものと言われる（編者 Parfitt 注）。「わたしは古典作家（the
ancients　161行/378頁）の書物を精査することほど学問（letters 160/378）の進
歩に貢献するものはないと理解している。その際，それらの唯一の権威にと
どまり，書いてあることをすべて信じることがあってはならない。これには
条件がある。嫉妬，敵意，放擲，無礼，下品な嘲笑といった，裁き宣告する
ような心の病が無いことである。と言うのは，古典作家の考察すべては，今
日の我々自身の経験でもあり，それを利用し応用するならば，より優れた断
定ができるからである。たしかに彼らは門を開けて我々が歩む道を作ってく
れた。しかし，ガイドであって命令者としてではない。真理は万人に開かれ
ている。私有物ではない。多くが未来に残されている」（160–175）。続いて，
「もし或る事柄で先人と意見が異なる時，その知力，創意，勤勉そして判断
（理性）がわたしより勝るならば，直ちに恩知らずや無思慮と言われないよう
にありたい。これまで，そしてこれからも教師である彼らに感謝するが，彼
らの苦心の探索の目的は我々後世の者も知識を増すことができるからといっ
て嫉妬することであったとはとても考えられないからである。先人と対等で
あろうとは思わないが，わたしの理性を先人の理性で検査してもらって，そ
の判定次第で，先人のかわたしのかに信を置いて欲しい」（176–196）。古典
は学びの導師であるが，それに支配されてはならない，という態度は模倣論
に共通する前提である。両者を判定するのは理性であるが，それは古典期以
来練磨と育成を強調されてきた以上に，ジョンソン自身後で触れるようにベー
コン（Francis Bacon 1561–1626）の新科学思想にふれた新しい理性の体現で
あろう。

　先にジョンソンは，自然は衰えているのではない，いつも同じである。人

8. ベン・ジョンソン, ホラティウス『詩論』英訳 (1640);『ティンバー』(1641)　　71

が衰え, 学問が衰えているのだ, という当時の論争に関するヴィーヴェスの意見を取り上げた (154–159)。ジョンソンの理性を基準とした自然観は, 論争を一歩抜け出ているように思われる。「わたしは党派の領袖でも支持者でもない。誰ひとり信奉者は要らないが, もしわたしに正しいものありとするならば, それはわたしのものではなく真理のものとして守る (公共の幸せになる場合を除いて)。誰かわたしを防御し, 戦い, 刀を振りかざし, 味方になってくれても, わたしには何の役にも立たない。真理の味方をしてほしい, それで十分だ」(190–196)。

　理性が決める真理が, ジョンソンの文学的模倣論を超えたモデルと言うことができよう。これは実証的新科学思想に連なるものと思われ, 実際にジョンソンはベーコンの理性主義 (『学問の発達』 *Advancement of Learning* I.iv) について注記しているので, ここで付記しておきたい (2589–):「従来の学問は, 内容ではなく言葉 (words) を研究したこと, 内容 (matter) が空虚であったこと, 真理を装う虚偽であったこと, これら三つの病に侵されていた。スコラ派は愚かにもアリストテレスを独裁者のように盲信した。人は多くの事柄を一時的に信じ, 判断を中断するが, 絶対的に平伏したり永久の囚われ人であってはならないからである。アリストテレス達には敬意を払うが, 我々には我々なりに新たな (病でなく健全な) 真理 (truth 2605) と適切さ (fitness) の発見がある。発見に努める時留意すべきは, 矮小化するか抹殺しないことである。改良しても誇張はだめだ。虚偽を信じないことにより真理がますます求められる。世俗の評判を求めて苦悶憔悴せず, 穏やかに諸説を識別し, 誤謬の発生を見分け, 古(antiquity 2613) を呼び覚まして過去 (former times) を疑ってみる。しかし, 現在と徒党を組んだり, 敵対する仕事人の手下になってはならない。真理の簡素な姿 (simplicity 2617) に如何なる曖昧さをも持ち込まずに, 疑問の根元周辺の土壌をそっとかき混ぜる, そしてあらゆる争い, 軽信や盲信を避けることが肝要である。(のちにドライデンは彼が生きる時代を懐疑的時代 sceptical age と呼び,「決めることが少ない反面, 昔から続く事柄を何も信頼しない」と言う: Ker I.163.1–3)。真理のもつ調和 (consonancy) と結合 (concatenation) の特性を追求するようにと促す。(真理は共に響き合う複数の部分の統合体であると言うのであろうか。或いは同時に, 真理は社

会に調和を与え，人々を結びつけると言うのであろうか。) 必要という一点，そして便利をもたらすものという一点にのみ屈するように勧める」(2589–2622)。

　ベーコンの合理主義と功利主義に支えられて，ジョンソンは「批判」のあり方について述べる。これは再び古典作家を含む過去のモデルと模倣の問題に立ち返って，「現代」の有利な立場を生かして，「その上で正確な批判を述べよ。即ち，何処で文体が堕落し，何処で繁栄したか，以下の諸点にわたって正確な批判をせよ。即ち，語句の選択，円熟し簡潔な文構成，節の美しい休止，比喩と文彩による実例の様々な変化，題材の重厚さ，主題の高貴，論述の健全さ，生き生きとした人物像，判断の深さ。これは山に登ることである。完全な発見は平地ではできない」(2623–2632)。

　終わりの箇所で「発見」とあるが，これはモデルの文体の実体を諸点にわたって明らかにせよということであろう。ジョンソンの意図は若者が文章技法を会得することにあることは，直後にこの問題を続けることで明らかである (2633 以下)。若者は上のように教わって，次に実践の手引きを受ける。

　彼は有能な作家にするために，ホスキンズ (John Hoskyns) による『演説と文章技法のための心得』 Directions for Speech and Style （執筆 1600 年直前）に拠って雄弁術 (elocution) について述べる (2636–2837: Parfitt 注)。まず総論として，文章技術が優れた作家の条件であることを強調する：「心に抱く考えは自然界の事物の映像であり，言葉はこの映像の解説者である。神の造物の中に見られる秩序は見事で神の栄光を示すだけでなく，神の愛を雄弁に語る。それ故，事物の真実の姿の在り様を理解でき，その理解を間違いなく言葉で表すことができる人こそ真の作家或いは雄弁家である。《慎重に考える人でなければ正しく話すことはできない》(Brutus vi.23: Parfitt 注) とキケロが言った通りである。技術的に未熟な演説をすれば，もし舌が恥をかくだけなら恥は僅かであろうが，王の像が王璽に十分に表れない場合，蝋と押印した印形の汚点というより，君主にたいする汚点である。このように，無秩序の演説は発声する唇の欠陥というより，事物自身をいかにも不注意に表現した不均衡・不統一の欠陥である。同時に，彼の心も調和がとれているとは考えられない。発する言葉は騒音である。また，論理は組み立てられていないで，文

構成は本末転倒だ (preposterous 2657)。また，発声も明晰・完全でなく，発言は細切れで不明瞭となる。強力な君主の使節が様式を守らぬ発言によってその威厳が損なわれるのは君主の不名誉となる。素晴らしい考察や能力が怠惰な舌の不精により面目を失うのも同様に恥である。規範を守らない演説は人格だけでなく理性と判断の信頼を揺るがす。その上，題材と内容のもつ力強さと一貫性を台無しにする。優れた一句が多くの不調和と欠陥のため影が薄くなる。中味に乏しく薄っぺらなものを書く人が賢明な人とは見做されない。英知のかけらも見られないからだ。彼の安逸な頭は目の赴くままで，文章に生命の輝きと鋭さは一切ないからだ」(2636–2677)。

　続いて，書簡の文体と守るべき二つの条件，創意 (invention) と造形 (fashion) について述べる (2678–)。第一は人の要件・職業等により様々だが，相手の好意を得るための方策が必要である。要件がよく理解されるような語句の配列が必要である。第二の造型は文体に関係する (2717–)。それは四つの属性から成る。1. 簡潔 (brevity)　2. 明晰 (perspicuity)　3. 活力 (vigor)　4. 分別 (discretion)。

1. 簡潔 (2718–)　　内容の面で回避できるもの：無駄な替辞，前置き，申し開き，挿話，回りくどい余分な文彩，本筋からの脱線。

　文章作成の面で省略できるもの：接続詞，not only, but also, both the one, and the other, whereby it cometh to pass のような定型的連辞。これらは緊急の手紙では少しも用を成さず文を破壊する。短い旅が不必要な休息のため長くなる態のものだ。しかし，クウィンティリアヌスが言うように (Inst.Orat. IV.ii.41)，各部分は簡潔だが全体では長くなる場合がある：「わたしは船着き場に着いて，オールを取った，彼らは乗り出して，速くこいだ，わたしは宮廷の入り口で降りて，船賃を払った，段を上がって御前に赴き，拝謁を乞い，容れられた」。これは一言で言えば，「わたしは宮廷に赴き王と話した」ということである。セネカなどのラテン作家にこの傾向があるとジョンソンは言う。

2. 明晰 (2772–)　　上の「簡潔」同様，これを損なう恐れがあるのは，才知の下手な見せかけ，神秘的な専門用語の見せびらかしである。言葉が少ないと話は曖昧になり，多すぎても同様である。明るすぎても暗すぎても目を

傷めるのと同様である。大法官府（Chancery）発布の長大な法令は最短の書き付け同様，理解を妨げる。従って，手紙を書く場合，「明晰」を得るには英国の法令式ではいけない。以上の欠陥を避けるには，手紙の用件をはっきりさせ，それに対して他人の批判を仰ぐように口に出してみることだ。優秀な生徒でも多くがはっきり言えないのだ。金持ちの店主が品物の特徴や違いを知らないものだから，すぐに客の求めに応じられないのに似ている。こうして，お喋りで軽薄な者が賢明な者より聞く者を満足させる事態が起こる。しかし，書く時は，考えをよく整理する，次にそれを書く。次いでそれを点検して訂正すれば，無難なものができよう。明晰という特質の中に「分かり易さ」（plainness 2801）が入るが，これは，質問書に1から順番に答えるように手紙に答えるなぞ，順序にこだわる必要はない。書き方と用語共に，ご婦人方の衣装のように無頓着を勤勉に装う風に，自由な遊びごころ，といったものでよい。相手によっては冗談を言ったり悪戯をしてはいけないが，重要な件を伝えながら同時に，読み手の想像力を喜ばせる文彩（grace 2810）も加えるとよい。用語は多すぎては困るが，貯え（store 2812）がなくてはならない。'store' を使う場合，時には代わりに choice を，時には plenty，また，時には copiousness，時には variety を使ってもよいが，それぞれ代わる語は，最初の語 store の意味が誤解されるほど異なる遠い意味をもたせてはならない。ジョンソンは accommodation「おもてなし」，compliment「礼儀作法」，spirit「知力，活力」等の当世流行の気取った語の使用には慎重に，と注意する。

3. 活力（2823–）　　これは元気（life 2823），敏捷（quickness），即ち，執筆の力強さと力感のことである。それは，簡潔な表現，比喩，奇想，歴史的引喩，カスティリオーネ『宮廷人』やキケロ『弁論家について』第2巻中の名言の引用により可能となる。

4. 分別（2829–）　　最後に，何が書き手に，何が手紙の受け手に，そして何が手紙で扱う用件にふさわしいかを明確にしなければならない。この「分別」は，上述の三つの条件を包括し，締めくくるものである。成熟した判断力から生まれるものであり，それは神，自然，勤勉，対話から得られる。神に仕えよ，さすれば他が汝に仕える（–2837）。

　　以上でホスキンズに拠るノートを終わる。すべてが必ずしも「模倣」その

ものに関わるものではないが，模倣の概念と共に古典の文章技法が取り入れられ，英国の文芸界に浸透していく様子が読み取れるようである。

　前後するが，既にジョンソンは文章技法について主としてクウィンティリアヌスに拠って述べている（2101–2148: *Inst. Orat.* X.iii.4–10: Parfitt 注）。良い文章を書くための三つの必要条件を挙げる。1. 最高の作家を読むこと。2. 最高の雄弁家を観察すること。3. 文体の訓練。ジョンソンは直ちに 3. 文体についてクウィンティリアヌスに行く（2104–）：

　「文体に関して，まず，何を書くか。次にどのように書くか。つまり，まず題材を熟慮し，それから語を選んで両者の釣り合いを調べる。両者の配置・格付けに注意して組み立てがうまくとれるようにする。これを勤勉に，頻繁に行うこと。思い付きのアイディアや語に満足せず，創作する内容を判断して適切と判断したものを注意深く配列すること。このようにして書いたものを繰り返し使うことが必要である。それは内容の重要性を強調し，前後の連結をスムーズにする他に，執筆時にとかく冷めやすい創作力（imagination）をかき立ててくれ，前を振り返ることによって元気が増したように新たな力が与えられる。跳躍競技で一番長く助走をとる者が一番よく跳んだり，また，ダーツや槍を投げる時，投擲を強くするため腕を引くように，「後退」が成功を促す。しかし，順風であれば，風の利が裏切らない限り，満帆の船出を禁じはしない。何故なら，創り出すものはみな，熟慮・着想の際は良しとしているからである，だから文字に書きつけるのである。しかし，最も安全な方法は，自らの判断に戻り，容易に考えたものは疑われて当然だともう一度考え直すことである。最高の作家達は書き出しは総じて，注意と勤勉を自らに課した。性急ではなく，まず上手な書き方を身につけ，以後は習慣により容易となった。少しずつ題材が豊かに浮かんできて，言葉が応え，文章構成が決まり，すべてが整然とした家庭のように適所に収まったのである。一言で言えば，急いで書けば決して良い文章は書けないが，良い文章を書けばすぐに素早く書けるようになる。しかし，この能力を身につけたと思う時でも，思い直したほうが良い。例えば馬は時にちょっと引き止めると，前進を止めるよりむしろ発奮させるではないか…」（2104–2148）。

　文章技法についてクウィンティリアヌスの挙げた第一の条件を，ジョンソ

ンはここで取り上げる (2148–)。「自立して自分の力で書き，能力を信じて努力する，これが成熟し有能な作家にふさわしいように，他の最高の作家を勉強し学ぶことが初学者にはふさわしいことだ。それは，知能と記憶は自分の考えよりも他者の考えを理解する時のほうが理解が鋭敏であるからだ。最高の作家に慣れ親しんでいる者は，時には自分の中に彼らに似た共通点を見つけ，自分では気付かないで，彼らの考え方を使って似たことを述べ，実力以上の権威をもたせることができるであろう。それは勉学の褒美であり，他者を適切に引用する場合の勲章である。人によって得意な執筆分野はあるが，すべてを訓練しなければならない。楽器同様，文体でも各パート間の調和が必要である」(2153–2172)。問題点は文体論へと集約される。

　そしてジョンソンは，新しくはないが，今後の正しい判断の助けになるようにと，再び文体技法について述べる (2173–2190)：「文体が無味乾燥，空虚にならないよう注意すると同時に，回りくどく（winding 2197），曖昧な表現でさながら繁茂してはいないか，再度注意する必要がある。これらは共に欠点であるが，過多から狂い出るものより，欠乏から発するもののほうが悪い。多産（多弁）の矯正は容易だが，その逆はいくら骨折っても無駄であろう。若い作者には好ましく褒めたいところがある。しかし，それを使い続けるなら，その常套表現故に嫌がられるようになる。成熟を促してあらゆるものを与える「好機」というものがある。農夫がそれを教えてくれる。彼は若木に刈り込みナイフを当てない。それは，傷を受けるにはか細く鉄の刃を恐れているようだからである。同様に，若い作者に欠点のすべてをあげつらうことはしない。そうして悲しませて気力を失わせ，遂に絶望させることになるからだ。あらゆるものを与えて怖がらせるほど彼を傷つけるものはなく，一つとして努力できなくする。従って，若者は時機を見て，しかも最高のものを教えるのが良い。人はすぐに理解するものは長く記憶するからだ。船の最初の塗料のにおいや，羊毛を染めた最初の色が長持ちするのと同じである。従って，教師は自身の力を調整して生徒の弱さにまで下りて行かなければならない。ビンに水を一度にいっぱい注ぐとあまり入らない。しかし，じょうろを使い少しずつだと，教師は生徒の多くに力を満たして，こぼすものは少ない。容量いっぱいまで入るのである」(2194–2224)。

8. ベン・ジョンソン，ホラティウス『詩論』英訳（1640）：『ティンバー』（1641）　　77

　文体に関する記述が終わり，漸く「1. 最高の作家」が取り上げられる。ジョンソンは古典と自国の文化遺産の双方の長所（と短所）に注目する（2225–2254）：「彼が若者に勧める最高の作家は，誰にも読まれ（open 2226），明快である（clear 2227）という条件で選ぶ。シドニー，次にダン（John Donne）がいるが，ガワー（John Gower）かチョーサーを最初に味わうほうがよいと言う。しかし，あまりに古文に思い入れをしてその重さ（weight 2231）に気付かずに，言葉（英語）が粗雑で空疎になる恐れがある。判断力が固まり危険がなくなれば，新・古文共に読ませてもよいが，同様に注意すべきは新しい花と甘い蜜が，一方の無味乾燥と粗雑に劣らず若者を堕落させるので，選択を誤らないよう注意しなければならない。スペンサーは古い（昔の）作家を気取って，書いたものは言葉の態をなさなかった（Spenser, in affecting the ancients, writ no language. 2237–2238）。しかし，ヴァージルがエンニウスを読んだように，題材を得るためにスペンサーを読むことを勧める（叙事詩から悲劇の材料を得ることはホラティウスにも見られる）。クウィンティリアヌスは若者には知識を得るため，大人には知識を確認するために，ホーマーとヴァージルを読むように勧める。何故なら，精神は英雄詩の崇高さにより高揚するだけでなく，題材の偉大さから英気（spirit）を得て，最も優れたものに染まるのである。このような最も優れた影響を受けるのは悲劇や抒情詩からでもよい。道徳観がしっかりすれば喜劇も読んでかまわない。ギリシャの喜劇作家達と，ローマの初期の模倣者プラウトゥス（既出）では，詩の構成（economy）・配置（disposition）がテレンティウスとのちの喜劇作家よりよく守られている。即ち，ギリシャに濃く染まったプラウトゥスまでのほうが，のちのローマ喜劇より優れている。古典作家達にとっては警句が，今日の英国では笑いが物語の唯一の力点である」（と付け加える）（2225–2254）。

　ジョンソンは，古典とその系列にあるスペンサーを，題材の発見（Invention）のために読むことを勧める。このことは，スペンサーが古典の系列にあること，及びモデルと見做していること，この両面を意味している。古典をモデルとしてきた英国が自前のモデルを生み出したという誇りが彼にも見られる。

　古典を踏まえた，シドニー以下16世紀詩歌論の流れの中で，ジョンソンも詩歌（poesy）について論じる（2953–）：「それは天に生まれしもの，ヘブラ

イ人に受け継がれ，ギリシャ人からラテンへと伝えられ，のちに諸国に広まった。アリストテレス，キケロに言及しながら，詩歌を知ることは人類に確たるルールと正しく幸せに生きる模範（pattern 2959）を教える。そして市民として社会のあらゆるつとめを果たすように仕向ける。若者を教化・育成し，老人を喜ばせる。人生の繁栄時には飾り立ててくれ，逆境にあっては慰めてくれる。家にあっては気晴らしになり，外では友との絆となる。旅では友，仕事と野外スポーツの間の時間を埋めてくれる。田園への隠退と狩猟に同行してくれる。最高の賢者，最高の学者がポエジーを完ぺきな芸術の女王（Artium Regina），有徳の姉妹と考えたほどである。彼らは哲学を厳しいポエジーと呼ぶのに対して，ポエジーを快い，穏やかな哲学と名付けた。それは手を取って先導し，うっとりとした歓び，信じ難い美しさでもって人に行動を促す」（–2975）。

　ジョンソンは，ポエジーが天から人間界に受け容れられて，人の善性を支配する状況を述べた。ここで彼は詩人とは何者か，その本質を「模倣」その他の項目毎に探る（2976–）：

1.　Ingenium　　　天賦の知力（2976–3017）。まず詩人に求められるものは天性の優れた才能である。他の芸術（arts 2989）がすべて教義と規範から成るが，生まれながらにして，そして本能的に精神の抱く宝を自在に表現できなければならない。セネカ（以下 2992–3017 について Parfitt 注参照）は，アナクレオーンの詩的恍惚について語り，プラトンの詩的霊感について，アリストテレスの才能と狂気について語っている。神的本能により人の平凡な考え方を超越する。それは御者を乗せて何処へ飛翔するのか，ヘリコンか，ペガサスか，パルナッソスか。オウィディウスは「我々のなかには神が宿り，それが動くと我々は燃える，霊感が天との交わりから生ずる」（3008–3009 Parfitt注参照），と言っているし，リプシウス（Justus Lipsius=Jost Lips 1547–1606）も同様，大詩人と神の霊感について述べている（Parfitt 注）。

2.　Exercitatio　　　天性の次に「熟慮」である（3018–3056）。しかし，ジョンソンはその具体について自らは触れない。天性に拠る場合と対極的な努力をひたすら強調する。知力がすぐに対象とするモデル（3021）の域に達しないとしても決して投げ出してはならない。一二年で詩心が湧き，作詩できれば

8. ベン・ジョンソン，ホラティウス『詩論』英訳 (1640);『ティンバー』(1641)　　79

上出来である。今日流行の即興ヘボ詩は一日たりとも生きながらえる意味は
ない。詩人は脚韻屋 (rhymer) とは違う。ドナートゥス (Aelius Donatus 4 世
紀中葉) によれば，比類なきヴァージルは熊のように詩行を生み出して，そ
の後舐めて仕上げたという (3035–3036: Parfitt 注，以下同)。彼は午前中に書
いた詩行を午後，夜までに縮めた，とスカリジェ (Scaliger) は言っている。
「エウリピデスが詩人アルケスティス (Alcestis) に言った言葉は慎ましく心を
打つ。エウリピデスが三日間で三行の詩を，必死の苦しみの末に産み出した
と聞いた時，彼アルケスティスは，自分なら 100 行は楽に書けただろうと誇
らしげに言った。エウリピデスは《随分だね。だが大きな違いがある。きみ
の 100 行は三日ともつまいが，私の三行は永遠だ》と厳しく応えたという。
それは，彼には本物の詩は書けないよ，と言ったも同然であった。ブンブン
騒音を立てるこうしたお喋りは最近多い。鼻歌を歌うだけのことだ。苦しん
で書かれたものは読むに値し，とこしえに続く」(3042–3056)。

3. Imitatio　　「模倣」について (3057–)，ジョンソンはブッフラー (Johannes
Buchler, *Refirnata Poeseos Institutio* (1633)) に拠って次のように述べる。そ
れは「別の詩人の財産あるいは財宝を変えて自分のものにできることである。
とりわけ優れた人を選んで忠実に受け入れて，その人そのものになり，コピー
が本物と間違われるほど似ることである。口に入れるものを固く生のまま呑
み込むのではなく，食欲をもって食べ，胃袋で混ぜ，仕分けて全部を栄養に
する動物さながらにである。ホラティウスが言うように (『詩論』131–135)，
盲目的に模倣して，長所と思って欠陥に手を出すのではなく，最も優れた花
からミツバチと共に吸い取って，すべてを蜜に変え，ひとつのおいしいご馳
走に仕上げるのである。即ち，我々の模倣を魅力的にするのである。優れた
作家が如何に模倣しモデルに拠っているかよく見るがよい。ヴァージル，ス
ターティウス (Statius) はホーマーを模倣したではないか。ホラティウス，ギ
リシャ詩人アルキロークス (Archilochus)，同アルカエウス (Alcaeus) その他
の抒情詩人達もそうだ」(3057–3076)。

　ジョンソンは模倣の具体的な方法に立ち入って述べない。優れたモデルの
選定，独自性の味を出すことは当然であるが，モデルに成りきるという主張
はそのコピーを意味するものではないであろう。モデルに染まったテクスト

は大いなる名誉となることでもあるからだ。

4. Lectio 「学問」（study）と「読書」について（3076–）。「刻苦勉励と共に多様な読書は十全の人間（a full man 3079）をつくる。そして，一つの詩の筋・梗概を知り，それを伝えるだけでなく，内容と文体を自分のものとして，如何にしてこれら二つを処理配置し，最終的に優雅に決着をつけるかを知るようになる。パルナッソスに登ったとか，ヘリコン山で唇を浸したと夢想して，突然詩人になれると思ってはならない」（3076–3087）。

5. Ars 「技法」。そのためにはもっとすることがあると言って，天性，修練，模倣，学問に加えて，ジョンソンは「技法」（art 3089）だけが詩人を完成させると言う。「キケロが断言するように（3094: Parfit 注参照），優れた天性に学問と修練が加われば，高貴で独創的な資質ができ上がる。喜劇作家シミュールス（Simylus 前 4 世紀）が言うように，**アート無くして自然は完成されず，自然無くしてアートはあり得ない**からだ（強調付加）。しかし，詩人を目指す者は，学問は単に自分で学ぶことではないことを知らなければならない。自分独りで勉強すると，愚者を師としている気がするからだ。師と仰ぐ人のもと，多くの選りすぐりの最良の書を読まなくてはならない。ホラティウスと彼を教えたアリストテレスがその第一人者だ。（ジョンソンは以下3112–3131 まで Daniel Heinsius に拠っている：Parfitt 注。）アリストテレスは最初の厳密な批評家であり真の判定者であった。そして比類のない最大の哲学者であった。彼は自然界のあらゆる知識の欠陥を指摘し，その上，多くの人の優れた科学的知識から一つのアート（体系，法則？）を作り上げた。そうしてどのように他者を正しく判断すべきか，自分の中で何を慎重に模倣すべきか，この二つの仕事を同時に教えた。しかし，これらは，天性の知力，特に詩的天性が無ければ無為に終わる。市民としての知恵と雄弁を幅広く身につけなければならない。用件を処理したり，会議を進める時，恰も糾弾演説の場か暗がりから出てきたかのように文章その他の個々の断片にとらわれてはならない。そうではなく，通常，人の教場である民衆（the body of the state 3129）から広く得なければならない」（3093–3131）。

　次に，ジョンソンは弁論と比較しつつ，詩，特に喜劇詩が広い知識を与えてくれることを強調する（3131–）。詩人は雄弁家に一番近く，韻律（numbers

3133) にはより縛られているが，雄弁家の特徴をすべて駆使する。文彩にお
いて同等 (キケロ『弁論家について』I. xvi.70: Parfitt)，表現力 (strengths 3135)
において勝る。ジャンルに関しては喜劇詩人が雄弁家に一番近い。何故なら，
人の精神を動かし，感情をかき立てることに特に優れているからだ。この点
では弁論は際立っており，特にそのことを自認している。リューシップス
(Lysippus) は彫刻刀でどんな身体像でも彫ることができたか，アペレス
(Apelles) は画筆で描くことができたか，喜劇が感情の多くの，様々な動きを
生き生きと表すのと比べるべくもない。いじめて喜んだり，ふさぎ込んでイ
ライラし，怒りで猛り狂い，恋に狂い，強欲心にたぎり，放蕩に身を崩し，
期待に苦しむ，このような姿が舞台上に見られる。日常生活にこのような混
乱はなくとも，雄弁家はその例を舞台に見ることができる。さる喜劇詩人ナ
エウィウス (Gneaus Naevius 前 3 世紀) が自ら書いた墓碑銘はラテン語の優
雅さを伝える内容である：「もし不死身の神々が死すべき人間を嘆いてくれる
なら，女神カモエーナエ達は我ナエウィウスの死を嘆いてくれよう。彼が冥
府のオルクスに大事な宝として託されたのち，ローマ人達は直ちにラテン語
の話し方を忘れたからだ」。また，キケロを教えたスティロー (Lucius Aelius
Stilo) も喜劇詩人プラウトゥスのラテン語をクウィンティリアヌスに拠って
称えている：「もしミューズの女神達がラテン語を喋りたいと願ったなら，プ
ラウトゥスの言葉を使うであろう」と。彼に教わったワロー (Varro) も彼の
ことをラテン語文芸と優雅さの第一人者と呼んだ有名な評価がある (–3162)。
　再びヘインシウスに拠ってジョンソンは，詩の規則化，即ち技法 art につ
いて論じる：彼は「詩人の自由を文法家や哲学者が定める規則の枠内に閉じ
込めることに反対する。何故なら，彼ら以前に多くの優れた詩人が規則を実
践していたからだ。とりわけ，アリストテレスより少し前のソフォクレスに
勝る者はいない。デモステネスに規範を示したギリシャ人がいただろうか。
喋ると雷光を発した故に「神性」の異名をもつペリクレスはどうか。アルキ
ビアデス (Alcibiades) はどうか。彼は art よりは nature を師としていたので
ある (3163–3175)。
　では，art は必要でないのか。自然が何時でも才能豊かな者に教えたこと，
或いは長い修練が勤勉な者に教えたこと，これら二つをアリストテレスの英

知と学問が一つの技法 art に仕上げた。それは，彼が**自然界の原因を理解し**たからである（強調付加）。人が偶然か習慣によって理解したことを，彼は理性によって理解した。間違わない最短の道を示したのである」（3176–3183）。

アリストテレスの『詩学』は天分と努力の詩学ということである。

ここでジョンソンは技法から離れ，批評家の判断の不確かさを語る（3184–）：「喜劇詩人アリストファネスは悲劇詩人エウリピデスの多くの点を巧みに非難した。それは技法のためではなく真実のためで，エウリピデスは殆どの場合正しいが，時に間違っていたからである。しかし，判断というものは，それが重要な場合，もし理性が伴わなければ，何時も絶対正しいとは限らない。従って，詩人を裁くのは最も優れた詩人だけに許される領分である。詩人の批評家ほど容赦なく詩人を批評した者はいない。実際は，批評家は一種の鋳掛け屋だと言う人がいる。直すより壊す手合いだ。批評家や文法家の病癖はひどい。人体はいじくられるだけで，一層悪くなる。医者は大挙して多くの健康な患者を間違った処置で駄目にしている」（–3199）。

続いて（3200–），「真の批評家或いは監察者（censor 3200）の務めは，いたるところで一つの文字を取り除いたり，悪くもない音節にケチをつけるのではなく，語を並べて比較し修正することである。作家とその題材を誠実に判定することだ。題材こそ人が修得した揺るぎない学問のしるしであるからだ。ホラティウスがそうであった。キリスト教以前の異教徒の中にあって，彼こそ徳と知恵の最高の師であった。自然界の原因と人の理性に関する優れた真の判断者であった。それは，自分でそう考えたからではなく，習慣と経験から知ったからである」（–3211）。

更に，ホラティウスが新語の使用について，ウェリギリウスや自分には認めずプラウトゥスらには良しとするローマの批評家達について述べた（『詩論』54–）ことについて，次のように述べる（3220–）：「初期の喜劇詩人プラウトゥスの新語に関する発言は，多くのローマ人（批評家）がそれを受け入れたのに対して自分の判断を主張したものであるが，彼らは奇想と諷刺・皮肉の開祖プラウトゥスへのひどい非難であると言って，ホラティウスを非難する。彼ほどの詩の偉大な師であり監察者の口からプラウトゥス擁護が漏れて欲しくないのだ。彼の下僕達のほうが，当世学者集団のパトロンの誰よりもプラウ

トゥスを正当に評価できたのだから。ホラティウスの時代は詩とラテン語が全盛期にあり，下僕でも時代の判断に無縁であり得なかった。日々仲間内で諸事にわたって議論し合う大作家達，彼らの議論と批判にホラティウスほど精通し，よく理解できた人にとっては特にそうであった。」（このあと，大批評家ホラティウスがアウグストゥス皇帝の愛顧を得て秘書になろうとしたことにジョンソンは言及するが（–3247），世事が正しい批評を左右したか否かについては定かにしていない。）

　ジョンソンのこの備忘録の最後に悲劇と叙事詩における人物と出来事（action）について，模倣に関係する記述が見られる（再びヘインシウスに拠る：Parfitt）。悲劇よりも叙事詩の主題（argument 3428）のほうがずっと冗長・多様（diffused/ poured out 3429）なことは当然であるが，アリストテレスがホーマーにおいて指摘し，ホラティウスが継承したように（既述），ヴァージルもアエネーアースについて書きながら，多くの事柄を省いた。彼の生誕と成長の事情，アキレスとの戦い（『イリアス』20.156–352），アキレスとの戦いの場からウァヌス女神（実際は海神ポセイドン）によって助け出される場面（同318–），これらを彼は語らず，唯一つの事，即ち，どのようにしてアエネーアースがイタリアに辿りついたかを 12 巻で書いた。旅の他の部分，海上の放浪，トロイの略奪を主題ではなく，主題のエピソードとして扱った。ホーマーもユリッシーズの多くの事柄を無視して，一つの結末に向かうものだけを扱っている（–3441）。

　家が様々の材料から作られて，一つの構造物，一つの住いとなるように，一つの出来事は様々の部分から構成され，一つの物語は叙事詩，或いは劇詩（fable epic or dramatic 3457）となる。この「物語」（fable）は，一つの完全な「出来事」（action）の模倣（imitation: これは『詩学』で言われるミメーシスの意と思われる）と呼ばれる。その部分部分は建物と同じようにきっちりと組み合わされていて，どれを取り除いても全体を傷つけるものである（3317–3320）。ひたすら action に沿って fable を構成し，無駄な「部分」を省く。ヘインシウス―ジョンソンの締めくくりはこうである。物語の全体は，部分から成る。その部分すべてが無ければそれは完全ではない。全体を完全にするためには，部分は真実（true 3475）でなければならない。全体の一部を取って

しまえば，全体を変えてしまうか，全体でなくなる。何故なら，あっても無くても全体には何ら関わりない部分であれば，全体の一部とはとても言えない。エピソードについても同様である。全体と部分の関係はこのように論じられるが，単に論理学的証明によっているのではない。物語全体の一部でさえ「真実であった」というのは，詩人が取り上げた歴史的事実を意味することもあるが，詩人が普遍的或いは必然的な真実を意味する（『詩学』第9章）場合も同様である。いずれにしても詩人が取り上げた時，真実であった出来事は「今も」真実である。人間の行動を含む自然界の普遍的原理を模倣するアリストテレスの原理が根底にあると思われる。

　全体に必要な部分の選択は，ホラティウスにより論じられている（『詩論』138–152）。また「叙事詩と建物」の喩えは，のちにドライデンに受け継がれる。

　ジョンソンの模倣論の特徴は，天性の才能に基づく技法（art）の修得を強調する点にあるようだ。シドニーが大文字のアートの域に昇ったのとは異なり，自然を科学的な目で追求する，言わばアリストテレス派と言って良いであろう。

付記　ミルトンによる『アリストテレスの理解になるプラトンのイデアについて』（*De Idea Platonica quemadmodum Aristoteles intellexit*）がある。これは1628年7月2日，ケンブリッジ大学の卒業式祝典で配布されたと言われる。内容は half serious（編者 John Carey），39行のラテン詩である。その中でミルトンは，イデアとは何ものか？　まずその正体を問う。「自然」が人類を造った時の似姿（imago 7）とは，神が使った原型（exemplar Dei 10）とは，何ものか？　それは人間個人と同様，肉体をもつに違いない（自然または神が原型から人間を造ったとすれば，ソクラテスとカリアスは質料では異なるが形相では同じ人間であるように，原型は造られた人間たちと形相で同じでなくてはならないということであろう。アリストテレス『形而上学』第7巻8章参照）。そのものの住むのは何処なりや？　星を友として天界を永遠にさまようか，地球の隣り月界に住むのか，忘却の川レーテの岸辺で人の姿を得ようと待つ魂のなかでまどろむのか，さてまた遠つ国でアトラスの如き巨体で天上の神々

を恐怖に陥れているのか。古来名高き予言者，賢者の何人も記録を残さない。そこで，アカデミーの創設者，栄光あるプラトンが「これらの不可思議（Haec monstra 36）を（哲学の）議論に持ち込んだのであれば，追放した詩人を国家に急ぎ呼び戻すか，そなたご自身が出て行かれよ。」と言ってこの軽妙な詩は終わる。イデア論がもたらす非論理的曖昧さ，即ち「不可思議」は詩が徳育のために用いる世界に属し，またその材料であって，哲学が目指す自然界の解明とは相容れない（とアリストテレスは批判する）。自然と神，二つの人間創造の混在（神 Deus も原型をもつ）もこの軽妙な調子故に可能となり深刻なプラトン批判とならない。ミルトンはプラトン主義を批判しているのでない。それは詩の領分を広げてくれたのである。ジョンソンの時代に接する時期に書かれたこの作品にはプラトン主義がアリストテレス的論理性とキリスト教に挟まれていながら鎮座するかのようである。新科学精神が論理的思考の先頭をきりながらその後を長い伝統的思考が続くという時代認識をミルトンは代弁していると言えるかもしれない。

9. ジョン・ドライデン『文芸論』*Essays of John Dryden*, 2 volumes (1667–1697), selected and edited by W. P. Ker

詩人・劇作家ジョン・ドライデンの模倣論を観察しよう。1660 年の王政復古を境に新科学思想が社会の表面に出てきた。プラトン思想に創作の原理を置くドライデンにとって，原型のコピーである自然はより豊かな観察の対象となったと思われる。一方，近代大陸の影響は著しく，イタリアとそれを受けた自国からスペンサーの新叙事詩が好意的に世評をとらえる。そうした 1667 年，ミルトンの古典叙事詩が忽然と現れる。押し寄せる近代精神の大波の中でドライデンは彼のことは多くを語らない。ドライデンの文芸批評は，自ら名乗るヴァージルの弟子として，歴史・文化・言語の視点から総合的にモデルを模倣する。今日にまで継承される彼のこの批評手法の原理はフィロロジーであると言えるであろう。実に堅実で生気に満ちている。以下，フィロロジストとしてのドライデンの鮮やかなテクスト分析を見よう。

(1) 「序文」*Preface to Annus Mirabilis* (**1667**) (Ker I.10–20, 以下，I は
省略する。)

ヴァージルの『アエネイス』の「エピソード」に関する具体的な指摘があ
る。自作の『驚異の年』を気宇壮大な発想 (noble thoughts Ker 14.19) で飾り，
その発想を適切な文学的表現 (elocution Ker 14.20) でもってより力強く表す
ように努めたと述べて，彼の詩論に入る (Ker 14.21–)：

「作詩は詩人のもつ知力 (wit) に関わる，と言って，スコラ哲学の「生み出
す自然・生み出された自然」(natura naturans/natura naturanta) の区別に拠っ
て，この知力を「書く知力」(*Wit writing* Ker 14.22) と呼ぶ。これは作家にお
ける想像力の働きを意味する。それは敏捷なスパニエルのように，記憶の野
を打ちすえながら走り廻ると，遂に獲物を飛び立たせる。このように，想像
力は表現しようと目論む構想の種類や概念を求めて記憶を探る。「書かれた知
力」(*Wit written* Ker 29) は明確にされたもの，即ち構想の見事な結果，想像
力の産物を意味する。英雄詩や歴史詩について言えば，知力は主として人物，
行為，感情，出来事の喜ばしい想像に向かう。それはエピグラムによる鋭い
突きでも，下手な対照法による見かけの矛盾でもない (これは押韻詩劇の無
能な観客が喜ぶ)。それはまた，もっと下手な行頭・行末音合わせ (paronoma-
sia Ker 15.2–3) による響きでも，重厚な文による説教でもなく (これはルカー
ヌスが好むが，ヴァージルは控えている)，生き生きとして適切な描写にこそ
知力が発揮される。文彩の衣をまとい，自然そのままに，そして自然以上に
喜ばしく，無いものを眼前に見せてくれる。(注：後半は新プラトン思想に近
い。) 従って，詩人の想像力の第一の特質は創意 (invention Ker 15.9)，即ち，
構想の発見 (finding of the thought Ker 15.9–10) である。第二は空想力 (fancy
Ker 15.11)，即ち，その構想の変容 (variation)，関連 (deriving)，塑像 (mould-
ing) であるが，その際，主題にふさわしいように判断を働かせて表現しなけ
ればならない。第三は雄弁 (elocution Ker 15.12–13)，即ち，第一と第二で発
見し，変化した「発想」を，意味と音の面で適切な語で装い飾る技術である。
「創意」には想像力の素早さ (quickness Ker 15.15) が見られ，「空想力」には
豊穣が，「表現」(expression Ker 15.17) には正確さが見られる。第一と第二
の代表はオウィディウス，第三の代表はヴァージルである。オウィディウス

は無秩序の自然を描くので言葉を精選することが少ない。これは対話や談話，従ってドラマに特有の知力の働きである。考えは即座に展開し，言葉を慎重に選んだり，引喩や比喩を用いたり，眼前の関心から離れたことに思いを馳せることはしない。翻ってヴァージルには，殆ど一人の語り手が語るので，自らの思いを雄弁のあらゆる手法を使って表現し，彼の想像力の力感と工夫を示す余裕がある。その結果，描写は普遍的な美しさをもつ。『アエネイス』中の「嵐」，「弔いの競技」，「トゥルヌスとアエネーアースの一騎打ち」，また，「農耕」，「禍い」，「田園」，「闘牛」，「勤勉なミツバチ」，その他自然界の優れた形象。これらが見事な言葉で，劇場で見るかのように描かれる。そのために彼はしばしば比喩 (tropes Ker 17.5) を用いる。語を本来とは別の意味に使用して語の性質を変える。この手法は，ホラティウスが《もしきみが，巧みな結合によって知られた語を新しくするなら，大成功だ》と言うものである」(Ker –17.10:『詩論』47–48: Ker 注)。

　ドライデンはこのようにヴァージルの表現力の卓越性を強調したのち，自作『驚異の年』においてこの師から受けた影響について述べる。イメジ (images Ker 17.18) その他彼からの模倣は多いと言う。言語表現についても，「移しかえても両言語の特性を傷つけない程度に私の表現はヴァージルに似る」(Ker 17.20–21) と，師を模倣する弟子の深い関係を述べる。ラテン語に洗練を加えて詩語としたものもあるが，これはギリシャ語の泉から引いたラテン語の新語の例に倣ったものだと言ってホラティウス『詩論』52–53 を引用する。ラテン文芸の興隆はギリシャ文芸の模倣に始まり，モデルを凌駕することにあると考えて，英国もラテン文芸を凌駕しなければならない，というルネサンス精神の発露がここに見られよう。従ってドライデンは，ラテン作家の中で最も優れ，最も賢明な (judicious Ker 18.5) ヴァージルからそれを実践したのも当然だと言う (Ker 18.3–6)。ヴァージルの表現とイメジは英雄詩がもつ喜びを与えると言ってドライデンは，逆のバーレスクと比較する。そのイメジは笑いを生むが，それは美しく描かれた自然と逸脱した自然との違いによるものである。また，叙事詩と，その分枝である歴史詩と顕彰詩 (panegyric Ker 18.22) において，同じイメジが使われてもそれぞれ固有の理解をすべきだと言う。『驚異の年』と共に出版された公爵夫人に献じた 57 行詩の中

でも同様の文体上の配慮を見せているが，その詩は，「地面を這っている」
(*humi serpere* Ker 18.33) と酷評されたが，ドライデンは思考の高揚を抑えて
表現の柔らかさ，韻律の滑らかさに努めた，それはヴァージルに学んだのだ
と弁明する。

(2) 『劇詩について』 *Of Dramatick Poesie, An Essay* (1668) (Ker I.23–133)

これは四者 (Eugenius=Charles, Lord Buckhurst, Crites=Sir Robert Howard,
Lisideius=Sir Charles Sedley, Neander=Dryden: Ker I. xxxvii) の対話から構成
されている。特にドライデンの**脚韻論**が注目される。

アリストテレスの『詩学』とその優れた注釈であるホラティウスの『詩論』
から，フランスの劇作家達によって「三つの統一」(*Des Trois Unitez* Ker 38.29)
のルールが考え出された。「時間」(Time)，「場所」(Place)，「行為または出
来事」(Action or Plot) の統一 (Unities) である。行為・出来事が 24 時間以内
に限られるのは，舞台での上演は 24 時間以内であるのが通常自然であるか
らだ。何故なら，劇は自然の密なる模倣 (the nearest imitation of nature) であ
るからだとドライデンは言う (Ker 39.4–7)。この考えは，芸術は自然のコ
ピー，即ち，イデアのコピー (自然) のコピーであるとするプラトン主義に基
づくと考えられる。*A Defence* (1668) の中では「自然の密なる模倣」(the
better imitation of Nature Ker 125.26–27) は，アリストテレスとホラティウス
の権威に拠るとドライデンは述べている (Ker 125.28–29)。また，のちにネ
アンダーに，「自然の生き生きとした模倣は劇の特徴の一つである」(the lively
imitation of Nature being in the definition of a play Ker 68. 3–4) と語らせてい
る。この点からドライデンはフランス演劇に関して，その美点は彫像のそれ
であって生身の人間のそれではない。人の「気質と感情」(humour and passions
Ker 68.10–11) の模倣という「詩歌の魂」(the soul of Poesy Ker 68.11) に息づ
いていないと言っている。フランス演劇が自然の生き生きとした模倣でない
とすれば真のアートではないということであろうか。(なお，ネアンダーによ
る「気質」の定義は「人に固有の目立った仕草，感情，愛情が，他人と変わっ
ていてすぐそれと分かるもの」(Ker 85.26–29) である。)

劇と自然の関係にかんしてネアンダーによるシェイクスピア論が披露され

9. ジョン・ドライデン『文芸論』(1667–1697)   *89*

る (Ker 79.32–)：「彼は古典・近代の詩人の中で最も大きく，広い魂 (the largest and the most comprehensive soul Ker 79.33) をもっていた。自然のすべての姿 (images) が彼にはいつも見えていて，それを難なく見事に描いた。見るという以上で，触れるというほどである。学問に欠けると非難する者でも，彼は生まれながらにして学識があった (naturally learn'd)。彼は自然を読むために書物というメガネを必要としなかった。心の中に自然を見つけた」(Ker –80.5–6)。

シェイクスピアは自然界の「原因」を知っていたとは言わない，自然のすべての「姿」がいつも心に浮かんだということは，シェイクスピアが人間界の現実を熟知していたということであろう。

劇は自然の上に成り立つ，という観点に立って本論，脚韻論争が展開する。脚韻は舞台にふさわしいと考えるリシデイウスにクリーテスは反論する (Ker 91.9–)：「舞台上の対話は場面に即応して生じるものであるから，前もって準備を要する脚韻は劇では不自然 (unnatural Ker 91.9) である。何故なら，劇は自然の模倣であるからだ (Ker 91.11–12)。そして準備なしに脚韻を使って喋る者はいないから，舞台で使う者も当然いない。舞台で想像力が通常の談話におけるより高度の思考に高められることがある。優れた，鋭敏な才能をもつ人が高邁な事柄を即席で述べることがあるからだ。しかしそれが準備もなしに詩行の韻律や響きの枷をはめられることはない。きわめて自由な話し方をきわめて制約のある言葉で表すのは，まことに不自然 (unnatural Ker 91.20) にならざるを得ない。アリストテレスが最も制約のない，最も散文に近い言葉で悲劇を書くのが最善だと言ったのはこの理由による (Ker 303: 91.22 注：松本・岡訳『詩学』第4章 1449 a 23：「イアムボスは，韻律のうちでもっとも対話に適したものだ…。その証拠に，わたし達が互いに話し合う時は，イアムボスで話す場合がもっとも多いが，ヘクサメトロスで話す場合はまれにしかなく，またそれは会話の調子からはずれたときのことである」)。つまり，古典作家では短長格詩 (iambic verse)，我が国では脚韻なしに詩のリズムをもつ無韻詩 (blank verse)，これら両者が劇に最適である。そして脚韻詩を含むその他の形式は劇ではなく，書かれた詩にふさわしいということである。脚韻が劇にふさわしくないが，書く詩としては無韻詩は脚韻詩に劣る。無韻

詩も舞台において即興的に作られるものではないと反論されようが，それは
自然（91.31）に一番近いので，そちらを選ぶべきである」（Ker 91.-32）。

　ここでドライデンは無韻詩とは別に詩が劇に用いられる例外を語らせる。
一つは，脚韻派の言い分として，論争的場面の当意即妙の早業に詩の装飾を
入れることがあるというものである。これに対してクリーテスは応える（Ker
92.3-）：「やり取りの最中に突然，ウィットのみならず脚韻も思いつくとすれ
ば，生まれながらの詩人に演じさせていることになる。そうでなければ，二
人は事前に互いの意図を知っていたことになる，《技とは技を隠すことであ
る》（Ars est celare artem Ker 92.18）という金言に反することだ」（Ker 92.19）。
また，これは劇であり，二人の対話は一人の詩人が作ったのだから許される
という反論に対しても，クリーテスは再度「劇は自然の模倣である」（Ker
92.23）と言って，「芝居で観客は騙され，そして騙されることを期待するが，
それは真実らしさによってであり，あからさまの嘘によるのではない。人間
の精神は生まれながらにして（naturally Ker 92.33）真実を求めるからである。
従って，何事も真実の模倣に近づくほど精神は満足するのである」（Ker
92.24-93.2）。ここに至りクリーテスの自然は真実と同義的であり，プラトン
主義に近づいたようだ。

　続いてクリーテスは自身の反脚韻論をまとめて言う（Ker 93.3-）：「このよ
うに，脚韻は最高の思考を自然に（naturally）表現できないし，最低の思考を
品良く表現できないのである。何故なら，脚韻を使って召使いを呼んだり，
戸を閉めさせるほど詩の威厳を損なうことはないからだ。このみじめな事態
はさけられまい。しかし，と脚韻擁護派は言う，詩形式（verse）には素早く
豊かな想像力を抑制する力があり，もし巧みで洗練された脚韻を作る苦労が
抑制しなければ，想像力はあらゆる主題に広がり過ぎてしまう，と。（これに
対してクリーテスは，）この主張を認めるとしても，詩はより優れた書き方は
できるがより自然には書けないことを証明するだけであろうし，説得力もな
い。何故なら，無韻詩に想像力を如何に閉じ込めるかの判断力を欠く人は，
当然脚韻詩においても同様，判断力を欠くからだ。想像力の迷走（errors Ker
93.17）は脚韻／無韻に無関係である。ラテン詩人が詩で書くのは我々が脚韻
で書くと同程度に想像力を抑制したが，オウィディウスはあらゆる主題につ

いて過剰に語っている。彼の空想は詩形式により制限されなかったし，ヴァージルも同様であった。英語ではベン・ジョンソンが脚韻より自由な無韻詩においても制約を受けている。これに反してコルネーイユは，脚韻の制約を受けながら意味と主題の多様な表現を探っている」(Ker –94.2)。

クリーテスは，脚韻・無韻に関わらず創造力が縦横に働く例を挙げたが，これは実は脚韻擁護にもなる。ドライデンは次のネアンダーによる脚韻擁護論へのつなぎとしたようである。

ネアンダーの前提は，喜劇を扱わず，主題と人物，プロットが共に厳粛な劇 (serious plays Ker 94.17) を基に論ずる。そこでは脚韻は無韻詩より自然で (Ker 94.21)，効果的だと言う。ネアンダーは，*I heaven invoke, and strong resistance make* という（フレッチャーの）無韻詩行を挙げ，脚韻詩でもこれ以上に無理な言い方はない，一行を構成する二つの節は通常の言い方 (the common way of speaking Ker 95.1–2) に反して不自然 (Ker 95.1) と言う。だからと言って無韻詩のぎこちなさとフレッチャー (John Fletcher 1579–1625) の詩全体の堅苦しさを非難はしないと言う (Ker 94.3–95.5)。

そしてネアンダーはクリーテスに言う (Ker 95.6–)：

「語が上手く選ばれ適切に配置されても脚韻を自然な (natural) ものにしないこと，或いは脚韻が自然で無理がない (natural and easy) ものでも劇には適切でないことを証明しなければならない。もし前部分を固執するなら，適切な語の選択とその正しい配置の他に脚韻を自然に (natural) するのに他にどんな条件が必要かお尋ねしたい（考えられないということ）。何故なら，語の適切な選択は選び手の意味 (sense Ker 95.13) を自然に (naturally) 表し，語の適切な配置は脚韻をそれに合わせるからだ。語と脚韻が共に適切だとしても，一行は次の行のために作られる（即ち，仮に一行が適切に作られても次の行と脚韻を作るのは難しい）とクリーテスが反論すれば，答えはこうだ。即ち，二行の間に意味の依存関係があるか無いかのどちらかであり，もし依存関係があれば，語の自然な配置の中で二行目は必然的に一行目から続く。もし依存関係が無くても，語の適切な配置によって二行目自身も一行目同様自然なものになる。下手で怠惰な詩人は別として，脚韻の有無によって書くことが違う詩人はいない。詩形を選ぶと，配慮と技術 (care and art Ker 95.26) が求

められるのは当然である。優れた詩人は一行目で終わらず，意味にふさわしい脚韻語を探し出して，二行目を強化する準備をする。そのばあい意味の結末は次行の半ばかそれ以降に来ることも多い。ヴァージル同様に英語でもこの便宜を使って半行（hemistich Ker 95.34）で終わるか始めてもよい。これらの技法を使わないと詩劇は退屈になる。通常，意味は二行連句内に限られるが，いつも連続して流れ，同じ方向に行くものは必ずしも人を喜ばせない。それは川のせせらぎに似て終止に変化がなく，初めは聴き耳立てるが，終いは眠気がさす。律動の変化こそ最善の規則，役者の最大の助け，観客のご馳走である」（Ker –96.9）。

　クリーテスに対してネアンダーの反論は続く（Ker 96.9–）：

　「では，もし詩行自身が自然に（Ker 96.10）されたなら，どうして劇に不適切になるのか？（舞台は自然の再現（the representation of Nature）であり，通常の会話において脚韻は使わず，無韻詩で喋る人も脚韻なしの詩的リズムで喋る人もいない。従って最も自然に近い言葉を使うべきだ，というクリーテスの意見に対してネアンダーは反論する。）だがそう言った時，きみは，誰も無韻詩でも無脚韻の詩のリズムでも喋らないという返答を予想した。だから，自然に一番近いものが選ばれるべきと結論した。しかしきみが見落としたのは，脚韻は語の巧みな配置により無韻詩と同じように自然なものにすることができるということだ。脚韻詩と無韻詩が正しく書かれている（correct Ker 96.20）時，両者の違いは脚韻の音声に過ぎない。そうであればその心地よさとそれに伴う利点に依然として変わりはない。アリストテレスは劇は最も散文に近い詩で書くべきと言ったが，それはきみの言い分を味方しない，無韻詩は正確に言えば韻律的な散文に過ぎないからだ。しかし近代語では韻律だけで詩は成立しない。ギリシャ・ラテンの古典詩は語の音量と脚から成ったが，ゴート族・バンダル族のイタリア侵入により新しい言語がラテン語と混淆した結果，イタリア語，スペイン語，フランス語，英語の諸方言では新しい詩の方法が実践されるようになった。即ち，ゴート・バンダル族にとってラテン語の音量リズムは受け容れ難く，脚韻と共にアクセントリズムが行われるようになった。その結果，近代詩における詩脚の規則は二音節であれば，強強格（spondee），強弱格（trochee），弱強格（iambic）何れでもかまわない。

9. ジョン・ドライデン『文芸論』(1667–1697)   93

但し，脚韻は必須である。スペイン人，フランス人，イタリア人，ドイツ人
の何れも全く或いは稀にしか無韻詩を容れない。それは彼らにとってせいぜ
い詩的散文，散文的な言葉 (sermo pedestris Ker 97.17) に過ぎないので，喜
劇にふさわしい (脚韻は不適切と認める)。二行連句 (カプレット) は無韻詩
と同様に散文に近づけることができる。そのためには，半行を使うか，意味
を次行に連続させる (句跨り) とよい。技巧は目立たず，語順は放たれて自然
同様に見える (making art and order appear as loose and free as nature Ker
97.23–24)。或いはカプレットにこだわらずに，ピンダロスに従ってリズムに
変化をもたせ，脚韻をやや自由に配置するので響音 (chiming Ker 97.28) は少
なくなる。場面の変化や新たな人物登場により詩行の種類を変える古典詩人
のやり方もよい。つまり，弱強格に固執せずあらゆる抒情的なリズム，時に
は六歩格 (hexameter) を用いることである」(Ker –98.1)。

　このようにネアンダーはクリーテスの主張を越えて，アリストテレスの言
う自然らしさを実現する技術について考えた。しかし，脚韻はフランス，イ
タリア，スペインの悲劇で一般に用いられているからこれ以上取り立てて論
じない。

　「しかし，」とネアンダーは言う (Ker 98.10–)：

　「わたしが脚韻を自然で，従って劇にふさわしくする方法を提案したが実行
不可能ときみは言うだろう。また，劇中六–八行連続して自然に見せるように
語が配置選択されることはないとも。私の答えはこうだ，詩人はいつもそれ
にこだわる必要はない，一般的規則 (general rule) とするだけで十分である。
不自然な語の配置が偉大さを表したり，響きがよくなったり，変奏も時に許
されるからだ。逆に，もし語を殆ど散文のように配置すれば，それは実行可
能な方法だ，やって見て成功する可能性が高いからだ。ここまでのことは多
くの劇で成されているが，そうでない場合は，連続して六つの自然な脚韻が
見つからないなら，六行の無韻詩も難しい。最優秀の詩人でも例外ではない
と思う」(Ker 98.–30)。

　ベン・ジョンソン，フレッチャー，シェイクスピアが無韻で書いたと同じ
優れた劇を脚韻詩で書けるまでは観客は無韻詩を良しとしない，とクリーテ
スが言ったことに対してネアンダーは三詩人達の業績を評価する。彼らが気

質，人物，プロットのすべてを探索し尽くしたので，今日ではその種のもの
は全く書かないか，別の方法を試みることを勧める。唯一つ今日の詩人にで
きる方法がある，と彼は次のように言う（Ker 99.21–）：

「今日，彼らが散文で完成させた自然（Nature Ker 99.28）を模倣するほう
が，詩形で正確に書くより称賛されることは間違いない（つまり，今日詩作
法が成熟していないということであろう）。一般にこの（詩作の）方法が本当
に好まれないとすれば，衣装の新旧交代が難しいのと同じだ。ホプキンズと
スタンホールドの『詩篇』（John Hopkins' *The Whole Book of Psalms* 1584）を
手放さず，サンズのそれ（George Sandys' *The Paraphrase upon the Psalms and
Hymns* 1636）は見捨てるではないか。しかし，貴族階級の大部分が詩形式に
好意的であり，王政復古後書かれた劇で，*The Siege of Rhodes*（by Sir William
Davenant 1663，但し復古以前にも個人的に上演された），*Mustapha*（by John
Webster 1665），*The Indian Queen*（by Rober Howard with John Dryden 1664），
The Indian Emperor（by John Dryden 1665）ほど好意的に受け入れられたもの
はない」（Ker –100.14）。

　劇詩が文芸愛好家層に受け容れられている現状を確認して，次にネアンダー
は劇と自然の論題に立ち返る。劇のダイアローグは突然の発想の結果として
演じられるが，脚韻を使って準備なしに（*ex empore*）詩を喋る人はいないと
クリーテスは言う。また，脚韻は叙事詩に特有だが，劇詩には万人が詩人以
上の天才でなければ使用不可能とも。如何なる種類の詩でも準備なしに喋る
者は居ないから，劇では自然（Nature）に最も近いものを選ぶべきだと言った
クリーテスに対して彼は答える（Ker –100.27）：

「大衆と日常の言葉の模倣である喜劇の本質（nature）に最も近いものと，深
刻な劇の本質に最も近いものとを区別する。後者こそ（大文字の）自然の描出
（representation of Nature Ker 100.31）である。しかしそれは，より高度に作
り上げられた自然である。プロット，人物の性格，機知，感情，描写はすべ
て真実性（verisimilitude Ker 101.2）に応じて，詩人の想像力の及ぶ限り高く，
普通の談話のレベルを越える。そこで悲劇は高貴な人物の精神の在り方と運
命を造形し（to image Ker 101.3），それを正確に表現する。そして，**英雄的脚
韻詩**（heroic rhyme Ker 101.4）**は近代詩で最も高貴であるから Nature に最も**

近いのである（強調付加）」（Ker −101.5）。

　このあたり，ネアンダー＝ドライデンが使う Nature は殆どイデア（の断片）に近いようだ。小文字の nature は人がイデアとして認識したもの，習慣・現実の意味で使われる場合があるようだ。

　この深い（そして高い）意味での自然は更に叙事詩と脚韻の問題において論じられる。題材に応じて文体を定めよというホラティウスを引用して（『詩論』90−, 231）（Ker 101.10−）：

　「無韻詩は詩歌には低俗過ぎる，いや詩形とするにさえ低俗過ぎるとされている。だがもし普通のソネットに低俗過ぎるなら，悲劇には如何ほどであろうか？　アリストテレスは叙事詩よりも上位に置いているのに。しかし，この弁護は置くとして，きみの主張は劇同様に詩歌にも脚韻を認めないことになる。何故なら，叙事詩には対話の場面があるから脚韻は不適切となるからである。すると叙事詩に脚韻は不適切と認めるか（これはきみの主張に反する），劇に脚韻を認めるかしなくてはならない。と言うのは，悲劇は本来叙事詩の上に置かれるが，両者間には多くの類似点がある。両者の「属」は同じである，行為，感情，運命の変転に見られる人間の本性の正しく活気ある姿を描くことである。目的も同様に人間の喜びと幸せに置くのである。（登場する）人物はいつも同じで，両種の最高のものである。違うのはただその行為，感情，運命の伝え方である。悲劇はダイアローグによる口頭や行動で伝え，この点で叙事詩に勝るが，叙事詩は主に語りで行うため，人間本性の生き生きとした形象化では敵わない。しかし両者の共通点は多く，脚韻が一方にふさわしいとすれば，当然他方にもふさわしい。たしかに詩形式はとっさの思考の成せる結果ではないが，それでもとっさの思考が詩の形で表現されないことにはならない。何故なら，この種の思考は，Nature が準備なしに高めてくれる以上に高いものであり，詩から出て永遠に存続するに違いないからだ。その結果，突然言ったのが詩人によるのか俳優によるのか分からなくなる。（ネアンダーは，とっさの思考が自然を超えてイデアの永遠性を獲得する可能性に言及しているようだ。自然の描出である詩歌の中にとっさの思考を容れてイデア界に送り届けるという人為即ち Art のプロセスを説明しているのであろう。）劇が自然（Nature）に似るためには，実際より上に位置しなくては

ならない。高所に置かれる彫像は，見上げるとプロポーションよく見えるように (that they may descend to the sight in their just proportion Ker 102.14) 実物より大きく作られるのと同じだ」(Ker –102.14)。

　先に言及した巨大な「オリンピアのゼウス像」(シドニーの項) はイデアに限りなく近づく Art の実例であった。ここでは，劇は自然界 nature でイデアにより近い Nature に近づくためには，(彫像のように) 実物 (life 即ち nature) よりも大きく，上に (即ち，脚韻という芸術性を増して) 位置しなくてはならないということであろうか。「正しいプロポーションを取って降りる」のは，真実の芸術 Art がイデア界から下降することを暗示しているのかもしれない。

　ネアンダーによる脚韻擁護はなお続く (Ker 102.15–):

　「クリーテス，きみは短い即答には脚韻は極めて不自然と言う。例えば，A が言いたいことを，応答者 B が知らなかったことが想定されているが，詩行中不完全に残された部分を (B が) 補ってその音声と韻律の両方を埋める時がそうだ。これは一人の返答というよりはむしろ二人の話し合いによるときみは言う。これは反脚韻派が皆言うことだ。しかしレパルティが無韻詩だけで成される場合，同じ主張の一部がきみに反論する。何故なら，無韻詩でも脚韻詩同様，韻律が使われることがあるからだ。半行の後半も同様に作られるし，次行も前行の応答部として付加される。これはジョンソンの劇に見られる通りである。ギリシャ悲劇やセネカに見られるように，互いのやり取りが激しくなると，三歩格の後半部を相手側が補う。これを欠陥と見做す批評家はいなかったし，今もいない。我々の脚韻は彼らの音量 (quantity) に代わるものである。しかし，詩人に采配の自由が認められなければ，大胆に試みる特権を奪うだけでなく，スコラ哲学者よりもっと狭い領域に彼を縛ることになる。これではより厳格なムーサ達を称えるのと同じだ。クリーテス，きみは詩人に自然に従えと言うが，天駆けるペガサスから降ろされて地上で自然に従わざるを得なくしている。最後の半行を補うこと，即ち二番目の半行全部を前部分に加えることは，一人の返答ではなく当事者二人の話し合いによると言った。(ネアンダーはここでダンスを例に引く。) そこでは多人数の協同の意図が一つの形状を作る。多くの小グループに分かれ，その後一つずつ組み合って大グループとなる。取り決めがあるのは明らかで，偶然でこれは

9. ジョン・ドライデン『文芸論』(1667–1697)   97

どの美しさは不可能である。それでいて其処に目障りなものはない。あらゆる種類の詩形に必然的にあるように，レパルティにはアート (art) の手が現れるのは確かだ。しかし，舞台の素早いやり取りには素早く力強いアートの簡潔さもある。それは感情の突発的な発露として自然を高度に模倣 (high imitation of Nature Ker 103.26: イデアに近い自然の模倣，即ち Art の意であろう) したものであり，レパルティに混じるのである。これは，行末の余韻と脚韻の美しさ (the cadency and sweetness of the rhyme Ker 103.28–29) とが相俟って聴く者の魂に無上の喜びを与える。見えるのはアートである。それは絵の陰影のように見えるのであって，作品の完成には不可欠である。しかし絵に注意していると陰影は見えなくなる。同様に，劇の他の美しさに注意していると，脚韻にかける苦心なぞ忘れてしまうか，少なくとも，ミツバチが時に蜜に埋もれるように脚韻自身の美しさに溺れてしまう。詩人がレパルティを思いついた時，それを完成させるのは最後に詩の形にすることである。着想がどれほど良くても，脚韻語の仲間語がどれほど適切でも，脚韻語が見つからない限り彼は落ち着かないのである」(Ker –104.108)。

　高揚した内容をもつレパルティから次に，召使いを呼んだり，ドアを閉めるように命じるという極めて卑近な会話と脚韻がマッチしないという点に移る。結論として，このような場面では脚韻を踏ませない，詩行の初めに置いて，下品であれば打ち切ってもよい。半行以上が必要な場合には，最善で，卑俗でない語でもって卑近な事象を表すという手がある。こうして，低い内容と高い脚韻の矛盾を正すことができる。英語は高貴で豊か，表現力に富む (noble, full, and significant Ker 104.30–31)。語彙の選択によって平俗な事柄をラテン語同様に気品ある語で表現できる。キケロの言うように，「語の選択は雄弁の基である」(*Brutus* 72.253: Ker 105.1 注)，とネアンダーは締めくくる。

　最後に，ネアンダーは脚韻詩擁護の総論に入る。無韻詩が詩人をあまりに奔放にするのに反し，脚韻は，豊穣過ぎる想像力を縛るという意見がある。通常，意味は二行連句に閉じ込められ，語群は脚韻語が自然に続くように並べられて，語群が脚韻語に続くのではない。これに対してクリーテスの反論は，脚韻詩と無韻詩の優劣ではなく，どちらが作品の主題に適しているか，

ということである。ネアンダーの主張は「脚韻詩は深刻な劇にふさわしい」という仮説に基づいている。この仮定を認めた上で，彼は，脚韻詩は詩人の溢れんばかりの激しい想像力を規制して判断を適切にすると言う。これに対してクリーテスは，奔放な想像の中で判断力を欠き，その上脚韻に捕らわれるなら，判断を失う恐れがあると言う。何故なら，判断力のある者は間違いを避けるし，無い者は無韻法でも脚韻法でも間違いを犯すからだと言う。そこでネアンダーはクリーテスの使う judgment 使用の誤りを衝く（Ker 106.19–）。判断力があるというのは，学殖深く，強靭で，間違うことのない判断力のことであり，絶えず冷静，高潔である。そして他の助けを必要としないで，脚韻の有無を問わず間違いを犯さない。逆に，助けがあっても矯正も修復もできず弱く狂っている場合は，哀れにも韻なしで書くが，韻を踏めばもっとひどい。従って，最も優れた詩人の判断力を問題にしなければならない。（このように言ってネアンダーは更に論を進める。）判断力に富む者は他からではなく自身の判断力に頼る。例えば，健全な判断力をもつ者は正確に書く（作詩する）ために歴史，地理学，或いは道徳哲学を必要としない（注：詩人は生まれる者，作られる者ではないという考えを強調したものであろう）。判断力は劇では確かに職人の親方だが，彼を助ける多くの配下の職人，多くの道具が必要である。そして脚韻詩形（verse）はその一つである。親方は物差しと尺ひもを使って建物をコンパクトにし，均等にする。無秩序な想像力では不規則か緩んだものが建つ。詩人がこれを使って間違いを犯しても，少なくとも使わないよりはよい。これは，はかどらない，骨の折れる仕事だが最も確実な方法だと言える。オウィディウスは詩形を用いて豊穣華麗な文体が目立つが，散文で書けばもっとその度合いはひどかったであろうと言う。ベン・ジョンソンは脚韻の手助けなしに正確に書いたと言うクリーテスに，ネアンダーは応える（Ker 107.14–）：

　「脚韻は豊穣な空想の手助けに過ぎないのであって，ジョンソンの場合はそうではなかった。当時の状況から見て，彼は想像力を欠いてはいなかったが溢れるほどではなかった。当時，今ほど詩歌は時代の要求に応えるほど洗練されていなかった。従って，通例二流の判断が熟慮した最善のものであり，そして最後に考え抜いた成果が，技巧の目立つぎこちない詩行ということに

なれば，（脚韻）詩は豊穣な空想のご立派な助けだと思われても当然である」（Ker –107.25）。

脚韻論は以上で終わる。

次に，1660年王政復古に伴い台頭した新科学運動と新しい自然観が及ぼすアートへの影響について議論が展開される。現代作家（Moderns）が古典作家（Ancients）を模倣する場合，もしアリストテレスの時代よりも今日，自然界の原因が研究の進歩のためより多くが知られるなら，詩歌と他の学芸も同様の努力によってなお一層完成に近づくのも当然ということになる（Ker 43.22–44.16におけるドライデン自身の見解がある）。近代作家の優位に関して，ジョンソンにとって近代は，ベーコンの新科学思想を支える合理性が古典古代を凌駕したように，ドライデンにとって現代は，ベーコンの時代から更に進歩して，「自然界の知識の開発を目指す」「実験から証明，そして証明から実験」の順序を踏む実験哲学（科学）の時代であった。（引用は，1662年チャールズ二世の勅許を得た王立協会 The Royal Society of London, for the Improving of Natural Knowledge に求められて1667年出版されたトマス・スプラット（Thomas Sprat）の *The History of the Royal Society of London* に拠る。）アリストテレスが明らかにした以上に今日の新科学は自然界の原因を明らかにするとすれば，詩歌・学芸も進歩するのは当然だと，ドライデンはエウゲニウスに言わせている。「自然と芸術」の進歩において両者の対応をどのように理解・実現すべきか。両者が大原理イデアの対等のコピーであれば（即ち新プラトン主義），新科学の進歩による自然界の解明が進んでも芸術の進歩が停滞する恐れもあるが，アートが自然のコピーであれば，芸術は自然の解明の影響を当然受けることになる。このように近代作家の優位を主張するが，ここではこれ以上自然と芸術の対応の鍵になる原理には触れられない。

モデルと模倣については次のような記述がある。リシデイウスによると，現代フランス演劇は悲劇の筋立て（plotting Ker 58.21）をする場合，一つの大きな強みをもっている。即ち，彼らはいつもよく知られた話に基づき，ホラティウスの言葉によれば，「わたしはよく知られた話から詩を作りたいと思う」（*Ex noto fictum carmen sequar*：『詩論』240）からである。彼らは古典作家を模倣して凌駕した（surpassed Ker 58.24）。まず古典作家は観客に決して

懸念を催させない，結末もよく知られた詩的題材を劇の基盤としたが，フランスの作家は一歩進んで，ホラティウスが優れた詩人について教えるように，「作り事を語り，そして虚偽に真実を混ぜ合わせ，中間を最初と，最後を中間と矛盾しないようにする」(atque ita mentitur, sic veris falsa remiscet, primo ne medium, medio ne discrepet imum:『詩論』151–152)。つまり，彼らフランス作家は，真実にありそうな作り事を織り込み観客に心地よい誤謬 (pleasing fallacy Ker 59.1) を与える。宿命の介入を改め，非情な史実を避ける等，詩人の特権を行使する。虚偽は作家にとって，そしてフランス作家にとって凌駕の手段である。

(3) 『英雄詩劇について』Of Heroic Plays: An Essay (1672) (Ker I.148–159) 英雄詩から詩劇を創作する：模倣のあり方について

　脚韻を踏む英雄詩劇のテーマに関してドライデンは，アリオストーの『狂えるオルランドー』冒頭二行 (Le donne, I cavalier, l'arme. gli amori, / le cortesie, l'audaci imprese io canto) を引用して，英雄詩劇は小規模ながら英雄詩（叙事詩）を模倣し，その愛と武勇 (Love and Valour Ker 150.31) を主題とすべきだと言う。これは英雄詩を劇化するという，ホラティウスが示した模倣の一方法（『詩論』129）についてドライデンが基本理念を述べたものであろう。そしてその道を曖昧ながら示したのがダヴナント (Sir William D'Avenant 1606–1668) の『ロードス島攻略』(The Siege of Rhodes 1656 初演) だと言う。しかし作者はその新しい試みの意味を定かに自覚していないと言う。

　これは愛と名誉を主題としたオペラであり，アリオストーとの類似が指摘される。アリオストーが古典叙事詩の系列にあり，今日の押韻英雄劇がその系列に加わったという新たな潮流をダヴナントが切り開いて，歴史的転換を記録したという訳である。しかし，彼は英雄詩のもつ偉大と威厳を卑近な劇のレベルに落として，五幕に合わせて五巻に分け，更に各巻を数場に分けている。ドライデンはダヴナントの試みの未熟を指摘する。ダヴナントとしてはロードス島奪還という英雄詩にふさわしい歴史的題材を，周知であるが故にこれを英雄詩に仕立て上げるのは困難だと自覚していたとドライデンは推測する。（そのことはホラティウスが既に警告していたからだ。むしろ劇化す

るほうが良い，というホラティウスの教えをダヴナントは実践したのであろう。ダヴナントは英雄詩の格調を普通の劇のそれに変えたのである。）

　しかし，とドライデンは言う，ロードス島奪還という歴史について一作家の意向よりも，古今の優れた英雄詩の作法のほうが重要だというのであれば，この劇は英雄詩というよりはむしろ「語り劇」（a play in narration Ker 151.32）だと言う。

創造力について

　ドライデンはダヴナントの批評をする前に，ペトゥローニウス（Petronius Arbiter ?–c. 66AD: Ker 152.4 注参照）に拠りながら，同様に史実に基づくルカーヌスの『内乱』を批判する。それが史実に拠り過ぎて，想像力に欠けるというのである。そのため叙事詩的荘重に欠けるというのである。ルカーヌスはあまりにも史実に忠実であり，文章を長々と連ね，問題点を詰め込み過ぎ，そして英雄詩のもつ荘重と威厳よりもエピグラムの辛辣さをもたせようとし過ぎる。彼は異教の神格の助けを必要としない。神々の仲介も，魂の墜落も，預言者の狂乱（ダヴナントにはあるが）も無い。彼は読者を詩人ではなく哲学者扱いしている。ルカーヌスは飛翔すべき時に地上を生真面目に歩く。かと言っていつも宗教的歴史家ではない。アピウスの神託（V.64–），エリクトーの魔術（VI.そして以下）は，全人周知の主題に縛られたルカーヌスを少しは償っている。ホーマー，ヴァージル，スタティウス（Statius），アリオストー，タッソー，そして英国のスペンサーから，神々や霊魂や精霊と，すぐれて高貴なる部分に見られる入魂の描写とを除くならば，ルカーヌスの半分も美しい詩を書くことはできなかった筈だ。ヴァージルにおけるポリュドールスの亡霊（Aen. 3.41–），タッソーの魔法の森，スペンサーの至福の園を除けば，それぞれの英雄詩の最も優れた美しさを少なからず失くしてしまう。妖精の出現や，魔術により宮殿が如として現れるのをあり得ないと考える人に対してドライデンは，英雄詩人は真実であり得べきものを直接描くことに縛られず，自由に幻視的物象（visionary object Ker 153.13）を描き，感覚に依らず，従って知識の理解を超えてもっと自由に想像力が働くような物を描くと言う。詩人が超現実的な物を描くのは，イデアのコピーとしての自然の中でよりイデアに近いものを描き出しているのだとドライデンは考えているの

であろう。

　詩人の創造力論は続く。あらゆる時代，あらゆる宗教において魔術の力，妖精や妖怪が信じられ，それが詩歌の基盤であった。これらの霊が肉体の無い実体であれ（ホッブズ氏は反対のようだが），希薄な肉体であれ（教父達の推測），霊体分離した存在は哲学者や神学者よりも詩人が解明するほうがよい。詩人だけが空想（fancy）を案内人としていて，粘液質多肉のガウンを着た人士達よりも想像力が鋭い。だから想像界を遠く望んでこの暗く曖昧な問題をもっと明らかにしてくれる（イデアへの案内人である自由な想像力についてドライデンの考察は続く）。英雄詩における妖怪や魔術は「非自然」（unnatural Ker 154.1）だという意見があるが，それらは自然（Nature）の中に居るかもしれない，自然の中に居るか或いは居るかもしれないものは，とても「非自然」とは言えない，これで十分である，とドライデンは言って，尊敬するカウリー氏（Abraham Cowley 1618–1667）を引き合いに出す。王立協会と新科学思想に共鳴しながら，この詩人はタッソーの叙事詩同様，『ダビデの歌』（*Davideis*）において霊的存在を使っているではないか（と叫ぶ）。

　ドライデンの考えは，押韻英雄詩劇を英雄詩の規則に拠って模倣することであり，これが最も高貴，最も快い，最も教訓的な作詩法であり，これによって生き方の最高の模範を示すのであれば，これこそ最高の模倣であるということである。英雄詩劇が勝る点は，ホラティウスが言うように，耳から入るより目の当たりにするほうが心が強く揺さぶられるからである（『詩論』180–181）。

　ダヴァントの『ロードス島攻略』については，新たな模倣の道を開いた功績を認めてこれ以上触れない。

　本論，英雄詩劇と英雄詩の関係について。その模倣の実態を自作悲劇『グラナダ征服』（1670 初演）の主人公アルマンザー（Almanzor）において語る。これは人物の形成に際して，古典から近代におけるモデルの継承のあり方を伝えて興味深い。この劇もよく知られた歴史を題材としており，ダヴァント同様独創性を発揮するに難しい題材である。ドライデンはまずホーマー『イリアス』のアキレスから最初のイメジを得たと言い，次にタッソー『エルサレム解放』のリナルドー（彼はアキレスのコピーである）から，第三にドゥラ

9. ジョン・ドライデン『文芸論』(1667–1697)

カルプルネード氏『クレオパートゥル』(M.de la Calprenède 1610–1663, *Cléo-patre*) のアルタバン (Artaban) からも得たと言う。前二者について, ホーマー描くアキレスは力と勇気においてギリシャ軍一であるが, 激しやすく, 王や将軍からでさえその無礼には我慢できない。態度は傲慢で返す言葉も口汚い。戦利品の娘を求めるアガメムノンに悪口雑言 (Ker 225–) を浴びせるばかりか, 剣を抜きミネルヴァが仲裁に現れる始末。ドライデンはこのアキレスの言動に関してホラティウスの言及を指摘している (『詩論』120–122)。

次に, タッソーのリナルドーも同様の気質を受け継ぐ。激高してノルウェーの王子ジェルナンドーを殺した時, ゴドフリーの裁きを拒むだけでなく, 逮捕に来るなら二人で一戦悲劇を演じて見せようと息巻く (5.43.5–8)。名誉よりも粗暴な武勇が勝る二人に反して, アルタバンでは名誉が非常に重んじられている。

確かに三者共に名誉を重んじる者として描かれているが, 人間的な感情と弱みを与えられていない。怒りにとりつかれると, 誇り高い人そのものの振る舞い, 厳しい徳性の定めに拠ることはない。ドライデンは, このタイプのアキレスやリナルドーを好み, 愛と名誉がカネと良心で量られるフランス式に仕立てるつもりはないと言う。しかしアルマンザーが愛するアルマヒード, 勇敢な若者オズミンと彼が愛するベンゼイダには徳の最高の模範を追求したと言う。しかしアルマンザーはアキレス・リナルドー的特徴をもつが, その大言壮語 (rodomontades Ker 157.24–25) はベン・ジョンソン作 *Catiline* 中のセシーガス (Cethegus) の場合ほど理屈に合わなくも実行不可能でもない。セシーガスは自然 (Nature) を破壊して新たな自然を造り出し, その実現のためには元老全員を殺すのだと脅す。その他彼の大言壮語は何一つ実現しない。対してアラマンザーはすべて不可能なことを成し遂げる。中でも, 対立する部族に部外者であるが故に戦いを止めさせるという最もあり得ないことができた。王は既に民意に見放されていて, アルマンザーの勇猛果敢, 男気などは事前に知られていたし, 王の護衛も味方に付いていた。しかし言葉でもって反乱を鎮めるだけでなく敵の軍勢の面前に単身をさらす, そして勝利する, このような例はカエサル以下多数の事例がある。しかしそれにもかかわらず, アルマンザーは捕らわれ, 敗北を喫し, グラナダを守れない。

歴史的事実を題材にしてドライデンは，恐らくホラティウスの教示に従っ
て，これを英雄詩，即ち叙事詩にではなく，劇に仕立てた。人物の造型には
古典から近代の叙事詩とローマの歴史，そして一時代前のジョンソンを模倣
のモデルとした。その上にモデルを凌駕する劇を造りあげたことになる。模
倣から創造の複雑な関係を解きほぐしてくれた。

(4)　『詩劇の擁護』 *Defence of the Epilogue; or, An Essay on the Dramatic Poetry of the Last Age* (1672) (Ker I.162–177)

本論の目的：今日の演劇は前時代の詩劇（シェイクスピア，フレッチャー，
ジョンソン）よりも優れていることを，wit, language, conversation にわたっ
て論じ，同時に彼らに模倣すべきものがあることを検証したものである。

　王政復古に伴い，宮廷の洗練された雰囲気が英国人の気風を陰鬱な状態か
ら解き放った。この変化は当然詩人にも及び，彼らが宮廷的な才知と会話（wit
and conversation Ker 176.27）を真似たとしても不思議はない（注：wit は一語
で時代を語る「証拠語」*mot-témoin* と思われるが，多義性に富む）。ドライ
デンはその洗練された詩人の目で過去の三詩人の特質を見る。称賛すべきは
シェイクスピアの最高の美しさ（美と高みの形象 the beauties and the heights
Ker 176.29）である。しかし全場面に及ぶ不注意と思考の無感覚（a lethargy of
thought Ker 176.31）は真似てはならない。真似るべきはフレッチャーの機敏
と自然さ（内容の重複と言葉の不正確は見本にならない）と才知と奇想の鋭さ
（しかし同じ奇想が人物の誰彼なく使われるのは残念）である。愛の場面は秀
逸だが，女性側の威厳も最高の名誉も理解していない。つまり，彼は想像に
まかせて「才知」を見せる（write wit Ker 177.9）が，判断力に欠けていて気
質（humour）や陽気な愚かさを描くことができない。ジョンソンは，プロッ
トの配列に見られる正確極まりない判断，人物の選択，それを最後まで貫く
点が見事だ。しかし，「気質」をのぞいて模倣の最高の見本にはならない。愛
は他国では喜劇の基盤であるが，彼の劇には滅多に出てこない。「気質」に関
しても今日の詩人はジョンソンの人物の低俗さを模倣しようとはしない。彼
らの長所は認めて，なお盲従は避けるように促す。今日の紳士道・礼節（gal-
lantry and civility Ker 177.29）は彼らの粗野に勝る，とドライデンは新しい洗

練された時代とルネサンス期を比較する。

(5) 『英雄詩と破格表現の弁護』The Author's Apology for Heroic Poetry and Poetic Licence, Prefixed to *The State of Innocence and Fall of Man, An Opera* (1677)（Ker I.178–190）

これは修辞法と模倣の擁護論である。

『無垢の園と人の堕落』は，作者によれば『失楽園』に主題全体（entire foundation Ker 178.19–20），構想（design）の一部，そして文彩の多くを得ている。上演されることなく出版されたこの自作オペラに対する酷評への弁明をきっかけとして，ドライデンは「批評」とは何か，この議論の中で自然と模倣について触れ，**修辞学**を自然のコピーであるアートの申し子として弁護する。アリストテレス（『詩学』）はエリザベス朝前夜以降，批評の始祖とされてきた。人間の本性の源泉を明らかにするのは容易ではないし，人間感情の深みを探るには詩歌と共に哲学をも必要とする。これをアリストテレスは成し遂げたとドライデンは言う。更に，彼はエウリピデス，ソフォクレス，アイスキュロスが如何に人間の感情を喚起しているかを観察して，のちの人の模倣のためルールを引き出したと言う。その中に比喩と文彩（tropes and figures Ker 183.30。注：この用語は今日一般的に使用される）がある（上述の作者達はこれらに名称を付けていないが，巧みに使って観客を喜ばせている）。アリストテレスにとっては，「自然」に関する知識が根源的ルールであった。従って，すべて詩人は自然を知る（study Ker 183.34）べきであり，その仲介者（interpreters Ker 183.35）であるアリストテレスとホラティウスを学ぶべきだとドライデンは言う。同時に，いつの時代でも喜ばしきものは「自然」を模倣したものであるということを忘れてはならない。こうして，**喜ばしきもの，即ち修辞学が自然の申し子であるアート**（an art Ker 184.3）となり，**比喩と文彩の数多くの名称が考案されたのである**（強調付加。アートは自然のコピーなのである）。誤謬法・誇張法（catachresis and hyperbole Ker 184.6–7）が喜ばしきものとして詩歌の正当な表現法として認められたのである。ドライデンはこのように述べてヴァージルとホラティウスから引用する。「網」（relia）は鹿に対して何の企みも抱かない（*Ecl.* v.60–61），「波濤」（aequora）は絶壁を

声高に拒絶する (*Georg.* iii.260–262) における擬人法。クレオパトラの死を
描く強烈な表現 (誇張法)—彼女は恐るべき毒を「体に」(corpore) 飲み込む
ために危険な蛇を握った (*Ode* I.37)。同様に，ヴァージルによる巨人ポリペー
ムスの描写—海の沖合に進み出るも波はそびえる両脇 (latera ardua) をぬらす
こともない (*Aen.* 6.664–665)。

　当代の詩人カウリーの誇張法にも言及する。自然界の実証的探求を標榜す
る『王立協会史』(スプラット著: 1667) に，カウリーは賛辞の長詩を献呈し
た事実をにらみながら，詩と科学が矛盾しないことについてドライデンは次
のように説く。自然を研究する自然哲学 (科学) と，自然のコピーであるアー
トを開発する詩歌とは互いに矛盾するものではない，そして他でもない敬愛
すべきカウリーがこの誇張法を模倣していると言って，彼の叙事詩『ダビデ
の歌』から巨人戦士ゴリアテの描写を引用する:「今や谷をこの怪物が満たす
ように思えた。丘に立つ我々は彼を見上げるほどであった」(The valley, now,
this monster *seem'd* to fill; / And we, *methought*, look'd up to him from our hill.
Davideis III: Waller's ed. 333)。斜体の二語がこの文彩を和らげるものの，も
し無ければイスラエルびとは巨人の大きさに驚愕したことになる。

　この文彩は何も例外的なものではないと言って，次に詩人の王ヴァージル
から引用する。戦いに馳せ参じる女戦士カミッラの脚の速さは，「刈取り前の
畑地の丈高い麦草の上をさーっと越えたが，走りながら柔らかな穂を足が打
つことはなかったであろう」(illa vel intactae segestis per summa volaret /
gramina nec teneras cursu laesisset aristas)。また，「膨れる波濤に平衡を保ち
ながら沖海を越えて道を急いだ。が，速やかな足の裏を海に浸すことはなかっ
たであろう」(vel mare per medium fluctu suspense tumenti / ferret iter celeris
nec tingueretaequore plantas. *Aen.* 7.808–809, 810–811)。フィクションだと分
かりながら描写の見事さに満足するのである。ドライデンは指摘していない
が，ヴァージルの用いる二つの接続法はカミッラの速さを強調する一方，事
実性の断定を緩めるものである。カウリーはこのような前例と手法を知って
いたのかもしれない。

　歴史にも誇張法が見られると言って，ドライデンはヘロドトスのギリシャ
対ペルシャ戦争の記述に言及する。テルモピューラエ山峡の戦いで，スパル

9. ジョン・ドライデン『文芸論』(1667-1697)   *107*

タ王レオニダス以下はよく戦ったが，弓矢尽きるや爪と歯で戦うが空しく，遂にペルシャ軍の矢の下に埋まったと書かれている。武装した大軍をこれで防ぎ，山なす槍と矢に埋まるとは理解を超えるが，この誇張法は表現のための手法ではなく，実際の悲劇的出来事から必然的に生まれたものであり，アートは自然の事実と敵対しないとドライデンは主張する。

しかし，詩人は準備して誇張法の大胆さを隠し，アートを露わにせずに効果を挙げるほうが良いと言う。誇張法は従って，原則として感情表現に用いるべきだ。より熱心に，より性急に話す時とか。詩人は表現したい感情を自ら感じなくてはならない。その時には人は冷静に話したり，正しく推論できない。感情は高ぶり，疑問文，感嘆文，倒置法 (hyperbata Ker 186.4)，即ち倒置文がふさわしい。何故なら，それは自然に発するからである (natural Ker 186.6)。このようにドライデンはまず，感情は自然に属するという前提に立ち，そのコピーであるアートは「自然」に敵対するのではなく，共調すると主張する。

最後に，**イメジ化** (imaging Ker 186.23，強調付加) について。これは，人を喜ばせ感嘆させようと詩人が描くものを，魂を異常に興奮させて目の当たりにするように思わせる，まさに詩の生命である。ドライデンはこのイメジ化について次のように言う (Ker 186.29-)：

「詩が模倣であるなら，人の行為と感情，徳と悪徳，愚行と気質を生き生きと描き出すことこそ模倣の最高の働きである。何故なら，そのどれもイメジ化の働きがなければ喜劇にはならない。しかし喜劇と自然の模倣との関係は簡単には理解できないと言って詩を敵視する意見がある。詩的フィクション，半人半馬の怪物 (hippocentaurs) やキメラ，天使や霊的実体などはどうしてイメジ化できようか？ いずれも自然界に無いか，概念をもたないものだ，という意見だ。(これに対してドライデンはルクレーティウスを引用して反論する：Ker 187.14 注参照。) 自然界にいない生き物 (それを論理学者は第二概念と呼ぶ) のフィクションであるケンタウロスは二つの自然，即ち馬 (equus) と人間 (homo) を結合 (haerescit) したものである。キメラその他についても同様で，個別の自然に還元できる。(注：これはアートがあくまで自然のコピーとする考えであって，既に言及した新プラトン主義のアート観とは相容

108   第 1 部　模倣論

れない。)更に詩人は，一般に信じられていれば，現実に存在しないものを描
く自由が許される。妖精，ピグミー，魔術の驚くべき効果はこの類のもので
ある。その理由は，非現実的な現象が人の想像力の産物 (fancies Ker 187.23)
であるからだ」(Ker 187.–23)。

　つまり，彼は上記の第二概念に属する現象と考えているようだ。現実に存
在する物は第一概念に属するが，妖精などは心 (mind) で想像する第二概念
に属する (OED: *notion*, 4 参照)。従って，想像力の産物は自然 (界) に属して
いると考えているようだ。他にシェイクスピアとジョンソン，そして聖書に
おける天使，古典からはホーマーの神々など，我々の知識の範囲内で行われ
る様々なイメジ化の例に言及する。そして自作のオペラからサタンのセリフ
を引用する (Ker 188.1–)：

　　　Seraph and Cherub, careless of their charge,
　　　And wanton, in full ease now live at large,
　　　Ungarded leave the passes of the Skie,
　　　And all dissolv'd in Hallelujahs lie.
　　　(*The State of Innocence* I.i.106–109)
　　　熾天使と智天使は警護の務めをおろそかにして，
　　　ふざけて，今や安心しきって気ままに過ごしている。
　　　天空の通路も無防備に放っており，
　　　すべて賛美のハレルヤに溶けている。

ドライデンは「ハレルヤに溶ける」とは，すばらしい名言 (witticism Ker
188.10) だと言ってみせるが，実はヴァージルからこのイメジを採ったと明
かす。トロイの城市に自ずから引き入れた木馬，そこからギリシャの軍勢が
襲う，その間のトロイ側の様子，これをヴァージルは「眠りと酒に埋められ
た (sepultam) 街を彼らは襲う」(*Aen*. 2.265) と描く。一方，天から地獄に落
とされた反逆天使達は反撃の策を求めて会議を開く。その中でサタン (Sathan)
は主戦論に賛成し，勝利に酔う天の軍勢について上のように，天使の肉体は
くつろぎと勝利の歌に溶けていると言ったのである。ヴァージルに見られる
死のイメジ (sepultam) は，やがて迎える堕落へと受け継がれる。ドライデン

9. ジョン・ドライデン『文芸論』(1667–1697) *109*

はこれを，模倣が可能にする意味の重層性の例として自賛したのであろう。

カウリーの同様の例として，例えば，

Where their vast courts the mother waters keep, (*Davideis* 1.84)
海原の広大な宮殿を母なる流れが取り仕切る。

大量の流れが母親のものであるなら，小さな流れである娘達は母親の流れ
に礼儀正しくお辞儀をして恵みを乞う。ドライデンはこの種のイメジ化を**詩
的破格 (Poetic Licence)** と呼ぶ。それは詩人の思考や想像上のフィクション
を表現する時に起こるもので，一語の場合は比喩 (tropes)，文の場合は文彩
(figures) と呼ばれる。共にホーマーからジョンソンまで，時代を問わず継承
されたものと言う。継承に関してドライデンが注意する点は，破格表現は言
語と時代によって変化するということである。ギリシャ詩に可能でもローマ
詩には無理な語法もある。英詩はギリシャ語の自由よりもラテン語の厳格さ
を殆ど模倣できる。この指摘は継承・摸倣に関して読者の注意を促すもので，
ドライデンが自ら認めたヴァージルのイメジの継承に関しては，トロイの街
に対して天，眠りと酒に対してハレルヤ，sepultam に対して dissolved の発
想を容易に促したのであろう。

破格表現が，ホラティウスが非難する（『詩論』9–13）極端な場合でなく，
受け容れられるかどうかは詩人の判断力 (Wit Ker 190.12) によるとドライデ
ンは言う。「それは思考と言葉・表現の適切さ・一致である，即ち，思考と言
葉が見事に主題に適合されることである」(it is a propriety of thoughts and
words; or, ... thoughts and words elegantly adapted to the subject. Ker 190.14–16.
更に 270.1–3 参照: If Wit has truly been defined, 'a propriety of thoughts and
words,' then that definition will extend to all sorts of Poetry)。

英雄詩には荘重な表現が必要であることを強調して，ドライデンはアート
に関するこの論考を終わる。

(6) 「『トロイラスとクレシッダ』序文」Preface to *Troilus and Cressida* (1679)（Ker I.202–229）

ドライデンは，チョーサーを模倣したシェイクスピアの『トロイラスとクレシッダ』を改変した。これはギリシャ語が完成された時期に執筆したアエスキュロスがのちのアテネの詩人に模倣された故事に倣ったものだと言う。彼はシェイクスピアの粗野な英語を洗練し，登場人物を改変したが，何よりもその根本理念として，プラトンによるホーマー模倣に関するロンギーヌスの見解を引用している。即ち，「我々は優れた模倣を剽窃と見做してはならない。それは先人の創意と作品に基づいて自ら作品として作り上げることによって，模倣を試みる者の美しい姿を示している。それは彼が新たな格闘士の如く試合に加わり，前の覇者と栄誉を競うからだ。ヘシオドスが述べる如く，この種の競争（emulation Ker 206.24）は名誉に値し，人々にとって良いことである。我々は勝利を求めて英雄と戦い，たとえ敗れても名誉を失うことはない。模倣の見本として対決する偉大な人達は，足元を照らしてくれる松明の役を果たしてくれ，しばしば作者の天才の域まで我々の思考を高めてくれる」（『崇高について』13 章）。**模倣とは凌駕を目指すモデルとの競争**である。この模倣の精神に基づいてドライデンはシェイクスピアの『トロイラス』を改変した。

この「序文」は，『トロイラス』の改変を超えて，その具体的なルールを示す点で彼の演劇論となっている。アリストテレス，ホラティウス，ロンギーヌス，近代ではラパン（René Rapin 1621–1687）等の批評家を援用しながら，古典劇作家とシェイクスピア，フレッチャー，ジョンソンの三詩人を比較検討する。

アリストテレスの悲劇の定義から始める。悲劇は偉大で起こり得る行為・出来事全体の模倣である。それは観る者に恐れと憐みを引き起こして心にあるこの二つの感情を浄化する。悲劇の行為・出来事がもつべき条件として，まず行為・出来事は一つであり，人物の一つの歴史，行動でなくてはならない。（シェイクスピアの悲劇はこの原理に合わない。テレンティウスは喜劇で主従二つのアクションを与え，英国劇はこの二重性を受け入れた。）一つの行為・出来事は 1. 自然な始まり，2. 中間，3. 終わりの順序をもつべきであ

9. ジョン・ドライデン『文芸論』(1667–1697)　　*111*

る。アリストテレスによれば，これは必然的な順序となるべきものである。行為・出来事は偉大であり，登場人物は偉大でなくてはならない。そして行為・出来事は偉大で称賛に値すると同時に真実らしく（probable Ker 209.17）なければならない。歴史的真実は必ずしも必要ではない。必要なのは真実らしきもの，単に可能以上のものである。真実らしきものを考え出す（invent Ker 209.22）こと，それを驚異のものにすることは，詩の技法の最も困難な仕事である。驚異に満ちていないものは偉大ではなく，真実らしくないものは判断力のある観客を喜ばせない。

　楽しく教えることは詩の原理である。哲学は規範によるが，楽しくない。実例によって感情を浄化するのは悲劇特有の教化法である。ラパンは，高慢と無情（pride and want of commiseration Ker 210.2）は人間共通の悪徳であり，これらを癒し取り除くために悲劇作家は恐怖と憐憫の二つの感情を対象に選んだと言う。地位ある人に起こる不運の恐るべき実例を目の当たりにした者は恐怖に襲われる。何故なら，その行為（変転）は，如何なる身分の者も運命の回転から免れ得ないことを見せてくれるからである。この恐怖が我々の高慢をへこます。最高位にあり最も有徳の人が同様の不運に遭うのを見ると，尊敬が憐憫の情を生み，知らずして悲運の人に手を差し伸ばし慈しみの心をもつ。これが最も気高い，最も神に似た道徳的徳性である。悲運を憐れむのだという心があれば人は必ず徳深くなる，ということだ。それが悪人なら嘆きはせず憎む。その罪が罰せられると喜ぶ。こうして**詩的正義**（**poetical justice** Ker 210.21）が彼に下される。憐みを抱かせる人物は徳高い気質，道徳的善良さを広くもっていなければならない。徳の完全な人物は過去に自然界（Nature）に居なかったので，その模倣はあり得ない（注：アートは自然の模倣であるとの考えに基づく。人は徳の断片から完全な徳を求める）。しかし，劇の主要な人物に脆い合金を当てることはできる。罰を受けもするが，憐みを受けることもできるからである。

　では，悲劇は恐怖と憐憫以外では成り立たないのかという問いに，ル・ボシュ（René Le Bossu c. 1631–1680：『叙事詩について』*Du Poëme Epique* 1675：Ker 211.6 注参照）の意見を引く。即ち，あらゆる優れた芸術，中でも詩は並外れた天才により創出され完成された。従って，のちに続く詩人は彼らの足

跡を辿り，その作品の中に詩芸術の基盤を探らざるを得ない。新しいルール
が古いルールを棄てるのは正当でないからだと言う。この広義の古典モデル
論に加えてドライデンはラパンの伝統的悲劇論に言及する。即ち，恐怖と憐
憫ほど我々の関心を促す感情は無く，従って関心をもつから喜びを覚えるこ
とになる。登場人物に対する恐怖，或いは希望に魂がゆさぶられる時，彼ら
の大事業を我が事として悲劇に満足するのである。

　では，シェイクスピアとフレッチャーのプロットをどの程度模倣すべきか。
即ち，詩劇を創出し完成した先人の長所を彼らがコピーしたところがあるか，
あればそれらを受け入れる（follow）べきである，とドライデンは問う。国に
よる宗教，習慣の違い，言語による語法の違い等，上部構造の変化は埒外で
あるが，構想（design）の基盤は踏襲すべきだと考える。結果的にシェイクス
ピアとフレッチャーはプロットに欠陥があると言って，フレッチャーを例に
恐怖と憐憫の希薄さを指摘する。シェイクスピアとフレッチャーの筋立て
（plotting Ker 212.24）の違いは，前者はより恐怖に，後者はより同情に傾い
ている点にある。両者共に，特に前者は，時間，場所，行為・出来事の単一
性のもたらす美しさに欠ける。『ウィンザーの陽気な女房達』は例外で，ルー
ルに則っているが，その他の違反をジョンソンは喜劇で改めたと言う。

　劇の土台がプロットであり，その上に立つ構造物は manners, thoughts, ex-
pressions（Ker 213.12–13）から成る，と建物のイメジで論を続ける。

　まずマナーから（広く「様式」を意味すると思われる）。最初のルールは作
品のモラルを決めること，即ち，人々に伝えたい道徳性の規範を決めること
である。例えばホーマーの場合は，結束が国を守り，不和が滅ぼすというこ
とであり，ソフォクレスの場合は，人は皆，生きているあいだは幸せとは言
えぬ，というように。モラルこそが劇のアクション全体を一つの中心に向け
る。そのアクション即ち出来事（fable）がモラルの上に建つ実例（example）
であって，実例が我々の経験と結びついてモラルの真実を納得させてくれる
のである。「出来事」が構想されて初めて人物，そして性向（manners），性格
（characters），感情（passions）が決まる。

　マナーは人を行動に仕向ける性向（inclinations）を意味する。善悪いずれに
しても行為に必然性がなくてはならない。性向は多くの原因から決まる。胆

9. ジョン・ドライデン『文芸論』(1667–1697) *113*

汁質か粘液質かによる顔色，或いは年齢，性，気候の違い，或いは身分，或いは現在の身の上，これらによって区別される。加えて，徳，悪徳，感情，或いは他に自然哲学，倫理学，歴史から学ぶことのできる多くの事柄を知らなくてはならない。

　こうして出来上がるマナーは，1. 人物の行為とセリフ (discourse) にはっきりと表れなくてはならない。2. 人物の年齢，性，位階等にふさわしいか一致すること。3. 伝承や歴史に伝えられる人物の特徴に似ていること。オデュッセウスを怒りっぽく，またアキレスを忍耐強くしてはならない。最後に 4. 性向は一定一様であること。ヴァージルはいったんアエネーアースを *pius* と呼ぶと，以後全篇を通じてこの英雄の言動をそのように描いた。ドライデンは，以上四項目についてホラティウスのまとめ (Ker 215.12– : 注参照) を引用する：1. 様々の性格に注意しなければならない。2. 伝承に従うか，3. 或いは首尾一貫したものを作る。4. 最初に表れた性格が最後まで続けられる。

　「性向」から「性格即ち人物」(characters) が派生する。性格は人と人を区別するものであるが，特定の徳，不徳，感情だけから成るのではなく，同種の特質の複合体である。例えば，同一人物が気前が良くて勇敢であり得るが，気前がよくて貪欲ではあり得ない。滑稽な性格或いは気質 (humour) の場合，フォールスタッフには嘘つきで臆病者，大食漢で道化ものという特質が同時に見られる。しかし，同一人において他に勝る一つの特質が示されるべきである，ブルートゥスの祖国愛のように。

　悲劇の主人公について。思慮深く，そのため欠点よりもはるかに長所をもち観客に愛されること。さもなければ苦難に陥っても観客は心配しない。憐憫と恐怖はひとえに主人公にかかっている。もし人物に性向が明らかでなければ，人物に対する憂慮の気持ちは湧くことはない。憐憫や恐怖を人物の徳や悪徳が引き起こすのである。憐憫と恐怖を起こさなければ，その劇には無用である。性向が曖昧だというのは作者がどんな性向を描くのか分かっていない証拠である。その結果，観客はその人物像がはっきり描けず，人物がどんな決断をすべきか，どんな発言や行動をなすべきか判断できないのである。喜劇同様，多くの変転のある悲劇もこの過ちに陥りやすい。何故なら，運命

の急襲により舞台が支配される時，そして作者が人物よりも降りかかった事件に重きを置く時，人物の性向ははっきりしようがないからである。シェイクスピアが優れている点は総じて人物の性向，性癖と傾向が外目に分かることである。しかしこの点ではジョンソンが一番であり，あらゆる人物にマナーが行き届いている。

　マナーの第二の特質，即ちマナーが人物の年齢，性質，国，位階等にふさわしいかを観察することによって，作者が「自然」に従っているか（注：imitate ではなく follow が使われている：Ker 217.24）どうかを判断できる。ギリシャではソフォクレスとエウリピデス，ローマではテレンティウスがこの点では優れている。現在のフランスの作家は場所と時代を問わず主人公のマナーはすべてフランス式である。シェイクスピアほど人物を多様に描き分けた者はジョンソンを例外として他にいない。（『嵐』のキャリバンを例に挙げてドライデンはマナーの的確さと豊かさを分析する。）あの怪物は「自然」に存在しない，一見耐えられない生き物，人間と同種，悪魔（incubus）と魔女から生まれたもの，しかし全く信じられない存在というわけではない。我々は霊（spirit）と魔女とを二つの概念に分けている（注：前者が第二概念，後者が第一概念：既出）。霊は薄い肉体に被われているとプラトンは言う。プラトン学者の中には男女の違いがあると言う者もいる。ケンタウロス同様に，シェイクスピアはキャリバンを創り出し，人の姿，言葉，彼にふさわしい性格を与えた。それらは父と母双方から受け継いだものである。魔女と悪魔からあらゆる不満と悪意，そして七大罪も程々にもっていて，大食，怠惰，色欲が顕著である。奴隷の無気力，不毛の島で育った者の無知も与えられている。姿は化け物で，不自然な欲望の産物である。話す言葉は姿同様化け物的である。シェイクスピアによるこの視点の豊かさをドライデンは「概念の豊穣」（the copiousness of his intention Ker 219.14）と呼ぶ。

　次に彼は，マナーに含まれる感情を性格（人物）の一つとして論じる。即ち，人の怒り，憎しみ，愛，野心，妬み，復讐心等である。これらを自然に（naturally）表現し，巧みに（artfully）起こさせるには詩人としての真価が問われる。これは，生来の高貴な才能によるか，道徳哲学の原理に精通して可能な分野である。しかし，いくら内在する精神の激しさと強さがあってもアー

9. ジョン・ドライデン『文芸論』(1667–1697)   *115*

ト (Art) の助けがなければ詩人は息切れする。感情の雄叫びも俳優の肺を拡
張させるだけであり，心ある観客の怒りと軽蔑を引き起こすだけである。ロ
ンギーヌスによると，「感情は巧みに用いれば，セリフは熱を帯びて高まる。
そうでなければ，場違いの感情の爆発ほど滑稽なものはない」(Ker 221.14–17
注参照)。主人公が間違うと舞台全体が混乱に陥る。従って，観客に向けて感
情を表す場合には，第一に，よく準備して，一挙に爆発させないことが必要
である。次に，感情の喚起を邪魔するものをセリフに入れないことである。
事件が多すぎると作者は本領を発揮できない。その結果生じる様々な感情が
ぶつかりせめぎ合って混乱するからだ。また辛辣な機知や場違いの気取った
警句も避けるべきである。感情の激しさとは何ら関係が無い。魂が苦悩して
いる時悠長に警句 (sentences) やシミリをひねる者はいない。

　シェイクスピアは感情の本質をよく理解していたので，混乱した感情のた
め人物の特徴が区別できなくすることはない。しかしながら，表現の方法
(manner of expression Ker 224.21) には欠陥があるとドライデンは言う。語義
が曖昧，時には不明な場合もある。奔放な想像力が判断力を圧倒して，新語
句を造り，生きている語を痛めつけて無理な使い方をする (catachresis)。し
かし，メタファーは感情を高めるのに必要である。しかし，ふた言目にはメ
タファー，シミリ，イメジ，描写法 (description Ker 224.33: この古典修辞法
については，トマス・ウィルソン『修辞学の技術』225–226 参照) を使うの
は悲劇臭が過ぎる。このように言ってドライデンはシェイクスピアの感動的
な描写 (passionate description Ker 226.22) の例を挙げる (Ker 226.34–):

> As in a theatre, the eyes of men,
> After a well-graced actor leave the stage,
> Are idly bent on him that enters next,
> Thinking his prattle to be tedious:
> Even so, or with much more contempt, men's eyes
> Did scowl on Richard: no man cried, God save him
> No joyful tongue gave him his welcome home,
> But dust was thrown upon his sacred head,
> Which with such gentle sorrow he shook off,

His face still combating with with tears and smiles
(The badges of his grief and patience),
That had not God (for some strong purpose) steel'd
The hearts of men, they must perforce have melted,
And barbarism itself have pitied him.
(*Richard II*, v.ii.2464–)

劇場で，人気の役者が舞台を
去ったあと，次に入場の者を
観客はぼんやりと見つめて，
何とつまらぬ戯言を，と退屈する。
これと同様に，いやこれ以上に馬鹿にして
群集の目はリチャードを見下した。誰ひとり
神のお恵みを！と叫ばず，お帰り！と喜ぶ者はなく，
神聖な頭上に花束ならぬ土くれを投げつけた。
悲しげに彼はそっとこうべの土を払った。
顔は絶えず涙と笑みの双方と戦っていた
(これは彼の嘆きと忍耐のしるし)，
もし神が (強い意図のために) 人々の心を
鋼としていなければ，必ずや溶けて，
残酷そのものでさえ彼を見て哀れんだであろう。
(注：神は王位簒奪を許さず，民衆の心をしてリチャードへの同情
心を起こさせなかった。)

王位簒奪者として民衆の歓声を浴びながらロンドンの通りを抜けたリチャー
ドと対照的に，王位を追われた現在の彼の哀れな姿を描いたものである。ド
ライデンの批評はこうである (Ker 227.13–)：「これは，嫌味な思考の高まり，
感動の激しさ，上品な表現の気品の何れと言えるものではない。これら三者
すべてが分量を間違っていて，それぞれ似ているが，それ自身ではない。ダ
イアモンドに見えるが，ブリストル石である。崇高な思念ではなく，並外れ
た思考である。熱狂ではなく，騒々しい狂気である。正気ではなく，言葉の
騒音である。もしシェイクスピアから感情の誇張を取り除いてきわめて卑近
な言葉を纏わせるなら，彼の思考の美しさが見つかるであろう。もし装飾を
焼き払ったなら，るつぼの底に銀が残るであろう。しかし，我々は彼の高鳴

9. ジョン・ドライデン『文芸論』(1667–1697)

る言葉を真似ることはできても、彼の思考の一片も持てず、心を覗くことさえできないと思う。巨人の衣服を着た小人にさえなれない（Ker 227.29）。従って、今日の我々のためにシェイクスピアを苦しめてはならない。より洗練された時代にあって、シェイクスピアに続く我々が彼の欠点だけをコピーして、彼の作品では欠陥であるものを自作で奉るという誤った模倣をするなら、それは我々の方の責任である」（Ker 227.–34）。

　マナーについて、それが一貫していること、性格が初めから終わりまで変わらないこと、そして悲劇にふさわしい題材と表現についてドライデンはこれ以上語らないが、彼がここで論述した「悲劇創作のため自然を模倣する規範」に関してラパン『アリストテレス詩学に関する省察』（*Réflections sur la poétique d'Aristote* 1674）の意見を引用している（Ker 228.28–）：「もしルールが十分検討されるなら、それらルールが自然（Nature）を方法（method）化したものであり、一歩一歩自然の歩みを辿っていて、そして自然の微細なしるしも見逃さないようにしたものであることが分かろう。これらルールによってのみ、詩の核心であるフィクションの蓋然性が成立する。ルールは権威ではなく、優れた認識と正しい理性（good sense and sound reason Ker 228.33）に基づく。アリストテレスやホラティウスが引き合いに出されても、彼らが書いているから正しいと主張してはならない。想像（fancy）だけを頼りとした詩人達は滑稽な思い違いや途方もない不合理を造り出した。このことに明らかなように、その想像が是正されなければ、想像は単なる気まぐれであって、決して理性と判断に適う詩（reasonable and judicious poem）を創り出すことはできない」（Ker –229.6）。

　ラパンは自然のルール化を否定はしないが、むしろそれを合理的に、精緻にする必要を説く。アリストテレスの自然ではなく、新科学時代の自然は科学的に合理的にルール化し直さなければならないということであろう。

　悲劇は自然を模倣するものである。悲劇のルールは自然を模倣するための階梯を示す規範である、ということである。ラパンの省察は新アリストテレス主義と言ってよいかもしれない。モデルの模倣という点から、ルールはモデルのアートを知り、より優れたテクストを創出するための具体的な手懸かりとなる、ということをドライデンは主張しているようだ。しかし、新たな

アートの「方法」を自然に従って示し得たとしても、シェイクスピアには模倣を超えるものがあると言う。これは何を意味するであろうか。キャリバンでさえマナーから見れば自然に還元できる。しかし、アートでは自然に還元できないものがシェイクスピアには残るということは、シェイクスピアのアートの上に自然は無く、イデアがあるということになる。この認識は新プラトン主義的であろうか。アートは自然を模倣の対象とする、その自然が無存在であれば模倣は成立しない。粗野な16世紀を洗練された合理的精神の17世紀が振り返った時、模倣論が成立しないことを知ったのかもしれない。また、これは新時代なるが故の歴史的皮肉と言えるかもしれない。プラトン主義に立つキケロは、現実の雄弁術に模倣に値するモデル雄弁家を見出せなかった。敢えて、考え得る最高の三文体それぞれのモデルを模倣するという方法をとった。デモステネスは妥協の結果選んだモデルである。つまり、キケロにおいて自然は当然のことながら、脆弱であった。それは、プラトンの自然がイデアのコピーであり、不変の原理を目指すにはもともと脆弱であったからかもしれない。自然のコピーであるアートも相応に脆弱で不確かであるとドライデンは感じたであろうか、新しい自然が新しいアートを求めていると思っているのであろうか。

(7) 「翻訳と模倣」*Preface to the translation of Ovid's Epistles* (**1680**)(Ker I.230–243)

「翻訳と模倣」の「序文」は翻訳が広義の模倣論として論じられる恐らく初めての試みと思われる。

学問の師としてローマ人は通常ギリシャ人を模倣してきたという歴史的事実がある。オウィディウスはこの事実に言及して、しかしながらこの書簡詩は自分の創作であると言う。これはギリシャ文化に対してローマ人が抱く一種のアンビヴァレンスの歴史的証言として興味深い。ドライデンがこの創作説を認めて翻訳論に入るのも興味深い。

すべて翻訳は三項目に集約されると言う(Ker 237.9–):「1. Metaphrase即ち、一語一語、一行一行、A言語からB言語に移すことである。直訳。およそこの方法がジョンソンのホラティウス訳である(この訳についてはジョン

ソンの項を参照）。2. Paraphrase。自由度をもった翻訳。原作者を絶えず念頭におくが，語よりは意味を受け継ぐ。意味を拡大するが変えない。意訳。この例がウォラー氏（Edmund Wallwe 1606–1687）による『アエネイド』第4巻訳である。3. Imitation。翻訳者は自由に元の語と意味を変えるだけでなく，必要あらば両者共に捨て，そして原作から全体的な（general）ヒントだけを採って，その土台の上に好きなように「変奏曲を作る」（run division）のである。その例にはカウリー氏のピンダロスとホラティウスのオードの英訳がある」（Ker 237.–24: 注参照）。

　ドライデンが 1. に関してホラティウスの「忠実な逐語訳」に対する戒め（『詩論』133–134）に言及していることから，これら翻訳の三形態について彼が「模倣とテクストの独創性」の問題を念頭においていることが明らかであろう。

　ドライデンが拠る翻訳論は以下のようにまとめることができる：ラテン語から英語への「直訳」は現実に不可能である。英語で原作者の思考と語に同時に対応し，その上韻律と脚韻を考慮しなければならないのだから。ジョンソンはホラティウスの直訳で曖昧さを免れなかった。多くの難問を解決する翻訳の方法がカウリー氏の言うところの「模倣」である（Ker 238.10–239.20）。以下，その本題に入る。

翻訳と模倣

　ドライデンにとって模倣とは上記 3. にある通り，「同じ主題について先行する作家のように書くことである。即ち，彼の語を移すことでも，意味に捕らわれることでもなく，彼を専ら模範（pattern）と見做して，彼が今日我が国に生きていれば書いたと思われるように書くことである」（Ker 239.26–31）。しかしカウリーはこの定義ほど自由に書いたとは言えない。「彼のピンダロス風頌詩（Pindaric Odes）には古代ギリシャの習慣や儀式が継承されている。しかし今後カウリー氏を模倣する詩人にとってそれは何ら弊害にはならない。好きなものを増やしたり減らしたりしてピンダロスの欠陥を補うことができる。原作者の考えを拒絶する時には自らそれ以上に優れたもので償うことができるからである。カウリーの英訳は，高く飛翔し伸びやかな天才がピンダロスに英語を喋らせたのであり，これには「模倣」による以外に方法はなかっ

たのである」（Ker 239.34–240.18）。（注：カウリーの模倣論はドライデンのとは異なり，項目 1. と 2. の要素が残っている。模倣と言うからにはその結果としてのテクストが独創性をもち，場合によってはモデルに勝ろうとする試みでなくてはならない。この重みと危険性が以下語られる。）

「一方，ピンダロスと違って，ヴァージルやオウィディウスのような整然として明解な詩人に同じ扱いをすれば，思考も語も引き継がれず，最早や彼らの作品ではなく，別人が創った新たな作品が生まれると言ってよい。時には，（ヴァージルは無理だが）最初の図案より優れたものになるかもしれない。しかし作者の意図と思考を知ることは難しいし，如何に努力しても報われるとは限らない。作者を模倣することは翻訳者が自分を見せる最も有利な方法であるが，モデルの記憶と評判に対する最大の侵害でもある。ジョン・デナム卿（Sir John Denham 1615–1669）は『イニーイド』（*Aeneid*）2 巻「序文」で，翻訳における改変の自由を次のように主張している：《詩はまことに捕らえがたい酒に似て，別の言語に注ぐとすべて蒸発してしまう。注ぐ途中新たな酒を足さないと，残るのは生命の死だけである。》これは直訳には当てはまるが，模倣と（言葉の）直訳は避けるべき両極端である。従って，翻訳論として以下の中間案を見れば，デナムの意見が行き過ぎだと分かる」（Ker 240.19–241.12）。

結論的に，ドライデンの（模倣論ではなく）翻訳論はこうである：「詩の芸術に関する生まれながらの才能に加えて，モデルの言語と自国語との双方に精通していなければ，詩を翻訳することは誰にもできるものではない。モデル詩人の言語にとどまらず，彼特有の思考と表現，つまり他のすべての作家と区別し個性化する特徴をも理解しなくてはならない。更に今度は自分を見つめて詩人の才能に自分の才能を合わせ（conform），もし英語がそれに耐えるなら彼と同じ思考を試み，もし耐えなければ，中味を変えたり除くのではなく衣服だけを変えることになる。同様の注意を外側の飾りである語にも払わなければならない。稀ではあるが美しい語が使われている時，それを変えるのは作者に失礼であろうが，英語に入れるとその美しさが失われたり，意味不通になることがある。従って，翻訳者は原作者の使用にこだわらないで，意味を台無しにしない表現を考え出せば十分である。（この自由を縛ると，別

の思考（意味）を新たに作り出すことになり，本来のものを壊すことになる。）語を変えるが意味を保持することによって原作者の精神（spirit）が移入され，失われることはない。上記ジョン・デナム卿による理由は表現には有効だと分かる。何故なら，思考は正しく翻訳すれば失われないが，語は意味を伝え，そして思考の姿（figure）であり衣装であるから，選び方が間違って無様な服を着せられ，本来の光沢をはぎ取られることがあってはならないからだ。従って表現には当然自由が許される。語と行が原作の韻律に縛られる必要はない。要するに，作者の思考・意味は神聖にして冒すべからざるものである。オウィディウスの想像力（fancy）が豊かであるとすれば，それは彼の特色である。もしそれを削り取れば，それは最早やオウィディウスではない。翻訳者に枝を刈り取る権利はない。画家は，良かれと思って人物の顔・形を変える特権はもたない。目鼻立ちを変えたほうがもっと正確かもしれないが，人物に似せることが彼の務めである。思考が誰の目にも矮小か，ふざけている場合どうするか。訳さないことである」（Ker 241.13–242.27），と言ってドライデンはカウリーとデナムに対する反論を終わる。

　翻訳は言語が変わることにより被る損失があっても，それを償う新たな美しさを加えることができる。そこに翻訳の良さがあることを彼は認める。しかし，そのような作品は極めて少ない。その本当の理由は，作者の意味を追求し過ぎるからではなく，翻訳に必要なすべての才能をもつ人が極めて少ないからであり，学問の極めて重要な役割を称揚し奨励することが如何にも少ないからである，と現状を慨嘆する。

　ドライデンにとって，モデルの土台の上に自由に建造物を作ることが「模倣」であり，そのためには技術（art）が欠かせない，更にそのためには学問が必須なのである。この「弁護」は翻訳が「模倣」を超える難事業であると主張するが，従来の模倣論の概念を広げたと言うこともできよう。

(8)　「続翻訳論」Preface to Sylvae（1685）（Ker I.251–269）
翻訳論の続きである。

　古典訳詩集（ヴァージル，ルクレーティウス，テオクリテス，ホラティウスから）「序文」中，特にヴァージルの論考に，翻訳論に関する発言が見られ

る（Ker 252.29–258.31）。これは前項に続くもので，模倣に比べて翻訳は原作者の美しさを如何にして英語で引き出し引き継ぐか，翻訳者詩人の最高のアートが求められるという問題である。名訳が生まれる深い原因がこのあたりにあるのかもしれない。また，これまで触れられなかったが，自国語学習の必要がアートと不可分であるという主張も注目される。

翻訳論：「翻訳者が如何にも原作者らしく似せて翻訳し，原作者の特徴を終始変えずに伝える，これが優れた翻訳である。翻訳は人物を描くのに似て，良い類似と悪い類似がある。輪郭を正しく描き，顔の造作を似せて描く，そしてそれら互いの関係を正確に描き，色合いを程々に描く。このことと，人物のポーズ，陰影，そして特に全体に生気を与える精神，これらによってすべてを美しくすることとの違い。それは優れた原作の下手なコピーに見られる。ヴァージルやホーマー等大作家達を称え，その源泉からどうにか耐えられる詩を作ることができたと告白する時，ギリシャ語やラテン語に通じない英国の読者で，その源泉の主がオーグルビー（John Ogilby 1600–1676 によるヴァージルとホーマーの英訳）の訳した詩人だと分かる読者がいるだろうか。優れた詩人も下手に訳せば死んでしまう。古典語は分かっても母語を知らない者は多い。英語の表現の適切さと繊細さ（proprieties and delicacies Ker 253.19）を知る人は少ない。それを理解し実践する助けになるものは，人文教育（liberal education）の他，長期に及ぶ読書，優れた作家の理解，人と振る舞いについて知ること，習慣からの自由，男女を問わず優れた人達と交わることである。つまり，学問に専念する間に付いた錆を払い落とすことである。英語の純粋さを理解し，優れた作家と劣った作家，正しい文体と崩れた文体を正しく見分けるのはかくも難しいのである。そればかりか，優れた作家の純粋な英語とひどい崩れた英語を見分けるのも同様に難しい。こうした必要知識をもたないで，優秀な若者の殆どが，喝采を浴びる詩人をモデルと見做して奉り，模倣する。しかし，何処に欠陥があるか，何処が子供じみて軽薄であるか，どの点で思考が主題に不適切であり，表現が思考に不相応であり，思考と表現の展開が不調和であるか分かっていないのである。従って，**外国語を翻訳する前に，まず自国語の厳しい批評家でなくてはならない**。語と文体の評価だけでは十分ではない，その大家でなくてはならない。原作者

の国語を完璧に理解し，自国語を完全に使いこなさなければならない。従って，完璧な翻訳者であるためには完璧な詩人でなくてはならない。原作者の意味を正しい英語で，詩的な表現で，音楽的韻律で表す，しかしこれだけでは十分でない。これだけでも実践は極めて難しいが，更にこれ以上に困難な課題がある。それは，原作者の個性と特徴を終始維持することである。例えば，ヴァージルとオウィディウスの思考，文体，韻律は違うが，英訳ではそれぞれの特徴を混同して，韻律の優美と調和だけに専念して両者を似たものにしているものがある。その結果，原文を見ないでコピーだけではどちらが誰か分からなくなる」（Ker 252.29–254.29）。

　翻訳において対象語と英語双方の理解が前提であることを強調して，ドライデンは自訳した古典詩人の特徴を語る。それを知ることは翻訳の条件なのである（Ker 255.9–）：

　「ヴァージルは簡潔にして荘重，威風堂々たる作家であり，あらゆる思考，語，シラブルに思慮考察を加えた詩人である。できる限り微細なところまで意味を詰め込もうとしたため，表現は文彩的となり，彼の言わんとする意図を説明する文法を別に必要とするほどである。詩行はすべて音声が即ち物の意味を伝える（つまり，物を表す言葉の音声と意味が融合し，三者一体となっている）。しかし韻律は絶えず変化して読者を喜ばせ，同じ音が二度続くことはない。オウィディウスにはあらゆる甘美さはあるが韻律と音声の多様さに欠ける。言わばいつも速歩状態で，詩行はカーペットの地面を走る。語末の母音に語頭の母音が続く場合，語末母音を除く，いわゆる一音節削除（syn-aloephas Ker 255.32）を避ける。従って，流暢さだけを心掛けるので，変化と荘重さに欠ける。ヴァージルはここぞという時には流暢だが，衒うどころか，むしろ軽蔑しているように見える。頻繁に削除をするし，行半ばで意味を締めくくる。エピグラム的機知からなる奇想や奇態な誇張と無縁である。明晰にして終始威厳を失わない。彼は輝くがギラギラとではない。野心なく威風あたりを払う。思考と語が適切に選ばれていることは彼の独壇場である」（Ker –256.10）。

ドライデン自身によるヴァージル訳批評

　彼はすべてをヴァージルらしく訳することができなかったと告白する（Ker

256.16–）：「しかし，オリジナルに最も近いイタリア語訳でもオリジナルの簡潔さには及ばない（と言って更に英語の特性を挙げて弁明を続ける）。タッソーが同時代の学者スペローニ（Sperone Speroni）の言葉として伝えるように（『詩論』：Ker 256.25 注参照），キケロはホーマーの豊かさを模倣しようと努めた，そしてヴァージルはデモステネスの簡潔さを得ようと努めた。従って，彼は語を節約し，残りは読者の想像に委ねたので，近代語でもって彼の代役はできない。彼を豊かにすることは彼の本質を変えることである。行毎に訳することは不可能である。それは，イタリア語，スペイン語，フランス語，或いは単音節故に一番簡潔な言語である英語よりも，ラテン語が簡潔な（succinct）言語であるからだ。また，彼はローマ詩人の中で一番厳格であり，ラテン詩の六歩格は英詩の英雄五歩格よりも長いからである（Ker –257.5）。

　「更に，翻訳者は作者と違って思考と語を選べない。彼は原作者の選んだ意味に縛られて，その意味に最も近い表現を選ぶだけである。ヴァージルは簡潔さに努め，独自の言語を自在に駆使して選んだ語を，狭い領域に収めることができた。従って，翻訳者は遠回しな表現（circumlocutions）で説明せざるを得ない。彼を文法家の拷問と呼んだ人がいるが，翻訳者の厄病神（plague）と呼んでもよい。翻訳されないように苦心したように思われるほどである」（Ker 257.6–16）。

　次に彼の用語の特異性を論じる（Ker 257.31–）：「ローマ最高の詩人ヴァージルは英語に翻訳しても最高でなくてはならない。何故なら，英語は荘重さにおいてラテン語に最も近いからである。そうは言っても，彼の用語には模倣を拒む美しさ（grace）があり，それが彼の言葉の力強さを理解する者に無上の喜びを与える。彼の用語はコピーできない。従って，最善の英訳でも不十分である。彼の詩行の展開，行中休止（breakings），用語の適切さ，韻律，重厚さを，英語の貧しさと諸事情による性急な訳業が許す限り，英語で再現する努力をした（と彼の『アエネイス』訳に言及する）。ヴァージルの注釈者に従わない場合はドライデンの理解のほうが優れている場合に変更が起こる。注釈を参照しない場合も多い。しかし作品自身に解決が容易でない場合もある」（Ker 258.–15）。

　その箇所として彼は 10 巻の例を挙げる（Ker 258.22–）。息子ラウスス（Lau-

9. ジョン・ドライデン『文芸論』（1667–1697）　　*125*

sus）を殺されたエトルーリアの王メゼンティウス（Mezentius）が最後にアエ
ネーアースに殺される場面（10.900–）：

> When Lausus died, I was already slain.
> ラウススが死んだ時，わたしは既に殺されていた。

と最初ドライデンは書いた（これに対応する原文はないようだ）。しかしこれ
では大胆過ぎる，オウィディウスならいざ知らず，ヴァージルでもこうは書
かなかったであろうと，以下の二行のほうが作者の意図に沿うと考えた：

> Nor ask I life, nor fought with that design;
> As I had used my fortune, use thou thine.
> （Dryden, *Virgil's Æneis* X.1299–1300）
> また命を乞いもしない。そのつもりで戦ったのでもない。
> 我が運命を試したまでだ，おまえも試すがよい。

　このようにドライデンは，ラテン語，特にヴァージルのラテン語の凝縮し
た，簡潔にして重厚な表現と，同様の特徴をもつがそれでも翻訳が困難な英
語を比較する。この「序文」で，翻訳の要点として，両言語に精通すること，
表現から思考（意味，意図）に迫ることが強調される。最後の例では自身の深
いテクスト理解を見せた。これは，翻訳者として最も困難な「作者の真の意
図の解明」を，原典の表現の更に奥深く分け入った例である。

(9)　「英語の特徴」Preface to *Albion and Albanius, An Opera* (1685)（Ker I.270–281）

　フランスオペラから導入されたオペラ形式という特性から生じる，音
（rhyme）と意味（reason）の相克を論じる。その解決のため，英語の特質を知
り，英国詩人をモデルとしてその技法を学ぶように勧める。
　まず，オペラの特徴について（Ker 270.9–）：
　「オペラは歌唱と器楽演奏によって表現される詩的物語であり，背景，舞台
装置，踊りが飾りとして加えられる。登場人物は神々と女神，そしてその後
裔で，いずれ神になる英雄といった超自然的存在である。従って，主題は人

間の限界を超え，他では見られない驚異の行為が見られることになる。人間に不可能なものは，信仰の場合同様に受けとめられざるを得ない。何故なら，神々が登場すると至高権者と思い込み，被造物である第二原因などどうでもよくなるからだ。しかしこの場合も「適切さ」（propriety）を守らなくてはならない。神々には守るべき分野があり，ひとりの神の力に他が代わることはできない。太陽神フィーバス（ポイボス）は預言し，マーキュリーは杖で魔法をかけ，ユーノーは結婚の床のいさかいを収めなくてはならない。このように，それぞれに特性が与えられている。言葉は威厳があり，文彩に満ち荘重であるが，オペラの性質上，詩的装飾が多過ぎてはならない。と言うのは，声楽に威厳ある響きが入るのはよいが，常にハーモニーの甘美さが求められるからである。つまり，叙唱部（recitative part）と歌唱部（*songish part*）では，前者が表現と音声のより男性的な美しさを必要とし，後者は韻律の快さと変化に富まなければならない。その主要な目的は知性（understanding）を満足させるよりは聴覚を喜ばせることにあるからだ。しかし脚韻が心地よさのために意味（reason）に取って代わるなど全く道理に合わない」（Ker 271.–22）。

　ここからドライデンは rhyme と reason の問題に入る。即ち，オペラは本来音声の心地よさを最優先する。しかしそのために意味をないがしろにすることは許されない。ではどうすれば両立が可能か，という問題である。

脚韻（Rhyme）と意味（Reason）

　脚韻が要求する音声が，前後の意味の連続を断つか，前後の語の配置を乱すかして，「理解」を不可能にするか困難にする場合をドライデンは想定し，それが起きないように詩人は英語の特質を熟知しなければならないと言う。音と意味の乖離という一種の矛盾が許されるのか，この問題の解決のため彼は「模倣論」を引き合いに出して，「しかし，この問題を解決するためには，次の根本的な提案を片付けなければならない。即ち，如何なる芸術や学問（science）であれ，その創始者はそれを完成させた場合，知力（reason）を使ってその規則を作るものであり，のちの仕事人は皆そのモデルに従って建てることになる。従って，叙事詩ではホーマーの権威は誰しも認めるところである。彼は芸術の大作を生み，あらゆる部分において欠けるところのない完璧な形態を与えた。従って，ヴァージル及び数少ない後継者達は，既に完成さ

れた図案（design）に加えたり改変しようとせずに，創始者の構想（plan）を模倣した。そして彼らはホーマーの土台の上に建てた限りにおいて真の英雄詩人なのである。同様に，頌歌の作者ピンダロスは頌歌の基準（standard）であるべきだ。そしてホラティウスやカウリー氏の訳を見習って，原作者をコピーしなければならない」（Ker 271.22–272.5）。

モデルを模倣するという原則（axiom）をオペラの問題に適用する。オペラは近代になって創作され，イタリア人が完成させた。創作を試みる者は彼らの図案を模倣することになる。ドライデンはムーア人によるエスニック崇拝に基づくと言って，それには音楽，歌，踊り等があり，それをイタリア人が洗練したと推測する。「学問と芸術の母イタリア」（Ker 272.27–28）で音楽が栄え，詩歌と絵画が復活し繁栄した。オペラは王侯貴族の結婚を祝うために用いられたと言われる。その後も例えばガリーニの田園オペラ *Pastor Fido*（1585）がその一つであった。そのプロローグはのちのフランスオペラの模範となる。イタリア語はこの音楽劇にふさわしい気品のある言語であり，特に語尾の母音の多さ，男性的で格調ある響き，そして流暢さ等，近代語の中で最も詩と音楽にふさわしいと彼は称賛する。

一方，「英語は本来単音節語が殆どであり，子音で終わることが多い。韻律も粗野である。発音の弱さ（effeminacy）と女性韻の少なさのため歌唱の作曲に不利である」（Ker 274.33–275.14）。ドライデンはこのような不利な条件のもと，イタリア育ちのオペラを作ったのである。しかし彼は，イタリア語とフランス語によるオペラに接する機会があったので，韻律の変化について知っており，また，オペラを作曲したグラビュ氏（Monsieur Louis Grabut）は叙唱部，叙情歌唱部（lyrical part），合唱部に見事な多様性を与えたし，意図する感情の動きをすべて正確に表現したと彼は絶賛する。

オペラを書く際に自ら設定したルールがあると言うが，小批評家らがあら探しをするだけだとドライデンはそれを示さない（Ker 276.26–）。好きにしてよいが「耳」だけは良くないと困ると言って本旨に入る（Ker 277.4–）：

「英語では上手く語を滑らかにし，韻律を美しくすることは至難の業であるが，自然（Nature）にはそれを可能にするルールがある。そして，英語のシラブルにもギリシャ語，ラテン語同様の一定の音量（quantity）がある。しかし

詩人や批評家はまずこの点を理解し，それから英語の勉強を始めるとよい。そうすれば思考の欠如，想像力高揚の欠如とわたしのオペラを責めることもなかろう，この種の作品は思考及び想像力の高揚と相容れないことがすぐに分かるからだ。二重韻（double rhyme 女性韻のこと）の使用，声の美しさを出すための語と詩行（numbers）の配置，この二つはオペラが展開する際の主要なかなめであり，教えて出来るものではない。それは自然（Nature）がまず詩人に耳の良さを授けて，語の不協和音を嫌うようになるのだ。作品中，思考の低さが多々あっても弁解はしない。言語面で有利なイタリア人でさえ低さは常用さえしているからだ。大事なことは語の選択である。この場合，選択とは表現の美しさ（elegancy）ではなく，主題の性質に応じて変化する音声の適切さ（propriety）を意味する」（Ker 277.–30）。

「オペラにおいて思考を抑制する同じ理由が，特に英語では語に対してもっと強く影響する。何故なら，オペラの短いリズムの中では英語の純粋性を保つことができず，脚韻がすぐに繰り返されて，しかも二重韻になることが多いからである。しかし，二重韻は我が英語の特性に合わない。それは単音節から成り，しかも子音に縛られているからだ。そのため，私は新語を造ったり，古語を復活したり，継ぎはぎ細工をせざるを得なかった。詩作どころではない，ヘボ詩人に弟子入りしたようであった。作曲に語を合わせる召使いだったのである。私が作り出し，作曲家がそれに調子を合わせるという風であった」（Ker 278.1–17）。

ドライデンはこのオペラについて更に詳細を語る（Ker 278.21–）：「オペラと混ざった悲劇か或いは，背景，舞台装置，歌と踊りで飾った無韻詩劇で，『嵐』に似た劇を考えていたが，このオペラはもともとその劇のプロローグとして意図したものである。従って，その筋はすべて優れた喜劇役者が語り演じる，その他余興の部分は今のこのオペラに登場する歌い手と踊り手が演じることにしていた。これは劇と呼ぶにはふさわしくない，何故なら，劇であれば主題によって超自然的手段か魔術が必要となるからである。また，オペラとも言い難い。何故なら，物語が歌によって展開しないからである。結局，二幕を加えて今のような余興（entertainment）にした。主題はすべてアレゴリカルである。それは一目瞭然で意味はすぐ判る」（Ker –279.7）。

9. ジョン・ドライデン『文芸論』（1667-1697）　*129*

「このオペラは構成 (action) から見て，「始め，中間，終わり」の三部に分かれる（アリストテレス『詩学』第 7 章）。スペインの劇はすべてこの構成をモデルにする。舞台上の背景描写その他の飾り付けはベタトン氏 (Thomas Betterton c. 1635-1710) がすべて完璧に成し遂げてくれた」（Ker 279.7-17）。

　以上，オペラの骨組みを詳しく述べて自作の弁護をした。実際の歌唱における脚韻語の選択とリズムの形成という難事業を遂行するため，英訳の場合同様，英語の特質を熟知するように勧める。

(10)　「近代叙事詩論」*A Discourse concerning Original and Progress of Satire* **(1693)**（Ker II.15-114，ここからケア編第 2 巻に移る，以下，II は省略する。）

　これはドライデンの近代叙事詩論である。スペンサー及びミルトン論で知られる。

　叙事詩ではホーマーとヴァージルが自然を疲弊させたと言って，ドライデンは二人に続く叙事詩の展開において近代叙事詩の試みの失敗とその原因を探る（Ker 26.30-）：

　「スタティウス (Statius)，ルカーヌスに続いて，近代ではアリオストーとタッソーが叙事詩を試みる。アリオストーは正しく構想していないし，行為の統一と時の範囲を守らず，また彼の設計は広大で適度を知らない。文体は華麗だが風格と品位に欠ける。冒険譚は自然と可能性の範囲を越えている。タッソーの構想は叙事詩の規範通りであり，時間と場所の統一の規則に従う点はヴァージル以上である。しかし，行為の点ではそれほど上手く処理していない。エピソードによっては英雄詩の荘重を欠いてあまりに抒情的に書いたと自ら言っている（Ker 27.9-13 注参照）。筋の展開はアリオストーほど楽しくなく，時には大げさ (flatulent) 過ぎ，時には無味乾燥に過ぎる。多くが不均質 (unequal) で，殆どが不自然である (forced)。更に，奇想，エピグラム的鋭さ，警句がいっぱいであり，すべて英雄詩の荘重に及ばず，その本質に反する。これらはヴァージルとホーマーには一つもない。彼はボイアルドー (Matteo Maria Boiardo c. 1441-1494: *Orlando Innamorato*) の新たな題材から借用し，その変更を通じてホーマーを模倣しているので，その姿勢は盲目的

追随である」（Ker –27.30）と言う。

　英国では誇るべき詩人は**スペンサーとミルトン**である。「共に大詩人にある天才と学識に欠けるところはなかったが，現在多くの非難を受けている。スペンサーには構想の一貫性がないこと，行為のどれ一つとして完結を目指さない。冒険のそれぞれに一人の主人公を立てて，それぞれの徳目を与える。従って誰が勝るという訳ではない。各人がその物語において英雄的役割を果たす。プリンス・アーサーの特徴である高邁（magnanimity Ker 28.16）が全篇に輝きわたっていて，危難に陥る他の騎士達を助ける。騎士達の原型はエリザベス女王宮廷の実在の騎士であり，スペンサーは最も顕著な徳を各人にあてがっている。12巻を完成して，作品としてもっと一貫したものになったとしても，モデルが真正（true）でないから完全なものになり得なかったであろう（注：「モデル」がホーマーとヴァージルの正統的叙事詩の主人公でないということであろう）。その上，プリンス・アーサーはスペンサーの主要なパトロンであるフィリップ・シドニー卿がモデルであり，スペンサーはアーサーをグロリアーナと結婚させてシドニーを喜ばせようとしたが，シドニーの死によりその構想を実現する手段と気力の両方を奪われた。その他，廃語使用とスタンザ形式の採用はたいした問題ではない。少し訓練すれば理解できるし，スタンザの枠に閉じ込められながら詩行は韻律を守り，変化に富み，そして美しいハーモニーを保っている（so numerous, so various, and so harmonious Ker 28.35–）。スペンサーはヴァージルを模倣したが，スペンサーに勝るのは，ローマの詩人の中ではヴァージルだけであり，英国の詩人ではウォラー氏だけである」（Ker 28.5–29.3）。

　次に「我々の敬愛するミルトン氏」（we all admire with much justice Ker 29.4）に関しては，「彼の主題は正確には英雄詩の主題ではない。彼の構想は我々の幸せの喪失であり，結末は他の叙事詩のように繁栄ではない。神や天使ら天の仕掛け（machine）が多く，人間はわずか二人である。ライマー氏（Thomas Rymer 1641–1713）はこれを英雄詩と見做さないが，作者の思考は高揚し，言葉は朗々と響きわたり，これほど見事にホーマー風を真似，これほど豊かに彼のギリシャ語法，そしてヴァージルの優雅なラテン語を英語に移した人はいない。100行も続けて平板な思考に陥ることはあるが，それは

聖書の記述に従った時である。古語は，スペンサーがチョーサーを模倣したようにスペンサーを模倣した意図的なものである。共に師を敬愛し過ぎたきらいはあるが，廃語のほうが音の響きと意味合いの両面で今日のものより勝っていれば，再生するのは称賛に値する。その場合，意味をはっきりさせる他の語を結合して曖昧さを除くことはホラティウスが新語使用に際して勧めるルールである（注：恐らく『詩論』46-47 を指すであろう。ドライデンがこのあと言う節度ある使用もホラティウスが指摘するところである）。廃語・新語いずれの場合も気取り（affectation）に走らないように節度が必要である」（Ker 29.5-32）。

　次に無韻詩を使用している点である。カーロ（Hannibal Caro 1507-1566）による『アエネイス』の無韻詩訳をドライデンは ヴァージルに最も近いと称賛している（注：*Preface to Sylvae* Ker I.256.20-21）。その他のイタリアの詩人達が使っているからといって，彼は無韻詩が正当だと思わない。「ミルトンによる脚韻不使用の要点は，それが彼の才能ではなかったことである。若い頃の作品では脚韻はいつもぎこちなく無理があり，青春期のしなやかさに欠けている」（Ker 30.3-9）。

キリスト教叙事詩

　このようにドライデンは近代叙事詩の欠陥（と長所）を指摘する。その上でなお古典と近代を分ける原因を探る。天分，学識，言語，その他完全な叙事詩人を造り上げる諸条件において近代が劣っていないとしても，「宗教」の点で古典に勝る。従って，キリスト教は英雄的な叙事詩に見られる異教の装飾と相容れないという意見が出てくる。彼の見解は（Ker 30.33-）：

　「キリスト教教義の中で堅忍（fortitude）とは，この世の中で如何なる苦難が降りかかろうと，神の愛のため忍耐し受難することである。それはなにも偉大な試練や企て，詩人が英雄的と呼ぶ冒険，また利害，虚飾，高慢，世俗的名誉に由来する冒険に見られるものではない。謙譲と忍従が第一の徳であり，これらは積極的行動ではなく魂の行動を意味する。これに反して，英雄詩は，その構想の必要から，最後を立派に締めくくるために，何か驚くべき事業を成し遂げることになる見事な戦闘行為を必要とする。従って求められるものは，身体の力と強靭さ，兵士の務め，将軍の器量と沈着である。つま

り，受難と同じかそれ以上の行動的な徳（virtue＜力）を必要とするのである」（Ker –31.13）。

　従ってキリスト教叙事詩は成立し難い，となるが，この意見に対してドライデンは次のように提言する：「神は我々をそれぞれの持ち場に置かれ，各人の徳は忍耐，恭順（obedience），服従（submission）等だが，執政官，将軍，王の徳は沈着，英知，行動的不撓心（active fortitude），強制力，威厳ある命令，高邁な精神の実践であり，正義は言うまでもない。従って，キリスト教は叙事詩の英雄的行為の妨げにはならない。優れた指揮官が公益とキリスト教の大義のために苦難を背負い，見事成し遂げる行為は，今日でも昔の異教徒同様に叙事詩として執筆可能であろう。その場合，詩人に古典詩人同様の才能があること，言語が品位において近代語の粗野が許す限り古典詩に近づくことが条件となる。これは英語やより洗練された近代語（イタリア語のような）に期待されることである。この言語の問題は矯正できない唯一の欠点として認めるべきだ」（Ker 31.14–31）。

　ドライデンは叙事詩執筆上，言語上の不利を認めて，更にキリスト教と叙事詩の「装置」についてボアロー（Nicolas Boileau 1636–1711: *L'Art Poétique*: Ker 32.1 注参照）の意見を取り上げる。ボアローは，英雄詩の重厚さを支えるにはキリスト教の仕掛け（machines）は異教のそれと比べて弱いと言う（Ker 32.4–）：「彼ら異教の教義は，滑稽な作り話に基づいていたが，勝利者たるギリシャ・ローマという国が信じるものであった。神々は上位者の意志の結果としての戦いの勃発に関わるだけでなく，肉体をもつ姿をして天から降りてそれぞれの徒党を支持し，彼らの陰謀を実現させ，時には互いに敵対して自ら戦った（この種の戦いではヴァージルはホーマーより際立つ）。ヴァージルは，神々が依怙贔屓，好意，助言や命令を大義を支持する側に向けて，激しい神罰を与えないようにしている。ボアローは更に，キリスト教はこれらの「装置」の大部分を失くしていると言う。アリオストーの中で，神に遣わされて大天使聖ミカエルは異教徒達の間に送り込むために「不和」（Discordia）を探すと，修道士団の中に見つける。平穏が支配すべき所に「不和」がいるのは見事な諷刺である。タッソーでは，悪魔サタンにそそのかされてソリマン（Solimano）が夜半悪鬼の一団を引き連れてキリスト教徒の野営地を襲う。

アリオストーの「不和」が強情にもお気に入りの修道院から離れるのを丁重に断ると，ミカエルは何度も鞭打って彼女を引きずり出し，神の名において使命に駆り立てる。こうして天のローマ教皇大使（nuncio）と地獄の手先（minister）の力の違いを彼女に知らしめる。タッソーの場合，（ユーピテルにはマーキュリー，ユーノーにはイリスのように，神の宮廷には他に使者がいないかのように，）ミカエルは出番となったが，キリスト教徒の半数が既に殺され，残る者も総崩れ必至の時，その神の軍勢と悪鬼群の仲裁役にまわる。即ち，悪鬼どもの尻尾を引っ張って後退させ，獲物から追い払う。別のやり方では全計画が失敗したであろうし，エルサレムは回復できなかった。ボアローによると，これは，負けることが分かっているから悪鬼どもにとっては甚だ気に食わない組合せである。何故なら，全能の神にとってあの反乱天使どもをいつでも思い知らせることができるからである。従って，最初から戦いの結末が分かっている。キリスト教徒としては代わりに敵を打ちのめしてくれる喜びはあるが，このようなつまらぬ仕掛け（machine）に叙事詩の面白みはない。何故なら，もし作者がその気になってキリスト教徒にもっと勇気を与えたなら，或いは少なくともトルコ兵より人数を多くしたなら，我々キリスト教徒のために勝利を得てくれ，何も戦いに天を参加させなくても済んだということだ。そして，兵士 100 人の側が 50 人の相手側を破る時のように簡単に解決し，何も征服者に頼ることもなかった」（Ker −33.21）。

近代叙事詩の「装置」マシーン

　近代叙事詩に向けられた批判はモデルと模倣の具体的視点に加え，ドライデンの新たな視点を見せてくれる。古典叙事詩という古代建築（Ker 33.26−27）の力強さと美しさを作り上げた装置を，キリスト教が提供したとは今までのところ（アリオストーとタッソーでは）とても言えない。キリスト教詩人は近代の優位を取り入れなかったと言って，まず「戦争術」の進歩を取り上げる。

　「包囲攻撃の進歩，殺人道具は日々発明されている。哲学と力学上の新発見も毎年のように見られる。新科学の進歩も同様である。このような近代の進歩でなくても旧約聖書の中に必要な装置を見出せたはずだ。その方が，新約聖書が定めた救済のルールよりも効果が確かである。ダニエル書における天来の幻影や天使（ガブリエル，ミカエル）と，キリスト教化されたプラトンの

考える天地間の仲介者としての神格霊（Ker 34.15 注参照）との類似を認めれ
ば，天使の仲介は古典英雄詩に劣らぬ強力な装置としてキリスト教英雄詩を
可能にした筈だ。カトリック同様プロテスタントもキリスト教徒が広く認め
るように，守護天使が全能の神の代理人として任命されて，都市，地方，王
国或いは君主国の保護と統治に尽くす。異教徒の場合も同様である。それは
ダニエル書が明らかに証明するところである。ペルシャの王とギリシャの王
は帝国の保護者でありその代理人であることを許されるが，明らかに対立し
ていた。天使ミカエルはユダヤ人の守護天使としてその名で呼ばれているが，
今ではキリスト教徒によってキリスト教の守護将軍と考えられている。これ
らの守護神（genii）は受け持ちのいくつかの民族と地域を管理し，任務の及
ぶ限り永久に彼らを見守った。その原則的目的と意図は大創造主への仕えで
あった。しかし，天の全能の王には判っているその目的に関して，神の摂理
の意図が被造物への愛情のためか，或る国民をおとしめ罰して，別の国民を
興して一時の報酬を与えるためか，代理者達にはよく分からなかった。だか
ら共通の師の意図，師への仕えと敬いに共に結ばれていたにもかかわらず，
彼らの中に党派の争い，論争，そして戦いが起こったのである。神の代理者
達は大略だけを教えられ，神の最終意図を果たそうと努める限りなき存在に
もかかわらず，神の統治の秘密や摂理の最後の局面に参加できず，また神の
最終目的を知ることもできない。神は悪から善を意のままに造り給う。そし
て地上のあらゆる出来事を支配なさり，最後には仕えのしるしとして創造全
体のために，特にご自身の栄光のために使われる。神の代理者達はその結果
を招来する手段だと知らないこともある。その場合にのみ彼らは互いに争い
敵対することになる。ダニエル書 10 章，ペルシャ王と呼ばれる或る天使は，
イスラエルの民をバビロンの捕囚から解放してくれたメディアとペルシャの
王国が，そのため今後も繁栄を続けることが神を称え，民を幸せにすると判
断した。そして，ギリシャ人に神の意志が格別に示されたと思って彼らの守
護天使は，アレクサンダー及び後継者達の台頭を助けた。そのため，堕落す
るイスラエルびとを懲らしめ，懲らしめることによって彼らの過ちを想い知
らせる役を負った。その結果，イスラエルびとは悔い改めて，より徳深くな
り，よりしっかりと啓示された掟を守ることになった」（Ker 33.34–36.1）。

近代叙事詩人の要件

「しかしながら，神の栄光ある被造物の互いの争いと敵対がどこまで深刻になるのか，如何にして対立を処理するのが最善か，その手段は。これは詩人による題材の発見 (invention Ker 36.6) に任せなければならない。（注：新叙事詩の題材は人間の争いを解決することである。次にそれを可能にする詩人の資格について，）今日，或いは将来，**プラトンの哲学に精通しそれをキリスト教化できる天才**が出て来ることを願う（強調付加）。ヴァージルが実例で示してくれるように，プラトン哲学の適応がとりわけ叙事詩にふさわしいからである。叙事詩人は豊かな創意，揺るぎない判断力，確たる記憶力といった生来の資質に加えて，文芸・諸科学 (liberal arts and sciences Ker 36.14)，特に道徳哲学，数学，地誌学，歴史学の知識を獲得した人である（注：学問の進歩と共に知識の領域が広がるが哲学と歴史の基盤は変わらないようだ）。韻律の諸原則を熟知し，実践でき，使用言語に精通する人である。かくの如き人が現れ，上に述べた題材を基に書けば，古典叙事詩に優るものが書けるであろう」(Ker 36.1–23)。ドライデンは謙遜を交えてこのように考えるが，ミルトンの非英雄詩を前にしてホーマーからヴァージルに続く正統的模倣論の系列を明かしたのかもしれない。

「装置」─続く

「善霊に対する悪霊も叙事詩の装置の中で対極的に機能する。地獄に落とされて以後，神に許されて彼らは堕落した本性から悪を企む意志をもち，悪を行う力をもつとされる。聖書の証言の通り，全能の神は天使の最高会議にサタンが入るのを許され（これを題材に採った詩人はいない），僕ヨブのすべての所有物をサタンの手に任せる，ただ彼の身に手をつけてはならない，と彼の全財産を支配する力を与えられた。悪霊は軍勢の面で劣る善霊に欺瞞と狡猾で抜きん出ようとして，善天使の純粋が穢れない限りにおいて見かけの同盟，徒党，或いはおべっかを使って善天使の計画に手を貸す。勿論その目的は嘘で隠す。天使の知は限られているからだ。これは信じられないことと思われるが，しかし悪魔は光の天使の姿をとるし，狡猾と悪意は正しい理解をしばし曇らせ，そしてミルトンが示す同様の例では，サタンが天地創造における神の見事な技を称賛するため天からやって来た，と言って太陽の守護天

使ウリエルをその本拠地で欺く（3巻）。従って，悪魔は自分より優れた者を騙すことがある。しかし，被造物であることに変わりはなく，少なくとも遍在する神の黙認によるものである」（Ker 36.24–37.29）。

　ドライデンは叙事詩の中にキリスト教化された装置を盛り込む可能性をミルトンから示唆され，アリオストーとタッソーの弱点を補ってミルトンが正統的古典叙事詩のキリスト教化に向けて，少なくとも一つのモデルを示したと理解しているようだ。のちに指摘するように，ミルトンはそのことをはっきりと意図した。

　アリストテレスに拠って悲劇と叙事詩を比較したあと（Ker 42.28–），叙事詩人であるために満たすべき条件を更に加える。それは，普遍的な才能と学問に加えて，モデルとしてホーマーとヴァージルを綿密に検討することである。そして案内人としてアリストテレスとホラティウスを，注釈としてヴィーダ（Marco Girolamo Vida c. 1485–1566: *De Arte Poetica* 1527）とル・ボシュ（Le Bossu『叙事詩について』）とその他イタリアとフランスの批評を検討しなければならない。ドライデンはこう言って叙事詩が如何に大事業であるかを強調する（Ker –43.33）。

　　閑話　アートのない自然
　詩の発生についてアリストテレスによる，アートのない自然→アートの始まり→アートの完成という段階を紹介して，ドライデンはミルトンによるアダムとイーヴが毎朝，賛歌と祈り（hymns and prayers Ker 45.35; *PL* 9.198–199 を指すと思われる）で神を称える場面を挙げる。つまり，最初の詩はこのように自然の詩の奔放な調べで始まり，その後，脚と韻律が作られたのである（Ker 45.27–46.2）。

（11）　「詩と絵画」 *A Parallel of Poetry and Painting*, **prefixed to version of**
Du Fresnoy *De Arte Graphica* **（1695）**（Ker II.115–153）

　この絵画論の散文訳に付した序文の中でドライデンは，ベッローリ（Giovanni Pietro Bellori 1613–1696）の『近代画家，彫刻家，建築家の生涯』（1672）から，プラトンの影響を受けた絵画論を訳出する。それはイデアと自然界，それぞれの模倣について語るものである。アートが自然と対等に扱わ

れる箇所も見られるが，実際は総体としての美は自然に見られる個別の美から成るという主張である。キリスト教化されたプラトン主義，美，芸術の関わりが説明される。

「全能の神は宇宙を組み立てられる時，最初に自らを見渡された。そしてご自身の美点を熟考され，それを素材に，イデアと呼ばれる原型（first forms Ker 117.28）を造られた。それ故，のちに言葉で創造された（expressed Ker 117.29）あらゆる自然の種は最初のイデアから造られ，すべての被造物の驚異に満ちた組織体を構成した。月より上空の天体は不滅で変化せず，いつまでも美しく秩序立っていた。しかし，月下世界の万物は異形，腐敗などの変化を受ける。そして自然はその産物にいつも完全な美しさを提供するが，材質の不均一のせいで原型は変化した。とりわけ人体の美しさは悪形に代わり，残念ながら奇形や不釣り合いが起こった。そのため芸術的に優れた（artful）画家や彫刻家は創造主（the Divine Maker Ker 118.7）を真似て（imitate），より優れた美のモデルを各人可能な限り造り上げるのである。そしてその美を見渡して，陳腐な組成があれば修正して原初の創造と同じように表現して，色彩と外形共に欠陥の無いように努める（Ker 117.25–118.12）。（注：イデアのコピーである自然界，そこに生じる異相，これを修復するアートという関係が見られる。）

「このイデアは絵画と彫刻の女神と呼び，布地と大理石の上に降りてきて，両芸術の原型（the original Ker 118.15）となる。（天地創造において見られるように，）それは知性のコンパスによって計測され，自ら芸術家の創作の尺度となる。そして想像力により生気を与えられて，作られた形象に生命を吹き込む。画家と彫刻家のイデアは疑いなく精神（知性）の完全で優れた産物（example）であり，それを模倣することによって自然界の万物が描写（represent）されると言う」（Ker 118.13–22）。

「同様の定義をキケロ『雄弁家』（*Orator*）III 章冒頭に見る（本書「はじめに」を参照）：《形体（彫刻）と形象（絵画）には優れて完全なものがあり，それは心で想像したイデアの種（類型）（species Ker 118.26）である。自然界の造物は模倣によってその種に向かう（或いは結びつく）。同様に，我々は心の中で雄弁のイデアの種・類型を描くが，聴覚の器官に聞くのはその似姿（*effi-*

gies）か現実の姿に過ぎない》（注：キケロの原文ではプラトンのイデアへの言及が続く）。『ティマエウス』のプロクルスも同様に，自然によって造られた人とアートによって描かれた人とを比べると，自然の作品のほうが決まって美しくない。それはアートのほうが正確だからだと言っている。しかし，画家ゼウクシス（Zeuxis）は五人の乙女の中から選んで有名なヘレンの絵を描いた。キケロはそれを美の最も完全な模範として挙げ，画家には最も自然な事物のイデアを熟視するように，と同時に最も美しい数個の物の中から慎重に選ぶように勧める。つまり，ゼウクシスはヘレン像を造り上げるために彼が求める完全さをすべて一人の人体に見出すのは困難と思ったということが分かる。それは，自然は一人の個人においては肉体のすべての部分が完全なものは造らないからである。2 世紀のギリシャの修辞学者マクシモス（Maximus Tyrius）も，数人の人体から選ばれる形象は一人の自然の肉体には決して見られない美しさを生み出し，最高に美しい影像の極致に近づく，と言っている。このように自然はアートに大いに劣っているので，個別の自然を模倣するだけの画家は，上に述べたイデアの選択に欠けていると非難されることになる。デメトリウス（Demetrius）は自然に偏りすぎと非難され，ディオニシウス（Dionysius）も我々と変わらない普通の人物を描いて肖像画家と呼ばれた（Ker 118.22–119.25）。

　「近代に入って，ダ・カラヴァッジョ（Michael Angelo da Caravaggio 1571–1610）は自然に偏りすぎると言われた。彼は人物をあるがままに描いた。バンボッチョ（Bamboccio），即ちローマで「丸ぽちゃ小僧」と呼ばれ人気を博したオランダの画家ファン・ラール（Pieter van Laer 1599–1642）や他のオランダの画家達の人物画は最悪で自然そのものであった。4 世紀ギリシャの彫刻家リュシッポス（Lysippus）は，自然にあるがままに人物を造る彫刻家を責めた。そして自らはあるべき型に造り上げた。これは詩人同様，画家にも当てはまるアリストテレスの規範である（注：『詩学』第 15 章：「悲劇はわたし達よりすぐれた人物の再現であるから，作者はすぐれた肖像画家を見ならうべきである。というのは，肖像画家達は，個人の特徴ある形をあらわし，そっくりに描きながら同時により美しく描くからである」（松本・岡訳）などを念頭においていると思われる）。前 5 世紀アテネの彫刻家ピディアス（Phidias）

9. ジョン・ドライデン『文芸論』(1667–1697)   139

による神々と英雄達の立像が人々の称賛と驚愕を惹き起こした。彼が自然よ
りもイデアを模倣したからであった。キケロも彼に言及している。彼がユー
ピテルとパラスを彫像するにあたり何ら具象物から姿像を考えたのではなく，
彼自身の心の中で完全で見事な美の形を考えたのである。そして，彼の魂の
中のその形象に従って己の手の動きを命じたのである，とキケロは言ってい
る（『雄弁家』ii.8–10: Ker 19.25–20.6）。

　「セネカも同様に，ピディアスはユーピテルもパラスも見たことがないのに
彼らの神性の姿を自らの心の中に抱くことができたことに驚嘆する（Ker 120.7
注参照）。アポローニウス（Apollonius Tyranæus）は，画家は模倣よりも想像
力（fancy）に教えられる，何故なら模倣は見るだけのことしか教えないが想
像力は観ないことも教えるからだと言う（注：但し，この場合の模倣は狭義
の，写しの意である）（Ker 120.7–13）。

　「アルベルティ（Leon Battista Alberti）によれば，我々は似姿より美しさを
重んじ，最も美しい人体から個々の最も美しい部分を選ばなければならない。
レオナルド・ダ・ヴィンチはこの考えを画家に奨め，近代最高の巨匠ラファ
エロは彼の「ガラテアの勝利」についてカスティリオーネに次のように書き
送っている：《美しい人を描くために私は多くの美しい人を見なければなりま
せん。しかし美しい女性は非常に稀ですから，私自身の想像で造り上げたあ
る理想像（idea: 或いは認識か。イデアを意味していないようだ）を用いるこ
とになります》（Ker 20–24）。レーニ（Guido Reni 1575–1642）は彼の「聖ミ
カエル」をローマに送った時，法王ウルバーヌス八世の執事マッサーノ大司
教に書簡を付した：《私に天使の翼があって，楽園に舞い上がりそこに美しい
霊達の本当の姿（the forms of those beautiful spirits）を見て，そこから大天使
ミカエルをコピーできればと思いますが，そんな飛翔など不可能の上，この
地上で大天使の似姿を探すことはできませんでした。そこでやむなく私は心
の中を内観して美の原型（idea）を見ました。そしてそれを私の想像力（imag-
ination）の中で造形したのです。この作品では対照的に奇怪醜悪の原像（idea）
も造りましたが，悪魔を描いた時にこの点は詳しく述べます》（Ker 120.14–
121.4）。

　「プラクシテレス（Praxiteles）作「クニドスのウェヌス」，ピディアス描く

「アテネのミネルヴァ」のように美しい女性は古代にはいなかった。後者は従って美の原型（*beautiful form* Ker 121.11）と呼ばれた。今日，力強さ，均整，四肢の組合せにおいてグリュコン（Glycon）作「ファリネーゼのヘラクレス」に比べられる男性も，クレオメネス（Cleomenes）による「メディチのウェヌス」に匹敵する女性もいない。従って，叙事詩人や最高の雄弁家は驚くべき美女を称えようとする時，彫刻や絵画を参考にし，体型と顔立ちを比べなければならない。オウィディウスはケンタウロスの中で最も美しいキュラルスの美を描こうとして（*Meta.* 12.393–），完全さにおいて最高の彫刻の次に位すると称える（398–399）。更にオウィディウスはアペレスがウェヌスを描かなかったなら，女神は生まれた海の下に今もってとどまったであろうと言っている（*Ars Amatoria* 3.401–402）（Ker 121.7–36）。

「この美の理想像（idea）は画家や彫刻家が表現しようとするそれぞれの形態によってまさに様々である。或る者は力強さを，また或る者は高貴を試み，時には快活，時には優雅を。そして男女と時代によって変化がある。

ユピテルの美しさとユーノーの美しさは異なる（それぞれ男性美，女性美をもつ）。ヘラクレスとキューピッドの美しさは，性質は異なるが共に完全である。何故なら，美はすべての造物をまさにその固有で完全な本質で造るものだからである。優れた画家は常にその完全な本質を選び取るが，それぞれの造物の複数の形態を観察し熟慮する（contemplate Ker 122.11）ことにより可能となる。更に，絵画は人間の行動表現であるから画家は，詩人が怒り，恐れ，悲しみ，或いは陽気な人その他すべての人の本性を知るように，あらゆる情緒と感情の実例を心にとどめておくべきである。画家や彫刻家はこのようにして最も優雅な，自然が生んだ美を選んで理想像（idea）を完成させ，アートを個々の造物に見られる自然より上にあげる（advance their art even above nature Ker 122.21–22）。これは人間の成す最高の偉業である（注：芸術が自然の上位に来るのは自然の観察によるもので，芸術が自然とは離れて直接イデアに迫るとは言っていない。自然のコピーであることに変わりはない）。

「古代のこうした神業に驚きと崇拝の念に近いものを抱くが，ピディアス，リュシップス等の優れた彫刻家が今日でも尊敬され，アペレス，ゼウクシス，プロトゲネス等見事な画家が，作品が廃れてなお永遠に称賛される。彼らは

9. ジョン・ドライデン『文芸論』(1667–1697)　　　　*141*

すべて完全の理想像を追い求めたが、その作品は自然のミラクルであり、知力の賜物（the providence of the undersanding Ker 122.33)、精神が造る模範（the example of the mind Ker 122.33–34)、想像力の発する光、メムノンの巨像に命を与えた太陽であり、プロメテウスの像を暖めて命を与えた火である。それが美の女神達、愛の神々を固い大理石に住まわせ、光と影の空間に住み続けさせるのである」(Ker 122.1–123.4)。

　以上ベッローリの絵画と彫刻二つのイデア論に言及したドライデンは、誇張した表現はともかく、画家のイデアについてその内容に賛成する。プラトン自身、いつもホーマーを模倣して高踏的に書いている。しかし、模倣を拒むホーマーの作品には「火」ではプラトンに劣らないが、プラトンほどの「煙」はなかった、と言う（愚かな努力をしないホーマーについてホラティウスが指摘したことと関係があるようだ。彼は、ホーマーが火のあとに煙を出すのではなく、煙のあとに光を見せて目を見張るような物語を聞かせる、という意味のことを言っている。ホーマーの巧みで無駄のない物語手法を述べたものである（『詩論』140–145)。プラトンがホーマーほどの詩的手腕を見せていないで、難解な哲学論に集中している点を指摘しているのであろうか)。そこで彼はこの高踏的議論を地上に戻し、3世紀ギリシャのソフィスト、ピロストラトス（Philostratus of Lemnos）による絵画技法論を引用しながら、本題である詩の技法論に入る（Ker 123.20 注参照）：

　《絵画技法を正しく修得する者は人間の本質を理解すべきである。同様に、目の前の人物の感情の特徴を表現し、言わば、物言わぬものに喋らせる才能を身につけるべきである。その上、頬の組成、目の気質、眉毛の自然らしさが意味するもの、即ち、心と思考に属するすべてを理解しなければならない。このような画家であれば、狂乱、怒り、憂鬱、快活であれ、元気な若者であろうと恋に打ちひしがれた男であろうと、あらゆるタイプの人物のあり方を正確に表現できる。つまり、どんな人にも応じた絵が描けるのである。このように完璧に描いても、恥にはならない好ましい間違いが起こる。絵の中の実在しない物が恰も本当に存在するかのように、見る人の目と心を捉え、描かれた物が実在すると信じる、画家にとってこれ以上はない喜びを得る。古来、絵画の技法に関して、身体の各部分の比率の規則から成るシンメトリー

について書かれてきたが，画家が心の動きを表現するのは自然の尺度による
対応がないので不可能と考えられてきた (つまり，感情・心理の尺度と自然
界の尺度は異なると)。何故なら，自然の尺度の外にあるものは，いつも正し
い動きをする「自然」から受け入れられないからである (Ker 124.15–17)。こ
の問題をよく考えてみると，絵画の技法は詩の技法と驚くほど似ていて，共
通の想像力が働くことが分かる。詩人が神々と英雄達，そして威風堂々，誠
実で喜ばしいものを登場させるが，画家も輪郭と色彩，光と影を使って同様
の人物や事物を描く》(Ker 123.22–124.25)。

　ドライデンは更に絵画と詩の関係についてベッローリに拠りながら議論を
続ける。即ち，

　「上述のベッローリによれば，経験を積んだ画家は完全な自然のイデアを自
ら描いていなくてはならない。そのイメジをすべての画業の際に心に浮かべ，
そこから美を引き出してそれを描くことになる。その結果，現実の個々人に
おける「自然」の姿をあるべき自然の姿，創造された時の姿に正すのである。
この完全のイデアは肖像画や似顔絵には役立たないように，喜劇や悲劇の人
物についても同様である。彼らが完全にされることはなく，常に脆さや欠陥
のしみをもたされているからである。それが現実の人間であり，詩人が作り
事であれ想像上であれ，最初に現れた時に描いた者達の姿である。舞台のこ
うした人物の完全さはせいぜい彼らの本来の姿である欠陥のある脆い自然の
似姿に過ぎない。その後舞台では欠陥がもっと見られるようになると，この
負の完全の似姿に優劣が生じ，優れたものが決まって選ばれることになる。
悲劇がそうで，人間の中で最高位のイデアの似姿 (figures of highest form Ker
125.28–29) が描写されることになる。

　「肖像画では画家は目立つ傷のある顔面を選ばないで，アペレスがアレクサ
ンダー大王の将軍アンティゴヌスが一方の目を失くしていた時のように顔面
を描くか，より不完全な面を陰でぼかす。巧みな追従は画家と詩人に許され
るものだが，似ている限り許されることである。人物からあらゆる種類の不
完全が取り除かれてはならないのは勿論である。その理由は彼らの不運を憐
れむ余地が残されるからである。我々は極悪人が自ら招いた果ての苦難を悲
しむことは決してない。彼らは憎しみの自然な対象であって，同情の対象で

はない。逆に，彼らの性格が劇中の聖人や殉教者のように真に完全であれば，不運は観る者に不敬な想いを抱かせる，つまり彼らは天の不正義を責め，信心が報われない宗教を棄てようと考えるであろう。多数がそうする気になると，その結果は社会にとってあまりに危険である。真実が勝たなければならない。ソフォクレスは『オエディプス』で中庸の立場をとっている。王は導入部では尊大であるが，以後劇中一貫して詮索的に過ぎる。しかしこれらの不完全は優れた徳によりバランスを保たれるので，彼の不幸に対する同情を妨げないし，彼の罪の本質が呼び起こした恐怖を失くすこともない。絵画において傷やほくろも同様で，顔に「らしさ」を加えるので除く必要はない。これらは嫌悪感を与えはしないが，どの程度続けるか，何処で止めるかは詩人と画家の判断次第である。

「喜劇では完全の劣った似姿は更に多く取り入れられる。それは笑いを誘いやすく，笑は異形を見て起こるからである。この点についてアリストテレスを参照されたい（注：『詩学』第2，5章）」（Ker 125.7–126.32）。

ドライデンは次いで叙事詩における完全なイデア（perfect ideas Ker 127.2）を検討する。イデアは形態，似姿を意味すると思われるが，以下この用語を中心に叙事詩論が展開する。

「神性の場合と同様，英雄に弱さを残してはならない。アエネーアースが泣く場合も己の悲運ではなく部下や民が受ける悲運を嘆くのである。これが不完全とすれば，受肉された神の子はエルサレムに憐みの涙を流されたではないか。そしてレントゥールス（Publius Lentulus）は元老院への手紙で，キリストがしばしば泣く姿を描くが笑う姿はない。このようにヴァージルの場面は聖書からも（但しレントゥールスは外典）正当化できるのである。叙事詩人と歴史画家共に依拠するのは完全なイデアでなくてはならないが，完全があらゆる題材に当てはまるわけではない。個々の題材は詩人或いは画家に特有の完全な美に応じて設計されなければならない。アポロはユーピテルと，パラスはウェヌスと区別されなくてはならない。同様に詩ではアエネーアースは他の英雄と。何故なら，敬虔（pius, pious）は彼の最高の完全だからである。ホーマーのアキレスは一種の例外である。完全な英雄ではないし，詩人もそのように意図していない。彼が描く神々も人間的な不完全をもち，その点で

ホーマーは悪いイデアの模倣者だとプラトンによって非難された（Ker 127.26）。ヴァージルはその欠陥に気付いてそれを改めた。しかし考えてみれば，アキレスは肉体の力強さにおいて完全であり，精神の強靭さも同様であった。彼が少し激情的でなく復讐心に燃えなかったなら，ヘクターは殺され，トロイは最初の攻撃で陥落するとホーマーは良く分かっていた。そうすると『イリアス』の見事な創意が無に帰するし，詩人が意図する同盟軍間の不和を防ぐというモラルも同様であろう。ボシュが言うように，モラルは詩人第一の務めであるからだ。この土台ができると，モラルに最適の構想，即ち話（fable）を考案する。次に構想を展開する人物を考え，各人に最適の性向（manners）を与える。思考と言葉（thoughts and words Ker 128.7）は最後の仕上げで作品に美しさと色合いを与える。

「英雄の性向が完全に優れて（good）いるべきであるという私の意見はノーマンビー侯爵（Ker 128.10 注参照）の意見と矛盾しない。彼は完全な人物について《この世に例のない完全な怪物》と呼んでいるが，舞台のことで叙事詩のことではない。

『アエネイス』のような最も完全な詩では完全なイデアが求められること，従って後続の詩人達はホーマーよりむしろヴァージルを模倣すべきだと述べてきた」（Ker 127.5–128.19）。

ここでドライデンは自ら訳したデュ・フレヌワ（Charles Alphonse du Fresnoy 1611–1668）の散文訳に拠り絵画と詩に関する論述を続ける。

「絵画の最大の目的が見る人を喜ばせることであるように，詩歌の一つの崇高な目的は精神を喜ばせることであるとデュ・フレヌワは言う。つまり，絵画は喜ばせ，詩歌は教化するという違いがある。後者が優位に立つようだが，両者の目的は全く同じで教化よりも先ず喜ばせようとする。そして次にその手段はだますこと（deceit）である。一方は視覚を，他方は理解力を，である。作りごと（fiction）は両芸術の本質である。絵画には人体，事物，行動の似姿があって，本物ではない。詩には真実の物語の似姿があり，それはフィクションの形を取る。すべての物語が叙事詩や悲劇にふさわしい題材とは限らない。高貴な絵画にとっても同様である。共に不道徳，低劣でみだらなものがあってはならない。カトゥルス（Catullus），オウィディウス等は生き方が真面目

であれば，詩人の主題，思考そして表現さえも無規律でもよいという意見で
あったが，叙事詩と悲劇ではそんな放埒は許されないし，絵画でもわいせつ
な裸体を描いてはならない。《生活は真面目である》(Vita proba est)（Ker
129.14 注参照），これは言い訳にならない。作品で逆の例を描く者が真面目
だと言えないのである。ヴァージルにはこの種の物はない。あるとすれば，
ディードーとアエネーアースが嵐を避けた洞窟の場面である。しかしその場
合でも詩人は結婚を示唆してユーノーを立ち会わせている。またローマのご
婦人方が読んで顔を赤らめるような表現もない。その上作者は愛する者同士
と洞窟に留まって見届けるのを恐れるかのようにできるだけ簡潔に済ませる。
画家が他にないからとこの洞窟の場面を取り上げるのはやめるほうがよいと
思うが，その場合でも二人を薄暗い所に置いて，雷光を射し込ませて本来の
暗闇を照らさないほうがよい。二人同様，画家自身の心をも露わにするから
だ。絵画でも祭壇の壁飾りと聖なる装飾は別の箇所で描いたほうがよい。

　「絵画と詩歌の主題は偉大で高貴であるべきだとフレヌワは述べる。悲劇と
叙事詩の主題は共に著名な英雄の偉大な行為である。アキレスの怒り，アエ
ネーアースの敬虔，イピゲニーア (Iphigenia) の生贄のように。しかし，絵画
との共通点は悲劇が勝る。ホーマーやヴァージルのエピソードが悲劇同様，
絵画の高貴な題材になり得る。歴史も画家と悲劇詩人に構想を与える。ロー
マにある崖から身を投じたクルティウス，祖国の無事のため犠牲になったデ
キウス父子は悲劇と絵画の題材になる。スペイン人妻を取り戻そうとするス
キピオ，そのため偉大な国の心をとらえ，カルタゴを敵としローマを友とし
た話も同様である。リウィウス（リヴィー）の歴史書にあるこれらの記述が悲
劇と絵画の題材になる理由は，両者共に叙事詩よりも「時」と「場所」に厳
しく制限されるからである。叙事詩の「時」は曖昧であり，『イリアス』では
48 日が当てられているが，ヴァージルの描く主題が一年かそれ以上に収めら
れているか，ル・ボシュにも定かでない。ホーマーは主題の「場所」をトロ
イとギリシャ軍の陣営とした。ヴァージルはアエネーアースをシシリー，カ
ルタゴ，またクーマエにも登場させて，やっとラウレントゥムに到着させる。
その後でも再びさまよった末エウアンデルの王国，そしてイタリアに着いて
やっとトゥルヌスとの決戦で戦いを終える。対して悲劇は，古典の習慣では

24 時間以内に限られた。「場所」は都市全体とか二三軒の家屋ではなく，市場やコーラスと役者に共通の公共の場といった一箇所であった。しかしこの点では絵画のほうが有利である。悲劇が時間を費やして表すものを一瞬にして見せるからだ。多くの人物の行為，感情，気質が一瞬にして分かるという訳である。ニコラ・プサン（Nicolas Poussin 1594–1665）の「秘蹟の儀式」には救世主と十二人の使徒が同じ舞台の中で，それぞれ異なる仕草と姿勢で描かれる。ユダの仕草だけが他と異なる。個々には分割できない時の一点があるだけである。しかし，一つの主題がこれだけの人物によって，一つの部屋で，同じテーブルで演じられる。それでいて直ちに見る人の眼が対象全体を把握することも，精神が理解することもできない。ゆっくり考え，折にふれて見るものである。気高い絵画とはこうしたものであり，気高い画家によってのみ描かれるものである」（Ker 128.22–132.12）。

翻って，自然の劣る部分，枠外にあるものを題材にする場合がある。ドライデンは続ける：

「自然（Nature）にはもっと劣る部分があって，共に絵画と詩の主題となる。喜劇が劣る人の生き方と低俗な主題の表現であり，その点で詩の本質（nature）に通じる。それは一種のビャクシン杉，杉科の灌木である。道化の絵も同様である。オランダのケルミス祭，同じくオランダの残酷な「刺し切り」（snick-or-snee）のスポーツ，その他無数の低俗な事柄が題材となる。それぞれ自然に属するが，最も低俗な表現（form）の種類に属する。ウェヌスと対照的にラザロの絵もそうである。共に人の姿で描かれ，似てはいないが共に同じく顔をもっている。これ以上に低俗な詩と絵画があるが，自然の埒外にあるものだ。それは，詩における笑劇（farce）は絵画のグロテスクにあたるからである。笑劇における人物と行為はすべて不自然であり，振る舞いは間違っていて人間の本性に即していない。これに対応するグロテスクな絵画について，ホラティウス『詩論』の冒頭の姿が例示される。人の頭，馬の首，鳥の翼，魚の尾をもつ姿は，異なる種の身体部分がヘボ画家の狂った想像力によってごちゃ混ぜにされたものである。その結果哄笑を買うことになる。まさしくバーソロミュー市で大勢が二ペンス払って見る怪物だ。たしかに笑いは人間の人間たるところであるが，四つ脚の兄貴分と区別するに十分である。それ

はまた喜びに似て非なるもので，下賤な見物人の目と野蛮な観衆の耳から入るに過ぎない。教会画家は公共の祈祷の時，笑を利用して正直な農夫を楽しませ，厳かな説教では眠らないようにする。笑劇文士もこの立派な発明を使って商人，郷士，コベントガーデン族を楽しませる。楽しんでくれれば詩人は大満足だ。出来の良い人達がそこに行くと，良識と自然の正しい形象は全く見られない，それこそ精神の固有の喜びなのに。まさしく，作家の本当の姿が舞台に現れるものだ（the author can give the stage no better than what was given him by Nature Ker 133.16–17）。そして俳優達は演じることができる事を演じるのである。こうして俳優とヘボ文士は共に生きていけるのである。結局のところ，笑えばそれでよいということなのである。麦わらがくすぐって喜ばせるなら，それは幸せの道具なのである。獣は苦しめられると泣（鳴）くが，笑うことはない。ウィリアム・ダヴナント卿が言うように，《芝居（に笑劇も加えてよかったと思うが）を許可するのは統治者の知恵である。荷をいそいそと運ばせるために馬に鈴を付ける馬車引きの頭の良さを見るがよい》（*Gondibert* 序）」（Ker 132,13–133.28）。

　ドライデンはこのように詩と絵画に共通する楽しませるという目的と主題等について述べたが，次にそれらのアートの特徴を論じる。この箇所は，イデアの模倣としての自然，その自然に学んだ古典の芸術とその模倣という二つの模倣の関係が示されていて，近代模倣論の解説を見る観がある。

解説―近代模倣論

　「ヒポクラテスが医術について言っていることをさる著名なフランスの批評家が引用している。それはすべての文芸・諸科学（arts and sciences），取り分け詩と絵画に当てはまると思われる。《医術は長い間この世に存在した。原理は確立し，はっきりした方法をもっている。この二つの点から，長い年月にわたって無数の事柄が発見された。その結果，医術が有益で役立つことが証明された。この学術の完成までに欠けるものは必ず見つかる。そのために有能で古えの規則を心得る人が更に研究を続け，既に分かっていることによって未知のことに到達するよう努力しなければならない。しかし，古えの規則を認めず，その反対の方法を採りながら医術の大家を名乗る者は皆，他を欺きながら自らも騙されているのである。何故なら，そんなことは不可能だか

らである。》これはまぎれもなく詩と絵画に当てはまる。それは，楽しませる
方法は自然（Nature）を模倣することであるから，詩人も画家も古えと良き時
代にあっては自然を研究したからである。これらの芸術の実践から得た規則
と模範に従って楽しませる方法を教わるのである。自然はいつの時代も同じ
であるからして，アリストテレスはアエスキュロス，ソフォクレス，エウリ
ピデスから悲劇の規則を，ピロストラトス（Philostratus）は絵画の規則を引き
出している。同様に近代においては，イタリアやフランスの批評家はアリス
トテレスとホラティウスの規範を学びギリシャ詩人の模範を目の前において
近代悲劇の規則を示し，また，絵画の技法においても完全への規範を教えた
のである。

　「近代においては，詩が絵画に勝る点が一つある。即ち，今日詩人にはギリ
シャとラテン詩の模範が残されているのに対して，画家にはアペレス，プロ
トゲネス（Protogenes），パラシウス（Parrhasius），ゼウクシス等ギリシャか
ら残されたものは無く，唯彼らの比類のない傑作についての証言があるだけ
である。しかしながら，画家達には優れた立像，浅浮彫り，円柱，オベリス
ク等，公共の廃墟から救われたものが残されていて，今もイタリアに保存さ
れている。彫刻と絵画に固有の要素，両者に共通する要素を区別して欠損の
部分を補ってきた。偉大な天才ラファエロ等が野蛮と無知の時代についで現
れ，絵画の知識は今や頂点に達した。が，今日実技は非常に衰えているのは
残念である。ローマの詩歌が最も栄えたのはアウグストゥス・カエサルの時
代であったが，絵画は最も低調であったと言われ，彫刻も凋落の途にあった
と見られる。ドミティアーヌスと次の治世では詩歌は細々と続いたが，絵画
は大いに栄えた。アリオストーも他の同時代人の誰もラファエロやティティ
アン等の域に達していない。

　「絵画において最も美しいものは最も高貴な主題であるように，詩歌におい
て悲劇は喜劇よりも美しい。それは教化する対象がより広く，それだけ教え
が人々を益するからである。主題もより崇高で高貴であるので喜びもそれに
応ずる」（Ker 134.1–136.28）。

　自然の模倣

　「どんな主題であれ**自然をよく模倣することが詩と絵画の極致である**。そし

て似姿が自然に最も近い絵，最も近い詩が最高なのである（強調付加）。だからといって，一番喜ばすものなら何でも良いのではなく，真の喜びを与えるものが良いのである。我々の堕落した性癖と両芸術に関する無知のため，判断を誤らせ，自然に似つかないものがあるのにそれを自然の模倣と間違わせる。そこで，その判断を強化し性向を矯正するため，規則（rules）が作られたのである。それによっていつ自然が模倣されたか，どれほど自然に近いかを見極めることができる。これらの点を敢えて要約したのは，人が一番騙されるのは長い習慣に背中を押されて心地よい誤謬を喜んで信じ続けるからである。従って，自然の模倣は詩と絵画における普遍的にして唯一の「喜ばせるための規則」として考え出されたのは当然である。アリストテレスは模倣が喜びを与える理由について次のように述べている（『詩学』第4章）。模倣は，それが似ているか否か，原型と比べることによって，模倣が正しいか間違っているかを問う材料を提供するからだと言う。しかし，この規則によると，自然界の思索は，その結果得られる真理は哲学者の探求と同じ範疇に入り，すべて同じ喜びを生むことになる。しかしそれは我々が述べる喜びではない。私はむしろ別の理由を挙げたい。真理は，善が我々の意志の対象であるように，知力（understanding）の対象である。知力が虚偽（lie）を喜ばないように，意志は明らかな悪を求めない。真理が我々のすべての（自然）観察の目的であるように，真理の発見は観察の喜びである（注：新科学時代の発言と言えよう）。自然界に関する真の知識は我々に喜びを与えるので，詩であれ絵画であれ，自然の生の模倣（lively imitation Ker 137.23）は必然的にもっと大きな喜びを生むことになる。何故なら，**詩と絵画は共に自然の真の模倣であるだけでなく，最も優れた自然，即ちより高貴な高みにまでに仕上げられた自然の模倣だからである**（強調付加）。それは個別の現実（life）よりも完全な形象（images）を見せてくれる。そして，**自然の散り散りになった美のすべてが見事な化学作用によって結合し**（強調付加），自然の異形や欠陥が少しもないのを見て喜びを抱くのである。両芸術は感情の模倣であり，それは絶えず動くから喜びを与えるのである。動きがなければ喜びはあり得ないし，喜びは積極的な感情としか考えられないからである。このように自然の高貴な面を見ると，あとは称賛するのみである。そして称賛は喜びの原因に他なら

ない」（Ker 136.29–138.2）。

　ドライデンは上で，自然を正確に観察し模倣するためルールが必要とされたと，その存在理由に言及したが，ここで，ウォールタ・モイル氏（Walter Moyle 1672–1721: Ker 138.4 注参照）に拠り模倣の規則論に入る。ルールなくしてアートはあり得ないのは，入り口のない家はあり得ないのと同様という訳である。

ドライデンのアート論

　まず「創意」について：

　「絵画と詩歌の主要部分について。創意，即ち題材の発見（Invention Ker 138.18）が第一であり，両芸術に必須である。しかし，如何にしてそれを達成するか，その規則は示されなかったし今も不可能である。恵まれた天才は自然の贈り物だ。占星術師は星の感化力によると言い，博物学者は身体の器官のせいにする。キリスト教，異教とも神学者は天の格別の配剤だと言う。その才能を如何に伸ばすか，それを教える書物は万巻に及ぶが，如何にして獲得するかについては皆無だ。この才能なしでは何もできない，このことは皆が同意する。

　　　　ミネルヴァの意に添わなければ，語ることも作ることもあり得ない。
　　　　（ホラティウス『詩論』385）

創意がなければ画家は他人の写し屋（copier），詩人は剽窃者（plagiary）に過ぎない。彼らは自分固有のものをもたない。これはヴァージルを訳している時の私にとって致命的な打撃である。しかし，最高の作者をコピーすることは，もし私が正しくコピーすれば立派なものだ。ラファエロのコピーは平凡な画家の創作よりも称賛されるであろう。（注：ヴァージルの英訳においてヴァージルを正確に伝えることは不可能であることは彼の主張するところである。）」（Ker 138.18–139.4）

　次に「配置」である：

　「題材の発見即ち創意という頭部の下に来るのは配置（Disposition）である。即ち，すべての要素を美しい順序と調和をもって並べ全体が一つになるよう

9. ジョン・ドライデン『文芸論』(1667–1697)   *151*

にすることである。画家の制作は古典作家の教本，習慣，時代に適合しなければならない。詩でも全く同様である。ホーマーとヴァージルが叙事詩では我々のガイドである。悲劇ではソフォクレスとエウリピデスだ。すべての事柄において，我々は描写する人物と事物の習慣と時代を模倣しなければならない。ロペ・デ・ヴェガ (Lope de Vega 1562–1635) が試みたように，ドラマの新しい規則を作るのではなく，**我々よりも良く自然を理解した先師達に従うことである**。しかし，扱う内容が現代なら，演じられる場面の時代と国に応じて習慣を変えなければならない。纏う衣服は違っても，それが中味はいつも変わらない自然を模倣することになる。

「画家が制作時に主題に固有でも適切でもないものが一切入らないよう注意するように，詩人も詩に異質な出来事，本来詩とは相容れない要素は一切入れないことだ。中心的構想を進めるのに有用でない人物や出来事は不必要である。画家はつまらぬ飾りを拒絶するように，詩人は退屈で不必要な描写は拒否しなければならない。重すぎる礼服は飾りというよりは重荷である。

「ホラティウスはこのような余計なものを《中味のない詩行，朗々たる駄弁》，また《女神ダイアナの森と聖壇》と呼んでいる（『詩論』322, 16）。しかし，絵画と詩には飾りがなくてはならないので，必要がなくても少なくとも適切でなくてはならない。即ち，妥当な場所に，控えめに用いることである。画家はドゥラペリ (drapery) に神経を使う必要はない。顔に最重要の似姿があるのだ。また詩人も感情を高めようとしてかえって弱めるような直喩 (similes) を作ってはならない。私の主人公モンテズーマ (*The Indian Emperour* 1667 のメキシコ皇帝 Montezuma) は素晴らしいシミリを口にして死ぬが，これは野心的で時期尚早である。絵画に必要以上か，少なくとも飾りにすぎない人物 (figures) がいる場合，この訳書の著者は不必要としてそれを《放出すべき人物》と呼んでいる。今日の劇で，半分も場面に必要がないのに二十人以上の役者が使われるのを見たことがある。絵の主要な人物に作品の中心的な美しさがあるので，画家はそこに技術の粋を注ぐべきである。我が著者はこの点で悲劇詩人の模倣を奨める。即ち，悲劇詩人は主題の高まりと美しさが集まる箇所でできる限りの力を振るうからである（Ker 139.5–140.23）。

「著者デュ・フレヌワはデザイン即ちスケッチを絵画論の第二部としている

が，人物のポーズ（posture）のルールに詩との共通点はない。詩における人物（figure）のポーズにあたるのは，特定の行為を果たす英雄の「描写法」（description Ker 140.29）がこれにあたる。例えばヘクトールを殺さんとするアキレス，トゥルヌスを組み伏せたアエネーアースの場合である。詩人も画家も，描く人物の行為や感情に応じてそのポーズに変化を与える。しかし，何れも崇高で気品がなければならない。同じアエネーアースが，ディードーには敬意をこめて振る舞い，卑下の眼差しで平伏する者として描かれなければならない。しかし，己を守るためラウスス（Lausus）を殺さざるを得なくなると，詩人は深く思いやらせ，険しい表情を和らげて殺戮の手を押しとどめる。アエネーアースは彼の美しさと若さに憐みを覚え，かくも自然の傑作を殺すことを躊躇する。身の危険を冒して父を救わんとするラウススに己の姿を重ねる。父アンキーセスを背負い，猛火と邪魔する敵の中，無事に逃れた時のことだ。それ故，一騎打ちならず退く者の身のこなし，和平のしるしに右手を伸ばし，同時に右足を引く，その胸中は戦士というより雄弁家のようだ。そして心を石にして彼は若者に自分の定めを長引かせることはない。私の英訳の一節を示そう：

> Shouts of applause ran ringing through the field,
> To see the son the vanquish'd father shield:
> All, fir'd with noble emulation, strive,
> And with a storm of darts to distance drive
> The *Trojan* chief; who, held at bay, from far
> On his *Vulcanian* orb sustain'd the war.
> *Æneas*, thus o'erwhem'd every side,
> Their first assault undaunted did abide,
> And thus to *Lausus*, loud with friendly threatening cry'd: -
> Why wilt thou rush to certain death, and rage,
> In rash attempts, beyond thy tender age,
> Betray'd by pious love?
> （*Æneis* 10.1134–1139, 1146–1151）
> 子が敗れた父の盾となるのを見るや，
> 称賛の喚声野に響きわたる。

全軍の覇気いや増して戦いに燃え，
投げ矢嵐の如く浴びせ追いやるは
トロイ方の首領。追いつめられて遠くより
ヴァルカン仕込みの盾で凌ぐ。
アエネーアース，四方かく圧せられども，
最初の攻撃をひるまずに耐えた。そして
ラウススを脅すもやさしく声高に叫んだ：
何故そちは確かな死を急ぎ荒れ狂うのか，
年端のいかぬのに無謀にもかかってくるとは，
孝心に身のほどを忘れたのか。

そのあとで：

He griev'd, he wept; the sight an image brought
Of his own filial love; a sadly pleasing thought.
(*Æneis* 10.1166–1167)
彼は悲しみ，泣いた。この姿で想い出すのは
父想う己の愛情，悲しくもなつかしき想いであった」(Ker 140.24–
141.33)。

　デュ・フレヌワによる絵画・詩歌の比較論の批評的紹介はなおも続く。その比較には賛成しないこともあるが，ドライデンが膝を打つのは次の意見である。《主題の中心的対象は絵の中央に置き，一番明るい光を当てて，その付随物達と区別しなければならない》(Ker 142.33–35)。
　ドライデンは詩との比較を続けるが，装飾論が中心となる：
　「悲劇や叙事詩では作品の主人公は他よりも輝き，一番読者や観客の目につかなくてはならない。惑星に囲まれたコペルニクスの太陽の如く，主人公は主題の中心であり，周辺から発せられる詩行（台詞）はすべて彼に集まる。悲劇においては憐憫の，叙事詩では称賛のそれぞれ主たる対象である。
　「絵の場合，中央に位置する中心的対象の他に，小さな対象群が適当な位置に配置されて，作品の一部として主題をサポートする。叙事詩の場合には**エピソード**，悲劇では**コーラス**があって，それは作品にただ挿入されたのではなく，言わば身体の中から発生した器官のようなものである。『アエネイス』

9巻のニースス（Nisus）と友人エウリュアルス（Euryalus）の**エピソード**がそうである。それは二人だけの冒険であり，二人が憐憫と称賛の対象であるが，二人の果たす行為は，トゥルヌスとローマ軍に攻撃されたトロイ軍全体に関わるものである。彼らは首領の留守中に受けたトロイ軍の苦戦を知らせ，救助を求めてすぐに帰ってくれるよう頼む必要があった。

「ギリシャ悲劇は最初，合唱隊だけであった。のちに一人の俳優が登場したが，それは詩人自身で，**コーラス**の歌唱の合間に詩を詠じて聴衆を楽しませるものであった。これが人気を呼んで，多様性をますため俳優の数が増えた。そのうちコーラスは幕の合間に歌うだけになり，代表が劇の出来事に関わる俳優として代弁した。こうして悲劇は徐々に完成されると，画家はコーラスからヒントを得て集団を取り入れた。しかし集団を描かなくても優れた絵に変わりはない。悲劇も同様である。

「絵ではスケッチか，もっと完成度の高いひな型を描くことは，劇では一連の場面を背景に並べることに当たる。共に仕事の手引きのためと，覚えておくのが難しい事柄を忘れないようにするためである。

「不合理や不調和を避けることは両者共通の原則である。雲を画面の下方に描いてはいけないし，詩の終わりか中程に来るべきものが初めに来てはいけない。自然とアートの法にこれほど逆らう者はいない。

「心の中の感情を目に見えるしるしで表現することは画家の大条件の一つであって，実現は非常に難しい。詩でも心の感情と動きが表現されるが，この点にこの芸術の特徴であり主要な難しさがある。この才能は天与のもので刻苦勉励により得られるものではない。何故なら，心の動きを研究すると言うが，それは実際に感情が高まる場合のように自然ではないからだ」（Ker 143.1–145.28）。

次に「感情と身分」について：

「勝利の報を受けた王侯の喜びは，愛人から手紙をもらった道化の喜悦の如く表現してはならない。これは両芸術に当てはまる。著者フレヌアが人物の顔やポートレートを実物に似せて描く際の要点は詩にも当てはまる。矮小な人物でも同様だが，英雄を描く場合，ふさわしさに優劣があるべきである。優れた場合は（人物が偽者でなければ）頌詩であり，劣る場合は誹謗詩であ

る。アリストテレスによれば，ソフォクレスは人間をいつもあるべき姿で，即ち事実より優れた者として描いた（『詩学』第25章）。逆に，本来の姿より劣って描いた人もいる。エウリピデスは何も変えず，歴史，叙事詩或いは伝説に述べるままに人物を描いた。アリストテレスはソフォクレスを推奨する。私のドラマ『エディパス』（*Oedipus* 1679）でもそれに従ったが，善良すぎる人物に仕上げたと思う。アントニーとクレオパトラについては好意的に書いたが，目に余るほど褒めてはいない。感情は自然で歴史が既述する通りであるが，醜さは隠して同情の対象としている。もし隠さずにはっきりと描いたならば，憐憫ではなく憎悪を惹き起こす性格が露わになったであろう。

「ゴシック風と粗野な装飾は絵画で避けるべきだが，無秩序な劇の場合も同様である。例えば，我が国の悲喜劇は，舞台やガリーニの『パストル・フィード』では人気はあるが全面的にゴシック調と言わざるを得ない。私の（『スペインの修道士』*The Spanish Friar* 1681）も同様である。何故なら，喜劇の部分は楽しくもあり真面目な感動を与えるが，それは不自然な混じり合いであるからだ。笑いと真面目は相容れず互いを駄目にしてしまい，とても慎みがあるとは言えない。喪服を着て高笑いする陽気な未亡人のようなものである。デュ・フレヌワが，《人物群はすべてを一方に置いてはならない。即ち，顔と体をすべて同じ方向に向けず，それぞれの位置を対照的にしなければならない》と指摘するように，劇では，ある人物を上位に上げて他と対比し目立たせる。古の格言には《対照物は隣におくとより目立つ》とある」（Ker 146.1–147.17）。

次に，原著の第3部「彩色法」（Colouring）に対応する詩の技法に入る。即ち，良く知られた「文彩」について：

「それは表現，即ち**用語に関係するすべてに相当する**（強調付加）。明暗と共に色をふさわしい場所に使えば輪郭ははっきり目に見やすくなる。演劇と叙事詩においてこれと全く同じ機能を果たすものが，用語，表現，比喩と文彩（tropes and figures），韻律法（versification），及びその他すべての音声技法（リズム＝cadences，同意語表現＝turns of words upon the thought，その他表現に属するすべて）である。著者は彩色を *lena sororis*（Ker 147.33）と呼ぶ。その姉妹デザインの bawd であって，姉妹に着物をきせて飾り，彩色して，生

まれた姿より美しくする。デザインだけではただの線だからである。詩においては，表現（expression）が読者を魅惑し，物語のアウトラインに過ぎないデザインを飾るものである。勿論デザイン自身が良くなくてはならない。もしひどいもので不快なものなら，せっかくの彩色も無駄である。宝石で飾った贅沢な衣装のいやな女のようなものだ。そんな女に似合うものはない。デザインが程々だとしても，顔の色つやは立派，造作は並みということになる。赤白よく混ざると程々の顔でも美しくなる。ホラティウスが言う「詩の文彩」（*operum colores*『詩論』86）は用語と美しい表現を意味し，その技をオード集で自ら示している。彩色に関して有名なのは古代ではゼウクシス，近代ではティティアンとコレッジョである。古代の二人の叙事詩人のうち，創意（invention）とデザインはホーマーの特異な才能であり，デザインを借りたヴァージルはこの点では敵わない。しかし，「ヴァージル文体」（*dictio Virgiliana* Ker 148.24）は彼の彩色と言えるもので，ホーマーとは比較できないほど勝る。この面を私は英訳でコピーしようと努めてきた。彼の用語はすべて正確で，どれも取って代えられないし，移動してもハーモニーが変わる。時にはつまずくように見せるが，本当は安全なのに倒れるのではないかと読者に思わせるためである」（Ker 147.21–149.8）。

　絵画における光と影と，詩における比喩と文彩の比較に関して，次に「メタファー」に触れる：

　「メタファーはものを大きく或いは小さくすることができる。濃い燃えるような色は大胆なメタファーにあたるが，大胆と無謀は違うので慎重さが必要である。ルカーヌスとスタティウスはしばしば度を過ごすが，ヴァージルは全くそんなことはない」（Ker 149.12–20）。

　そのように言ってドライデンはヴァージルとスタティウス（『雑録』*Sylvae*）の冒頭を比較する。前者は戦いと人を，後者は度量広きペレウスと勇猛なるその子アキレスを歌うと言う。ヴァージルは徐々に表現を高めていく技を心得ており，スタティウスは最初のひと翔びで高く舞い上がっている。（注：ホラティウス『詩論』138 以下参照。ヴァージルは煙を炎に燃え上がらせ，スタティウスは燃え上がる炎が煙に尻すぼみする例と見做しているようだ。）しかし，ドライデンは『テーバイス』6 巻，葬儀の競技の例を挙げてスタティ

ウスの描写の美しさを称えているが。

　次いでヴァージルの文彩について：

　「ヴァージルは文彩 (colours) のこと，その使い方を良く心得ていた。彼は
アウグスティス皇帝に 2，4 そして 6 巻を読んで聞かせた。同席した皇帝の
姉妹オクターウィアは亡き子マルケッルスを悼む 20 行のために大いに報償
を与えたと言われる。詩人はラッパ手ミセーヌスについて，

> Misenum Aeoliden, quo non praestantior alter
> aere ciere viros Martemque accendere cantu.
> (*Aeneis* 6.164–165)
> …彼に勝る者はいなかった，
> ラッパで勇者を奮い立たせ，…

と語り，そこで半行で突然休止するが，朗読の途中，入神狂乱 (divine fury)
にとりつかれたかのように後半行を埋める：

> …その調べで軍神マルスを刺激するのに。

何と温かい，否，何と燃え出ずる彩色法（文彩 colouring Ker 150.29）である
ことか。行頭の *aere* < *aes*（青銅 165）はトランペットのことで，それ自身素
晴らしい用法であるが，続く後半に三つのメタファーが続く：*Martemque*（そ
して軍神マルスを）—*accendere*（刺激，点火する）—*cantu*（調べ，歌曲で）。
普通の意味が語の美しさにより見事に高められている。ヴァージルにとって
これらの語は選ばれたもので，見事な結果を生んだ。それはペトロニウス
(Titus Petronius c. 27–66) がホラティウスの *Carmina* (Odes) について言った
「意を尽くした幸福」(*curiosa felicitas*: *Satyricon* から）の例である (Ker 151.4
注参照)。投げた絵筆が幸運にも馬の口にスッポリとはまって，画家がどんな
に努力しても描けなかった泡を難なく描くことができた。このように言葉の
大当たりを，本当の詩人は苦も無くやってしまう。彼は見つけた言葉の価値
を知っていて，それを限りなく喜ぶ。下手な詩人も時にはそうした言葉に出
くわすが，ダイアモンドとブリストル石の区別ができない。イソップの雄鶏

と同じこと，宝石より穀粒を喜ぶ (Ker 150.12–151.13)。

　「彩色法が扱う光と陰と言えば，ホラティウスの絵画と詩に関する一行を思い出す（『詩論』363）：

　　　　あるものは陰を求め，あるものは光のもとで見られるのを欲する。

詩は，ある部分は十分に言葉のあらゆる力と美しさを使って書き，またある部分は影に入れる，即ち沈黙に押し込むか，わずかに触れるかしなければならない。これはすべて詩人と画家の判断による。最も美しい部分は共に色彩と言葉が選び抜かれて完成されたものでなければならない。この細心の注意に値しないものはすべて避けよ。低俗な表現は短くすませて，影に隠したように読者の想像に委ねよ。

　「あきらめて絵筆を棄てるべき時を知る（*manum de tabula*「キャンバスから手を離す」）という諺が画家の間にある。ホーマー，ヴァージル共にこの規範を見事に実践しているが，ヴァージルが勝っている。ヘクターが殺された時トロイは既に攻略されたも同然であったことをホーマーは知っていた。従って彼はそこで話を終わる。続くパトロクラスの葬儀とヘクターの死骸の取り返しは実は主題に属するものではない。ヴァージルの場合はトゥルヌスの死で終わり，それ以上は書かない。何故なら，敵将を打つという難題が無くなると，アエネーアースはラウィーニアと結婚して何時でもトロイ人の国を建設できるからである (Ker 151.14–152.5)。

　「色がデザインの衣服であると同様に，言葉等が思考の衣服であると分かる。従って，画家も詩人も彩色と表現が何時完全であるかを判断して，その時に初めて作業は終わったと考えるべきである。プロトゲネス (Protogenes) はこのことをよく心得ていたとアペレスは言っている。作品は未熟な場合もあれば入念過ぎる場合もある。後者の場合は磨きをかけ過ぎ往々にして魂を失くす。残るのは退屈な正確さであり，目立つ欠陥はないが美しさもないものとなる。魂が抜けると残るのは残滓 (*caput mortuum*) に過ぎない。スタティウスは一つの大胆な表現をこれでよしとせず，より大胆な表現を思いつくとそれに取って代えた。ヴァージルは大胆さが必要だと知るに十分の判断力を

もっていたが，燃えるような（glowing）色とぎらぎらする（glaring）色の違い
を心得ていた。例えば，アクティウムの海戦でひしめく船団を，押し合う島々
が根こそぎ抜かれて大海原でぶつかる様子に喩える場合である（8.691–692）。
彼はこの比較が不自然で無理があり高揚し過ぎていると知っていたので，
credas を入れてメタファーを和らげる。山々か島々がぶつかり合ったと「あ
なたが信じる」ほどだ，という訳である」（Ker 152.15–153.7）。

　絵画と詩歌の比較は，詩歌のアートの具体をより鮮明にした。モデルの優
れたアートをルールとして理解することはそのモデルの模倣のために必須の
要件である。ホーマーやヴァージルがもつ原理的なもの，イデア的なものに
近づく一つの本質的な手段がアートだとドライデンは教えているようだ。

(12)　「叙事詩総論」*Dedication of the Æneis* **(1697)**（Ker II.154–245）

　ヴァージルのアートが再び論じられる。この詩人のアートを学ぶのに『ア
エネイス』の翻訳はドライデンにとって有益な試みであったに違いない。モ
デルの模倣においてアートがもつ重要性から見て，本論評は，イデア，自然，
アート，モデル，模倣等の基本概念をもとにヴァージルの『アエネイス』の
歴史的意味を解読する。ルネサンス期に至る文芸思想の伝統に更に近代百年
の発展を積み重ねてドライデンは一つの歴史を述べ括った感がある。

叙事詩，その均質な構成（Ker 154.1–155.16）

　英雄詩が人間の英知（soul）が成し得る最高の偉業であり，その目的は実例
によって精神が英雄的徳を形成するように仕向けることである。詩の形式を
採り，喜ばせながら教化する，と言って本論は伝統的なルネサンス詩論で始
まる。続いて，本筋は一つ，完全で偉大であること。その中に織り込まれた
小さなエピソードは主題を進めるに必要ないし便利な役割を果たすこと。ド
ライデンはここで「建物」の比喩を使って叙事詩のあるべき構成について述
べる。しっかりした建物には隙間は残されていない。ちょっとした凹みでも
脆く壊れやすいガラクタを詰めてはならない。たとえ小さくても等質のレン
ガか石で詰め，隙間を埋めるべきだ。つまり，些細な部分も叙事詩としての
均質性をもたなければならないということである。叙事詩性の特質は，すべ
てが荘重で（grave）威風堂々（majestical），そして崇高（sublime）であること。

アリオスト一達が挿入したつまらぬ愛のエピソードなどは異質のものとして排除する。何故なら，それは叙事詩の意図とは別の喜びに誘うからである。一方は魂を高め，堅く徳に向かわせる。他方は再び魂をやわらげ，くつろがせて悪徳に向かわせる。一方は詩人の目的を支えながら作品の完成に向けて一行一行突き進む。他方は詩人の歩みを遅らせ，道からそらす。そして冒険を続けるはずの遍歴の騎士のように魔法の城に閉じ込められることになると言う。

模倣の源泉，ホーマー（Ker 155.16–157.23）

　ドライデンは模倣の源流とその踏襲と変更の具体例を辿る。ヴァージルがホーマーに試みたように，スタティウスは師ヴァージルに力を試した例を挙げる。ホーマーは，この二人のローマ詩人にパトロクロスの葬儀に行う競技のモデルを示した。ヴァージルは亡き父アンキーセスのためにこれを用いたが，競技の種類を変えた。しかし，ホーマーもヴァージルもこの競技の場面を主題から切り離した。主題が必要としたというよりは主題の装飾的，便宜的なものと言うのが正しい。対してスタティウス（『テーバイス』）は先人二人に戦いを挑んでいる。アンキーセスを悼む競技がシシリー島で行われたのに対し，アルケモールス（Archemorus）の場合はユーピテルが生まれたカンディー島になるようにストーリーを展開した。ここにはモデルを凌駕しようとした冒険心が見られると言う。

　模倣の例としてドライデンは，葬送の競技という叙事詩の本体から離れて見える小さな部分を挙げたが，以下ではアリストテレス『詩学』から自然を模倣するルールについて触れる。

　彼によれば，アリストテレスはアエスキュロス，エウリピデス，ソフォクレスの実演も参考にしながら，「自然を模倣するルール」をホーマーから引き出して劇に当てはめた。演劇の起源は叙事詩からであったからだ。叙事詩の語りが劇の演技に先行し，演技の決まりを示した。最初に技術を凝らして語られたものが時を経て視覚と聴覚に訴えて美しく表現された。即ち，劇作家達はホーマーのエピソードを拡大して一つの本筋を作り上げたが，これら手足から身体を作ったという訳である。そして彼が凝縮したものを彼らが大きくした。一人のヘラクレスから無数のピグミーが作られたが，人間の魂を与

えられた。それは，偉大な創造者から「神霊のひと吹き」（*divinae particulam aurae* ホラティウス『諷刺』2.79）を受けたからだと言う。ホーマーの「ひと吹き」は劇に生命を与えた。彼らは最初ホーマーから流れ出て，最後にまたホーマーに帰るとドライデンは言う。続いて，彼らはホーマーによって生命を与えられただけでなく，韻律と全体と部分の調和（measure and symmetry）も教わった。彼の一つの完全で偉大な主題を彼らは劇の大きさに応じてコピーしたのである。例えば，彼が一年で天球を巡ったなら，彼らの主題はそれより小さく事件も少ないのだから，彼らの天球はそれに応じて小さいコンパスを使って小さくし，自然或いは人為的一日にしなければならないのである。ホーマーは短く描いたものを長く描く方法を教えたが，同じルールを逆に使って，長く描いたものを短く描く方法も彼らに教えたのである。つまり，悲劇は人生のミニアチャーであり，叙事詩はその詳細な描写であると言う。

叙事詩，その効用（Ker 158.8–164.21）

カタルシスは悲劇のもつ偉大な効能であるものの，三時間の観劇で人の習慣は改まり，心の病はそんなに突然取り除かれることはない。叙事詩はそんなに治療を急がずゆっくりと効くが，効果はずっと勝る。悲劇の効果は激し過ぎて長続きしない。何度も観ればよいと言うが，ある日謙虚になっても次の日には高慢が戻る。つまり，化学薬品は治すより和らげることが多く，即効性はあるが深く浸透しない。ガレノスの煎じ薬のほうが実体が多くよく効くという訳である。これが叙事詩の働きである。このように述べて更に，叙事詩と悲劇の作品の長さについてアリストテレスに言及する。悲劇は短く，24 時間以内で事件が展開するので，より高貴であると言うのに対して，ドライデンはキノコは一晩で生えるから桃より好きだと言ったり，図体の違いから戦車は大砲より素早く円柱を周れるとか，月は 30 日以内で，土星は 30 年もかかって太陽を一周するから月のほうが高貴だと証明して欲しいとアリストテレスの根拠を糺しながら，運動の緩急や回転時間の長短は偉大さや完全さの根拠にはならないと言って，叙事詩に含まれる長所を挙げる。高慢は謙虚に変わり，徳は報われ，悪徳は罰せられる，これらが悲劇における以上に十分に扱われる。英雄の風格，雅量，堅固な志操，忍耐，敬愛等の美徳がまず我々の賛嘆を呼び，賛嘆するものを自然に真似（imitate）ようとする。頻繁

にそうするとそれが習性となる。逆に，英雄の特性が，アキレスの怒りと執拗な復讐の欲望のように悪質な場合，それは教訓的であり，彼の勇気は真似るように描かれるが，高慢と不服従，残虐は，読者はこれらを忌避すべきものとして示されるとドライデンは言う。

　このことから，主人公の振る舞いのすべてが高潔である必要はないという意見に対して，ドライデンは人物全体を真似るという点で完全な有徳の人物のほうが良いと言う。アエネーアースこそ「完全のイデア（理想像？）」（idea of perfection Ker 159.32–33）を叙事詩で表現したものであって，画家や彫像家が心の中で抱くのみで手によって表し得ないものである。我々が目にするものは心に抱く神の美しさを人体の姿で表したものである。悲劇に描かれるアキレスは，舞台で演じられる時には顔に傷やシミ，きつい造作をもって現れ，最早やアキレスではない。もともとホーマー描くアキレスがそうであった。それでもホーマーのこの英雄が，徳が不完全な人物ではあるが完全な英雄に見える。ホラティウスもホーマーにならってそれらの欠陥があるにもかかわらず舞台のモデルにしている（『詩論』120–122）。その結果，それらの欠陥が叙事詩の欠陥でないか，劇に共通の欠陥か，どちらかである。結局のところ，総じて叙事詩は英雄の振る舞いを描き，悲劇は感情を描くとして，ドライデンは両者の効用を総括する。一方は感情が激しく，急性の病気については強力で即効性のある薬が必要なのに対し，他方は，心の悪い習慣は慢性の病に似ているから順を追って矯正し，時には下剤も必要だが，食餌療法，転地，適当な運動を選んで治さなければならない，と両者の特性を述べる。一方は即効性，キニーネのように発作を鎮めるが一時的なもの，他方は遅効性，異状を根治させ健康な体質に戻す。太陽は人を照らし元気にする，霧を払い昼間の日射しで地面を温める。小麦は蒔かれ，成長し，実り，刈り取られて食料と種籾となる。このように叙事詩は自然の運行そのものの中に人を組み込む。この自然が，叙事詩に展開されるイデアの投影としての自然であるとドライデンは考えている。

　悲劇は叙事詩に由来する場合，高貴さに劣るのを常とする。王様でも家来から借れば彼より位が下となるように，借る側は常に劣ることになる。悲劇に登場する架空の，詩人の創作になる人物は，共通の先祖ホーマーに由来す

る。悲劇が叙事詩に勝るものは無い。しかし，読むと同時に観劇され，劇場と同時に私室で教訓を与える点を例外的特権として挙げることができる。しかし，だからこそ俳優の演技が詩人の評価を高める。その場合，観劇はするが読まない事態が起こる。本屋は困る，詩人は劇場でもてはやされるがサロンの評価はサッパリだ。それだけではない，舞台上の大真面目な放言や壮大な稚気などの型破りに喝采を送る者からは優れた詩人と評価されない。結局，悲劇唯一の特権はまともな喜びを与えず，真の喜びを与えるのは叙事詩という訳である。ドライデンは，自然（Nature Ker 161.22）だけにそれができると言う。自然が模倣できなければ，それはグロテスクな描き塗り（painting）であり，きれいな女性の脚は魚の尾になる（『詩論』冒頭）。

　次に，喜ばしく真に美しいものでも，舞台に移せば異様に見える例を挙げる。変身，スキュラ，アンティパテース，ラエストリューゴン族等，ホラティウスが驚くような不思議（*speciosa miracula* 同書 144）と言うものだけでなく，アキレスやアエネーアースの勇猛でさえ，劇場でちっぽけな英雄となっては滑稽に見える。このように，悲劇不利の例は多いが，両者共に人知の成せる最高傑作であることに間違いはないと言う。

叙事詩人は少ない（Ker 164.22–165.21）

　まず『イリアス』と『アエネイス』，それから長い年月を経てタッソーの『エルサレム解放』を挙げる。しかしその後は難しいようだ。イタリアのプルチ（Luigi Pulci），ボイアルドー，アリオストーが名乗りを上げる。フランスからル・ムアーヌ（Le Moine），シュドリ（Scudery），シャプラン（Chapelain）。英国ではスペンサー，もし『妖精の女王』の主題が完結し一つであったなら，彼らに勝る。そしてミルトンもそうである，**もしアダムでなく悪魔が彼のヒーローでなかったなら**（Ker 165.12，強調付加），もし巨人が騎士を打ち負かして安全な砦から追い出して，遍歴の貴婦人と共に世界を放浪させる，このようなことでなかったなら，そして人間より超自然的存在が多くなかったなら，と。

　（注：ドライデンはタッソーの枠組みからスペンサーを見ている。もし二つの欠陥がなければ彼はタッソーに次ぐ近代叙事詩人である。ミルトンの場合はホーマー・ヴァージルの古典叙事詩の系列で見ると，苦難の末目的地に到

着するサタンが主人公になる。タッソー・スペンサーの系列で見ると，騎士による巨人退治の勧善懲悪が逆転していることになる。ドライデンは叙事詩の教えるモラルをどのように考えたのであろうか。『失楽園』はスペンサーを踏襲するロマンスではなく，近代叙事詩としては異例の古典叙事詩のデザインを踏襲するとドライデンは見たようであるが，それにしても悪魔がアエネーアース的行為を果たすとは。結局，ドライデンによれば大叙事詩人，ホーマー，ヴァージル，タッソーの三人に匹敵する近代詩人はいないことになった。）

叙事詩の文体―悲劇との比較 (Ker 165.22–166.9)

ドゥ・スグレ（Jean Regnauld de Segrais 1624–1701）のフランス語訳 *Énéïde*（1668）序文に拠り，悲劇に勝る叙事詩の文体について，彼は《英雄詩の文体は劇のそれよりも高雅であるべきだ》と述べる。悲劇作品は感情に働きかけ，対話構成である，という二つの特徴をもつので，叙事詩が喜ぶ強いメタファーを嫌う。それは，詩人は舞台上で闡明な言葉を使うのが最も大事だからである。つまり，彼は取り消せない言葉を求めるからである。もし言葉が飛んで行くところを捕らえられなければ意味が捉えられないのである。これが劇の言葉の特徴である。読む場合はそれを咀嚼する暇がある。作者は表現を大胆にして意味を飾ることができる。最初それがはっきり分からなくても，じっと考えれば隠れた意味と卓越性が分かってくる。そして叙事詩と悲劇のもつ治療効果の違いを繰り返し指摘するが，その違いが文体の違いに表れていると言うのである。

叙事詩とモラル (Ker 166.15–173.35)

ヴァージルのモラルはホーマーのモラルほど気宇壮大 (noble) ではないが，両者共に生きた時代の人に役立つものであったとドライデンは言う。ホーマーのモラルは，強大なペルシャの専制君主と戦う連合都市国家とその支配者達両者間の結束，相互理解，そして軍隊の鍛錬，連合軍最高司令官への服従，これらが必須であることを知らしめることであった。ホーマーは最初に不和のもたらす悪い結果を描くが，和解ののち結束の効果を描き，トロイは陥落する。ペルシャから自由を侵されようとする時代に生きたホーマーのモラルをこのように説く。これは，生きた時代の政治的状況が違うヴァージルのモ

ラルよりも気宇壮大という訳である。もしヴァージルが大詩人エンニウスの時代にあって大スキピオに宛てて歌ったならば，同様のモラルを採ったであろうとドライデンは推測する。当時ローマはカルタゴから同様の脅威を受けていたからである。しかしヴァージルは，政治的激変の末アウグストゥス皇帝のもとで叙事詩を制作することになる。ドライデンによれば，ローマは皇帝によって治められること，彼への畏敬の念をローマ人に教えること，それによって皇帝に従うことを確かにし，詩人自身も幸せになること，これがヴァージルのモラルであると考える。ローマ人が神を先祖として描かれることはローマ人の皇帝にとって名誉なことであり，トロイの血を受けたローマ人にとっても同様である。ヴァージルは遺書でこの詩を不完全だとして燃やすように求めたが皇帝は自分のためにこれを許さなかったという。ローマ人にとってもこれを誇る理由があったのである。ホーマーの主人公はギリシャ人，ヴァージルの主人公はローマ人，それぞれのモラルを示すというのである。

　なお，ドライデンは詩的復讐（poetical revenge Ker 173.18–19）について語る。第5巻（104以下）でアエネーアースは亡き父アンキーセスに奉納の競技を催す。その中で，詩人に冷たくしたり，皇帝の不興をかった者，或いは詩人達の大パトロンのマエケーナス（Maecenas）の敵，これらを競技の敗者にして敵（かたき）をとったと言う。彼はこのような人種をホラティウスの言葉を借りて *genus irritabile vatum*（*Epist.* 2.2.102）と呼ぶ。

アエネーアースの徳性 (manners)（Ker 176.28–192.25）

　ヴァージルが，アウグストゥス皇帝にも顕著に見られ，アエネーアースに与えた徳性としてドライデンは次のものを挙げる：神々への敬虔（piety, *pius*），父への恭順（dutiful affection），身内への愛，家臣一同への心遣い，戦闘における武勇，受けた好意に対する感謝，そしてすべての人に対する正義心。

敬虔（Ker 177.6–180.20）

　これには，神々の信仰心だけでなく，親への愛，あらゆる身内への優しい思いやりが含まれる。戦いに敗れ，アエネーアースはトロイの神々と彼の守り神と共に脱出する。航海中神々は忠告を与えてくれるが，イタリアに着くと役目を終える。父を背負って逃れ，幼い子の手を引く。はぐれた妻を求め

て彼は敵の真っ只中に取って返すも，妻の亡霊がそれ以上に探すことを遮る。
その他，死の悲しみ，弔いの競技，極楽浄土で父を探し求めたこと等，生前
の父への孝行の数々が挙げられる。彼の優しさは更に水先案内の水夫ポリュ
ドールスのため墓を建立し，ラッパ手ミセーヌスの葬儀を執り行い，親友デー
イポブスの敬虔な追想，乳母の葬儀に見られる。そして最後に，惨殺された
パラスの死を嘆き復讐をする。そうしなければ，生来の優しさから彼は相手
トゥルヌスを憐れんで赦し，詩は未完に終わったであろうと言う。何故なら，
幸せへの最後の障害であるトゥルヌスが取り除かれたとしても，彼の幸せの
確たる展望は持てないからである。（つまり，敬虔の徳を欠く者は統治者には
成り得ないということであろう。）

　アウグストゥス皇帝を念頭においたヴァージルは，このように欠陥のない
徳高い英雄像を描くことになり，詩は敬虔で始まり敬虔で終わる。タッソー
は主人公を二つにして，ゴドフリーに敬虔を，リナルドーに剛毅を与えた。
ホーマーは悪徳の醜さを示して徳の教化を図るため，アガメムノンとアキレ
スを悪徳者として描いた。徳の面から見ると三大叙事詩はそれぞれ違うので
ある。ドライデンはここでスグレ（既出）にヴァージル論を語らせる：《アウ
グストゥスの最大の徳は人民の完璧な統治術にあるとヴァージルは考えた。
彼は皇帝が勇敢で情け深く，人気があり，雄弁で思慮深く信心深いと考えた。
そしてこうした皇帝の徳性をすべてアエネーアースに付与した。しかし，敬
虔だけで，神々，祖国，そして血族に対する人としてのすべての義務を含む
と分かっていたので，これをアエネーアースの第一の特性とし，彼を完全の
典型（a pattern of perfection Ker 180.4–5）として作り上げた。実際には武勇だ
けで受ける称賛が一番だと信じる人はいない。恐れを知らぬ勇気のみを意味
する特性は優れた他の多くの特性とは別の，悪質のものと同列のものであろ
う。人は勇猛であるが不敬，残忍であり得る。しかし敬虔は違う。敬虔は，
あらゆる悪い特性を排し，他のあらゆる優れた特性と共に武勇をも含む。我々
は，例えば守り神が冒涜されるのに護る勇気のない者に武勇の賛辞を贈るだ
ろうか？　土壇場で父を見捨て，王を見放す者に贈るだろうか？》

武勇（**valour**）（Ker 180.21–183.11）

　武勇は敬虔と不可分とするスグレを受けてドライデンは，その武勇，即ち

9. ジョン・ドライデン『文芸論』（1667–1697）　　*167*

恐れを知らぬ勇気とアエネーアースについて論じる。ヴァージルはまず主人公の敬虔の徳を強調して，次に十年の戦いでトロイ第二の戦士としてヘクトルの次に置く。ホーマーは事あるごとにトロイ戦士をくさすが，ヴァージルは，実際に手合せをしたギリシャ軍勇士ディオメデスをしてアエネーアースの武力と勇気を称えさせている（*Aen.* 11.282–292）。そして，戦いが十年に及んだのはヘクトルとアエネーアースの武勇のせいだが，敬虔では後者が勝ったと。ホーマーではアイネイアスは二人力のディオメデスに大石を投げつけられて深手を負い，生みの母アプロディテ（ウェヌス）に救われる（『イリアス』5 巻）。(注：ヴァージルはホーマーの身びいきを突いたようだとドライデンは言うが，これは模倣と変容の内的原因を明らかにしようとした例と言えよう。つまり，アウグストゥス皇帝の英雄的特性を主人公アエネーアースに付与した時に，ホーマーのアイネイアスではふさわしくないからである。一種の凌駕の例であろう。)

　アエネーアースが勇気を欠くと非難する者は，最後の三巻を読むように促す。そこには父タッソー（Bernardo Tasso）描くアマーディス（Amadis）や，ランスロット卿や円卓の全騎士団も敵わない武勇が見られる。「彼は剣で近くの敵を刈り取る」（*Aen.* 10.513），これは完全に遍歴の騎士の姿である。これを魔法のかかった武器のせいにする者はまずホーマーを見ればアキレスがいる。そして，アリオストー，タッソー父子，それに英国のスペンサーといった近代詩人達はヴァージル同様ホーマーをもコピーして，武勇がホーマー以来続いていて途切れない特徴であることを指摘する。スグレが言うように，運命の甲冑がアレゴリカルな防具であり，彼が神々の保護を受けていることを意味し，ユーピテル，ウェヌス，太陽神三者の愛の霊気を受けて生まれたとする意見には必ずしも賛成しない。ヴァージルは，ホーマーや近代詩人達よりこの武勇について注意を払っていることをドライデンは次のように説明する。アエネーアースはアキレス同様に鍛冶の神ヘパイストス（Hephaistos）とウォルカーヌス鍛造の甲冑を着けていたが傷ついてしまう（*Aen.* 12.383 以下）。しかし，その日のうちにトゥルヌスを殺して戦いを終わらせるために母神ウェヌスに傷を癒される。その時詩人はそれ以上の奇跡を起こさず，彼の以前の力を取り戻すだけである。それでもトゥルヌスには及ばない。しかし

彼は勇気を出して再びトゥルヌスに立ち向かう。英雄の第一の徳性が剛毅（fortitude）だと考える者には二流の勇士に見えようが，決してそうではない。それでも彼らはアエネーアースに勇気があると言わない，勇敢な男にしては泣き過ぎると言うのである，と。

英雄の涙 (Ker 183.12–185.2)

　ヴァージルがホーマーと比較される。アキレスはアガメムノンに愛人ブリセイスを奪われて，復讐するどころか海辺で涙を流しつつ，母神テティスに屈辱の挽回を願う。アエネーアースはトロイ脱出の折，父と子を助け，更に妻クレウーサを求めてもう一度危険を冒して城市に引き返す。今は亡霊となって別れの愛を告げる妻に涙を流す。アエネーアースの勇気と愛はアキレスの臆病な嘆きよりもはるかに気高い。

　英雄の涙にスグレは言及する。アレクサンダー大王はアキレスの偉大な武勲を読んで落涙したと歴史家達は彼を称える。また，同じ英雄の妬みからアレクサンダーの勝利に涙したユリウス・カエサルも同じ様に称えられる。しかし，これと比べると，アエネーアースの涙はいつも称賛すべき場面で見られる。彼は深い同情と生来の優しさから涙を流す。カルタゴの神殿に入り，ギリシャ軍を追撃し国を守る同胞の若者達の絵を見た時（第1巻），パイロットのパリヌールスの不慮の溺死（第5巻終わり），盟友パラスの早すぎる死（第11巻初め）等である。

　ヴァージルを非難する人にドライデンは応えて言う。トロイ脱出後，七年にわたって海上をさまよったアエネーアース達を激しい嵐が襲う。一同に迫る死を目前にして，彼の四肢は凍え力を失う。呻き，両の手の平を星に向けて差し伸べる（*Aen.* 1.92–93），これを臆病と呼ぶ人に対して，ドライデンは，これは自身ではなく同行の仲間達への恐れからだと言う。これこそ統治者に，そして英雄にふさわしい心のあり方である。皆が嵐に襲われ，アエネーアースは涙した。彼はイタリアを約束された故に約束の成就を祈った。その運命が今こうして断たれるのか。建国への長い物語の冒頭で，英雄の敬虔と優しさが示されるのだ。モイル氏（Mr. Moyle 既出）によると，古代人は溺死を忌むべき死と考えたという。もし恐れたとすれば，自分と共に仲間のためである。思いやりとは斯くの如きものとドライデンは言うのである。

運命の自覚（Ker 185.3–186.23）

　更に，アエネーアースはイタリア建国に関する神々の約束をもっと信頼すべきであったという意見がある。これに対するドライデンの反論はこうである。彼には神々の神託を正しく理解する術がなかった。同胞の祭司ヘレヌス王の長い神託（*Aen.* 3.374–462）はイタリア建国を告げはするものの，取るべき道程，守るべき厳格な祭式を含め，達成には艱難が極まる。アエネーアースに正しく伝わったかどうか分からない程複雑であった。ポエブスの神託（*Aen.* 3.94–98）は，聞いてトロイ人達は帰還すべき父祖の土地とは何処かといぶかるように，曖昧である。母神ウェヌスでさえ，航海が見事成就すれば帝国の建国者となろう，とおだてる調子で言うほどだ。何故なら，ウェヌス自身父神に訴えるほど，約束された息子の運命に懐疑的であるからだ。その結果，ユーピテルは定めた運命は不変だと言ってウェヌスの不安を取り除かなければならない（*Aen.* 1.257–258）。しかし，ウェヌスはその後もユーノーが息子の邪魔をしはしないかと心配する。天においてでさえ，ユーピテルが運命を変えるのではないかと恐れていたからである。少しなら変えるか或いは遅らせることができると思わせる箇所がある。ユーノーがトゥルヌスの命乞いをしたのに対してユーピテルはトゥルヌスの迫りくる死を遅らせることまでは大目に見ると応える（*Aen.* 10.622–627）。これを受けてユーノーは，「全能のあなたのお言葉をよい方に向けてくだされ！」（632）と喜び去る。しかし，パラスが，天のヘルクレスに助力を祈願したにもかかわらずトゥルヌスに討たれた時，彼は運命の定めを変えることはできないと言ってヘルクレスを慰める（*Aen.* 10.469–472）。ドライデンの結論は，運命は定まっているが，人と，天上においてさえ，遅滞等の変化があるかに見えるが，それがユーピテルによる運命の取り決めの実態である，ということであろう。神官の述べる神託の曖昧さもこうして起こるのであろう。アエネーアースにとって目的の達成が苦難に満ちているのは，ユーノーの敵意によるばかりではないということになる。

愛の裏切り（Ker 186.26–189.8）

　ドライデンは，アエネーアースの涙に一見矛盾する，ディードーを棄てる彼の愛の無情（insensibility）を取り上げる。つまり，有情に過ぎる，いや無

情だ，と対立する彼の特質を責める反ヴァージル派の矛盾を糺す。彼らはその矛盾をヴァージルのせいにする。ドライデンは，ヴァージルはこのような矛盾する性格を描いてはいない，一貫して感謝の念と愛情を抱いているとして描いていると見るが，彼らは，礼は言うが恩を忘れ，同情するが冷たい，といった矛盾する性格，実際は気まぐれで利己的な性格をアエネーアースに与えたのは作者だと非難する。ディードーに非はない。アエネーアースに会う以前に，嵐に打たれたトロイの戦士達を彼女は快く迎え入れ保護した。その上，彼女は王国の支配権共有まで申し出る（*Aen*. 1.572–573）。そして二人の間に愛が生まれる前であるので，彼には断ることもできた。洞窟の出来事以後なら，申し出を受け入れ，もし恩義を忘れないのなら誠実を守った筈である。何故ディードーを棄て，カルタゴを棄てたのか？「神の存在と摂理に強い反対を唱えた」と非難されたカドワース博士（Ralph Cudworth 1617–1688, *The True Intellectual System of the Universe*, 1678: ケンブリッジ・プラトン主義者，神学者，ヘブライ語教授）と同様に扱われるのを避けるように（注：圧倒的な有神論擁護と言われる同書が当時このように受け取られた一つの証拠である），ドライデンは再びスグレを援用する。彼によると，ユーピテルの絶対的命令の威力がアエネーアースを縛っていたため，あのように無情と忘恩の行為をとった。しかし同時に，ヴァージルは敬虔を彼の第一の特性とした。そうだとすれば，彼はイタリアの神々，即ち彼の民に世界の帝国を約束した神々，を asylum（Ker 188.9）に入れて（まさに無神論！ 付加）ディードーの愛に報いるべきであった。ドライデンは問う，敬虔な者が己の情熱を満たすためにユーピテルの命令を無視できるであろうか？ それとも，ディードーへの感謝を最も強く受けとめるであろうか？ たしかに，宗教は土台に道徳的誠実が必要である。それが無ければ宗教そのものが疑わしくなる。しかし，瞬時の啓示はあらゆる道徳的義務を無にする。良心問題決疑論者（casuists）は皆，盗みは道徳法違反だと言う。しかし，もし神聖なものに冒涜的なものを混ぜるとすれば，イスラエル人は直ちにエジプト人から，それを盗み取るのではなく奪い取るであろう（出エジプト記 12.36）。何故なら，啓示によってその所有権は彼らの律法者に移されているからだ。つまり，正当な財産権は彼ら個人ではなくモーゼに属していることを想起すれば個人の道徳上の問題

は発生しない。ディードーはこの点で神の啓示を受けていない無信仰者（a very infidel）であった。何故なら，彼女はユーピテルがマーキュリーをこんな不道徳な使いに出すとは信じられなかったからだとドライデンは言う。補足すると，ユーピテルが，イタリア建国の定めを今一度アエネーアースに知らしめるためマーキュリーを遣わす（*Aen.* 4.223–237）。アエネーアースはディードーとの愛に溺れていたからである。マーキュリーはこれを本人に厳しく伝える（4.265–276）。アエネーアースがこのことをディードーに告げると（356–359），彼女は，ユーノーもユーピテルも二人の愛を公正な目で見てくれない，従って信頼できない（371–372），天上の神々が人々の平穏を乱すのだ（376–378）と，最高神と神々をののしる。己の狂おしい情熱を鎮めるため，アエネーアースに出発を少し延ばして欲しいと妹のアンナを通じて伝えるが，「神命がはばむ，そして神（deus）は勇士の穏やかな耳をふさぐ」（440）と，ヴァージルは，アエネーアースは神々と共にあり，ディードーは神々と無縁の孤独な人間であることを冷酷なまでに示す。二人が全く異なる精神世界にいることをヴァージルは明示しているとドライデンは強調する。勇士に良心の問題は生じなかったのである。

　これに対して，その性格から言えば，別れる時にアエネーアースにもっと思いやりがあってもよかったという意見がある。ヴァージルは，アエネーアースが「愛の苦しみを胸の内に抑えていた」（332）が，「絶えず呻き，大きな愛のため魂は乱れて」（395）いながら，神命に従う苦しみを描く。

　人のレベルでは欠点はないとドライデンは結論する。ヴァージルはアエネーアースよりユーピテルに非があると思ったからであろう，第6巻冥界で二人を再会させている。

ディードーの愛（Ker 190.10–191.2）

　ヴァージルは愛と別れに関してマーキュリーという仕掛け（machine）を使った。使わなければ，アエネーアースの誠実は疑われ，女性読者に切り刻まれても仕方ない。時として過度の愛情が間違いなら，愛情が冷めたり，最後の愛の告白後の忘恩は心を傷つける犯罪である。これを救うのが天からの仕掛け（介入）（machine）である。

　ディードーの愛はどうであったか。ドライデンは愛をテーマとする第4巻

を分析する。これは起 (beginning)，承 (progress)，転 (traverses)，結 (conclusion) から成り，愛の問題を語り尽くしていると言う。まず，ディードーは優雅なアエネーアースの出現に心をときめかす。体面からその火花を抑える。しかし言葉を交わすとそれは炎と燃え上がる。最も信頼できる妹に打ち明けざるを得なくなる。彼女は恋を是認し，そのため更にかき立てることになる。続いてディードーは二人の愛を公に認知する。そのあと愛の極致，洞窟の場面に至る。ウェヌスとユーノー，ユーピテルとマーキュリーは天の介入をするだけである。しかし，愛が満たされて心が冷めると，それに応じて彼女の心は燃え上がり，直ぐに心変わりに気付いたか，もしくは変化を疑った。それは直ぐに嫉妬に変わり，嫉妬は怒りに変わる。次いで，軽蔑し，脅し，そして再び謙虚になる。そして，せめて気持ちがおさまるまで留まって欲しいと懇願するが，効果なしと知るや，絶望し呪い，遂には自ら命を絶つ。ここには愛のプロセスのすべてが描かれ，これに加えるものはないとドライデンは言う。アエネーアースは神命を全うするため，燃え上がる城市を見ながら大海に乗り出す。

詩人と愛国心 (Ker 191.3–192.25)

ディードーとアエネーアースに関して，ここでドライデンは祖国と詩人の立場について語る。祖国を愛し，その恩恵と栄光を調べ，問題点に関心をもつことはすべての人に自然なことであり，我々の共通の義務である。詩人は更に一歩踏み出す。祖国を称えようとして，栄光の原因を殊更称えることが詩人には許される。何故なら，詩人は事実や歴史の法則に縛られないからである。ホーマーとタッソーがギリシャとイタリアから主人公を選んだのは正しい。ヴァージルはトロイ人を選んだが，彼からローマ人とアウグストゥスを生むことになったのである。三詩人共に祖国の味方をして，殊更主人公を偏愛している。トロイの神官プリュギウス (Dares Phrygius: しかし Ker 191.14–15 注参照) によると，ヘクトルはアキレスに卑怯な殺され方をした。アエネーアースは最も信頼できる歴史の記述によると，メゼンティウスを殺したのではなく，メゼンティウスに殺されたとある。タッソーではエルサレムを征服するエステのリナルドーは，イタリアの年代記では殆ど語られない。彼は教会の守護者の筈だが，攻撃に参加したことさえ分かっていない。詩人

9. ジョン・ドライデン『文芸論』（1667–1697）　173

独自の見方がここに見られるのであるが，この視点からドライデンはヴァージルを見る。彼は祖国ローマとカルタゴの戦いの大義を支持するという名誉に関わっているのである。ローマ人を満足させ，この叙事詩を愛唱してもらうには，カルタゴの女創設者の名誉を汚すのが一番良いことだと知っていた。彼女が亡き最初の夫への恩を忘れ，異国人への愛に溺れ，そして捨てられる，このように描いている。これが敵対する両国間の宿怨のもとであったとヴァージルは考える。確かに彼はアエネーアースの不実を，彼に恩義を施した女王を捨てよというユーピテルの命令によって潤色しているが，ローマ人が彼の読者であることは分かっていた。そこで主人公の誠実を使って，彼らにわいろを贈ったのである。こうして，買収された裁判官の前で弁論を行って訴訟に勝ったのである。彼らは愛に不実な建国者を見て満足した。彼はまだ戦う力をもっていたからである。彼が捨てたのは彼らの敵であった。初めにやらなければ彼女が捨てたかもしれない。何故なら，彼女は既に前夫シカエウスへの誓いを忘れ去った例があると言ってドライデンは，「常に移ろい変わりやすいのが女だ」（varium et mutabile semper femina. *Aen*. 4.569–570）を引用し，これは女性に向けられた簡潔で最も鋭い諷刺だと言う。形容詞は二つ共に中性で「動物」が意図されているからだ。ヴァージルはこれをマーキュリーに言わせているが，もし神が言わなかったなら，ヴァージル自身は書かなかったであろうし，ドライデンも訳さなかったと言う。第三者であり，しかも神格に言わせたから許されると言うのである。マーキュリーは同じ用件で二度アエネーアースを訪れるが，二度目は彼ほどの英雄を目的地イタリアに向かうように脅した。彼がユーピテルよりディードーを恐れているとマーキュリーは思ったのであろう。アエネーアースは航海を気にしてはいたが，なおも出発を延ばすので遂にマーキュリーは，もし夜のうちに錨を上げなければ朝にはディードーがやって来ると告げざるを得なくなる。「愛に狂う女が何をするか分かっていた」（*Aen*. 5.6）。彼女は傷つき，復讐心に燃え，強大な力をもっていた。ヴァージルはこれ以前にカルタゴ人が生来不誠実だとほのめかしている（注：これは恐らく彼らの「二枚舌」bilinguis *Aen*. 1.661 について語ったことなどを指すのであろう）。これは彼女の特性に由来するとして，「カルタゴ人の誠実」（*Punica fides*）という諺ができる何代も前にそのもとを作り上げ

たことになると言う。

　以上ドライデンは不実の非難を受けるアエネーアースの弁明，祖国の名誉のため詩人に許される虚偽の特権について考察を終わる。

詩の帝王（Ker 192.32–197.15）

　ドライデンは，アエネーアースとディードーを同時代人にしたアナクロニズム（カルタゴ建設はほぼ 200 年後の事である）の理由に移る。ボッカリーニ（Trajano Boccalini 1556–1613）の『パルナッソー便り』（*Ragguagli di Parnasso* 1612）を模倣したヘンリー・ケアリー（Henry Cary, *Advertisements from Parnassus* 1656: Ker 193.1 注参照）によると，ヴァージルはこの錯誤の罪でアポロ神の法廷に告訴された。訴訟内容は明白，この愛子に弁明の余地なしと見て，アポロは取りあえず判決を下した。即ち，他の功績に免じて彼には何でも認められること，支配者として施行権を有する故に彼を無罪放免にするというものであった。しかし，この特赦が前例となり続く群小詩人による無知の弁明を生まないように，アポロは，将来，詩人は愛のために女性を生まれる 200 年前に死なせてはならないと命じたと言う。この話の道徳的意味を考えると，ヴァージルがこの采配権をもつアポロだということだとドライデンは解釈する。彼の偉大な判断が詩の決まりを作ったが，彼自身はそれに縛られなかった。年代順序はせいぜい脆い決まりで，彼は自分の重みでそれを破ったのである。上手に彼を模倣しようとする者は，彼同様に霧にかすんだ昔の時代を選んで，自由に創作し容易に反駁されないようにしなくてはならない。時代算定は聖書によるが，勿論ヴァージルはそれを知らなかったとスグレは彼の時代錯誤の指摘を締めくくる。それでもヴァージルの信用は絶大で，自らのこの創作を真正の歴史，或いは少なくともホーマー同様に信頼できるものとして認めさせたのである。のちにオウィディウス（*Meta.* 14; *Heroides* 7 等）はディードーを同じように取り上げて，彼女の死の直前に不実のアエネーアースに想いを語らせている。力に格段の差がある相手と戦うことはオウィディウスにとって不運であった，と両詩人を訳したドライデンは判決を下す。『愛の技術』の著者は自ら語るものは何ももたず，すべて優れた同業者から借用している。その上，少しも高めるところがない。ドライデンはここで次のように言う：「自然は彼とは無縁である。従って，いつもの手

を使わざるを得ず，言葉の才気に走る」(Nature fails him; and, being forced to his old shift, he has recourse to witticism. Ker 194.4–6)。(注：オウィディウスが自然と無縁であり，自ら語るものはもたないということは，自然を考察することにより題材の発見 Invention を目指さないということである。従って，自然界の観察によって普遍の真理に近づくことがない，とドライデンは言うのであろう。オウィディウスの才気は柔弱な愛の詩人達に愛好されることになるがヴァージルとは別物であるとドライデンは言う。自然と無縁のオウィディウスのディードー物語は模倣ではなく物真似と言うべきであろう。)

ドライデンは更にヴァージルとオウィディウスの対照について語る (Ker 194.10–)。ヴァージルの定める詩の規範は，詩の帝王であるが故に必要とあれば自ら破ることができる。詩において過ちと呼べるものはない，ただ技術 (the art Ker 194.18) に反する場合だけだとアリストテレスは言っている (『詩学』第 25 章)。スグレは時代順序を無視したヴァージルに対して，自然の秩序を無視したオウィディウスとその系列詩人達を比較する。『変身物語』の見事な驚異は自然の秩序に反しているが，それなりに美しく，深い学識と有益な神話がちりばめられている。しかし，アエネ…アースとディードーのエピソードの如くローマとカルタゴの長い戦いの始まりと原因を述べ，あれほど美しく祖国の栄誉を称揚しながら説得力をもってフィクションから真理を採り出したのはヴァージルの天与の英知 (the divine wit of Maro Ker 194.31–32) に特有のものであると言う。(注：ドライデンはオウィディウスの witticism (Ker 194.6) とヴァージルの wit を対置するが，これは非自然と自然の対置につながる。注目すべきは，自然の中から発見した主題 (fiction) には「真理」が存在するという点である。この場合，真理とは絶対的原理イデアかその断片を指すと思われる。)ドライデンは続いて，タッソーもヴァージルの時代錯誤を褒める (『詩学講』第 2 講初め：Ker 194.32 注参照) と。周知の歴史事項に反することは規範を冒す。例えばハンニバルとスキピオをアレクサンダーと同時代に置く等である。しかし，闇奥の古代にあっては，偉大な詩人は主題を美しく飾るためなら歴史に無いものを作り出すことは当然あり得ると言って，ドライデンはフィクションを成立させる条件を挙げる。魅力的であり (即ち自然であること)，他と調和し，初め，中間，終わりが適度にあって互いに

巧みに（artfully）関連し合っていることである。ここでドライデンはオウィディウスの愛の扱いと比較する。追放中のオウィディウスは皇帝に宛てた書簡詩で，『愛の技術』と官能的な『エレジー』を書いたために追放されたが，それに引き替え，「陛下，あなたの最愛の詩人はあの二人を洞窟に入らせて二人きりにさせたのに，何事もなく格別の庇護を与えられた。私が不法な愛の技術を教えたと言われますが，実際にそれを描くよりも大きな悪事ですか？」と問う（*Tristia* II.535: Ker 195.26 注参照）。これに応えてドライデンは，それが正当な結婚であることを女神ユーノーの言葉を通して証明する。ユーノーは洞窟のその場に留まり，二人の契りを正式の婚姻と認可すると言っている（*Aen.* 4.125–127）。婚姻の儀式が短いのはディードーが恋に溺れていたうえ，未亡人でもあったからだと言う。使命を忘れて愛に奉仕するが如きアエネーアースを「妻に甘い」（uxorius *Aen.* 4.266）と叱責するマーキュリーの例も挙げる。このように二人の結婚を明らかにしたのは，ヴァージルはのちに離婚を意図したからだとドライデンは見る。オウィディウスよりも褒め上手のヴァージルは，いまだ記憶に新しい皇帝とスクリボーニャ（Scribonia）の離婚を念頭に入れていたと推測する。彼は言わばアエネーアースの頬のえくぼを描いて，同じところにこれほどの特徴があるからアウグストゥスと同族であることを証明しようとしたのだと言う。これがヴァージルにとって一石二鳥であったのは，まず先祖に似せることによって皇帝を喜ばせ，次に当時スキャンダラスでなかった離婚に似た事態を描いて見せたのである。当時ローマ人の間では妻を取り換えるのは男らしさの表現に過ぎなかったからである。

　ディードーの許を去る時アエネーアースが言う弁解は，結婚するにあたって終生カルタゴで骨折ると取引きしたことはない，自分の努めはイタリアであり，そのことを隠したことはない，双方が愛を享受したのであり，自分が去ったのち次の難破を待てばよい，また親切にしてやれば夫となってくれよう，神々に誓って不本意ながらこの地を去る，結婚はユーノーによるが捨てよとはユーピテルの命令だ，これがアエネーアースの行動の大義名分だとドライデンは言う。以上の弁明を終わり，彼は魂のあり方については未だ光を知らぬ異教徒ヴァージルを弁護しない。結婚愛についての理解の違いも当然関わっているのであろう（Ker 197.15）。

摸倣論 (Ker 197.16–199.26)

創意の欠如とまで言われて，「作る人」「創作する人」である詩人の存在を否定する批判がある。即ち創作と借用の問題である。ドライデンは，マクロビウス (Macrobius 5 世紀, *Saturnalia*) 以来ヴァージルに向けられている借用の批判を単なるあら探し (a cavil) と見做す。しかしながら，この問題はドライデンの堂々たる模倣論を引き出す。ホーマーその他からの借用はあるが，もし題材が細部にわたってすべて新しいというのが創作 (invention) であるならば，ホーマーもヴァージル同様トロイの歴史を作らなかったことになる。更に，老婆や子供でさえ口ずさんだものをホーマーや友人達が今の見事な形に仕上げたという創作の歴史に触れる。ソロモンは日の下に新しいものは何もない (伝道の書 1.9) と言ったように，忽然と新しいものが現れることはない。ヴァージル同様，ホーマーから創作者 (inventor) の栄誉を奪うなら他にそう呼ばれる人はいないのである。(ここでドライデンは**建物のイメジを用いて「模倣」の意味に迫る**。) 即ち (Ker 198.5–)：

「ヴェルサイユ宮殿は建築者がそれまでの建築を模倣したからといって新建築と言えないのか。壁，ドアと窓，個室，家事部屋，よろづの間と壮麗の間はすべての邸宅にはある。同様に，描写，文彩，物語等が英雄詩には必ずある。これらは詩の共通の材料であって自然の倉庫 (the magazine of nature Ker 198.12) から誰でも持って来ることができる。空気や水のように誰でも詩人はそこから使う権利がある。

> 何故あなた方は水を飲ませないのです？ それは万人の権利です。
> (オウィディウス『変身物語』6.349)

しかし，作品の主題 (argument)，即ち主要な筋 (action)，その構成と配置 (economy and disposition)，これらはオリジナルとコピーを区別する主要な要因である。全く借用しない詩人は未だ生まれていない。『アエネイス』には『イリアス』と『オデュッセイア』に似たところがある。例えば，アエネーアースの冥界行きはオデュッセウスに前例がある。ディードーとの愛にはカリュプソとの例がある。結論を言えば，ヴァージルは最初の六巻で『オデュッ

セイア』を，残る六巻で『イリアス』を模倣した（Ker II. 198）。しかしこの
ことから，両詩人が同じ歴史を書いたと言えようか？　ヴァージルの他の部分
に創意（invention）が無いと言えようか？　あれほど多種多様な題材の配置，
それは独自の創意によるものではないのか？　ニーススとエウリュアールス，
或いはメゼンティウスとラウススのエピソードをヴァージルはホーマーのど
の巻からも取っていない。イタリアに行くというデザインは独自のものだ。
トロイのコロニーを基盤にローマ帝国を建設するというのも勿論である。パ
トロンである皇帝を称えて，彼が女神ウェヌスの血筋である上に，女神の顔
形に似せているので女神が見たなら我が子と間違うばかりに美しく描いてい
る（勿論詩人は作中皇帝を描いていないが，アエネーアースを見れば皇帝の
美しさも分かろうというもの）。たしかにヴァージルは，ホーマーがエジプト
の女祭司から取っているように，彼の物語を流布する言い伝え（fame）から
取っている。「アエネーアース一族の生みの親」（Æneadum genetrix『物の本
性について』冒頭）のことはルクレーティウスにもよく知られていた。しか
し彼（98–55BC）はヴァージル（70–19BC）にあのアエネーアースの人物形成，
敬虔と勇気という著しい特性を教示したのではない。ヴァージル独自のアエ
ネーアースは父王と祖国を救うため狂乱の奮迅をし，母神ウェヌスが止めに
現れるほどであった。しかし詩人は敬虔をより一層強調する。父と子を救い
出し，味方する神々は彼の信心を良しとして彼を守護し，約束のイタリアで
成功させる。この一連のアクションの発見（invention）もその処理もホーマー
その他どの詩人にも依拠していない。コピーすることと自然（Nature）から模
倣することは別物である。コピー屋の正体は，ホラティウスが動物の名のみ
がふさわしいと言うあの服従的な模倣屋のことである（書簡詩 I.19.19, pecus）。
画家ラファエロは自然を模倣した。彼の絵をコピーする者は（自然ではなく）
彼を模倣するに過ぎない。何故なら，彼の作品がオリジナルなのだから。私
がヴァージルを翻訳するように彼らはラファエロを翻訳する（写す）。そして
私がヴァージルに及ばないように彼らもラファエロに及ばない」（Ker
–199.26）。

　続いて創意論へ及ぶ。

9. ジョン・ドライデン『文芸論』(1667–1697)   *179*

創意論 (Ker 199.26–201.32)

「ラファエロの模倣には，一種の創意がある。と言うのは，事物 (the thing) 即ち，絵の題材は自然の中にあるが，それの認識 (idea) は各人に独自のものであるからだ。オデュッセウスは航海し，アエネーアースも同様だが，どちらも最初の航海者ではなかった。両人が生まれる前にカインはノドの地に行っている（創世記 4.16）。両詩人もカインのことは聞いたことがない。(航海，旅という自然の事象を時間的に最初に取り上げることが重要なのではない。もしそうならホーマーも，況やヴァージルもコピーしたことになる。従って，事象をどのように認識したかが重要である。) オデュッセウスがトロイで戦死したとしても，アエネーアースはイタリアに行くために航海に出たはずだ。ホーマーとヴァージル両詩人の構想 (design) はこれら主人公の旅程のように違っていた。一方は故国に帰還し，他方は故国を求めた。アペレスとラファエロが燃えるトロイを描いたなら，たとえ実際に見ていなくてもアペレスは勿論，ラファエロも成功したであろう。何故なら，二人の絵は自然について抱いた認識 (idea) からもたらされたものであるからだ。描かれた城市は生まれる以前に燃え落ちていた。二人のデザインは異なり，アペレスはピュルスを他のギリシャ兵と区別し，トロイ王プリアムスの宮殿に突入するところを描き，そして彼にスポットライトを当てて人物像の中心に据えたであろう。それはアペレスがギリシャ人であり，祖国を称えようとしたからである。一方，イタリア人でありトロイ人の末裔であるラファエロは，アエネーアースを絵の中心人物にして，父を背負い，子の手を引き，残る手に守護の神々，妻をうしろにする姿ではなく（ヴァージル描くこの敬虔の図は絵画では勇気の半分もふさわしくないのであろう），アンドロゲオス他数人のギリシャ兵を身近に殺す姿を描き，そして火焔が顔面もろに打ちつけてトロイの将の中で際立たせたであろう。この比較が二人の詩人のデザインに当てはまる。ヴァージルはホーマーをコピーしているとは言えない。ギリシャ人は最初に書く利点があったに過ぎない。両詩人の類似点を認めるとしても，例えばオデュッセウスに棄てられたカリュプソの涙とディードーの狂乱と死を比べると，後者の一連の感情の流れと激情の結末は，カリュプソの想い焦がれるエピソードからは出て来ない。これはコピーではない。冥界行でも同様である。これ

はホーマーの創作ではなく，オルフェウスとエウリディケの話から取ったものである。オデュッセウスは何のために冥界に行ったか。アエネーアースは父の亡霊の命令で行ったその地で，将来の同胞の英雄達，そしてロームルスに次いでアウグストゥス・カエサルを見せられる。アンキーセスは更にイタリアでの戦いに勝利して，アウグストゥスが治めることになるローマ帝国の土台を築く術を説く。これはホーマーに無い見事な創意である」（Ker −201.13）。

　一見するとコピーに見えて，事実は見事な創意からなる「凌駕」であることをドライデンは示した。こうして彼は，ヴァージルがホーマーの創意の実際を知って，自らの創意を達成したことを明らかにした。即ちそれはホーマーに似せて模倣する（to imitate like him: Ker 201.19）ことであって，画家がラファエロを勉強したのち自分流に題材と構図を獲得することを自然から学ぶのに似る。そしてこのように締めくくる：「もし私に英雄詩が書けるなら，これと同じようにヴァージルを模倣して，Invention は自分独自のものにすることになろう。しかし服従的コピーは避けなければならない。即ち，同じ話を，名前を変えて，同じ人物を用いて，同じ順序で，そして同じ結末をもって語ることを私ならしない。大衆読者（every common reader Ker 201.27）はすぐに剽窃と気付いて，《これは以前ヴァージルで読んだゾ，表現も詩形ももっと立派だった。これはロープの下のメリー・アンドルーのようだ。上で親方が巧みに操っているのにこの弟子は不器用に真似ている》と嘲笑するだろう」（Ker −201.32）。

比喩表現と叙事詩（Ker 202.2–203.36）

　ヴァージル非難のもう一つの例，不適切と言われる比喩表現が取り上げられる。非難というのは，アエネーアースが激しく戦う描写の中でヴァージルは突然比喩表現に転じて，場面の高揚に冷水をかけるというものである。ドライデンは比喩と叙事詩についてまず概論的に述べる。比喩の一種であるメタファーを例にとってその働きを概観する。これは悲劇にはふさわしくないが英雄詩では効果的で，その本領は称賛を与えることにある。これは悲劇が与える恐れや希望，思いやりや戦慄等のように激しい性質のものではない。しかし比喩と描写が長々と続く退屈さはドライデンも認め，ヴァージルにお

けるその唯一の例を挙げる。それは十四行にわたる比喩と噂の女神の描写である。ヴァージルの比喩表現の一般的傾向として，行為の真っ只中ではなく通常それが収まる時に用いられると言う：「ヴァージルは，描写で可能な限り心を惹きつけると，その興奮が薄れないように適切な比喩表現によってそれを盛り返す。そうして主題を具体的に説明してなお聴衆を飽きさせない」(Ker 202.35–203.4)。そして第1巻から例を挙げる。アエオルスが許可もなく起こした嵐をネプチューンが鎮める場面である。海神は既に，アエオルスの命令で背いた風どもを懲らしめ，海原から退散するように命じており，大波を鉾で鎮め，雲を追い払い，太陽を呼び戻している。一方，トリートンとニンフのキュモトエはアエネーアースの船団を流砂から救い上げている。そして叙事詩最初のシミリが続く (Aen. 1.148–156)：

> そしてたとえて言うならば，
> しばしば多勢の民衆の，間に反乱湧き起こり，
> わけも知らずに大衆が，怒りに狂い炬火と，
> 石を飛ばして狂乱の，命ずるままにその武器を，
> あしらうときに敬虔の，姿も重く功業に，
> 名声高き人物の，あらわる見ればおのずから，
> 耳をかたむけ口をとじ，かたえに立ってその言に，
> 心の支配を奪われて，胸も次第に静まって，
> ゆくがごとくに海神が，海を眺めて晴れわたる，
> 天の下を悠々と，車を駆って馬を御し，
> 自由に走る御車に，手綱を預けて馳せるとき，
> ここにあらゆる騒乱も，くまなくおさまる海の上。
> (泉井久之助訳『アエネーイス』1.147–158)

海上で嵐が荒れ狂っている間は，詩人はそれのみに集中して，引喩 allusion 等の比喩表現を使う余地を認めなかった。比較するのにこれ以上に激しい事態は考えられなかったのである。ここでは読者の関心をそらさず，ふさわしい場所まで延ばしたのである (Ker –203.36)。

アクションと時間 (Ker 204.15–208.25)

作品のアクションの時間に関してアリストテレスは厳密な制限を設定して

いない。以下，ドライデンは再びスグレに拠ってこの問題を論じる。彼によると『アエネイス』のアクションは春に始まり，秋を越えない。戦いはそれ以前に始まり，終わったのは秋が過ぎてからである。ロンサール他は一年半とする（Ronsard, *Préface sur la Franciade* (1572): Ker 204.35 注参照）。父王アンキーセスが冬の終わりか春の初めにシシリーで死去，アエネーアースは埋葬後直ちにイタリアに向けて出発する。そして第1巻に描かれる嵐に襲われる。そして詩が始まるのはそこからであり，アクションがそこで開始する。彼はアフリカの海岸に打ち上げられ，その夏いっぱい，続く冬の殆どをカルタゴで過ごし，春が来る直前に再びイタリアに向けて発つ。逆風に遭い，またシシリーに着く。以上で一年が経つ。アエネーアースは父の葬儀の一周年を祝う。その後間もなくしてクメスに着く。それから以後，ラティーヌス王との最初の交渉，戦いの開始，トゥルヌスによる包囲，救援要請のため脱出，帰還，最初の戦闘により敵の包囲を破る，十二日間の休戦，二度目の戦闘，ラウレントゥム強襲，トゥルヌスとの決闘。以上一連のアクションは，四，五か月以内では収まりきれないとロンサール達は言う。以上の計算によって，アクション全体が一年半以下に収まるとは考えられないと結論する。

　スグレは別の計算をする。彼もアンキーセスが死んだ時期を冬の終わりか春の初めとする。また，アエネーアースが航海を始め，嵐のためアフリカの海岸に打ち上げられる時が詩のアクションが始まる時だと認める。カルタゴを去るのは冬の終わり頃だと，ディードーの「冬に」（hiberno *Aen.* 4.309）船団の手入れをする云々を挙げる。しかしロンサール派はアエネーアースが父を埋葬して直ぐにイタリアに向けて出帆したと考えるのに対して，スグレはアエネーアースが7月の半ばか8月の初めまでシシリーに留まった可能性がずっと高いと考える。何故なら，その時期にヴァージルはアエネーアースを初めて海上に見せるからだ。そしてそこから詩のアクションが始まり，トゥルヌスの死で終わる。その間に十か月以上を想定する必要はない。夏の後半にカルタゴに漂着，次の冬をそこで過ごし，春になって直ぐにそこを発って，二度目のシシリーに短期間滞在，イタリア上陸，戦闘，以上の行動は十か月で十分の出来事であるとする。これにロンサール派は応える，これまで七年間イタリア征服を目指し，父王を埋葬する以外にシシリーですることはない，

9. ジョン・ドライデン『文芸論』(1667–1697)　　　*183*

とすればそれが済めば直ちに本来の務めを続ける以外にすることはなかった
筈だ, と。スグレは, ギリシャ・ローマの祭式により父の葬儀は何日もかかっ
た筈であり, それに船団の修復と兵士達の疲労回復のためそれ以上の時間が
必要であった, とこれに応える。両陣営のうち, スグレのほうに根拠がある
ようだとドライデンは判断する。彼はディードーによるアエネーアース歓待
の祝宴は夏の夜のことと思われ, 二人の愛は秋に始まって, 続いて灼熱の国
に暑さが衰える頃に狩猟が行われるのも自然なことと考える。寒い冬は恋に
浮かれて過ごされる。その冬の終わりにアエネーアースは去る。これは彼が
春にイタリアのテベル川河口に着くのと符合する。夜明けを告げる鳥達の囀
り, 美しい林の描写が春の季節を見事に表現する (*Aen.* 7.20 以下)。

　その後のアクションについては, アエネーアースがトスカナ人達に助けを
求め, 彼らは既に行進の準備が成っていてアエネーアースを待っている, と
いう訳で三か月を要するに過ぎない。従って全体では一年を超えない。

　ドライデンは更にスグレに拠り天文学からの補足的証明をする。上の結論
は, 第1巻で嵐を起こすオリオン座の昇り (真夏) と一致する。ヴァージルは
『田園詩』, そしてそれ以上に『農耕詩』に見られるように, 当時の天文学に
ついて正確な知識をもっていた。ヴァージルは, 庇護を願って女王ディードー
の許へ向かった代表団のうち最長老のイーリオネウスに, 嵐を起こすオリオ
ン (*Aen.* 1.535) がトロイの船団を翻弄したことに触れさせている (522–558)。
彼はオリオン座の, 日の出直前の昇り (heliacal) か, 日没直後の昇り (achron-
ical) のどちらかを意味していると推測する。つまり前者の場合, オリオンは
太陽光線の下から現れ, 夜明け前に姿を現し始める。後者の場合, 昼の終わ
りに現れるので太陽の日周コースと逆に現れる。(注:「追走的」,「逆走的」
と言えるようだ。) 現在での計算では, 前者は7月6日頃で, この時期にオリ
オンは海原に嵐を起こすか, その兆候を見せる。(海上の嵐は, 一同シシリー
を離れて間もなくの頃, 勿論日中の出来事であるから後者の夜の昇りはこの
場合は考えられない。)

　冬の間アエネーアースを留めるようディードーに勧める時, アンナが嵐と
雨を降らせるオリオンが荒れ狂う冬 (*Aen.* 4.52) について語る。イーリオネウ
スがオリオンの「追走的昇り」を意味するとすれば, アンナは「逆走的昇り」

を意味するとスグレは考える。前者は「嵐のオリオン」(nimbosus Orion)，後者は「雨のオリオン」(aquosus Orion) と呼ばれ，前者は夏，昼間に嵐を呼び，後者は冬，夜に雨をもたらす。

以上スグレに拠って作品のアクションと時間を分析した。次にドライデンは独自に，叙事詩の仕掛け (machine) としての神々を模倣と創意の視点から論じる。

ヴァージルの神々―マシーン (Ker 208.26–214.15)

彼はヴァージルがホーマーから神々を模倣するが，決してコピーではない，その理由はローマ人はギリシャ人と殆ど同じ神々を崇めたからであり，トロイ人も同様であったからだと言う。ローマ人はトロイ人の末裔だと考えてその宗教祭式を受け継いだ。神々は独自の任務と，主たるものは従者をもつ。ユーピテルにはガニュメーデースとマーキュリー，ユーノーにはイーリスがいる。ヴァージルはこれら既存の宗教を受け入れたので，ホーマーから神々を借用したり創り出す必要もなく，彼らを必要とする場面を創り出したのである，と言ってドライデンはその面でのヴァージルの独創を考察する。

トロイ崩壊後ウェヌスはネプチューンを完全に味方につける。彼はアエオルスが起こした嵐を鎮め，水先案内パリヌールスの一命との取引きで（第5巻）トロイの船団を無事クーマエの海辺に導く。ヴァージルはこれらの仕掛け (machine) を使って不可能と思われることを成し遂げる。オリオン座が昇って海上にしばしば嵐が起こる，あれほど多くの船団の中で，名将オロンテス指揮の一隻がアエオルスの強風の半分も受けずに転覆する不思議（第1巻）。パリヌールスが見張りに疲れ果て，天空の観察により航路の安全を確信しながら眠りに陥り海に転落するとは，奇跡 (a miracle Ker 209.25) なしにはあり得ない。少なくともアエネーアースは眠りの神ソムヌスのことは何も知らずに，穏やかな空と海を信じた友の不幸を嘆くのみである (Aen. 5.870)。

このように仕掛け (machine) としての神々は時に読者を楽しませ，信じられない事柄を一見信じ込ませる魅力を見せる。その上，ローマ人は自分達の先祖の行動に深く関わってくれているのを知って自尊心を満足させたとドライデンは言う。

キリスト教により彼らより良い教えを受けている今日の人々はそれに反し

て，最良の教えに向けて日々起こるあらゆる不思議な出来事が全能の神の何か特別の摂理と守護天使達の加護によると考える。従ってエピキュリアン主義のキリスト教英雄詩は成立しないのである。日々の出来事をどのように原因づけるか，宗教による違いがある。彼らは神々の振る舞いを身近なものとして感覚する。

トロイが急襲された運命の夜，トロイに敵対して戦う神々をよく見届けるようにとウェヌスが息子アエネーアースの目の被いを取り除いた時（*Aen.* 2.605–），壮大な光景にドライデンも素晴らしいと感心する（この場面をのちにタッソーはエルサレム攻略で上手く真似ている：『エルサレム解放』18.92–97）。しかし神々だけではなく，ギリシャ兵もよく戦った，ネプチューンやユーノー，パラスの何れも神助を差し伸べなかったが。ドライデンは先にキリスト教の優位について述べたが（Ker 210.2），「我々にもその見事な光景が楽しめる」（Ker 210.12–13）と言う。「神々は読者を楽しませる引き出物である」（Ker 209.33–34）という訳である。

次いで，ヴァージルが用いる最も乱暴な（crude）仕掛け（machine）の例をトゥルヌス側の女武将カミラのエピソードに見る（*Aen.* 11.799–）。ディアナ女神の命令によりニンフのオーピスが敵将アールンスを殺すというものである。これは，ギリシャの武将ディオメデスがオリュンポスのアプロディテと軍神アレスを傷つけたこと（『イリアス』5巻）と比べるとそれほど法外（outrageous）ではない。ホーマーではこれら二神は「無苦痛」の特権か，少なくとも人間に傷つけられないようにされてもよかった。二神が流す霊液イーコール（*ἰχώρ* 5.341）は人間の普通の血とは名と色が違うだけである。アポロンは神々と人間とでは種族が違うと言うものの，アプロディテは手首の傷の痛みに悲鳴を上げるし，ゼウスの手で癒されるほどである（同5巻）。五幕劇では，人事に余る結び目（nodus）即ち難問が生じた場合，神がロープで舞台に降りて問題を解決するが（『詩論』191），叙事詩では無理である。

次の一つは，ウェヌス女神がアエネーアースの深傷を治す場面である（*Aen.* 12.411–）。しかしここではヴァージルは必然に頼らざるを得なかった。トゥルヌスはこの日に殺されることになっていて，アエネーアースは傷ついていて，奇跡的に治さなければ一騎打ちはとても無理だったからである。女神が

クレタ島からもってきたハッカ草では即効性がなく，天の香油をこれに混ぜたのである。しかしこの仕掛け（machine）が如何にも乱暴で，ヴァージルは癒えたとはいえ彼に脚を引きずってトゥルヌスに向かわせたとドライデンは推測する。傷は皮膚で被われたが腿の力は回復していない筈と言うのだ。同時に彼は，ヴァージルは何故大事な時にアエネーアースを負傷させたのか，そして鍛冶の神ウォルカーヌスがどうして腿当ての部分だけをよく鍛えなかったのかといぶかる。

　最後に恐怖の疫病女神ディーラエ（Dirae）に言及する。そのひとりがトゥルヌスの運命を決するためユーピテルに遣わされ（*Aen.* 12.853–），トゥルヌスの盾を打ち，決闘の場面では頭上をハタハタと舞って気力を奪い，迫る死の前兆となる。ここでドライデンはアエネーアースに勇気が足らないという批判に立ちかえる。彼ら批判者は更にその証拠として，トゥルヌスは決闘以前に既に神々により勇気も力も失くしていたと指摘する。その上，ヴァージルは前以てアエネーアースに利点を与えていた。彼にはウォルカーヌス神が父アンキーセスのために鍛えた甲冑と剣，トゥルヌスには父譲りのではなく御者メティスクスのものであった。ユーピテルはトロイ贔屓であり，決闘の結果を天秤に懸けてわずかにトゥルヌスを不利にしたが，それでも念を押して，不吉なフクロウを遣わして勇気を削ぐ。その証拠に彼ら批判者は以下トゥルヌスの返答を引用する：

　　　　…Non me tua turbida virtus
　　　　Terret, ait: di me terrent, et Iuppiter hostis.
　　　　（*Aeneis* 12.894–895：ドライデンの引用は原文と少し異なる）
　　　　おぬしの怒れる口上で，よいか，勇気がくじけはせぬ。
　　　　わしの恐るるは神々と敵にまわったユーピテルぞ。

この仕掛け（machine）の使用に関する批評家達の非難に対してドライデンは，これは美しい，詩的な装飾（ornament）であると考える。天秤とディーラの使用は「装飾」に過ぎず，アエネーアースとトゥルヌスの決闘の結果とは無関係だと考える。二人が祭壇の前で対峙した時，ドライデンによれば，トゥルヌスは意気あがらぬ様子で，既に勝利をあきらめたかの如く顔色すぐれなかっ

た。彼も味方もこれが不利の戦い（impar pugna）で勝負にならないと分かっていた。妹のユートゥルナも同様で，この機会をとらえてトロイ軍との和平協定を破り戦いを再開させる。一方ユーノーは，前以てユートゥルノにトゥルヌスが「有利でも対等でもない力で不利な運命」（Aen. 12.149, 218）と戦うことになるとはっきり言っていた。従って，トゥルヌスを奇怪な霊で脅す必要はなかった。彼は既に迫りくる運命を察知していたのである。ディーラの役割は，最初にトゥルヌスが戦いで死ぬ運命にあると思ったことを確かめるに過ぎない。ここで上述のアエネーアースの挑発に応えるトゥルヌスの言葉（Aen. 12.894–895）をドライデンは，「私をこのように心配させるのは汝の勇猛だけではない。この不吉な前兆によりユーピテルも敵だと分かったからだ」と理解する。何故なら，トゥルヌスは以前最初の剣が折れた時，妹がもっと良い剣をもってくるまで逃げた。しかし，相手が槍で近づけなくしたためそれを使うことは出来なかった。それを知ってか，ルアエウス（Carlos Ruaeus=Charles de la Rue 1643–1725:『アエネイス』散文訳）は作者が無駄に剣を渡したと作者を非難するが，トゥルヌスはアエネーアースに近づけず剣を使えなかったのである。ディーラの第一の目的はユートゥルナを戦場から退散させることであった。彼女は決闘で兄に不利あらば戦車を乗り入れるつもりであったからだ。これはトゥルヌスとは無関係の行為である。更に，アエネーアースは剣で雌雄を決しようとするが，トゥルヌスは明らかにそれを避けて，妹にできるだけ敵から遠ざけさせた。彼は最初から妹だと知っていた，とドライデンは次の言葉を引用する：「ああ，妹よ！ 以前から私は気付いていた。最初におまえは術策により盟約を乱し，この戦いに関与した。そして今も女神であることを隠すが私にはよく分かっている」（Aen. 12.632–634）。トゥルヌスはアエネーアースの豪胆を疑うことはなかったと言うのである。トゥルヌスに手を貸さなかったが，神々は人の行為に大なり小なり関わり，ヴァージルによるその濃淡の有り様をドライデンは分析してみせた（Ker –214.15）。

ミルトンの天秤（Ker 212.22–213.2）

『失楽園』第4巻末尾でミルトンはホーマー以来の天秤をヴァージルから借用する。神は戦いが起きないと分かっていたが，天使ミカエルとサタンを秤に乗せ，天使の皿が下がり，悪魔の皿が上がるようにする。これは『アエネ

イス』（12.725-727）の場合と逆である。ユーピテルは二つの皿を平衡に差し上げ，それぞれの中に両者の対立する運命を置く，戦いはどちらに報いるか，どちらの重みで死が沈むかと。ドライデンは，「どちらを労苦（戦いの）がdamnet するか」（quem *damnet* labor 12.727）の damnet の意味は，*damnabis tu quoque votis*（『田園詩』*Eclogues* 5.80）「きみも彼らの誓いに報いるであろう」の場合と同じで，好ましい結果を表し，「報いる」ととる。ミルトンはそうではなく，好ましい結果では皿が下がったが，ヴァージルでは逆に上がった。サタンは自分の皿が跳ね上がるのを見て戦いを避けて逃げる。サタンは皿から排除されたとドライデンは推測したのであろう。しかしミルトンとしては，ベルシャザルが神に量られてあまりに軽いと知ったダニエル書（5.27）中のテクストが念頭にあったのだろうとドライデンは推測する。なお，ホーマー（『イリアス』22.209 以下）では，下がる皿は死を意味する（H. R. Fairclough ed. *Virgil: Aeneid* 12. 727 注）。

翻訳─新しい模倣（Ker 214.16-）

以上ドライデンは批評家との論争を通じてヴァージルの芸術的手腕を明らかにした。以下，彼の文体的特徴について述べる。

ラテン語が最後の完成を遂げた時期にヴァージルとホラティウスの二人は，1. 題材のふさわしさ（propriety of thoughts）2. 用語の美しさ（elegance of words）3. 韻律の美しさ（harmony of numbers）においてモデルとなるべき文体を創りあげたと言う。それに従ってホラティウスは *Odes* と *Epodes* を書いた。ヴァージルは（抒情詩を書かなかったが），書くものすべてがエレガントで甘美，六歩格（hexameter）の流れるような（flowing）詩行を作った。用語だけでなく，その響きのために配置する場所も選ぶ。その位置から語を動かせばハーモニーを損なう。クーマエの巫女シビュラの預言についてヴァージルは，乙女は木の葉に書き付ける詩歌はすべて順序よく並べると，その場所も順序も動くことはないと言っているが（*Aen.* 3.445-447），これはヴァージルにそのまま当てはまる。書かれているままに読まなくてはならない。わずかな一吹きで壊してしまい，神性（divinity）が失われる。それほど語の配置が考え抜かれていると言って，ヴァージルを「模倣不可能な詩人」（this uninimitable poet Ker 214.24）と呼ぶが，彼の英訳において師匠のモデルを真

似よう（follow the example）と努力し，自らを「韻律，用語の選択，響きの美しさを出すための語の配置，この三点においてヴァージルのコピーを目指した最初の英国人」（Ker 215.14–16）と呼ぶ。

ドライデンの「模倣」はタッソー等近代の模倣ではなく，況してや再現不可能なラテン語によるヴァージルの復活を試みる物真似芝居でもない。近代語である英語によるヴァージルの模倣の試みなのである。彼はその実践のため英詩の言語表現の可能性を探った。その結果を詳細に報告する（Ker 215.17–218.12）。

母音省略（caesura=elision）

これは可能な限り避ける。その理由は，本来子音の多い英語に子音が過剰になり，詩行に粗雑さを生むからである。ラテン語では母音と子音が程よく混ざっているが，ヴァージルでは母音のほうが勝ると考えて caesura によって甘美さを抑える。イタリア詩では一行に一度か二度母音省略が見られる。彼らの金属は柔らか過ぎて合金なしでは貨幣にならないという訳だ。英語に甘さを出すためには，エレガンスと同時に響きのために語を選ばなくてはならない。そのためには言葉の修得が必要である。詩人は言葉の倉庫をもち，少ない母音を，詩行を流暢に進めるよう最大限有効に操るアートをもたなければならない。また，どの母音がより格調が高い（sonorous）か，どれが柔らかく甘美か，母音の性質を知り必要に応じて使い分けしなければならない。彼を導き手とする者は，これらすべてとその他作詩法のあらゆる奥義を学ぶことができる。まさに詩人の王という訳である。

「母音省略」が無いために二つの母音が続く例は全篇中一例もないと言う。あるのは，語が母音で終わる時，続く語は子音かその同等音で始まる場合である。同等音とは W と気息音 H，そして二重母音で終わる時である。二重母音に関しては，初めにストレスがあるため省略は不可能である。語尾の Y に語頭母音の連続は容認する。これは他の母音の前の母音は，発音を落とすことができない時は省略できないというルールによる（*he, she, me, I* 等）。ヴァージル（*Eclogues* 3.6: pecori et）の母音連続の例を挙げる。しかし，少なくとも洗練された韻律にはふさわしいとは言わない。彼は長年作詩法の材料を常用してきたが，作詩の機械的ルールの中に詩脚，音量，休止について正確に書

き込んできた。

　フランスとイタリアの詩人は詩脚と音量を知らず，休止法についてはフランス詩人マレルブ（François de Malherbe 1555–1628）が 16 世紀に初めて導入した。その後彼らは専らアレクサンダー格（Alexandrine 六脚十二音節）の洗練に努めている。彼我どちらにヒアシンスが花開いたか（Virgil, *Eclogues* 4.106–107）と問うて，ドライデンはデナム（John Denham, "Cooper's Hill"）からテムズを描写する次の二行（191–192）の美しさ（sweetness）を指摘する：

　　　Though deep, yet clear; though gentle, yet not dull;
　　　Strong without rage; without o'erflowing, full.
　　　深くして，透き通り，緩やかにして澱まず，
　　　激せずして強く，溢れずして満ちる。

彼はこのカプレットの「美しさ」を説明しない。（死後この点が批評界を賑わすことになる。）代わりに，誤った音量の弊害は近代語では改めるのが難しいこと，英国同様，仏伊でも英雄詩に如何なる脚を用いるか知られていないこと，彼が教示できる作詩ルールを自ら厳密に守っていないこと，同業の詩人達の指導者になろうと思わないこと，もし彼らにスムーズな詩行の作り方を教えるとすれば，美しさと同時に力強さを教えてくれる天才を師に求めること，これらの理由で彼はラテン語のヴァージル，英語のスペンサーを師とする。ドライデンは，デナムの二行を**英雄詩にふさわしい五歩格のカプレット**と見做していることは明白である。

　スペンサーのアレクサンドリン（Ker 218.19–）は適切に使えば詩行に威厳を与え，意味が次行に溢れる（enjambment）のを止める。以前，英国同様フランス，イタリアは英雄詩に五脚十音節を使ったが（Ker 218.25 注参照），ロンサール以降叙事詩を支えるにはそれでは弱すぎ，もう一脚を加える必要があると考えられた。十二音節詩行の流れとリズムを与えることになるが，その流れは力強さ以上に活力をもつ。仏語は英語と違って筋骨たくましくない。グレイハウンドのしなやかさをもつがマスチフの巨大な体躯をもたない。英語の体格と詩行はウェイトで彼らを圧倒する。「数ではなく，重さによって（*Pondere, non numero*）詩を作る」がブリテン人のモットーである。フランス

9. ジョン・ドライデン『文芸論』（1667–1697）

人はフランス語の基準に純粋性を立て，英語のそれは男性的力強さ（a masculine vigour）である。

　詩人の特性もその言語に似て，英語に比べて彼らは軽やかで細やか，英雄詩よりもソネット，マドリガル，エレジーに向いている。思考と用語の操作（**地口**）が彼らの主要な才能であるが，叙事詩はこれらの小さな装飾を容れるには重厚に過ぎる。画家はニンフに薄く軽やかな衣装をまとわせるが，重々しい金細工の刺繍は女王や女神に取っておく。ヴァージルではオウィディウスと違ってこの種の地口は常用されないが，『田園詩』や『農耕詩』に比べると『アエネイス』ではずっと少ない。『農耕詩』の一行を引用して，

> Ignoscenda quidem, scirent si ignoscere manes.
> (*Georgics* 4.489)
> まことに赦されるべきものであった，もし地獄が赦すことを知っているならば。

この見事な地口はオルフェウスとエウリディケの話にあるもので，叙事詩に用いたものではないと言う。彼自身これを破格（licence）として欠陥と見做しているが，英訳では何度か使っていると言う。それは人物と場面に合わせて使ったもので，同様の例をオウィディウス『恋愛の技術』から引用する（原文を逆に並べ変えている）：

> Semivirumque bovem, semibovemque virum. (2.24)
> 半人間で牛，半牛で人間。

オウィディウスは，指摘される前に悪癖と分かっていたが止められなかったという（セネカによる指摘について Kinsely 編『ドライデン詩集』第 IV 巻，2045 頁 1762 行注参照）。フランスのさる有名な作家（St. Evremond: Ker 219.23 注参照）が天才の欠如は自国詩人の責任だと言う。もし褒賞で優れた詩人が生まれるなら，彼らに大盤振る舞いをする偉大な親方にこと欠かなかった筈だ。賢明な彼は第二のマローがいればアウグストゥス皇帝を真似ることができるからだ。執政官でありオウィディウスの追放者アウグストゥスが賢明にもヴァージルとホラティウスを友人にしなかったなら，もっと恐ろしい人物

として伝わったであろうし，オウィディウスの追放は彼の名誉を汚したが，それでもオウィディウスは追放ですみ，死ななくてすんだのである。ここでドライデンは，聖ヨハネが月界でアストルフォーに語った言葉をアリオストーから引用する：「アウグストーは，ヴィルジリオーがトランペットで高鳴らすように徳高くも慈悲深くもなかったが，彼の詩歌への理解が追放の過ちを埋め合わせする」（『狂えるオルランドー』35.26）。

　しかし，とドライデンは英語による英雄詩の可能性に目を転じる。英雄詩はフランスの土壌には生えないが，英国には耕せば生えるかもしれない。スペンサーはボシュによるような叙事詩論を読む必要はなかった。英国には彼ほどの天才とそれを支える知識をもつ者はかつていなかったからだ。しかし，仏・英を比べてみると，フランス詩人の詩作は彼らの技量を発揮していないし，我が方はこれ迄彼らより優れた詩を作る技量（skill Ker 220.17）に欠けていたとドライデンは見る。

　ここでドライデンはヴァージルの近代語訳を通観する（Ker 220.17–222.16）。スグレによるフランス語訳は高揚感を欠く。ハニバル・カロー（Hannibal Caro 1507–1566）のイタリア語訳はブランク・ヴァースにもかかわらず凡庸である。ライムは甘美さを生む反面，意味の面で失うものがあり，それが最少の者は勝利者と言ってもよいが，作者の意図から逸れることがある。カローの『アエネイス』訳では，彼は下僕詩人（foot-poet）であり，良くても主人のそばで仕えるが背後で立ち上がることはない，とカローの卑屈なまでの直訳を批判，訳者カローここにありという凌駕の気風に欠けると指摘する。ヴァージルの意味を取り違えることはドライデン自身も同様だと認める。いつも参考にしたルアエウス（既出）の解釈とは異なる箇所を挙げる：

　　　… Sorti Pater aequus utrique [est].
　　　（*Aeneis* 10.450）
　　　二つの何れの運命にも父は耐え得る。

これはトゥルヌスと戦う前のパラスのセリフである。ルアエウスは Pater をパラスの父エワンデルと考える。父は子がトゥルヌスに勝っても敗れても運

命に動じることはないと健気にも返すところである。これはトゥルヌスの

> … cuperem ipse parens spectator adesset.
> (*Aeneis* 10.443)
> 父親もここで[息子との決闘を]見物して欲しいものだ。

に応えるものであるが，ドライデンはこれに対し，息子の勝敗いずれでも父にとって同じではあり得ないと言って，Pater の指示対象を検討する。ヴァージルにおいてはユーピテルが人類共通の父であり，パラスが望むように，そしてユーピテルが言うように，人の戦いにおいても公平である。パラスの死は運命女神に定められており神々にも如何ともしがたい。パラスはユーピテルの子アルキーデス（ヘラクレスのこと）に助力を祈願するが空しい。人はこうして定められた命の中で武勇の名声を残すのだ，という言葉を残してユーピテルは

> Sic ait; atque oculos Rutulorum rejicit arvis, —
> (*Aeneis* 10.473)
> こう言って，ルトゥリアの戦場に目を向ける—

ルアエウスによると，ユーピテルはこのあと直ぐにルトゥリアの戦場に目を向けてパラスとトゥルヌスの決闘を見ることになる。ドライデンの解釈は，ユーピテルが戦闘の場から目をそらしたのは無残な光景を見ないがためである。運命を変えることはできない，それが悲しいとアルキーデスの前で言ったユーピテルが，目をそらすのは当然と考える。これがヴァージルの意味のようだと言う。また，rejicit には「向ける」，「そらす」の両方の意味がありドライデンの解釈を容れるとして補足する。

　Pater はユーピテルだとするドライデンに対して，ケア（Ker 221.22 注参照）は懐疑的で，キンズリー（Kinsely 編『ドライデン詩集』2045 頁 1818–25 行注参照）は説得力に欠けると言って，共に「パラスの父親に決闘を見物させたいほどだ」（*Aen.* 10.443）というトゥルヌスの言葉をドライデンが無視している点をついている（Ker 222.16）。

（しかし，ドライデンはテクスト解釈の一例を示してくれた。なお，彼の訳はこうである： Alive or dead, I shall deserve a Name: / *Jove* is impartial, and to both the same. (*Æneis* 10.632–633) 生き延びるも死ぬも私の名誉は変わりはせぬ。/ ジョーヴは公平にして，何れにしても変わりはせぬ。）

ドライデン—ヴァージル訳に向けて（Ker 222.17–238.22）

英語を含む近代語訳について，ドライデンは自身の英訳が他の何れよりもヴァージルの精神（気風 spirit）を受け継いでいて，中でも第4, 5, 7, 9, 10, 11, 12巻は良く出来たと自負する。ここで彼は英語訳に至るまでの長いヴァージル研究について語る。

彼が早くから原典に親しみ注意して調べた点は，モデルの模倣による新たなテクストの創造の過程に似る。構成（design），その配置（disposition），文体手法（manners），文彩の操作（management of figures），我々の想像力をかき立てる意味の凝縮（retrenchments of his sense）である。とりわけ注目したのは表現の美しさ（elegance）とリズムの美しさ（harmony of his numbers）である。ドライデンは既に述べている詩と絵画の姉妹芸術論を再び展開する。詩における語は絵画における色と同様だと言って，構成が良く，線描（draught）が適正なら，色彩が見る人の目を惹く最初の美である。この語のアートの観点から彼は，英語におけるスペンサーとミルトンはラテン語におけるヴァージルとホラティウスに最も近く，自分のスタイルを作るために彼らの師匠であるヴァージルとホラティウスを模倣したと言う。スペンサーとミルトンは共に叙事詩という枠組みの中で「模倣」の伝統を継承し，自国語により独自のインヴェンションを展開した。ドライデンはインヴェンションを新たに求めず，自国語で古典叙事詩を翻訳する「新たな模倣」を選んだと言える。

ヴァージルの読者（Ker 225.9–226.13）

ドライデンはヴァージルの読者，即ち英訳 *Æneis* の読者を想定する。それは最も判断力に富み（judicious），真の知性（understanding）をもった読者である。この少数者はその判断力に磁力があり，他の人達を彼らの理解力（sense）に引き寄せる。その結果，言わば帰依者が増えて教会をつくる。リズム正しく（well-weighed）正当な詩は世に出るだけで，喝采を受けるところ

か非難もされない。世間の受け止め方はこの程度であるが，知らぬうち徐々に読者に認められる。吟味する (study) ほどにそれは彼の中で大きくなり，読むたびに新たな魅力を発見する。単に想像力の勢いで書かれた詩は最初輝きを与えるがやがて失せてしまう。判断の行き届いた詩はダイアモンドに似て磨かれるほどに光沢を増す。この違いはヴァージルとマリーノ (Giovan Battista Marino 1569–1625, *Adone*) に当てはまる。それはヴァージル自らが描く「噂」(Fama) に似る─「動くほどに大きくなり，行くほどに力を増す」(*Aen.* 4.175)。このように述べてドライデンは，「同じ歩みで父に従わず」(Sequiturque patrem non passibus aequis) というモットーをタイトルページに記したように，程度は劣るといえどもこの英訳によって同様の評判を得ることを目指す。そのため詩歌の，言わば最高法院にこの業績を提出するのである。

　彼は最高の読者 (生まれながらの審判者 judices natos) にこの訳書を問う理由を次に述べる。今の時代は詩歌の火が広く人々の心の中に消えている。最高の読者を喜ばせたいというこの野心がなければ，この状況は如何ともしがたかったが，この時彼を勇気づけたのが戦いに立ち上がった老拳闘士エンテルスの例である (5 巻) と言う。彼は賞品のためでなく名誉のために老骨に鞭打ったのである。ダンピエ (Ker 226.11 注参照) が，金を産出する国は空気が悪いと報告するように，人身は物欲に向かい，詩歌という精神の糧に無関心な時代を告発する。

ドライデンのヴァージル訳 (Ker 226.14–228.30)

　彼は改めて英語の特性に触れながら翻訳のあり方を考える。直訳は，特にヴァージルの場合は良くない。何故なら，彼特有の美しさは語の選択にあるからだ。そして，仮に我が母語の重圧となる子音で固まった単音節語だけを使わなければ，英雄詩の狭い詩行の中でその美しさを表すのは不可能であるからだ。しかし稀には単音節の一行が調子よく響くことがある。英訳の第一行はその例である：

Arms, and Man I sing, who forc'd by Fate, &c.

(注：彼は仮定した例を上に挙げる。単音節語のもつ重厚な響きは英語の特性

であると自負する。）これよりもずっと優れた例をクリーチ（Thomas Creech）に
よるマニリウス（Manilius）作 *Astronomica*（1697）の英訳最終行から引用する：

Nor could the World have borne so fierce a Flame—

すべての語が単音節だが，巧みに配置された多くの流音が語に心地よい響き
を与える。

　彼はヴァージルの語の流麗な響きを英語で再現することについて語る。彼
はヴァージルと同様の効果を求めたが，殆どの場合単音節行が詩を散文に変
えてしまい，美しくないものになったと言う。彼の取った方法は直訳
（metaphrase）ほど窮屈でも，意訳（paraphrase）ほどルースでもない。その中
間をとり，除外したものもあれば，付け加えたものもある。除外したものは
周辺的なものか英語にすれば優雅でないものであり，付加したものはヴァー
ジルの意味から容易に推測できるもの，接ぎ木ではなく彼の中から生え出し
たものである。更に続けて，ヴァージルが腐心する表現の簡潔はラテン語の
特性に支えられていて，それは限られたスペースに多くを容れる言語という
利点による。これに比べて英語は，冠詞，代名詞，時制辞，格変化辞，その
他の粗野な要素で文章を組み立てる。ラテン語はギリシャ語の上に建てられ
たが，ギリシャ人は何百年にもわたって言語を磨いて完全なものにした。英
語のもつ指示辞を用いず，不要な冠詞は出来るだけ捨てた。英語が二語で言
うことを一語で表した。この点でも英語は彼らほど簡潔に書けない，と言っ
て *pater* を取り上げる。この語は一般の「父」の他に，「あなたの父」，「わた
しの父」，「彼，彼女の父」すべてを含む。これだけでも近代語は余計に語を
使わなくてはならない。その上，ヴァージルは短く，同時にエレガントであ
ろうと努めている。従って彼はその長所を追求しつつ，簡潔性を放棄する。
彼をこの状態に置くヴァージルを強い香料，竜涎香に喩える。それは膠のよ
うに粘着質で，開ける時は麝香液類の弱い香料と共に開けないと，芳香が上
手く別の言語に伝わらない。

　ドライデンは翻訳の方法をパラフレイズと直訳の中間に置くと上に述べた。
即ち，ヴァージルにできるだけ寄り添い，決まって文彩を施した（figurative）

彼の用語の美しさを失わずに英語に移植するように努める。ヴァージルは時に一行に二語の輝く語を入れていて、英語の英雄詩行では一語以上は多くの場合無理である。両言語の違い、適正な語を選ぶ技量の差という二重の困難があるが、それでももしこの神がかりの作者が今日の英国に生きていれば話すと思われる英語を彼に喋らせるように努めた（Ker 228.18–24）と言う。仏語訳のスグレ同様、希望通りにはいかなかったが、彼の文体の明晰（clearness）、純粋（purity）、流麗（easiness）、荘重（magnificence）を少しでもコピーできたとすれば殊勲甲であろうと言って締めくくる（Ker –228.30）。

脚韻（Ker 228.31–229.35）

ドライデンは、原作にない脚韻を破格（licence）として新たに用い、これを一行の意味の境界を示す（bound the sense）ものと考えた。これにもう一つ破格、三重韻（triplet rhyme）を加え、最終行をピンダリック調の十二音節とした。彼の英訳におけるこの最初の例として彼が挙げるのは：

> In fear of this, the Father of the Gods
> Confin'd their Fury to those dark Abodes,
> And lock'd 'em safe within, oppress'd within Mountain loads:
> (*Virgil's Æneis* 1.90–92)
> 天地の破滅を恐れて、神々の父は
> 猛る嵐を暗い棲家に閉じ込め、
> しっかり錠を下ろして山塊で蓋をする。

こうして十二音節行のもつ威風の効果に加えて、意味を三行の囲いの中にとどめることができるが、もし次行に流れて四行になれば、意味が間延びすることになると言う。

この英語詩行十二音節とライムとの関係はスペンサーを模範（my example）としたと言い、スペンサーは最終カプレットの二行目がアレクサンドリンであるが、のちホーマー訳でチャプマンはカプレットの他、稀に三重韻を用いて（例えば *Homer's Odysses* 4.27–29）、アレクサンドリンはないようだと言う。両者のあとカウリーは『ピンダロス調オード』（*Pindarique Odes*）で三重韻とアレクサンドリンを好んで使い（例えば第10）、彼らと後継者詩人達を

ドライデンは英雄詩のマグナ・カルタと見做して，遺産として後世に伝えたいと願う。フランスとイタリア詩は規則性（regularity）を特徴とするが，英詩に求められる基準は力強さ（strength）と威風（elevation）である。フランス詩の気取った純正（affected purity）は彼らの英雄詩を骨抜きにしたと言う。叙事詩の言語はその殆どが文彩的（figurative）であるが，彼らはメタファーを恐れるあまりヴァージルの模範に啓発されて冒険をすることがない。英国のピンダロスと呼ばれるカウリーのメタファーは時に突飛すぎ（too violent），言語は必ずしも精選されて（pure）いない，それは時代のせいだとドライデンは言う。カウリーは母語を勉強すべき年齢で外国滞在を強いられた。母語というものは早い時期に親しまなければ決して美しい文章は書けない。彼は外国で獲て，母国で失ったことになるが，内乱期，凡そ十年間王党派としてフランスに追放された王妃の秘書として過ごしたことが原因と言う。英詩における脚韻と詩行構成についてドライデンは先人業績を以上のように語る。

半詩行（Ker 230.4–231.25）

　スペンサーとカウリーに見られる行の中程で切れる「半詩行」（hemistich）をドライデンは避ける。『妖精の女王』に見られる少数の例は長いスタンザの連続の中で生まれた欠陥と見る。カウリーは『ダビデの歌』でしばしば半詩行を用いている。叙事詩の伝統ではどうか。ホーマーとギリシャ・ラテンの詩人ではヴァージルにのみ半詩行が見られると言う。しかしそれは彼が前例として残そうとしたものではないとして，ドライデンは二つの理由を挙げる。まず，最後まで推敲した『田園詩』と『農耕詩』に半詩行は皆無であるのに反し，『アエネイス』は完成の余地を残したままであること。第二に，残された半詩行を埋めるつもりであったこと。それを示す例：

　　　　Quem tibi jam Troja …
　　　　（*Aeneis* 3.340）
　　　　彼を今やトロイアが…

これに対して後世考え出された後半行：

... peperit fumante Creusa:
薫るクレウーサから生んだ。

トロイ崩壊の何年か前にアエネーアースの妻クレウーサはアスカニウスを生んだのは確かであると言って，ドライデンは第6巻がアウグストゥス皇帝に朗読されている時，ヴァージルが自ら半行を満たした例を挙げる：

Misenum Aeolidem, quo non praestantior alter
Aere ciere viros ...
（*Aeneis* 6.164–165）
アエオルスの子ミセルス，彼に勝る者はなかった，
ラッパで勇者らを奮い立たせ…

これに彼は

... Martemque accendere cantu.
そしてその調べで軍神マルスを刺激するのに。

この箇所についてはドライデンは既に分析している（Ker II.150–151: 本書157）。結論的に言って，ドライデンは，ヴァージルは半詩行を意図しなかった，それでも残っている例は推敲すべきものであったということである。従って彼は半詩行を用いない。カウリーによる使用は伝統によるものではないということである。アレクサンダー大王の廷臣が王を真似て首を傾げたように，何でもヴァージル，と度を過ごすことはしないと言う。半詩行は急いだミューズの不完全な産物と言うのである。

　ドライデンは自らの熟慮不足による半詩行は時間不足の結果だと言って，『デカメロン』末尾のボッカチョの弁解に言及する（Ker 231.19 注参照）。物語によって気風に違いがあると非難された時，十二勇士を作ったカール大帝も全軍を勇士にすることはできなかったと応えたという。

ヴァージルの用語（Ker 231.26–232.18）
　用語の特徴をドライデンは以下のように述べる。ヴァージルの尽きること

のない文彩的でエレガントな，そして音色豊かな用語（figurative, elegant, and sounding words Ker 231.31–32）に関して，才能の差や言語上の不利もあって同じ意味が再度現れる時，表現に変化を与えることは非常に難しい。ヴァージル自身，やむを得ないにせよ意図的にせよ，同じ事を同じ語を使って，しかも二三行にわたって繰り返すこともしばしばある。語は貨幣のように容易に鋳造できないが，銀行だけでなく国庫の信用は収入が少なく支出が多いと破綻する。ヴァージルは行毎に新しい語を要求したのでドライデンは長いこと支払い続けて倒産寸前であった。従って，訳業の終わりの部分は負債が大きくなり，その結果，最終第 12 巻は第 1，2 巻の倍の時間がかかった。もう一巻あったならどうなっていたか。正規の貨幣が無く，大鉈を振って造った貨幣で支払う羽目に陥ったであろう。つまり，以前使ったのと同じ古い語のことだが，受け取る側は殆ど価値のないものを受け取らざるを得ない。ラテン語に劣る英語においてこの難しさはいや増す。

翻訳者は奴隷？（Ker 232.19–234.10）

ドライデンは言う，翻訳者は多少の自由はあるものの，つまるところ奴隷である。他者の農園で働きブドウの手入れをするが，ワインは園主のものである。土壌がやせていれば必ず園主に鞭打たれる。豊作で手入れも上手くいったとしても感謝されない。尊大な読者は，哀れな奴隷がよくやっているじゃないかと言うだけである。しかし，とドライデンは続ける，これに勝る喜びが待っている。ヴァージルの意味を伝えなければならない翻訳者は，自分の詩行を一旦ばらばらにしなければならない。創り出す（invents）人は思考と言葉（his thoughts and words）の主であり，好きなようにそれらを混ぜて変化を与えて調和あるものにする。しかし翻訳者には悲しいかな，そんな特権はない。作者の思考に縛られた表現の中で可能な音楽を奏でなくてはならない。そのため，原文と同じように甘美な音楽が出来上がる訳ではない。スグレが言ったように，ラテン語の語彙には音の美しさがあるが，それが近代語の何れにおいても全く失われている。彼は mollis amaracus（*Aen*. 1.693「心和らぐマヨラナ」）を挙げて冷笑する。これはウェヌス女神がキューピッド（ではなくアスカニウス）をその花の上に置く場面だが，その意味通り sweet marjoram と訳すなら，読者はヴァージルを誤解していると思うであろう。農村言葉

9. ジョン・ドライデン『文芸論』(1667–1697) 201

(village words) とでも呼べるこれらの語は花の粗野な感じを伝えるが，ラテン語の響きは母音と子音の適正な混合によりずっと心地よく，ありきたりの植物ではなくもっと高貴な花を想像させる。そしてアスカニウスをバラの褥に寝かせ，上にユリを撒く，女神の孫にふさわしい褥を想像させる。

ドライデンのこのような考察は，翻訳という模倣においてモデルの研究が如何に重要かを教えてくれる。彼は続けて，もしヴァージルの美しい旋律をコピーできなければ，崇高な思考と言葉に加えて彼の崇高な想像力をとても模倣できない。ピンダロスと競おうとする者はダエダロスの翼をつけて舞い上がったイカロスの運命をたどる (ホラティウス『オード』4.2.1–4)。況してや，近代のどの言語が，どの詩人が次の荘重な美しさを表現できるであろうか？

> Aude, hospes, contemnere opes,
> Finge deo.
> (*Aeneis* 8.364–365)
> 客人よ，富を蔑まれよ，そなた自身も
> 神にふさわしい者と思われよ。

ドライデンはただ感嘆するのみ，この世に想いをいたす時この世を蔑み，これを訳する時，己を蔑むと言う。彼はこの箇所を次のように訳す:

> Mean as it is, this Palace, and this Door,
> Receiv'd Alcides, then a Conquerour.
> Dare to be poor: accept our homely Food
> Which feasted him; and emulate a God.
> (*Virgil's Æneis* 8.477–480)
> 粗末ながら，この宮殿，この扉は
> 時の征服者アルキーデス (ヘルクレス) を迎えたもの。
> 御身貧しき者として，王をもてなした粗末な膳を
> 受けられるも，心は神にならられよ。

上の (四行目) emulate のように，彼はラテン語から大いに取り入れているが，

英語にこのように意味深く調べの良い語がない場合の処置であったと言う。
そして話題は外国語借用の問題に移る。

英語と外国語 (Ker 234.11–235.2)

この両者の関係についてドライデンの意見はこうである。やむを得ない外
国語依存によって我が国の宝を持ち出して、それが返って来ないと言うので
はない。例えばイタリア語を英国に移入する。それがここに留まり、広まる。
もし貨幣が良質なら、次々に人の手に渡るからだ。母語が豊かになれば現代
語でも（ラテン語のように）死語でも同様に取引きする。英国は十分なものを
供給してくれるが、壮麗豪華なものを手にしようと思えば通商によるほかは
ない。詩歌は装飾を必要とする。これは我がチュートン系の単音節語からは
不可能である。古典作家ヴァージルの優雅な語を自ら使ってこれが母語化さ
れるよう願う。もしこれが広く認められれば法案通過だ。しかし皆が衒学と
詩精神の区別をするとは限らない。皆が刷新するにふさわしいとは限らない。
原則として詩人はラテン語から採る語が美しいと確信し、次に英語のイディ
オムに一致するかどうか慎重に判断しなければならない。その後両言語に精
通した判断力に富む友人達の意見を求め、最後に、一挙に多くの外国語を使
うのではなく、母語を補足するように少しずつ使うべきである。母語を征服
すると思われてはならないからである。

ラテン語訳による英語の豊かさに筆が及んでドライデンの用語論が終わる。

最後に**専門用語**について (Ker 236.10–22)。ドライデンは航海、戦闘、職
業上の隠語を使っていない。それはヴァージルが水夫、兵士、天文学者、園
芸師、農夫等ではなく、一般の、特に教養のある一級の紳士淑女を読者とし、
そうした特別な用語を使わなかったからだと言う。

削除された冒頭四行 (Ker 236.23–238.22)

この叙事詩冒頭「アルマ　ウィルムクェ　カノー…」に先行する四行をド
ライデンは除外している。それは、

> Ille ego, qui quondam gracili modulates avena
> carmen, et egressus silvis vicina coegi
> ut quamvis avido parerent arva colono,

9. ジョン・ドライデン『文芸論』（1667–1697）

gratum opus agricolis; at nunc horrentia Martis
（フェアクラフ編『ヴァージル』I.240）
わたしは，かつて細い葦笛で歌を奏で，
それから森を出で，近くの畑地が
実り多かれと願う農夫に仕えよと強いた者，
（農夫の喜ぶ仕事であった）しかし今怒れるマルスの

これまで農耕詩を書いてきたが，今から叙事詩を書くという決意を述べる内容である。ヴァージルの遺稿を託された遺著管理人が公表前に四行を削除したとも言われる（フェアクラフ）。ドライデンが削除した理由は，形容詞 vicina（近くの）と名詞 arva（畑地）が離れ過ぎて意味が曖昧であることである。これはヴァージルの文体の明晰性に反すると言う。Ut quamvis avido「如何に多くであろうと（それを）望んでいる（農夫に畑地が仕えるように）」は彼の装飾にしては大胆過ぎる。そして gratum opus agricolis は既に述べられていてすべて不必要である。Horrentia Martis / Arma... は最悪だと言う。Horrentia は平板で行の埋め草に過ぎない。我らの作者は突撃ラッパを吹くように（とドライデンは意気高揚する），トランペットを高鳴らすように始める：

Arma virumque cano, Trojae qui primus ab oris

ドライデンの分析はこうである：殆どの語がアール音 /r/ をもち，大半の母音が格調高い（sonorous）。先行四行の冒頭 Ille ego は四行目において漸く at nunc で対応されるが，この二語は名うての余計ものである。従ってこの四行は編者（Tucca と Varius）により加えられたと（Ker 237.19 注及び Kinsely 編『ドライデン詩集』2048，2251–3 頁注参照。この四行の改変，除去について言及がある）。彼に対する反論はこうである，ヴァージルは『農耕詩』第 4 巻の終わりでこれまで書いてきた田園・農耕詩に言及したように，叙事詩の初めにそのタイトルに自ら言及しているというものである。ドライデンは直接これには答えず，ヴァージルは主題を主張するのに前書きは必要なかったと，先行四行を否定する。そしてその英訳を示す：

I, who before, with Shepherds in the Groves,

Sung to my oaten Pipe, their rural Loves,

And, issuing thence, compell'd the neighbouring Field

A plenteous Crop of rising Corn to yield,

Manur'd the Glebe, and stock'd the fruitful Plain,

(A Poem grateful to the greedy Swain), &c.

我，以前，木立の下，麦笛に合わせ，

羊飼い達の恋の想いを共に歌った。

其処を出で，近くの畑地に，天に伸びる

小麦の豊かな収穫をもたらし，

土地を肥やし，実りの野に種を蒔いた。

（それは貪欲な農夫の喜ぶ歌であった）…

（なお，スペンサー『妖精の女王』のプロローグ，"Lo I the man, whose Muse whilome did maske..." は削除四行を踏襲したものである。）この英訳の中に読むに耐える一行もない。とすれば，もっと立派に書くチャンスを作者は与えてくれなかったからだと言う。つまり，この箇所に関して最善の英訳を示してなおこの有様なら，これはヴァージルの真筆ではないと断定するのである。この弁明は正しいと明言するが，この翻訳全体については時間不足，ラテン語に比べ英語が劣ること，脚韻の不便その他を原因として挙げて，ヴァージルに不当な仕打ちをしたと告白する。結局，自身の力不足をさらすことになり，では何故翻訳を試みたのかと問われることになる。これにドライデンはただ，「これまでのヴァージル毀損者の誰よりも傷つけるところは少なかった」と答える。

　以上，キケロ以来の模倣論の展開を概観した。その間，「模倣による創造」の技術面が特にシュトゥルムにおいて強調され，シドニーにおいて新プラトン主義が示唆されるが，創造的模倣のためには自然を探求する精神 animus（理性，判断力）を鍛練せよという基本は変わらない。ドライデンは17世後半という歴史の利を得て，このキケロ以来の伝統を通観しまとめ上げた大人文学者であり，プラトン主義者と言えよう（(5)『英雄詩と破格表現』Ker I.187

9. ジョン・ドライデン『文芸論』(1667–1697)   *205*

において，ケンタウロスは人と馬という自然に還元できると言うように，彼
にとっては芸術は自然に基づく）。また彼自身，アリストテレスとホラティウ
スの権威に拠りミルトンの叙事詩を題材にオペラを作った。その他，英雄詩
的題材を基に劇を書いた。しかしながら，この保守主義者の新しい感性は，
叙事詩の模倣が新たな叙事詩を生む可能性を認めつつ，翻訳も模倣である，
少なくともその一形体であると主張した。ミルトンについては多くを語らな
いが，スペンサー，そして恐らくチャプマンと共に，ラテン語によらず英語
による叙事詩人としての自覚があったのではないだろうか。彼のあと，ポー
プのホーマー訳が出る。

　精神 animus は感情と理性・判断力から成る。その練磨を真実探求の不変
の原理としたことが，古典模倣論が新科学時代までかくも長く生き延びた原
因であると思われる。そしてそれは同時に人の良い性質を本来の姿に戻そう
とする行為でもあるからだ。真実を求める技術 art，其処から自然に散りばめ
られた真実を見出して，真理そのものに限りなく近づく，これは近代の新科
学精神の自然探求と容易に重なる。この自然が深く観察されればそれは神の
真理に通じることでもある。これらの点はのちに触れるところがあるが，次
にミルトンによる模倣の実践を考えてみたい。

第2部

ミルトン　キリスト教叙事詩に向けて
『失楽園』「航海」とキリスト教叙事詩

　ミルトンは叙事詩における古典的模倣論について，体系的にではないがその影響を受けていると思われる発言を残している。

　1642年刊行の『教会統治の原則』（*The Reason of Church-Government*）は，ミルトンによる模倣論の記念碑的発言として記憶される。10歳にして大詩人の道を歩み始めていたミルトンは，1638–39年イタリア旅行中知遇を得た文人，そして本国の友人達のことに触れながら，日々強くなる詩人としての使命感に動かされて刻苦勉励，生来の強い意志をもって励めば不滅の大作を書き残すことが出来ようと思い始めたと言う。それは英国の歴史について書くという熱烈な野心を述べたものであり，それをラテン語ではなく，アリオストーがイタリア語で書こうと決心したように母国の言語で書くというものであった。更に，ラテン語で書く場合，言語上の不利を意識して「ラテン詩人の中で第二位に達するのも難しいと分かっていた」（I knew it would be hard to arrive at the second rank among the Latines. *CPW* 1.810–811）と述べる。更に，己の国のために叙事詩を書いたギリシャのホーマー，ローマのヴァージル，イタリアのタッソー，ヘブライのヨブ記の作者に言及する（813）。ホーマー，ヴァージル，タッソー（ドライデンが挙げることになる三大叙事詩人）の名を挙げ（813），ラテン語で書けばヴァージルの一ランク下に達することさえ難しいと繰り返し告白する。詩の源泉であるホーマーは別として，そして近代イタリア詩人タッソーとは競わず，ヴァージルの下位に位置する恐れを表明するのは，彼がヴァージルをモデルとして競い凌駕（emulate）しようという野心の表れと考えられる。ホーマーとヴァージルを並置し比較する時，ミルトンは叙事詩人に必須のことはモデルを選択し，そのモデルを如何に模倣したらよいかを知っていたことの表れと思われる。つまり，彼はキリスト

教叙事詩人として「全土にわたり，我が同胞がもつ最も秀れ，最も賢明な資質を母国語で代弁する語り部」(811–812) として，キリスト教叙事詩を「英語で」書くという決意を述べていると考えられる。

『失楽園』*Paradise Lost*（PL）以前に，この 1642 年の決意はまず叙事詩的散文とも言うことができる『英国民の擁護』*A Defense of the People of England*（1651）に痕跡を見ることができる。これは *Aeneis* の 12 巻と同じ 12 章から成る。自由の擁護のために献身した成果であり，1642 年に祖国と他の国々を教化すると述べた約束を果たすものである。続いて『第 2 の弁護』*A Second Defence*（1654）の中で模倣の方法に言及している。即ち，「叙事詩人は…主人公の全生涯ではなく，通常一つの事件（トロイでのアキレスの武勇，オデュッセウスの帰郷，アエネーアースのイタリア上陸など）を称揚することを努めとし，他は無視する」（CPW 4. pt.1.685）。これはアリストテレスとホラティウスの二つのテクストを念頭に置いたものであろう。即ち，アリストテレスは「ホメーロスは，…トロイアー戦争さえも，それが初めと終わりをもっているにもかかわらず，その全体をそのまま詩につくることは試みなかった…。実際にはホメーロスは，（トロイアー戦争の全体から）一部分だけを取りあげ，出来事の多くを場面として用いた」（松本・岡訳『詩学』23）と言い，それを受けてホラティウスは，ギリシャのモデルを凌駕しようとしたローマ詩人の努力について「我がローマ詩人達はギリシャ詩歌のあらゆる文体を試してみたし，彼らの足跡を敢えて離れ我が母国の偉業を歌い上げて不名誉の誇りを受けることはない」（*Ars Poetica* 285–287）と語りながら，叙事詩の事件についてホーマーが示す技を模倣するように勧める（131–152）。彼は『詩学』第 23 章に依拠しながら（岡 272. 注 11），トロイ戦争をヘレンの誕生から始めることをせず（147），絶えず結末に向かって急ぎ，「事件の中核から始める」（in medias res 148）に見られる「配置」，「選択」（relinquit 150），「虚実混合」（これらは創意となる）（mentitur / veris falsa remiscet 151）を勧める。従って，上でミルトンはホラティウスの「選択」に言及していることになろう。実際に『失楽園』第 1 巻は主題を述べたのち直ちに「事件の真っ只中に」（into the midst of things）急いで，地獄に落とされたサタンらを描く（第 1 巻「梗概」）。

ミルトンは結局英国の優れた資質を題材にすることはなかったが，ホラティウスに見られる古典模倣論の伝統の中で叙事詩を書くことになる。その精神的支柱は，キリスト教を拠り所として先人を凌駕することを目指すことにあると言えよう。キリスト教叙事詩は何もミルトンのみの理想ではない。主題をキリスト教化することによって古典の欠陥を正す（improve することをベン・ジョンソンは理想としているとティリアード（Tillyard 415）は言っている）。自身による以上の言説を踏まえて，ヴァージル的叙事詩としての『失楽園』の考察を試みたい。

　ミルトンは作品のデザイン（構成）として『アエネイス』の「航海」，「歴史」，「追放」，「戦い」を踏襲し，それらに変化を加えた。この変化の動因の中心にキリスト教があるのは言うまでもない。これらは，ドライデンの表現では，建物の柱にあたるものであろう（アスカム W125 が念頭にあるのかもしれない）。建物にはその他必要な付属物があるように，英雄的競技，儀式，神々による介入，危険（スキュラとカリュブディスの難所，一つ目巨人等）が英雄の行動に立ちはだかる。まず，これらの点から両叙事詩を比べて，ミルトンにおける叙事詩的枠組みを観察しよう。

ミルトンとヴァージル―大まかな対応

　ローマを建設することになるトロイ人の再生の歴史は，人類が刻む「信仰と堕落」の連続の末，キリストによる人類再生の歴史に取って代わる。敗北・追放ののち，アエネーアースの海上放浪と遭難は，サタンが演じる。イタリア上陸後，新トロイ建国のためトゥルヌスに対するアエネーアースの戦いは，サタンの二つの戦い（神と御子に対する天上の戦いと，アダムとイーヴに対する誘惑という心理的戦い）に変えた。

　トロイ崩壊後七年の長きにわたって海上をさまよったのち，ユーノー女神の悪意が引き起こした嵐に翻弄されて，アエネーアース一行がカルタゴに漂着する。天から撃退追放され，九日間混沌界を失神して墜落，地獄に投げ落とされて更に九日間失神を続けたサタンらは，漸く意識を取り戻して地獄の火の海から荒地とはいえ岸辺を見つける（第1巻）。これがアエネーアースらのカルタゴ漂着に対応するであろう。失神から醒めた堕落天使達は万魔殿を

建設し，今後の生き道について謀る。一方，アエネーアースはディードーに
カルタゴの城市建設に協力する。彼は，ここでイタリアにおける新トロイ建
設の予行練習をするかの如く，新生カルタゴの活気を感じたと思われる。(注：
サタンとアエネーアースの漂着，万魔殿とカルタゴ城市の建設の対応は従来
指摘されている。例えば Shitaka 106 参照。) それは特に Aen. 1.421–437 あた
りに表れているようだ：「あゝ，既にそびえる城壁をもつ者達は何と幸せなこ
とか！」(o fortunati, quorum iam moemia surgunt!)。一方，堕落天使達による
万魔殿建設の活気も同様に目を見張る。しかも材料，技術，威容，どれをとっ
ても人の技など比較にもならない。その様子は言葉を尽くして描かれる (PL
1.674–723)。特徴的なことは，地獄の営為が人間の営為と比較され，時を費
やして造った偉大な建築物も誇るに足らない，彼らは瞬時にしてそれ以上の
ものを造る，と地上の権力と名声の産物も地獄の所業に劣るとされる。カル
タゴ建設において市民がそれぞれの仕事に懸命に励む様子をヴァージルは初
夏，巣の内外で忙しく働くミツバチに喩える (Aen. 1.430–436)。ミルトンは
同じミツバチの比喩を万魔殿に群がる地獄天使の群れに用いている (PL
1.768–775)。ミルトンでは比類のない大建築物に小さく群がる堕落天使の群
れ，という疑似叙事詩的 (モック・エピック) 描写に転換される。

　カルタゴと地獄から，イタリアとトロイの合体を目指してアエネーアース
の旅と，サタンが人と合体して楽園に悪の王国を築くための旅がそれぞれ始
まる。つまり，サタンは遠征の最後に楽園で人を罪に陥れ，悪魔と罪と死が
人を支配することになり，イタリアとトロイが一体となるローマ建設と極め
てグロテスクな対応をなす。

　サタンが地球征服の旅に発ったのち，居残る天使達はそれぞれ競技に打ち
興じる者 (PL 2.528–546)，美しい調べを奏で今の不運を嘆く者，或いは崇高
な思索にふけり，摂理，予知，意志，宿命を論じて迷路に陥る者，更に善と
悪，幸福と不幸，情熱と無気力，名誉と恥等，空しい知恵と偽りの哲学にふ
ける者が居る (2.546–569)。また，地獄の探検隊を編成し (570–)，ステュク
ス，アケロン，コキュトス，フレゲトンの川岸を遡って源流の忘却の川レー
テへと探索する者が居る。その遥か彼方は荒涼とした大陸，底なしの深遠，
すべてが死の世界である (2.–628)。彼らが興じる競技に関しては，のちに対

照的に楽園で休息中の警護天使によって演じられる（*PL* 4.551–552）。

　ヴァージルの冥界はこれとは随分異なる。アエネーアースは父アンキーセスに会うため巫女シビュルに導かれて冥界に下る。左に見る懲罰界 Tartarus がミルトンの地獄に似るが，永遠の懲罰の場所であり，悪天使らが解放される地獄とは違う。右に進むと，偉大な冥界の神 Dis の城のもとを通りエリジウムに至る。其処でミルトンとの明らかな類似が指摘される箇所がある（*Aen.* 6.642–659）。祝福を受けた者達が住む光に満ちた幸運の森，其処では格闘技に励む者，踊りと歌に興じる者が居る。オルフェウスは妙音を奏でる。また，生前のままに戦いに備え勝利の歌を和して結束を固めるトロイ歴代の英雄達も居る。（ミルトンの地獄天使に特徴的なのは彼らがたとえ偽りで虚しくとも哲学的思索をすることである。ヴァージルの冥界にないこの特徴は，彼らの長であるサタンが楽園でイーヴを誘惑する時使われるものである。）のちに父アンキーセスは，此処に住む人々のうち，いずれ天に昇る者の他，肉体を得て地上に帰る者が居て，その者達はローマ建国の礎となり，栄光の未来を築く英雄となるのだと語る。冥界はその人材を生む再生の場でもある。ミルトンはこの再生を堕落後の人の霊的再生と対比した。アダムとイーヴが堕落してのち，神に遣わされて天使ミカエルはアダムに人類の未来史を見せ，そして語り聞かせる。それは信仰と堕落の連続であり，キリストによる悪の征服まで罪は繰り返される。

　今ここで，死と病について触れておきたい。ヴァージルでは，アエネーアースが冥界王ディス（Dis）の王国に入ると（*Aen.* 6.268 以下），入り口の丁度冥府の顎の内側に，死とその原因となるものが住んでいる。即ち，嘆き Luctus，胸を刺す苦悶 Curae，青ざめた病 Morbi，憂鬱な老齢 Senectus，恐怖 Meyus，悪に誘う飢え Fames，心を曲げる貧困 Egestas，死 Letum と苦役 Labos，死の兄弟の眠り Sopor，悪しき心の喜び Gaudia，向かいの入り口には死をもたらす戦い Bellum，復讐の女神 Eumenides，不和 Discordia，そして虚ろな夢 Somnia。また，ケンタウロスや異形のスキュラ，百腕の巨人ブリアレウス，シューと舌ならすレルナの水蛇，火焔が武器のキマエラ，それにゴルゴンとハルピュイア，そして影の如き三体もつゲーリュオーン（Geryon）等，様々な奇怪な姿が住んでいる。アエネーアースが恐怖に襲われるほどだ。

ミルトンでは，アダムが最初の人殺しを見たあと，天使ミカエルは「死の姿は多様だ，死の陰鬱な洞窟に至る途は実に様々で，みな悲惨だ。だが中よりも入り口のほうが見るも恐ろしい」（*PL* 11.467–470）と言って，暴力，火災，洪水，飢え，病気をもたらす不摂生等，死の原因を挙げる。天使は特に不摂生による悲惨な結末を強調する。この不摂生はイーヴが禁断の実を食べた罪から生まれたのだ（*PL* 11.476）と言って，様々な病を見せる。即ち，死に際の痙攣，悶絶させる苦痛，苦しい発作を伴う病，熱病，ひきつけ，てんかん，カタル，腸結石と潰瘍，疝痛，鬱病，狂気，消耗症，衰弱，ペスト，水腫，喘息，関節を苦しめるリュウマチ（*PL* 11.479–488）。「絶望」が看護役で，槍を振るう「死」は病人最後の哀願を聞き入れない。『失楽園』の編者ファウラー（Alastair Fowler）が指摘するように（*PL* 11.469–470 注），ミルトンの「死に至る洞窟の入り口」はヴァージルの冥界の入り口を意識したものであろう。ミルトンは更に付け加えて，死に至る病の恐ろしさ，悲惨さを強調する，それはすべて不摂生によるものであると—to sense More terrible at the entrance than within。死そのものよりも，病のほうが恐ろしい！　と言っているのであろう。ヴァージルの死の洞窟に棲む異様な怪物は，ミルトンでは地獄の倒錯した異様さを描く時に比較の例として挙げられるに過ぎない。結局，ヴァージルでは冥界の入り口で示された死は，善悪の選別を受けたのち建国の人材を再生する基となり，ミルトンでは死は不摂生の結果であり，再生はキリストによって初めて成されるのである。

　生命がなく，死のみが生きる世界では「自然」が「倒錯して」（Perverse *PL* 2.625）醜悪なものを生む。例えば，ゴルゴン Gorgons，ヒドラ Hydras，キミーラ Chimeras，これらは架空の物語（fables *PL* 2.627）が作ったり，恐怖心から思い付いたものだとミルトンは言う。自然の世界ではあり得ないものと言うのである。しかし一方で，ハーピー（ハルピュイア）の爪もつ復讐女神達 Furies，即ち Eumenides（*PL* 2.596）は墜落天使達を熱と寒の沼で苦しめる。そしてゴルゴンのひとりメドゥーサ（*PL* 2.611）は天使達に忘却の川レーテの水を飲ませない。共に神の意図に従って神罰を加えることを許されている。

　なお，ケンブリッジ大学トリニティーコレッジ図書館所蔵のミルトン手稿集（Cambridge or Trinity MS）に，『失楽園』に関係する第4草稿がある。そ

の中に次の寓意的人物が見られる：*Labour, greife, hatred, Envie, warre, famine, Pestilence, sicknesse, discontent,* [*Ignor*]*ance, Feare, Death* (*CPW* 8.555 に転載)。これらはヴァージルの例に似て，上述したミルトン 1642 年の叙事詩人たらんとする野心表明と記述の時期を同じくすると思われる点に注目したい。ヴァージルの記憶が草稿に色濃く現れたのであろうか。

　さて，アエネーアースとサタンの旅は共に神の意志に従うものである。アエネーアースはイタリアが建国の地であることを，旅の初めでこそ理解が曖昧であったが，よく承知している。しかしサタンは神によりすべてが予見されている（第 3 巻）ことを知らないまま旅を始めそして終える。ミルトンはヴァージルの叙事詩の構想のうち，アエネーアースの旅をどのように彼の構想に織り込んだのか，以下検討してみたい。

「航海」とキリスト教叙事詩

　叙事詩において「航海」は英雄の真価が発揮される必須の題材の一つである。アエネーアースのトロイ脱出と航海は，ミルトンではサタンの天界追放と航海，そして堕落後の人の楽園追放とそれから始まる人生の旅が担う。航海を担う者は異なるが，『失楽園』を通して，混沌界においては勿論楽園においても，航海のイメジが響き続ける。

　1642 年ミルトンは叙事詩人としてキリスト教徒である点でヴァージル達先人より優れた詩を書かなくてはならないという気概を示したが（*CPW* 1.812），この自覚の成就を「航海」の視点から見ることができる。

　詩の冒頭，詩人は天のミューズに

<blockquote>

what in me is dark

Illumine, what is low raise and support:

（*Paradise Lost* 1.22–23）

わたしにあって暗きものを

照らし，低きものを引き上げ支えてほしい

</blockquote>

と祈る。光が暗い混沌を照らし（神が「光あれ」と言われたように），低きにある粗い想像力を清め昇華してほしいという祈りは，maker（詩人，創造者）としての詩人による創造の願いでもあろう。即ち，混沌海（ocean *PL* 2.892）

の航海を悪天使サタンと共に始めるにあたって，低き暗黒に沈むことのないように粗く低い者を「引き上げて」支えて欲しいと願っていると思われる。二つの語のうち support も「下から上に運び」，「支える」意味をもち（L. sup（<sub)-porto），無事の船出を祈っているようである。堕落したアダムとイーヴの末裔である詩人にとっては，サタンは単なる登場人物ではない。罪びととしてサタンの航跡を辿り，悪の発生とその原因を明かさなくてはならないのである。

　アエネーアースの航海には神託の誤った理解と嵐，そしてディードーとの邂逅による曲折の他に，困難の中にも同胞による手助けがある。以下，天を中心とするこれらの事態を辿り，その後ミルトンの場合と比較してみたい。

　アエネーアース達の旅はトラキアを経てデーロス島へと南下，その王アニウスに迎えられることから始まる。彼は父アンキーセスの古い友で，ポエブス神殿の神官をつとめる。そこで受けた神託から，クレータ島こそトロイ再建の地だとアンキーセスは思い込む。しかしその地は再建に適さず，トロイの神々がイタリアこそその地だと告げる。一行は直ちにデーロスを離れるが，嵐が三日三晩続き，四日目にストロパデス島に漂着，怪鳥ハルピュイア（ハーピー）の襲撃に遭う。そして復讐女神の長ケラエノー（Celaeno）はユーピテル約束の新都市建設の前に飢えが待つと予言する。ストロパデスを直ぐに離れ，北上しながらカーオニア地方のプロートゥム（ギリシャ西岸）に着く。ここには小トロイが築かれ，亡きトロイの英雄ヘクトルの元妻アンドロマケを娶ったその弟ヘレヌス（Helenus）が支配している。二人はアエネーアース達を歓待し，安全な旅路を教える。再び海上へ，近くのケラウニアに沿って北上し，イタリアを遠望する。その東岸沿いに南下しながら，ヘレヌス王が注意したカリュブディスの難所を避けつつも，大波に打たれシキリア（シシリー）の一つ目巨人キュクロプスの岸に打ち付けられる。彼らの襲撃を逃れ，忠告されていたスキュラとカリュブディスの難所を遠目に見，更にシシリー南岸沿いに進み，西北岸のドレパヌムの港に至る。ここで父アンキーセスを失う（以上，第3巻の中でアエネーアースが語る）。

　シシリーを出発，イタリアに向かう一行を，彼らを憎むユーノー女神は大嵐で苦しめる。リュビアに漂着，七隻を残すのみ。ディードーによる歓待と

アエネーアースとの愛。別れ，ディードーの死（後述）。一行はカルタゴの城が燃え上がるのを見ながら大海に乗り出す。嵐に遭い再びシシリー，ドレパヌムに戻る。トロイの血を引く当地のアケステス王の歓待を受ける。アエネーアースは亡き父アンキーセスのための祭儀を行い，続いて奉納の競技が行われる。競艇，競走，拳闘，射的，そして最後に少年隊による凛々しい騎馬行進が繰り広げられる。一方ユーノー女神の策略により，女達がここに留まり新トロイを建設すれば，これ以上苦しみが続くことはないと船に火をつける。四隻を失い鎮火，アエネーアースは動揺し，行くべきか，留まるべきか悩む（*Aen.* 5.700–703）。老ナウテスは弱い者をアケステス王に託して運命に従うように忠告する。またアンキーセスが降りてきて，教えに従い強い者を連れてイタリア征服に行くように勧める。何よりもまず冥界に父を訪ねよ，ローマ建国の英雄の未来史を聞かせるから，と言う。アエネーアースはここに居残る者達のためにトロイの町を建設しアケステス王に託す。一行は舵取りパリヌールス一人の死を犠牲に無事イタリア，クーマエに着く。

シシリーに留まろうか…，どうすべきか…，ヴァージルの英雄の心は動揺する。ディードーのユーノー神殿に描かれたトロイ方の敗北を見て彼は呻く（*Aen.* 1.485）。アンドロマケと再会した時彼女の涙に嗚咽せんばかり，別れの時も涙する（*Aen.* 3.492）…。これは英雄の弱点を描いたものではなく，むしろ心の大きさ，pius な心の深さを語るものであろう。

ミルトンにおいて，混沌海を大騒乱に巻き込んだサタンらの墜落と地獄における放心の様が，大嵐によってカルタゴに吹きやられた一行の苦難に対応する。新世界を目指すアエネーアース的航海は地獄を離れる時に始まると考えられる。最初の関門である地獄の門を目指すサタンは，香料を運ぶ商船団に喩えられる（*PL* 2.636–643）。彼の目的とする港は楽園である。編者ファウラーはミルトンが香料を spicy drugs（*PL* 2.640）と呼んでいるのは，サタンがこれから香しい禁断の実とイーヴの無垢を交換しようとしているからだと解釈する。門では「罪」と「死」が構えている。「罪」は，天でサタンが神に逆らった時彼の頭から生まれ，のち愛を交わした結果この地獄で子の「死」を生んだのである。上半身は腰まで美しい女，下半身は蛇である（*PL* 2.650–）。この母と子の間に生まれたのが醜悪な猟犬である。ミルトンはこれをスキラ

(Scylla *PL* 2.660) の犬に比べる。彼が依拠するとされるオウィディウスによると，美しいニンフのスキュラを嫉妬したキルケー（Circe）は，水中に毒を流し魔術によって，何時もの暑い時刻にやって来て水浴中，彼女の下半身を吠え立てる犬の群れに変えてしまう。その頭は冥界の三頭の犬ケルベロスに似て恐ろしい。スキュラは其処で動けなくなる。これに対してミルトンは独自の扱いをしている。地獄の番犬ケルベロスの犬が腹部に巣食う，その醜悪さはスキュラを悩ませた犬も敵わないと言う。オウィディウスではこれ以後スキュラは岩と化して船乗りの難所になる。それは航海の難所に巣食うスキュラでありヴァージルが描くもので，アエネーアース達については，岩に変えられたスキュラを彼らが避けたとある（『変身物語』14.50–74）。更にヴァージルでは，スキュラは腹部が狼，尾はイルカの美しい乙女にして，洞窟に潜み，通過する船を吸い込む怪物である（*Aen*. 3.420–）。一方，ミルトンのスキュラは，のちにサタンが混沌を抜け出そうと難儀をする時にカリブディスと対になって出てくるが，ここでは「罪」の描写にヴァージルの醜悪な特徴のみを採っている。

　カルタゴの建設，ディードーとの愛はアエネーアースの pius な（敬虔な，愛情深い，誠実な）性格を表すものであり，その間に彼の最大の懸案はイタリア向け航海の万全の準備を再び整えることであった。大神ユーピテルに定められた運命を実行するために愛を断ち切ることも彼の pius な英雄精神の成せるところである。ディードーは彼を送り出して命を断つ。大航海の旅立ちにあたってヴァージルでは悲劇的な死を伴った。ミルトンではサタンと「死」は互いに父と子と知らずに戦おうとする。しかし「罪」だけは三者の関係を知っていてこれを止める。サタン出発の門出において地獄の三位一体が出そろう（*PL* 2.869–870）というグロテスクな家庭劇はサタンの門出を祝うに十分だ。「悪」が新世界の楽園にプランテーションを築いた暁には，地獄に残る「罪」と「死」が直ちに隧道を駆ける算段である。

　「罪」は地獄の門番（the portress of hell-gate *PL* 2.746）と呼ばれる。戦いに敗れ天から落とされる時，神から地獄の開かずの門の鍵を託されたからである。この門はサタン自ら思い描く祝福の場所（a place of bliss *PL* 2.832）を求める遠征の港口 port でもある。「罪」は天の神の命令に背き，父であり愛す

るひとであるサタンのために地獄の門を開ける。ここでアエネーアース同様の航海が始まる。ディードーは自死によりアエネーアースの出発を許し（武力で阻止しなかった），「罪」は「死」の挑戦を止めてサタンを送り出す。二人の愛は天界において過ぎ去りしこと，今は無用のこととしてサタンは目的を果たすため混沌海に乗り出す。

サタンの眼前に広がるのは，灰色の深みに包まれた未開の物，それは限りなく広がる大海原（*PL* 2.892–893）である。そこでは自然の先祖である「夜」と「混沌」が永遠の（平安ならぬ）無秩序を保つ。四元素がそれぞれ原子を味方に付けて無秩序に荒れ狂う混沌海を前にして，サタンは長い航海（*PL* 2.919）の困難をしばし推し量る。遂に船帆よろしく天使の翼（sail-broad vans *PL* 2.927）を広げて飛び立つ。

サタンの旅は航海のイメジで語られ，「嵐」に翻弄される。大胆にも煙の大波に乗って上昇するが，すぐに落下する。と眼前にあるのは混沌の広大な虚空（vast vacuity *PL* 2.932）だ。サタンは，

　　　　　思わず
　　翼をばたつかせたが空しく，垂直に沈むこと
　　一万ファゾムの底までも。今もって沈み
　　続けた筈だ，人にとって不運にも，
　　火と硝石で生きづく荒れ狂う雲が
　　強烈に反発して，サタンを同じ高さまで
　　押し戻さなかったなら。海でも陸地でもない
　　底なしの流砂に呑まれて，この騒乱は
　　鎮まった。沈みそうになりながら彼は頑張る，
　　半ば歩み，半ば飛びながら
　　柔らかな泥土を行く。櫂と帆が今こそ必要だ。
　　半鷲半獅子のグリフィンが，不眠の監視の
　　目を盗み秘匿の黄金を持ち去った
　　一つ目族を，荒野を駆け抜けて
　　山と沼沢には翼を使って追いかけた。
　　丁度そのように一生懸命に悪鬼は，沼や坂を飛び
　　越え，平ら，粗い，濃い，薄い所を駆け抜ける，

場所によって頭，両手，両翼，両足で進む，
そして泳ぎ，沈み，渡り，這い，次には飛ぶ。
（『失楽園』2.932–950）

混沌の中を翻弄されながら進むサタンは嵐に遭う船にも喩えられる。それは，
アエネーアース達がシシリーをイタリアに向けて出発したのちに遭遇する猛
烈な嵐の場面を想起させる：

　　　　北から烈風が
帆に真っ向から吹き付け，大波を天まで持ち上げる。
櫂は砕け，船首は逆さになり，大波に
横腹を任せ，山のような波がどーっと落ちる。
ある者は大波の天辺に乗り，ある者には波は裂けて
すき間に底を見せる。砂で煮えたぎる釜に似る。
（『アエネイス』1.102–107）

大波が人を上下に翻弄する様子が共通するが，ミルトンではサタンを叙事詩
の主人公の座から矮小な喜劇的存在に引きずり降ろしていて，両者には大き
な違いがある。なお，ドライデンはこの箇所を次のように訳している：

Fierce *Boreas* drove against his flying Sails,
And rent the Sheets: The raging Billows rise,
And mount the tossing Vessel to the Skies:
Nor can the shiv'ring Oars sustain the Blow;
The Galley gives her side, and turns her Prow:
While those astern descending down the Steep,
Thro' gaping Waves behold the boiling deep.
（*Æneis* 1.147–153）
激しい北風が急ぐ船の帆を打ちつけ，
帆布を切り裂いた。怒り狂う大波の群れが隆起し，
のたうつ船を荒天に突き上げる。
櫂は砕け，風の猛威を支え切れない。
船は横腹を見せ，船首を回転させる。

船尾の者は波の坂を落ちながら，
大口開けた波間越しに，たぎる深みを見つめる。

　虚空の海原を進むサタンの描写は音調が喜劇性を帯びてモック・エピックの
主人公にふさわしい。しかしミルトンはサタンを最早や天使ではなく「悪鬼」
（fiend *PL* 2.947）と呼んでいる。

　アエネーアースが同胞のヘレヌスから得たと同様に（*Aen.* 3.374-432），目
的地への道のりについて情報を得なければ進めない。その役割は「混沌」が
果たす。「混沌」（*PL* 2.960）の宮殿には万物のうち最も年上の「夜」（962）
が彼の統治を支える。他に Orcus と Ades（964 共に冥界の神），そして
Demogorgon（965），「噂」（Rumour），「偶然」（Chance），「動乱」（Tumult），
「混乱」（Confusion），「不和」（Discord 965-967）の一団。オルクスはヴァー
ジルでは faucibus Orci（冥界の顎，入り口 *Aen.* 6.273）として冥府そのものを
指す。オズグッド（C. G. Osgood）によれば（「書誌」参照），争いが産んだ復
讐の神，人に破滅をもたらすとされる。アデスはホーマーでは人間に過酷で
容赦のない最も憎まれた神とされている。デモゴルゴンについては，その名
を知り口にすることさえ死者は恐れるという（ファウラー注）。この三神は人
の死に関わるものとしてミルトンは混沌界に住まわせている。一団のアレゴ
リカルな存在は人間に破滅，災難，或いは死をもたらすものである。

　そこで，宮殿の王「混沌」が支配する混沌界は天地創造に死の影を内包す
る粗い材料である。創造とは，「境界のない海原」（Illimitable ocean *PL* 2.892）
に境界をつくり，粗い素材を純化する行為である。この変化は「混沌」にとっ
ては王国の領地を失い，その特性を半ば失うことになる。しかし，半ばを失
うがオルクス，アデス，デモゴルゴンと一団のアレゴリカルな影は，創造に
よって人間を含む自然界に実在することになる。言わば影が実体となってこ
の世に生まれ変わるのである。「罪」と「死」はその実体が生み出すものを餌
食として期待し，悪魔サタンがその根源となる悪を楽園で創り出すことにな
る。従って，「混沌」にとって神は王国を侵し敵対するものであり，サタンは
仲間である。

第2部　ミルトン　キリスト教叙事詩に向けて

　「混沌」はサタンに最近創られた新世界への方向を教え，近づくにつれて危
険も多くなると警告して，成功を祈る（*PL* 2.1008）。サタンは難所を通過，無
事混沌海を乗り切る。それをミルトンは典型的な海の難所を挙げ，サタンを
航海者として描く。サタンは，

> But glad that now his sea should find a shore,
> With fresh alacrity and force renewed
> Springs upward like a pyramid of fire
> Into the wild expanse, and through the shock
> Of fighting elements, on all sides round
> Environed wins his way; harder beset
> And more endangered, than when Argo passed
> Through Bosporus betwixt the jostling rocks:
> Or when Ulysses on the larboard shunned
> Charybdis, and by the other whirlpool steered.
> （*Paradise Lost* 2.1011–1020）
> 直ぐに航海も終わるのだと喜び，
> 新たに気力と力が蘇ってきて，
> 火のピラミッドのように荒涼たる虚空に
> 飛び立つ，そして戦う四元素の衝撃の中を
> 全身を取り囲まれながら進む。難航し，命の
> 危険にさらされたが，それはアルゴー船が
> ボスポラス海峡にひしめく岩礁を通過した時，
> 或いは，ユリシーズが左舷にカリブディスを
> 避け，右舷ではスキラの渦を避けた時以上だ。

サタンは，アルゴー号船長イアソンやオデュッセウスに並ぶ手練の航海者で
あり，彼ら以上の苦難を潜り抜けた英雄だ，と思いきや，実は悪魔である
（fiend *PL* 3.430, 440，以下）。彼は新生の宇宙の外殻上に降り立ち（*PL* 3.422），
「愚者の楽園」（the Paradise of Fools *PL* 3.496）の最初の訪問者となる。天か
ら降る階段の下にある宇宙に通じる入り口から，サタンは美しい全宇宙を見
遥かす。嫉妬（envy *PL* 3.553）が彼を捉える。その中に真っ逆さまに飛び込
み，翼を使って飛翔し太陽を目指す。ミルトンはなお彼に航海者のイメジを

与えているようだ：穏やかな大空の中を太陽の方向に進路を向ける（*PL* 3.573–574）。混沌海の苦難と対照的に心地よい滑空により，獲物を求めて地球を目指す。サタンはこの新たな航海においても道案内を得ることができる。太陽の守護をつとめている大天使ウリエルに若い智天使に変身して近づき，神の創造を称えるという偽善（*PL* 3.683）によって騙し，地球，楽園，そして四阿への道のりを教わる。

（注：サタンは既に外観は鬼，第6版（1695年）に付されたメディーナ（John Baptist Medina 1659–1710）による銅版画では宇宙の外殻をさまようサタンが描かれている。既に翼はとれ，角が生え踵に腱の裸体であるが，サタンには今後地球に向け飛び降りるための翼，或いは鳥の羽根がまだ必要である。）

航海の途中，アエネーアースが見せる恐れや悲しみ等の心の動きは，サタンは航海中には見せない。初めて見せたものは，宇宙を目の当たりにした時の envy である（上述）。天の住人であった者が美しい宇宙を見て，最初は驚嘆の念（wonder *PL* 3.552）が彼を捉えた（seized 552）。が，それ以上に envy が捉えた（seized 553）。天と紛う程に美しい世界を眼前にして，サタンは羨望に捉われたのか，嫉妬に捉われたのか？ 天上から追放され，地獄を脱出し，混沌海を乗り切り，翼の帆は打ちひしがれた悪鬼は，少なくとも最終的には嫉妬そのものになった筈である。神は反逆天使に対して地獄を造られた。代りに人間を創り，彼らのために天のすぐ近くに美しい宇宙を創られた。嫉妬は彼が地球に降り，楽園，人間へと近づくに従って増幅する。天の戦いに敗北，それに続く地獄への墜落に対する復讐を無垢の人間に果たそうと怒りに燃える。エデンを目の前にし，太陽を眺めながらその美しさに打たれ，サタンは自分自身が地獄であり（*PL* 4.75），無限の淵に堕ちて怒りと絶望から逃れられない。悪に徹することを決意する（Evil be thou my good. *PL* 4.110）彼には怒り，嫉妬そして絶望があるだけだ。英雄は死に面して悲しみ，運命の逆境に驚愕し，再会に涙する心の真実と深さがあった。悪魔はまっしぐらに己の暗い心の無限の淵に堕ちるのみである。

さて，アエネーアースが冥界の父に会ったのち，作品のアクションはドライデンが指摘したように『イリアス』的戦いの段階に入る。しかしミルトンはここで言わば建築の様式を大きく変更する。サタンは楽園に近づく。人間

誘惑の前奏，警護天使とサタンとの一触即発の対決，天から人に遣わされた
ラファエルによる切迫した危機的状況の説明，天上の反乱とその顛末，御子
による宇宙と人間の創造について語り，そして男女のあり方，アダムとイー
ヴの結婚生活について話し合い，今二人が敵に狙われている状況を忠告して
天使は去る。

　こうして場面は戦いではなく誘惑が取って代わる。この様式の変更につい
てミルトンは第9巻冒頭で弁明をする。このこと自体が，サタンの航海がア
エネーアース的であることを証する。これから扱う主題は戦いではなく，天
に対する人の不忠，反逆，不従順，そして，（これまで天使とは勿論，神とも
対話があったのに，）今や疎遠となった（alienated *PL* 9.9）天においては近づ
けぬ断絶，不快，怒り，糾弾，裁きである。これは英雄的主題でないと言わ
れるかもしれないが，古典叙事詩の主題—トロイの英雄ヘクトルに対するア
キレスの怒り，ラウィーニアを奪ったアエネーアースに対するトゥルヌスの
怒りよりも，或いはオデュッセウスをあれほど苦しめた海神ネプチューンの
怒り，ウェヌス女神の子アエネーアースを苦しめたユーノー女神の怒り—こ
れら以上に英雄的（heroic *PL* 9.14）主題である，とミルトンは言う。ここで
ミルトンが新しい主題にふさわしい文体（answerable style *PL* 9.20）を天のウ
ラニア詩神に祈願するのは当然のことであろう。主題が異教の神々と英雄達
に関するものではなく，多年に及ぶ念願のキリスト教神に関わるからである。
ミルトンは更に詳しく主題の中心に迫る。従来の主題よりも優れた「忍耐の
剛毅と英雄的殉教」（*PL* 9.31–32）によって彼は何を意味するのか。すでに父
神に予知された人の堕落後，御子自らの贖罪の名乗りが天を感動で包んだ。
そして堕落後人は自ら，そして神の愛に動かされて，死を受け入れて神に罪
の許しを乞う。そして，人の悔恨の祈りは御子の取り成しによって神に届く。
神によって善しとされた行為，罪の自覚から悔恨の祈りに至る人の行為に，
御子による忍耐と殉教という主題が投影される，これが9巻に宣言された新
しい主題の意味と思われる。

　このようにミルトンは英雄詩の主題を一大転換して，忍耐と殉教という主
題を提起した。従来の叙事詩的主人公は悪魔サタンであり，航海の目的地で
英雄が戦いによるように，誘惑の弁舌によって同様に主権を獲得するのであ

る。ドライデンが言うように、『アエネイス』の前半（1–6巻）は『オデュッセイア』、後半（7–12巻）は『イリアス』を真似たが、『失楽園』は9巻までは一見『アエネイス』的であるが、サタンの知らざることとして神による再生の構想が決定される（ユーピテルの意志を実践するアエネーアースとの対照については後述）。残る10–12の三巻は、神の裁きと愛による人の勝利を歌う。ミルトンは古典叙事詩の枠組みの中で大変化を成し遂げようとする模倣者の観を呈する。

　まず次の神のスピーチを見たい。それはヴァージルの天界の神々を想起させる。混沌界を抜け宇宙の外殻に達したサタンを見て、神は御子に「何という怒りが我々の敵を急がせていることか」（what rage / Transports our adversary: PL 3.80–81）と語る。Transport はサタンが怒りに我を忘れている様子を述べると考えられるが、恐らく同時に、復讐という積荷（cargo）を楽園に運ぶ姿を描くものでもあろう。即ち、宇宙に向かうサタンの船は既に「禍をもたらす復讐を満載していた」（full fraught with mischievous revenge PL 2.1054）からである。そして神の予知に従って、人は神との約束を破りサタンの誘惑に屈する。古典叙事詩のこの枠組みの中で、「忍耐」の主題はどのように展開されるのか。この主題によるキリスト教化のためにミルトンは、古典的枠組みと新しい主題を、上の神のスピーチが教えるように、航海のメタファーで結びつける。サタンの航海は終わるが、楽園において航海のイメジは継続する。しかしながら、人の堕落ののち、このイメジは異次元の価値を帯びて、人が歩む新しい旅となる。伝統を継承しながら、それを否定して異質の新しい価値を主張するという驚くべき事業が楽園消滅以後に見られることになる。

　目的地に到着したサタンの航海を修復するかのように、既に天と楽園との間に新しい航海が始まっている。楽園警護の天使達は航海のイメジで描かれる。太陽神ウリエルはサタンに欺かれたと知るや、楽園の天使ガブリエルに警告に来る。その際、彼は流星、ガブリエルは船乗り（mariner PL 4.558）に喩えられる。夜警のため天使達は楽園の「象牙の門」（ivory port 4.778）から、恰も出航するかのように出動する。ヴァージルの冥界の出口に、それぞれ角と象牙でできた二様の眠りの門（Somni portae Aen. 6.893）がある。一方は正夢を、他方は逆夢を送る。アンキーセスはそのうち象牙の門からアエネーアー

スとシビュラを地上に送り出す。楽園の天使達が象牙門を使うのは，サタンに吹き込まれるイーヴの悪夢を妨げるためであろうと編者ファウラーは言う（*PL* 4.776–780 注）。この場合注目すべきは，船乗りに喩えられたガブリエルが port（出口，港）から夜警のため出動したことである。また，神の警告を人に伝えるために遣わされる天使ラファエルは，遠目鋭い舵手（pilot *PL* 5.264）に喩えられ，「広大な天空の海をまっしぐらに進む」（through the vast ethereal sky / Sails *PL* 267–268）。ガブリエルとラファエルは人の堕落前，神の配慮を受けて無垢の人の幸せのために行動する。楽園は今や，悪の積荷を持ち込もうとするサタンと警護の天使軍との攻防の場となる。そして航海のイメジが錯綜する。

　蛇に入ったサタンはイーヴの美しさに憎しみの心が緩む：

　　　Thoughts, whither have ye led me, with what sweet
　　Compulsion thus ***transported*** to forget
　　What hither brought us, hate, …
　　（*Paradise Lost* 9.473–475，強調付加）
　　　　想いよ，私を何処へ運んでくれたのだ，どんな甘い
　　想いが斯くも**金縛り**にして，遠路我らを
　　運んだ憎しみを忘れさせたというのだ…

以前，宇宙の外殻に到達したサタンを見て，神は「何という怒りが我々の敵を急がせていることか」（what rage / Transports our adversary *PL* 3.80–81）と御子に語りかけ，続けて，彼ら同様，人は堕落するにせよ，それは自由意志によるのだと言われた。上の独白は，サタンのその時の旅の続きを，今我知らずしてサタンに続けさせていることを示すようだ。しかも憎しみという積荷が愛に変わるというのであれば，旅の目的は霧消する。（なお，この transport における port の原義は「港，港に運ぶ」に集約できよう。）

　サタンの動揺の前奏かの如く，アダムはイーヴに初めて会った時のことを天使ラファエルに語る場面がある。イーヴの美しさに打たれて，楽園の草花に感じなかった「情熱」（passion）を経験する。それを彼は次のようにラファエルに語る：

transported I behold,
Transported I touch; here passion first I felt,
　（*Paradise Lost* 8.529–530, 強調付加）
　心奪われて見つめ，
　心奪われて触ると，その時初めて情熱を覚えました。

サタンに復讐の怒りを忘れさせたように，彼女の美しさに「感情」がアダムを理性という港から運び出した。それは天使ラファエルが諫めるほど激しいものであった（*PL* 8.567）。

サタンはイーヴに近づく，彼女は無防備だ：

　　Then, let me not let pass
　Occasion which now smiles, behold alone
　The woman, *opportune* to all attempts,
　（*Paradise Lost* 9.479–481, 強調付加）
　　今だ，絶好の機会を
　逃してはならない，見るがよい，独りだ，
　女はどんな誘惑にも**手折れる**のだ。

ファウラーは opportune を「曝されて」としてラテン語法としている。付言すれば，イーヴは港または門の外に出された状態にある。イーヴの提案による分業のため，アダムは別の場所で別の作業に勤しんでいて，安全な港の役を果たし得ない。サタンは，己の策略に都合の良い（Most opportune might serve his wiles *PL* 9.85）動物を探しながらその動物の中に入っている。そして今，風向きを見，帆を巧みに操る舵取りのように（*PL* 9.513–515）蛇行しながら近づき，恋人に捧げるかのように何度も花輪（many a wanton wreath 517）を作ってみせる。彼女はか細い花を一つ一つ支える（support *PL* 9.432）が，「自身が支えの要る一番美しい花なのに，最良の支えはそばに居ない，嵐がかくも迫っているというのに」（Her self, though fairest *unsupported* flower, / From her best prop so far, and storm so nigh. *PL* 9.432–433, 強調付加）。悪魔の嵐に沈まんとする船の図である。アダムが居れば「支える」ことができるのに。これを修復するように，のち人類の歴史の中で聖霊が信仰厚きひとをサタン

の攻撃から守る（support *PL* 12.492–497）。今のイーヴは港の守り神 Portunus
の庇護の外にあるようだ。そのイーヴをサタンが誘惑することになる。禁断
の実を勧める最後の言葉はこうである：

> What can your knowledge hurt him, or this tree
> *Impart* against his will if all be his?
> Or is it envy, and can envy dwell
> In heavenly breasts? These, these and many more
> Causes *import* your need of this fair fruit.
> Goddess humane, reach then, and freely taste.
> （*Paradise Lost* 9.727–732, 強調付加）
> 貴女が知ってどこが彼を傷つけるでしょうか，
> この樹の何が万物の主の意志に反するでしょうか？
> 禁じたのは嫉妬ですか，嫉妬が天の神々の胸に
> 宿るのでしょうか？この他，もっともっと多くの
> 理由からこの美しい実を食べてほしいのです。
> 優しい女神よ，さあお手を，遠慮なさらずに。

ファウラーは import（731）を imply（意味する）ととる。既にサタンは，蛇
（の姿の自分）がイーヴの近くに来るのは「ふさわしくない」と言った。これ
は港に入るにふさわしくない，ほどの意味だと思われる（importune *PL* 9.610:
< L. importunus. なお OED, adj. importune によると，ラテン語源は既述の
opportune と同じく portus（harbour）>Portunus（the protecting god of harbour）
と関係する）。今ここでサタンは，港の外に居るイーヴに，さあ内に入りま
しょう，わたしは入港して積荷を下ろしますから，と誘っている。神は禁止
などせずに，気前よく「分配する」（impart *PL* 9.728: < L. impartio）筈だ，ど
んなに考えても貴女の欲望は満たされるべきだ，これが impart-import（恐ら
く宮廷風語呂遊び）に込められたサタンの意図だと思われる（誘惑と宮廷的レ
トリックについてはファウラーの *PL* 9.532–548 注参照）。そして誘惑は成功
し，楽園の秩序が崩壊したのち，アエネーアースと対照的に，サタンは神の
意図と計画に全く関与しない。即ち，人への愛情による天地創造（これは噂
に聞いたとサタンは言う），人の堕落の予言，堕落した人への愛情（*PL* 3.130–

131），そして御子による人の罪の贖い（*PL* 3.227–265），これら天の配剤が，反逆ののち新たな企みに心を砕くサタンの知らぬところで決まる。神と悪魔の二つの主題が同時に進行するかに見えるが，実際にはひとの救済を求める神の配慮が厳しくも際立つ。サタンはその道具に過ぎない。ミルトンは叙事詩の初めでいち早く，サタンの悪業がもたらす「幸いなる罪」*felix culpa* に言及する。地獄の燃える池に横たわるサタンを神が覚醒させたのは悪業の結末は斯くあることを知るためだと：

> How all his malice served but to bring forth
> Infinite goodness, grace and mercy shown
> On man by him seduced, but on himself
> Treble confusion, wrath and vengeance poured.
> （*Paradise Lost* 1.217–220）
> 彼のすべての悪意がもたらすことになるのは，
> 神の無限の優しさ，恩寵，慈愛であり，それは
> 彼に唆された人に注がれたが，彼自身には
> 三重の混乱，怒り，復讐が浴びせられた。

ミルトンの天のミューズは誘惑の結果，神が人に与えるものと悪魔に罰として与えるものを既成の事実（過去時制）として予言する。これら天の配剤と復讐をサタンは勿論，アダムとイーヴも知らない。ただ，サタンの企みを警戒せよという警告と天使の見張りがあるだけで，すべてが人の自由意志に委ねられている。

　この「知」と人の自由意志の視点から見ると，まず，サタンは神について無知の状態に置かれることによって，英雄的叙事詩の伝統の外に置かれる。古典・近代叙事詩の主人公は神々や神の意志に関わってきたが，サタンはこれと正反対である。人も神の構想の外に置かれてきたが，それだけにその自由意志は真実のものである。人の自由意志は，ミルトンが目指すキリスト教叙事詩の展開を堕落以後に劇的に促し，堕落以前に準備された神の構想と見事に融合することになる。

　堕落後，アダムとイーヴは御子により裁きと慈悲を受ける。同じ頃，地獄

門にいた「罪」は企みの成功を察知して，「死」と協力して混沌の大海原に，サタンが辿った航路に「新世界」に向けて橋を作る（*PL* 10.282–）。サタンは，アダムとイーヴから盗み聞きして，己の裁きが将来の事だと知って喜び，楽園を離れ地獄に向かう。混沌界に入る橋のたもとで「罪」と「死」に出会う。両者を楽園へ見送り，自らは凱旋する大冒険家（great adventurer *PL* 10.440）として地獄へと向かう。燦然と輝く玉座に着くサタンを全堕落天使が狂気して迎える：

> him by fraud I have seduced
> From his creator, and the more to increase
> Your wonder, with an apple; he thereat
> Offended, worth your laughter, hath given up
> Both his beloved man and all his world,
> To Sin and Death a prey, and so to us,
> Without our hazard, labour, or alarm,
> To range in, and to dwell, and over man
> To rule, as over all he should have ruled.
> (*Paradise Lost* 10.485–493)
>
> 　その人間を私は騙して，その創造者から
> 誘惑したのだ，驚くのも尤もだが
> 一個のリンゴでだ。それに彼は
> 腹を立て，笑ってはいけない，愛する人間と
> 彼の世界すべてを「罪」と「死」に，
> 従って我々に餌食として呉れたのだ。
> 我々の側に危険も苦労も警戒も不要，
> そこを歩きまわり，棲家とし，すべてを
> 支配する神に代わって人間を支配するのだ。

人を支配することは万物を支配することだと言うのであろう。サタンは今や，「おお神々よ，成すは唯一つ，さあたっぷり至福を味わうがよい」（what remains, ye gods, / But up and enter now into full bliss *PL* 10.502–503）と，天使達は神々，自分は彼らの長ユーピテルだと思ったが，次の瞬間，彼らは皆蛇と化す。そして禁断の実に似た灰の果物を食べる始末だ（*PL* 550–）。しかし，

ユーピテルではなく，天上の神に赦されて元の姿に戻る。一方，「罪」と「死」が楽園を破壊する。これがサタンの航海の結末である。サタンと地獄天使，「罪」と「死」は勝利を得て，人を支配し楽園を破壊した。こうして神の計画は挫折したと彼らは思い込む。それを見て神は，

> as if *transported* with some fit
> Of passion, I to them had quitted all,
> At random yielded up to their misrule;
> (*Paradise Lost* 10.626–628，強調付加)
> 　私がどこか虫の居所が
> 悪くて，すべてを彼らに放棄し，
> 手当たり次第彼らの無法に委ねたかのように。

彼らは無知から，神の愚かさを笑っているのだと言う。彼らは神が自らを失い (transported)，万物の中心から外れることはないことを理解できない。この語は，混沌海で地球を目指すサタンに神自身が使ったものである。その時の嘲笑を，今仮想の勝利の喜びに浸る彼らに再び返したのである。あの場面 (3.80–81) に続いて古典の神々の天界を想起させるところである。神が中心から離れて「運ばれる」ことはないのである。神は続いて，彼らの知らない，御子による天地再生の歴史，神の正義の勝利を手短かに語ると，聴いていた天使達は声高らかに「ハレルヤ」(alleluia *PL* 10.641) を歌う。その歌声は歌う天使の大群衆の間を大海原の響きのように広がる。サタンの航海による荒痕を天使達のハレルヤの歌声が穏やかに修復したかのようである。

　アエネーアースの航海と戦いは，トロイがイタリアと一体になって終わる。同様にサタンの航海と誘惑は悪が人間と一体になることによって終わる。ここまでがヴァージル的英雄物語の枠組みで語られる。

　しかし，ミルトンの新しい叙事詩は新たな航海を準備している。それは，共に罪の源を自己に帰するアダムとイーヴの英雄的自己認識から始まり，罪の悔恨が御子による取り成しによって，恰も天の港に入る (important *PL* 11.9) かのように神に受け容れられる。そしてそののち，御子による天地再生の神意の未来史を天使ミカエルから教わって，アダムとイーヴが新たな航海に，

230 第2部 ミルトン キリスト教叙事詩に向けて

「摂理」という舵取りに導かれて出発する。ミルトンはヴァージル的サタンの破壊的航海に，キリスト教という，ドライデンによれば啓示された真理 (Ker II.210.2–5 参照) に基づく再生の航海を対置した。『失楽園』はまさにミルトンの凌駕の碑と言えるものである。

　御子による人の罪の贖いと天地再生の神意は，既にサタンが宇宙の外殻に達した時に宣言された (PL 3.227 以下。上述)。そして今また父神がサタンの遠征の終焉を告げるように再度御子の勝利を予言する。ついでアダムに人類の未来史を見せ且つ聞かせるようにとミカエルに命じる。人の再生へ天の準備は整った。

　自然界の異変に呼応して，アダムとイーヴは互いに罪を回避し罵り合う。堕落以前の調和が失われた状態の中で，転機となるものは二人の自己犠牲への心の動きである。アダムは，堕落のすべての原因は自分にある，だから咎は自分にある，しかし，

> So might the wrath. Fond wish! Couldst thou *support*
> That burden heavier than the earth to bear,
> Than all the world much heavier though divided
> With that bad woman?
> (*Paradise Lost* 10.834–837，強調付加)
> 神の怒りが私に向かうようにとは，愚かな願いだ！
> 地球より重いその荷を支えられるというのか，
> あの悪い女と分かち合っても全宇宙より
> ずっと重いのに，

と自ら心に問う。イーヴを「支える」べきであったアダムには神の怒りを独りではおろか，二人しても「支え」きれるものではない。沈もうとする船を救う手立てはあるのか，彼らが入ることのできる港はあるのか。イーヴは自分が神とアダムの双方に罪を犯したのに反し，アダムは神にのみ罪を犯した，それ故この禍の唯一の原因は自分にある，だから神の裁きと怒りは自分に向けられなければならない：

> both have sinned, but thou
> Against God only, I against God and thee,
> And to the place of judgment will return,
> There with my cries *importune* **heaven**, that all
> The sentence from thy head removed may light
> On me, sole cause to thee of all this woe,
> Me me only just object of his ire.
> (*Paradise Lost* 10.930–936, 強調付加)

二人は共に罪を犯しましたが，貴方は
神にだけ，私は神と貴方に叛きました。
ですから，裁きの場に戻って，
裁きがすべて貴方の頭上から移され私の上に，
貴方に向けられたこの禍の本当の源である
私に，お怒りを受ける正当な被告である私にだけ，
下されるよう，声を挙げて**天にお願いしましょう。**

　今ここでイーヴは神の怒りを独り受けることを天に向かってお願いしようと
言う。沈むやも知れぬアダムの船から裁きの重荷をすべて自ら引き受けよう
と神に願おうと言うのである。御子が父神の怒りを，人に代わって一身に受
ける（*PL* 3.236–237）という救済の言葉を勿論イーヴは知る筈もない。神の大
いなる配剤の中で，己の申し出が御子の贖罪の申し出に響き合うなぞ知る由
もない。それだけにイーヴのこの高い精神性は新しい叙事詩的英雄性を示唆
すると思われる（この英雄性についてレワルスキ Barbara K. Lewalski はイー
ヴが叙事詩的英雄性の新たな基準を示すと言っている。Teskey ed., *Paradise
Lost*, 474 参照）。堕落直前にサタンがイーヴに importune（*PL* 9.610）したこ
とを修復するかのようにイーヴは importune（*PL* 10.933）という語を使う。し
かも神を天（heaven）と呼ぶ。今この場で heaven は haven（港）をも表す可能
性がある（OED は 16 世紀に haven=heaven の綴りを記録している）。イーヴ
の意識にはないが，ミルトンは神＝天を人の目指す港と考えているのかもし
れない。すると，この語が航海のイメジを更に生きたものにする可能性があ
る。しかしこの航海のイメジは，悪魔と人の関係を超えて，再生に向けて人
と神の新たな関係を示すものである。

しかしながら，アダムとイーヴの申し出は激情から発したものであり（嘆き，*that bad woman*，*cries*，*Me me*），神に通じるにはより高い精神性に達しなければならない。イーヴは自殺を提案するが，絶望の中からアダムは希望を見出す。神による裁きの言葉を想いおこし，神の優しさに想い至る。そして「悔いた心」（hearts contrite *PL* 10.1091）から神に赦しを乞うため裁きの場に赴こうと言う。悔恨の心を前にして神が怒りを鎮めて，「慈しみ，恩寵，そして慈悲」（favour, grace, and mercy 1096）を示されることを信じて。（なお，御子が父神の神性を受けてその御姿を現すと 10.63–67 に述べられるように，御子による裁きは父神によると同じことである。）

　堕落と悔恨，そして恩寵の三者の関係については，父神によって堕落以前に御子に語られる。人の「失われた内在力」（lapsed powers *PL* 3.176）はそれ自体無力であるから，もう一度再生して悪と戦うためには神の意志による以外に方法はないのである。特別な恩寵により神に選ばれる者以外の者は，

> The rest shall hear me call, and oft be warned
> Their sinful state, and to appease betimes
> The incensed Deity, while offered grace
> Invites; for I will clear their senses dark,
> What may suffice, and soften stony hearts
> To pray, repent, and bring obedience due.
> To prayer, repentance, and obedience due,
> Though but endeavoured with sincere intent,
> Mine ear shall not be slow, mine eye not shut.
> (*Paradise Lost* 3.185–193)

> 私の呼びかけを聞いて，己の罪深さを知り，
> 恩寵が手招きしている間に素早く神の怒りを
> 鎮めるようにとしばしば警告されることが
> あろう。それは，私がこれだけはと思って，
> 暗い意識に光を与えて，石の心を和らげ，
> 祈り，悔い改め，正しい服従を実現させたいからだ。
> 祈り，悔恨，そして正しい服従が
> 純粋な心でなされるのであれば，それに対し

『失楽園』「航海」とキリスト教叙事詩　　　233

私はすぐに耳を傾け，よく見届けよう。

アダムとイーヴは赦しを乞おうと言って直ちに裁きの場に赴く。それは，次の引用に見られるように，神の言葉ロゴスに似た行為である。印象的な場面は次のように描かれる。アダムは言う：

> What better can we do, than to the place
> Repairing where he judged us, prostrate fall
> Before him reverent , and there confess
> Humbly our faults, and pardon beg, with tears
> Watering the ground, and with our sighs the air
> Frequenting, sent from hearts contrite, in sign
> Of sorrow unfeigned, humiliation meek.
>
> 　　they forthwith to the place
> Repairing where he judged them prostrate fell
> Before him reverent, and both confessed
> Humbly their faults, and pardon begged, with tears
> Watering the ground, and with their sighs the air
> Frequenting, sent from hearts contrite, in sign
> Of sorrow unfeigned, and humiliation meek.
> (*Paradise Lost* 10.1086–1104)
> あの御方が我々を裁かれた場所に帰る他に
> 何の術があろうか？　御前に恭しくひれ伏し，
> 其処で我々の咎を謙虚に告白して赦しを
> 乞い，涙で地面を濡らし，溜め息であたりを
> 満たすのだ。それは悔いた心からお送り
> するものであり，心からの悲しみと
> 従順なへりくだりのしるしとなるであろう。
>
> 　　彼らは直ちにあの御方が彼らを裁かれた
> 場所に帰り，その御前に恭しく
> ひれ伏した。そして彼らの咎を謙虚に，
> 共に告白して赦しを乞い，涙で
> 地面を濡らし，溜め息であたりを

満たした。それは悔いた心から出たもので，
真の悲しみと従順なへりくだりのしるしであった。

イーヴは先に「裁きの場に帰る」（to the place of judgement will return *PL*
10.932：神による裁きは 10.193–196, 198–208 に見られる）と言ったが，アダ
ムは今 repair（< L re-patrio < pater）と言う。二人の心は「父」の許へ帰ると
いう霊的な高まりを見せていると思われる。神は厳しく裁かれたが同時に「一
家の父のように」（As father of his family *PL* 10.216）慈愛を込めて二人の裸体
を被われた。父と子のように，神と人との間に最早や裁き手と罪びとの隔絶
と不興は見られない。この慈愛から発した今のこの二人の行為と祈りは，御
子の取り成しにより天に届く。ここに見られる「言葉と行為の一致」は神的
であり，ロゴスの具現に似る。神の呼びかけに応える罪びとの再生（regenera-
tion）の姿をここに見るようだ。身も心も低きが故に神の意志に届くのである。
　純粋な心から発した二人の祈りについてミルトンは次のように語る。まず
神の先行する恩寵が人の心から石の如き堅きを取り除いた（*PL* 11.3–4）。次
いで神から発せられた祈りの霊が溜め息となって，二人の悔い改めた心から
出て，天に昇って行った（*PL* 11.5–7）。ミルトンは『キリスト教教義につい
て』18 章で再生について語っている。再生，即ちキリストの接ぎ木は，過ち
のない悟性と自由意志の本来の機能を回復する。そして新しい，超自然的な
機能を新しい人の心の中に吹き込む（*CPW* 6.461）。即ち，再生は時間の経過
を伴う。堕落後，罪の原因は自らにあると認識する時に再生が始まると考え
られる。何故なら，その認識は正しい悟性（判断力）と自由意志によってなさ
れるからだ。そして判決の場に帰ろうという決断がこれに続く。以上が再生
の第一段階であり，人が用い得る弁証法的な道と言ってよいであろう。そし
て第二段階において，霊的な再生により人は祈りと嘆息を天に向けて発する。
アダムが悔いて，嘆き悔み祈る時（*PL* 11.90），父神がそれはわたしの働きか
け（motions 91）であると言われるのはこの意味である。
　一方，二人が恩寵の働きかけ無しに，自ら悟性の力で，すなわち弁証法に
至ったと考えられないだろうか。ミルトンは，堕落前から残っているもので
あれ，恩寵により回復されたものであれ，ある程度の自由意志があると考え

るのは明らかに妥当であると述べている（*CPW* 6.397）。悔恨の場面で我々が感動するのは，アダムとイーヴが御子の贖罪の申し出を知らないで，彼ら自身の自由意志によって救済の呼びかけに応えたからである。（アエネーアースはいつも神意に従って行動するのと対照的である。）再生への神の働きかけと自由意志の関係について，モリス・ケリー（Maurice Kelley）は *synergistic* と言っている。即ち，救済のためには，回復された人の自由意志と神の最初で継続する恵みとが共に働くのである（*CPW* 6.84; 6.395「この再生は神の御業だけではない」）。ファウラーも，受けるも拒むも人の選択であると注している（*PL* 11.3–4）。二人の祈りが御子の仲介により父神に受け容れられるのは，「へりくだって，そして信仰心をもって祈る者は聞き容れられる，そのことははっきりと約束されている」からである（*CPW* 6.676）とミルトンは言っている。

　アダムとイーヴが裁きの場に帰り（repair），天の港（heaven/haven）に向かって祈りを捧げた。それが天に達し，受ける御子が父神に取り成す。この場面は人と御子，そして父神が『失楽園』の主題に関わる中心的な場面と思われる。それは次のように描かれる：

　　　　sighs now breathed
　　　Unutterable, which the spirit of prayer
　　　Inspired, and winged for heaven with speedier flight
　　　Than loud oratory: yet their port
　　　Not of mean suitors, nor important less
　　　Seemed their petition, than when the ancient pair
　　　In fables old, less ancient yet than these,
　　　Deucalion and chaste Pyrrha to restore
　　　The race of mankind drowned, before the shrine
　　　Of Themis stood devout. To heaven their prayes
　　　Flew up, nor missed the way, by envious winds
　　　Blown vagabond or frustrate: in they passed
　　　Dimentionless through heavenly doors; then clad
　　　With incense, where the golden altar fumed,
　　　By their great intercessor, came in sight
　　　Before the Father's throne: them the glad Son

236 第2部 ミルトン キリスト教叙事詩に向けて

Presenting, thus to intercede began.

(*Paradise Lost* 11.5–21)

　　　今や言葉にならぬ溜め息が,
祈りを促す御霊に助けられて
迸り出るや天に向けて翔び立った。その速さたるや
声高な弁論にまさるほど。しかも二人の振舞は
哀れな嘆願者のそれではなく, 嘆願も相ふさわしい
ものに見えた。それは, 古い話に出る
大昔の二人, 此処の二人ほど昔ではないが,
デューカリオンと貞淑な妻ピラが洪水で
失われた人類を回復せんがため, テミス女神の神殿に
額づいた時に劣らなかった。天に向かって祈りは
翔んで行った。悪意ある強風に煽られ宙に舞ったり,
消え失せ道を外すことはなかった。形なく
祈りは天の入り口を通り中に入った。それから
香の立つ金色の祭壇に着くと, 偉大な仲介者
により香に包まれ, 父の玉座の前に姿を
見せた。その祈りを喜びに満ちた御子は
差し出して, 次のように取り成しを始められた。

そして御子は二人が犯した罪に対して父神の慈悲を願い出る。上の引用中,
人類回復の策（『変身物語』qua generis damnum reparabile nostri / arte sit
1.379–380「我が同族の損失が如何なる手段により償われるか」）についてテ
ミス女神の神託を求めるデューカリオンとピラの雄弁な祈りと比較され, 二
人の悔悛した素朴な祈りが強調される。それはイーヴが初めに申し出た声高
な「叫び声」(cries *PL* 10.933) によるものではない。更に, 自殺により子孫
を断つことを考えたアダムとイーヴであったが, 今この比較により二人にも
子孫が約束されることが暗示される。更にこの祈りの描写には航海のイメジ
と, 従ってヴァージルへの言及と下地が散りばめられていると思われる。「天
に向けて」(for *heaven* 7) はここでも「(神の) 港」(*haven*) の可能性をもつ
(上述の *PL* 10.933 heaven 参照)。これは再度繰り返されて, 祈りは天に向け
て翔び立って (To *heaven* 14), 針路を過たない (not missed the way 15)。真
実の祈りは,「悪意ある強風」(envious winds 15) に妨げられて「宙に舞う」

（vagabond 16）ことも「消え失せる」（frustrate 16）こともなかった。何故「悪意ある強風」なのか？ 港を目指す船を暴風が妨げるというイメジは容易に出来上がるが，何故悪意があるのか？ 一連の航海のメタファーはヴァージルを下地にしているのではないだろうか？ シシリーを船出して勇躍イタリアに向かうアエネーアース率いるトロイ一党を目の当たりにして，トロイを憎む女神ユーノーは，風の神アエオルスの助けを借りて一向を大難儀に遭わせる（『アエネイス』第1巻冒頭）。その結果，彼らはイタリアから遠く，アフリカのフェニキアに漂着する。アダムとイーヴの祈りはそのように目的地を失することはなかった。真直ぐ「天（の港）の戸口」（*heavenly* doors 17）から（港の）中に入ったのである。勿論それはアエネーアースの場合と違って，霊的な（Dimensionless 17）入港である。一語（envious）の挿入によって，この霊的な航海がアエネーアースの航海と一瞬対比され，その真正さを際立たせる。このような航海のイメジの中で，ミルトンの編者レナード（John Leonard）がL. portare 語源と（のみ）注記する port と important（8–9）について，前者は一義的にアダムとイーヴのへりくだった振る舞い・態度を表すであろうが，祈りが向かう「目的地，目指す港」のイメジは拭えないように思われる。後者 important は「（外から）持ち込む，中に入れる」が一義的に意図されると思われる。祈りが神の慈悲に向かって，迷うことなくまっしぐらに進むのである。天上へと進む祈りの「航海」は，「父の許」に帰り赦しを乞おうという二人の意志とそれを実践する行為（*PL* 10.1086–1096, 1098–1104）が父神に受け容れられることにより終わる。サタンの航海は人の堕落の成功により終わったが，しかし，人は御子により永遠の幸せを得ることになり，そして今ここに人は神の永遠の意図の中に参加することになった。神の恵みを得ながら，人は自らの意志によって，即ち新しい英雄的な決断によって，サタンの悪の航海を無に帰し，異次元の霊的な航海を成し遂げた。巨大な英雄に対する小さく弱い者の勝利である。人を破滅させるサタンの「英雄的な」長い航海と人の再生の短い航海，「人の最初の反逆」（*PL* 1.1）と悔悛の「最初の実り」（*PL* 11.22），これらの印象的な対照によって，この一連の場面はミルトンが意図した新しい主題の核心部を成すと思われる。

　（なお，父神への取り成しとしての御子はのちの歴史の中でどのように振る

舞われるのだろうか。ガリラヤ湖上，目的地カペナウムを目指す弟子たちの舟を強風の嵐が襲う。そこに海上を歩んでキリストが来られると一同は「すぐ」に岸に着いた——ヨハネによる福音書 6.16–21。ここにその例を見ることができるだろうか。）

　このように，人は罪を犯したがそれを契機として神の永遠の正義と慈愛の中に組み込まれた。しかし，汚された楽園は地上から消されなければならない。そして罪を犯した人は追放されなければならない。ミルトンは歴史という時間の世界に追いやられる二人を，なおも叙事詩の登場人物として描く。

　天使ミカエルが教える人類史において，アダムは死と悲惨，キリストの贖罪の申し出と降臨，そして神の摂理の偉大さについて学び，「真理のために耐え忍ぶことは最後の勝利への堅忍である」（suffering for truth's sake / Is fortitude to highest victory *PL* 12.569–570）と自ら悟る。ミルトンは『キリスト教教義について』の中で，「忍耐」（patience）が見られるのは，神の摂理，力，そして優しさ（providence, power and goodness）を信頼して神の約束を心穏やかに受け容れる時，また，どんな不幸も至高の父神が我らの幸せを願って送られたものとして平静に耐える時だと言う（*CPW* 6.662）。神の意志という「真理」を平静に受け容れ，艱難を耐え続けること（endurance）が悪に対する勝利につながる。天使ミカエルによる人類史の教示をうけてアダムが「心の平静」（peace of thoughts *PL* 12.558）を得たのはこの認識によるのであろう。更に天使は「節制」と「愛」（temperance, charity *PL* 12.583, 584）を重ねるように勧める。こうしてアダムとイーヴはキリスト教徒として楽園をあとにする。

　この最終場面で，ミルトンはヴァージルとの著しい対比を試みている。アエネーアースは父アンキーセスを背負い，息子イウールスの手を引き，宝物——「聖物と一族の守り神」（sacra ... patriosque Penatis *Aen.* 2.717），「神々の聖なる像，トロイの守り神」（effigies sacrae divum Phrygiique Penates 3.148）——に守られてトロイの城をあとにする。一方，アダムとイーヴは神の「摂理」に導かれて「広大な世界」に旅立つ。ミルトンは万物の統治者としての神について聖書の多くの証拠を挙げるが，その一つにヨブ記の記述を挙げている。

『失楽園』「航海」とキリスト教叙事詩　　239

「神の目が人の道の上にあって，そのすべての歩みを見られる」（34.21: *CPW* 6.329）。時を刻む歴史への出発に足取りはおぼつかないが（wandering steps and slow *PL* 12.648），このように神の目は安息の場まで旅する人の歩みを離れず導いてくださる。ミルトンは守り神と摂理の対置を，古典叙事詩の模倣とキリスト教叙事詩による凌駕のメルクマールにしたと思われる。

　更にミルトンは，この追放に至る最終場面に，ヴァージル的要素を取り入れているようだ。創世記（3.24）にあるように，堕落後，神は人を楽園から追い出し，何者も生命の木に近づかないように楽園の東門に智天使ケルビムと回転する炎の剣を配置された。『失楽園』（11.118–125; 12.632–644）では，天使達が振り回す神の剣は彗星の如く激しく燃える。これは二人に楽園を立ち去るように促す合図の印であり（*PL* 12.592–593），振り返る二人の背後でなおも打ち振られ，近づくことを禁じるものである。そして「燃え，回転する剣」は，聖書の記述に見られる通り，生命の木の守護のために置かれたものであり，生命の木を含むあらゆる神の木がサタンの悪霊によって盗まれないように，それが人間をたぶらかすのに使われないようにするためだと，ミルトンは当然述べている。一方，楽園の東門に集合する天使達の恐ろしい顔（dreadful faces *PL* 12.644）は聖書の記述には無い。「燃える武器」（fiery arms 644）は「燃える剣」を指しているのかもしれない。『アエネイス』では燃える武器と剣の両方が見られる。戦いに敗れトロイの城を逃れるアエネーアース一党に対して，凶暴なユーノー女神が剣を帯びて西城門を占拠し（*Aen.* 2.612–613），パラス女神は城塞頂上を占領し，その武器は，雷雲と共に猛り狂うゴルゴンの如く輝く（*Aen.* 2.615–616）。「そしてトロイに敵対する恐ろしい顔が浮かび出る，それは偉大な神々の神霊なり」（apparent *dirae facies* inimicaque Troiae / numina magna deum. *Aen.* 2.622–623，強調付加）。ヴァージルの痕跡が指摘されているように（Bowra 41, Martindale 134, Steadman 56–57），ミルトンはこの場面の「恐ろしい顔」を下絵にして，アダムとイーヴの楽園追放に『アエネイス』的枠組みを与えたと思われる。敵対する恐怖という叙事詩的手法は，既に天上界からサタン軍を追放する時に御子が使ったものである（terrors and ... furies *PL* 6.859）。しかしこの場合はアエネーアースの追放と同様，人の追放が苦難に満ちた旅の末に約束された幸せを見通す

偉大な第一歩であることを暗示する。

更にもう一つの意味，キリスト教神学の深層が一連の最終場面に埋め込まれているようだ。アウグスティヌスによれば（『創世記について：マニ教徒を糺す』35章），エデンの東に置かれた智天使ケルビムは知識の充足を意味する。回転する燃える剣は，神によって正しい人に科せられる現世の時間的懲罰を意味する。燃えるのは，すべて苦難は燃えるものであるからだ。それには燃えて尽きるものと純化されるものがある。正しい人が受ける艱難はこの燃える剣に属する。艱難は忍耐を生む。知識の充足と艱難の忍耐により人は生命の木に到達できる。艱難の忍耐は生命の木を求めるすべての者がこの世で受けるべきものであるが，知識の充足は少数の者にのみ可能である。しかし，愛は律法を完成させる。神を愛せよ。アウグスティヌスはこの caritas という万人に通じる愛と忍耐がケルビムと「回転する炎の剣」のアレゴリーだと説く。

アウグスティヌスによるこの教えは，天使ミカエルによるアダムへの最後の説諭に対応するようだ。即ち，「徳，**忍耐**，節制を加えよ，**愛**を加えよ，それは将来**慈悲**（チャリティ）と呼ばれ，すべての魂となるのだ」（*PL* 12.583–585，強調付加）。アダムとイーヴはミカエルによってキリストによる人類救済の歴史を学んだ。そして，旅人として，そしてキリスト教徒としての生き方をケルビムと回転する炎の剣に学びながら，摂理に歩みを見守られ楽園をあとにする。

1642年にミルトンが表明したキリスト教に基づく叙事詩執筆の祈願はこうして果たされた。神々と人の交渉（ミルトンでは楽園における神及び天使と人との間で，及び第4巻末尾の天秤），戦い，航海と難所等の叙事詩の常套手段は踏襲されるが，最大の変更は神と人との関係である。それに伴って，アエネーアースを悪天使に置き換えることになる。それは，悪をキリスト教的正義と愛の真実を実現する手段とするためである。悪魔が誘惑への途上にある間，人の未来史に関する神の愛の構想が着々と進む。何も知らぬサタンは，地上における至福実現のための手段にされてしまう。従来の「英雄詩」の観点からその主人公は誰かと問えば，それはアダムとイーヴであろう。神に対する罪びとであるが故に，死を受け入れ罪を認めて神に赦しを乞う行為は，御子に見られる忍耐のもつ不屈の勇気と英雄的殉教を示唆しているからであ

る（*PL* 9.31-32）。心低きが故に，そして弱きが故に悔恨の祈りは高き天に届くという逆説が，二人の英雄性の真実を語るであろう。ミルトンは以前，英国が神の摂理のもとに刻んだ事跡を誇ったが，現実を超えて今こうして人類の歩むべき道を示したと言えよう。

　模倣論から見た場合，オデュッセウス・アエネーアースからサタンへの落差は，反英雄性故に模倣によるモデルとテクストの連続性を否定しかねない。新たなテクストは必ずモデルを想起させ，その偉大な調べを甦らせ，それと共鳴する。しかしミルトンは，模倣論に拠って伝統的英雄を描き切り，そしてこれを否定し，かくも対照的な，これまで成し得なかった新しい英雄像を創造した。モデルが優れていたからこそその調べを基にして，新しい教えを叙事詩としたと言うことができよう。

おわりに

神学的真実論と新科学時代

　「不変の真理」の断片を「知る」ことによって，その知識を芸術（絵画，詩歌）として表現する。そのためにモデルとすべき対象を模倣する。この場合，モデルは作者が不変の真理を知る手段となる反面，作者の創造力を縛ることにもなる。古典のモデルを選んだミルトンは『失楽園』においてこの「縛り」にもがいたという圧倒的な印象を与える。怒りや戦い，或いは騎士道といった古典・近代叙事詩の題材を否定した上で，念願のキリスト教的主題を選んだ。英雄アエネーアースは，神への反乱に敗れて復讐の矛先を人に向けるサタンに置き換わる。そして戦わない主人公を称揚する叙事詩が出現する。

　神々の間の抗争がアエネーアースに様々な苦難を強いる。反して新しい叙事詩の構想のもとで，人は不変の真理である神の計画に知らずして組み込まれる。弱き者の英雄性が神の真理と如何に結びつくのか，最後にこのことを真理または真実（truth）論の点から考えてみたい。

　17世紀，哲学や宗教において論理的真実と道徳的真実が盛んに論じられた。ウォリス（John Wallis, *Truth Tried*, 1643, 1–2）は，用語と考え方の点でプラトン主義を想起させるが，この時期の真実論をよく説明している。即ち，陳述（言葉）が物（対象）と一致する場合，論理（logic）的真実（truth）が得られる。一致しない場合は虚偽（falsehood）である。言葉と行為がその人の心（mind）と一致すれば，そこに道徳（ethics）的真実が得られる。この逆が嘘（lie），偽善（hypocrysy）である。これら二つの場合，真実は原型（prototype or archetype）と類型（type or ectype）の一致，或いは原型（original）と複写（transcript）の一致，或いはイデア（*Idea*）と描出されるもの（a thing represented）の一致，刻印するものとされるものの一致に他ならない。（プラトン主義的真実とその具現との関係がイメジされている。つまり，自然とそのコピーであるアート

が真実論の対象である。）具体的に，論理的真実では，音声は物の写し記号，物の似姿である（Vox est signum rei, or imago rei）。従って，もし物の配置において対応しないものを言葉で表したなら，それは誤ったコピーである。と言うより，模範（pattern）に応じて描出していないからコピーとも言えない。もしそれが同じものと言えるものであるなら，それは真実である。何故なら，それはあるがままの物をコピーし，描出しているからだ。言葉を理解通りに発する場合，もし心が物を実際とは違って理解すれば，それは誤った理解である。何故なら，我々の理解するイデア（Idea 認識と言うべきか）はその物（the Thing）の真実の描出ではないからだ。

　道徳的真実について。我々の言葉が別のコピーと比較される場合がある。何故なら，その言葉が直接物の描出ではなく，我々の思いや意図の描出であるからだ。従って，我々の言葉が考えることを真実に表現または描出するなら，それは「道徳的に」真実であり，言葉はこのコピーと一致するから嘘をつくことにならない。しかしながら，「論理的に」虚偽である。その物の真実の表現でないからである。もし我々の理解する概念（Idea）が物と一致し，従ってその物を正しく理解し，言葉がこの概念の真の描出であるなら，その上，言葉が物を真実に描出しているならば，論理的真実（veritas Logica）と道徳的真実（veritas Moralis）の両方が得られる。もし物を正しく考えていて，その考えとは違うことを言葉が発すれば，この提言は両面（論理・道徳）において虚偽である。何故なら，その提言は物とも我々の判断とも一致しないからである。しかし，我々の判断は論理的に正しい。何故なら，心の中の概念は物の真実の表現であるから。もし物を心の中で誤って考えながら，物をあるがままに正しく断定するなら（即ち，もし黒いと考える雪を白いと断定すれば），我々の提言は論理的に正しいが道徳的に虚偽である。そして我々の概念も論理的に誤っている。最後に，誤って考えながら，それとは違うことを発言する場合，即ち，考えも発言（言葉）も正しくない時（雪を黒いと思い，赤いと断定するように），我々がもつ概念は論理的に虚偽，提言は論理的道徳的に虚偽である。

　ウォリスはこのように，物（自然）に対する人の心と言葉の対応のあり方から無数の論理的・道徳的真実と誤謬が生じる可能性を示す。向後 20 年に及

び，政治，宗教において夥しい数の真理が提言され，論争が続くことになる。そして宗教は三つの一致により神学的真実（theological truth: John Weemse, *The Portraiture of the Image of God in Man*, 1632, 23–24, 人は本来，神学的真実を語っていたのである）を回復しようとするが，「概念の空想，観念的迷走」（前述したトマス・スプラット『王立協会史』26）に陥る。

　王政復古後，スプラットは，新科学が論理的真実を求めることは勿論，道徳的真実も同様に求めることを強調する。「科学者は道徳が終わるところから始めなければならない」（33–34）と，徳性を科学者の前提条件とする。彼によれば，その上で新科学は，既得の想念を棄て無垢の精神の上に書き始めたデカルトと違って，物を第一義的に考え，実験と観察により理性の鏡に自然界のすべての物を写し出す（95–97）。そして被造物のすべての秘密を征服することによって，神が創造時に抱き給うた喜びを経験する。こうして得られた知識は真理として，これまで見られた学問の対立と抗争を鎮める，とスプラットは確信する（437）。新科学は，その知識と普遍言語の一致を実現しようとするが，この壮大な試みがジョン・ウィルキンズ（John Wilkins）による普遍言語の試み『実在文字と科学言語への試み』（1668）に実現する。真理を構成する仕組みは変わらないものの，物と言葉は量と質において大変化を遂げる。心（理性）が実験と観察によって神の造物の美と匠と秩序を目の当たりにして，科学者は畏敬の念をもって神に服する（349）。科学は理性を通じて神の真理に迫る。真実の三要素のそれぞれが空前の拡張と深化を遂げて，人は巨大な自然界の真理を神に示すことができるようになった。

　17世紀，新科学の世紀に人間がもつ真理は以上のように要約できるであろう。

　神の言葉については，実効力のある言葉によって天地は創造されたが，それは神の喜び，意志，配剤に他ならない。即ち，神にあっては，意志と言葉と創造は一つの総体である。神の心の内なる言葉，神の知恵，神性の実体的イメジ，万物の根源，永遠のイメジが天地創造において具現する（Peter Sterry, *A Discourse of the Freedom of the Will* 52）。

　心と言葉と創造の三つの一致は人にあっては不可能であるが，しかし人は本来それに似た本質をもっていた。神の息吹きを受けて話す能力を与えられ

た人は，one tongue で話し，心が命じた事を口にした。しかし，堕落後は a double tongue で話すようになった（John Weemse, *The Portraiture* 19）。即ち，心と言葉が分裂すると同時に，理性と道徳的判断が精神の内部で分裂したのである。神にあって意志することが具現する力であること，それが創造において示されたように，人にあっては神の創造力に似た力を，善悪の選択において与えられていたのである（William Perkins, *The Works*, 1603, [865]）。自然を知ることによって論理的真実を得ることは堕落前の人には，限定的ではあるが（アダムは天体のことなど知らない），可能であった。それは，アダムが楽園の被造物を命名したことから明らかである（創世記 2.19-20）。道徳的真実の問題は堕落後直ぐに二人の間に，そして禁を破った行為を糾す神の前で初めて発生する。

この二つの真実，それは物の真実，理解（conception）の真実，そして言葉の真実の三つから成るが，それがあって人は真実を語ることができる。人は本来，この神学的真実を語っていたのである（*PL* 8.271-73 参照）。「心」には論理的判断と道徳的判断をつかさどる二面があることは，ウォリスが示す通りである。

ここで，アダムとイーヴの堕落後の場面を思い起こしてみたい。アダムはイーヴに追随してリンゴを食べ，善が失われ悪を得たこと，これが背反による堕落であることを「知る」（*PL* 9.1071）。この事実の認識から始まり，互いを罵りながらも遂に己の非を認め，純粋に悔い改めた二人は裁きの場に戻る。ここに見られる（*PL* 10.1086 以下）二人の行為は，悔いた心から出た言葉を直ちに行動に移すものであり神のロゴス行為に似る。その後，罪を告白し，赦しの祈りを神に捧げ，それは御子の取り成しで父神に容れられる。ここには神学的真実を超える真実が見られるようだ。悔いた心が罪を認め，その結果が言葉を超えた赦しの祈りになる（祈る行為が赦しを乞う行為そのものである）。祈りは恰も無次元の（Dimentionless: *PL* 11.17）造物の如く（first fruits on earth *PL* 11.22）神の許に届く。人が創造した最初の果実，新たな真実が神に容れられたと言うことができよう。理性を超えた純粋な心により，新しい真実を経験したアダムとイーヴは，天使ミカエルが教える人類史の意味を理解して歴史の第一歩を踏み出す。

プラトン主義に根差したキケロの模倣論が（シドニーにおいて新プラトン主義的高揚を示したものの），英国17世紀の新科学時代に文学テクストの創造に深く寄り添い生きてきたのは大きな驚きである。共に理性を尊重して，新科学思想は模倣論の抱く自然観を尚一層強化した。また，神の真実に危害を加えることもなかった。しかし，C. S. ルイスはおよそこの新科学時代で模倣論は終わったと言う。新科学は自然を劇的に拡大深化させて，従来の叙事詩は模倣のモデルになり得なくなったと考えることもできよう。また，ミルトンの叙事詩は古典の神々に対して，キリスト教の神を構想の全体を支配するものとして置き換えた。人は過ち，神は人の過ちを裁き，しかしながら尚，愛をもって導く。ミルトンはこの正義と愛を『失楽園』で叙事詩化した。キリスト教教義的叙事詩とも言えるこの作品の読者は，中でもドライデンの如き大人文主義作家でも，従来の様式の叙事詩にとっては執筆が困難な時代になったと思ったようだ。（キリスト教の徳を実践するエピック・ロマンスは可能だとする彼の意見には既に触れた：『諷刺論』即ち本書では第1部9.（10）『近代叙事詩論』中「キリスト教叙事詩論」参照：Ker II.31）。叙事詩執筆を阻害する根本原因はキリスト教信仰そのものにあるとドライデンは言う。キリスト教徒の不屈の精神（fortitude）は戦いにではなく，神の愛のため忍耐し苦しむことにおいて示されるからである。叙事詩では受難よりも行動的な徳が求められる（Ker II.30–31）。では，新しい時代に叙事詩は可能であろうか？ドライデンは先に（10）『諷刺論』（本書では「近代叙事詩論」としている）（1693）の中で，今日におけるヴァージル的古典叙事詩再現の可能性を模索した。プラトンの哲学に精通しこれをキリスト教化できる人，神の造物である人間同士の敵対を如何に解決するか，その方法を発見する詩人としての資質をもち，加えて中世以来の文芸・諸科学と道徳哲学・数学・地誌学・歴史学等近代の学問に精通し，韻律等使用言語を熟知した詩人にして可能であると言う（Ker II.36.1–23）。ドライデンはこの基準をミルトンの非英雄詩性（既に触れている：（10）『諷刺論』即ち『近代叙事詩論』）を念頭にして提案したのかもしれない。

　新科学者は自然の中に神の造物の美しさ，秩序を目の当たりにして，畏敬の念をもって神に仕える。一方，キリスト教は堅忍する力を信仰の証しとす

る。恐らく，新しい時代の叙事詩は，行動する英雄ではなく新科学思想の開発に関わる人々による自然界の探求を主題とするのではないだろうか。上述のウィルキンズの『実在文字と科学言語への試み』はその成果であり，新しい叙事詩と見做す人がいたのではないだろうか。従来，人は自然界からアートを作ったが，新科学は自然界に神が創り給うたアートを見たと言えるかもしれない。

　一方，英雄詩論がある。ドライデンによれば，忍耐，恭順，服従（patience, obedience, submission）といったキリスト教徒の徳は，行政官（magistrate），将軍，王等，行動する人物においては思慮，判断力，豪胆（prudence, counsel, active fortitude）等の資質として求められる。彼らがキリスト教の大義を守る主人公として今日でも英雄詩は書けると言う（Ker II.31）。アリオスト以来の騎士道的叙事詩エピック・ロマンスへの彼の志向は実現せず，実際には彼は叙事詩的舞台劇やヴァージルの翻訳に向かった（そして古典の英訳は，のちにポープ（Alexander Pope）のホーマー訳（1715–1726）に受け継がれる）。ミルトンのキリスト教教義的叙事詩は，ドライデンにとっても，時代にとっても衝撃的であったに違いない。登場人物の少なさを指摘するだけで，ドライデンは他に多くを語らないが，其処に描かれたキリスト教の真実，忍耐の力，は何人にも否定できず，古典叙事詩は新たな精神でもって換骨奪胎されていて，その特異さは古典的でありながらキリスト教化されていて特異な構成をとるため，のちの詩人には模倣のモデルにはなり得なかったであろう。上に再度言及したドライデンによる古典的叙事詩への指針は，ミルトンの試みが模倣論の伝統から大きく逸れていることに対する反証と見られるかもしれない。（しかし，彼自身は，たとえその意志はあったとしても，最後にして最大の模倣論者として異種模倣（オペラ）と翻訳の道を選んだ。）

　一方，ミルトンのこの古典的新叙事詩は奇妙だが，しかし先例のある対応を経験する。チョーサーが近代の読者に迎えられた時（16世紀），スペイト（Thomas Speght）はチョーサー作品集に難語解説を付した（1598）。時代の変化に伴う理解の問題があったのである。しかしながらスペンサーの『羊飼いの暦』（1579）には最初からカークによる注釈・難語解説が付された。ミルトンの場合はこれに似た対応を受けたが，初版（1667）以後およそ30年を経て

1695 年パトリック・ヒューム（Patrick Hume）による注釈版，同年に注釈・銅版画付き全集（三大詩及び小詩群）が出た。ミルトンの叙事詩はよく読まれ，しかし同時に理解困難な，文字通りチョーサーのように「古典」として扱われたのである。

ミルトンの模倣に関しては，最も初期の例の一つとして，ヴァージル的農耕詩をミルトン的無韻詩荘重文体で模倣したフィリップス（John Philips, 1676–1709）による『林檎酒』（*The Cyder*, 1708）の例が見られる。これはタイトルにあるように，ミルトンのスタイルを真似て（in the style of Milton），林檎酒が英国の伝統の象徴として描かれたものである。この「模倣」の特徴は，ミルトンが使った語彙（特にラテン語源），行中休止，句跨り，僅かながら大胆な倒置法の技法，そしてシミリ等の使用にある。それらが異質の入れ物に入ると元の精神を失った上，新たな精神を獲得するのに苦しみ，その結果新たな作品としての生気が抑えられている印象を受ける。叙事詩と農耕詩という異種間の模倣は，ホラティウスが言う叙事詩と悲劇間の模倣に見られるが，その場合は悲劇の深刻さと叙事詩の荘重は精神の点で共通するものがある。この場合は精神の共通性は比較的乏しいであろう。しかしそれでも，ミルトンの外形を背負いつつ，農耕詩的自然に新科学の新しい自然観が投影され，叙事詩的文体の高揚を見せる時がある（例えば445 行あたり。その他，病と戦いや死の描写等ミルトンに描かれる題材において）。この詩が歌うのは，ブリトン人を先祖にもち，豊かな自然に恵まれ，優れた高徳の人材を輩出した愛する英国の賛歌である。17 世紀中葉の国家の分裂という不幸，王政復古，新科学の台頭，現王室の安定のもと英国が世界に飛躍する希望が歌われる。それが叙事詩的高揚文体で歌われるが，しかしそれで終わらない。これは農耕詩である。農事の豊かな経験のもと農民は世界一美味の林檎酒を作る。それは国家の世界進出に同行してワインを圧倒する愛国者なのである。林檎酒がワインを圧倒するという結末は政治的アレゴリーの意味合いを帯びて，この詩に意味のふくらみを与える。この詩は18 世紀の自然詩或いは疑似叙事詩の小さな先駆けと言って良いかもしれない。

その中の印象的な個所を引用して締めくくりとしたい。それは林檎を挽き潰す老いた労働馬ベイアードのことである。毎年その季節，日々繰り返され

る労働。読者は主に仕える忍耐に深い感動を覚えるのであろう：

（若馬とはちがい，）
盲目のベイアード，多年にわたる労働に疲れてはいるが，
重い碾き臼を明日も回す筈だ。決まった歩幅で
同じところを周るのだ，朝早く，日の昇る刻から，
露降る夕べまで。終わりなんとする己の老齢が，
主に無用でないとされるならそれで十分なのだ。
　　―ジョン・フィリップス『林檎酒』より

書　誌

I　テクスト

（1）　古典・中世

アウグスティヌス『創世記逐語的注解』清水正照訳（九州大学出版会 1995）

　『創世記について：マニ教徒を糺す』Weber, Dorothea ed., *De Genesi: Contra Man-*
　ichaeos. CSEL, v. 91（Vienna: Verlag der Österreichischen Akademie der Wissenschaft-
　ten, 1998）

アリストテレス　アリストテレース『詩学』・ホラーティウス『詩論』松本仁助・岡
　道男訳（岩波書店 2003）; Stephen Halliwell tr., *Aristotle, Poetics*（Cambridge, Mass.
　and London: Harvard U. P., 1999）

　『形而上学』上下　出　隆訳（岩波書店 2016）

ヴァージル『アユネーイス』上下　泉井久之助訳（岩波書店 1991）;『同』岡　道男・
　高橋宏幸訳（京都大学学術出版会 2001）; H. R. Fairclough tr., *Virgil* I, II（London:
　Heinemann and Cambridge, Mass.: Harvard U. P., 1965）

オウィディウス『変身物語』F. J. Miller tr., *Ovid, Metamorphoses* I, II（Cambridge: Har-
　vard U. P. and London: Heinemann, 1960, 1964）

キケロ『弁論家について』上下　大西英文訳（岩波書店 2005）; E. W. Sutton tr., *Cicero,*
　De Oratore I–II, III（Cambridge, Mass.: Harvard U. P. and London: Heinemann, 1968）

　『雄弁家』H. M. Hubbell tr., *Cicero V, Orator*（London: Heinemann, 1971）

　De Re Publica, C. W. Keyes（Cambridge, Mass.: Harvard U. P. and London: Heinemann,
　1970）

　『国家について』末尾の「スキピオの夢」は，5 世紀 Macrobius Ambrosius による
　Commentariiin Somnium Scipionis によって中世によく読まれたという。英訳は
　W. H. Stahl tr., *Macrobius, Commentary on the Dream of Scipio*（NY and London:
　Columbia U. P., 1952）

クウィンティリアヌス『雄弁術の原理』H. E. Butler tr., *Quintilian IV, Institutio Oratoria*,

252　　　　　　　　書　誌

Books X–XII（Cambridge: Harvard U. P. and London: Heinemann, 1968）

セネカ『書簡集』Richar M. Gummere tr., *Seneca VI, Epistulae Morales* III（Cambridge, Mass. and London: Harvard U. P., 1989）

プラトン『国家』上下　藤沢令夫訳（岩波書店 2008）; F. M. Cornford tr., *The Republic of Plato*（Oxford: Clarendon Press, 1955）

プロティノス Plotinus, *The Enneads*, tr. Stephen MacKenna, rev. B. S. Page（NY: Pantheon Books, 1969）

　　新プラトン主義は彼に始まると言われる。

ホーマー『イリアス』上下　松平千秋訳（岩波書店 1997）;『オデュッセイア』松平千秋訳（岩波書店 1997）; Homer, *Iliad* I, II, tr. A. T. Murray & rev. W. F. Wyatt（Cambridge, Mass. and London: Harvard U. P., 1999）

ホラティウス『詩論』邦訳は上の「アリストテレス」の項に記載; H. R. Fairclough tr., *Horace, Ars Poetica*（Cambridge, Mass. and London: Harvard U. P., 1999）

ロンギーヌス『崇高について』W. H. Fyfe tr. & Donald Russell rev., *On the Sublime*（Cambridge, Mass. and London: Harvard U. P., 1999）

(2)　英国 16–17 世紀

アスカム『教師』D. C. Whimster ed., *Roger Ascham, The Scholemaster*（London: Methuen, 1934）

ウィームズ John Weemse, *The Portraiture of the Image of God in Man*, 1632

ウィルソン，トマス『修辞学の技術』（九州大学出版会 2002）

ウィルキンズ『実在文字と科学言語への試み』John Wilkins, *An Essay towards a Real Character and a Philosophical Language*, 1668

ウォリス John Wallis, *Truth Tried*, 1643

『エリザベス朝期批評集』G. G. Smith ed., *Elizabethan Critical Essays* 2 vols.（London: Oxford U. P., 1959）

カウリー『ダビデの歌』Abraham Cowley, *Poems*, ed. A. R. Waller（Cambridge: U. P., 1905）

シュトゥルム『貴族及び紳士のための宝庫』Johann Sturm, A ritch Storehouse or Treasurie for Nobilitye and Gentlemen, which in Latine is called Nobilitas literata, written by a

famous and excellent man, Iohn Sturmius, and translated into English by T[homas].
B[rowne]. Gent. Seene and allowed according to the order appointed. Imprinted at
London by Henrie Denham. 1570. STC 357.9

ジョンソン『ベン・ジョンソン詩集』George Parfitt ed., *Ben Jonson, The Complete Poems*
(London: Penguin Books, 1996)

ステリー Peter Sterry, *A Discourse of the Freedom of the Will*, 1675

スプラット『王立協会史』Thomas Sprat, *The History of the Royal Society of London, for
the Improving of Natural Knowledge*, 1667, 1702

スペンサー Edmund Spenser, *The Shorter Poems*, ed. R. A. MacCabe (London: Penguin
Books, 1999)

タッソー Tasso, Torquato, *Discourses on the Heroic Poem*, tr. M. Cavalchini & I. Samuel
(Oxford: Clarendon P., 1973)

ドライデン『文芸論』W. P. Ker sel. & ed., *John Dryden, Essays* I, II (NY: Russell, 1961)
『アエネイス』James Kinsley ed., *The Poems of John Dryden*, Vol. III, *Virgil's Aeneis*
(Oxford: At the Clarendon P., 1958)
『人の無垢と堕落』*The State of Innocence and Fall of Man*, V. A. Dearing ed., *The Works
of John Dryden*, XII (Berkeley: U. of California P., 1994)

パーキンズ William Perkins, *The Works*, 1603

フィリップス『林檎酒』John Philips, *The Cider: Poems Attempted in the Style of Milton*
(London: T. Davies, 1776)

ベーコン『学問の発達』成田成寿訳（中央公論社 1965）

ミルトン『失楽園』Alastair Fowler ed., *Miltonn Paradise Lost*, Second Edition (London
and NY: Longman, 1998); John Carey ed., *Milton Complete Shorter Poems*, Second
Edition (London and NY: Longman, 1997); John Leonard ed., *The Complete Poems of
Milton* (London: Penguin Books, 1998); Gordon Teskey ed., *John Milton, Paradise Lost*
(NY and London: W. W. Norton, 2005); 平井正穂訳『失楽園』上下（岩波書店 1981）
『散文全集』Don M. Wolfe gen. ed., *Complete Prose Works of John Milton*, 8 vols. (New
Haven: Yale U. P., 1953–1982)
『17 世紀批評集』J. E. Spingarn ed., *Critical Essays of the Seventeenth Century*, 3 vols.
(London: Oxford U. P., 1957)

254 書　誌

II　参考文献

Atkins, J. W. H., *English Literary Criticism: The Renascence*（London: Methuen, 1947, 1968）

Auerbach, Erich, *Mimesis*（1946）, tr. W. R. Trask（Princeton and Oxford: Princeton U. P., 2003）

　　E. W. Said による「序文」がある。

　　篠田一士・川村二郎訳『ミメーシス』上下（筑摩書房 1994）「文学的描出即ち模倣による現実の解釈」（エピローグ）

Berdan, J. M., *Early Tudor Poetry 1485–1547*（NY: Macmillan, 1920）

Blessington, F. C., Paradise Lost *and the Classical Epic*（London: Routledge & Kegan Paul, 1979）

　　下記の Bowra, Harding, Martindale, Porter と共にミルトンと古典叙事詩との結びつきを例証する。

Bowra, C. M., *From Virgil to Milton*（London: Macmillan, 1957）

　　「近代叙事詩はヴァージルをモデルにすべし」と Vida *Ars Poetica* が言うように（11）, ヴァージルをモデルとしたルネサンス文芸を通観する名著。アダムがアエネーアースの役を果たすという見解である（200–）。

Burrow, Colin, *Epic Romance: Homer to Milton*（Oxford: Clarendon P., 1993）

　　サタンにアエネーアースとトゥルヌス双方の特質を見るが作品を構造上の類似からは見ない。

──, "Virgils, from Dante to Milton," *The Cambridge Companion to Virgil*, ed. Charles Martindale（Cambridge: U. P., 1997, 2004）, 79–90

　　ヴァージルは伝統の中で新たな主張をする時のモデル（90）。

Carroll, Clare, "Humanism and English literature in the fifteenth and sixteenth centuries" in Kaye 246–268

Curtius, E. R., *European Literature and the Latin Middle Ages*（1948）, tr. W. R. Trask（London: Routledge & Kegan Paul, 1953）

　　Imitation と creation について pp. 397–401 に触れられる。

Fantham, Elaine, "Imitation and Evolution: The Discussion of Rhetorical Imitation in Cicero *De Oratore* 2.87–97 and Some Related Problems of Ciceronian Theory," *Classical Phi-*

lology 73.4 (1978), 1–16

Fiore, P. A., *Milton and Augustine* (University Park and London: Pennsylvania State U. P., 1981)

Forsyth, Neil, *The Satanic Epic* (Princeton: U. P., 2003)

　全面的サタン擁護。

Freeman, J. A., "Virgil" in *A Milton Encyclopedia*, Vol. 8 (Lewisburg: Bucknell U. P., 1980), 137–141

　古典の英雄を悪の世界に貶めている (140–1) と言ってサタンとアエネーアースの
　類似を指摘するが，作品の構造的視点はない。

Gransden, K. W., "*Paradise Lost* and the *Aeneid*," *Essays in Criticism* 17.3 (1967), 279–303

　"typological correspondences" of Milton to Homer-Virgil-Ovid (279)

Greene, T. M., *The Descent from Heaven* (New Haven and London: Yale U. P., 1963)

　ホーマーからミルトンまでの模倣の展開を辿る名著。著者による *Light in Troy* (New
　Haven & London: Yale U. P., 1982) は大陸における模倣論を広く通観し近代にまで
　説き及ぶ。

Harding, D. P., *The Club of Hercules: Studies in the Classical Background of* Paradise Lost (Urbana: U. of Illinois P., 1962)

Kaye, Jill ed., *The Cambridge Companion to Renaissance Humanism* (Cambridge: U. P., 1996)

Kelley, Maurice ed., *Complete Prose Works of John Milton*, Vol. 6 "Christian Doctrine", tr. John Carey (1973)

Lewalski, B. K., "'Higher Argument': Completing and Publishing *Paradise Lost*" in *The Life of John Milton* (Oxford: Blackwell, 2000), as reprinted in Teskey's edition of *Paradise Lost* (cited above)

Lewis, C. S., *The Discarded Image* (Cambridge: U. P., 1964)

　英国中世・ルネサンス文学を支える大陸の文化遺産を浮き彫りにする。

――, *A Preface to* Paradise Lost (Oxford: U. P., 1942)

――, *English Literature in the Sixteenth Century excluding Drama* (Oxford: Clarendon P., 1954)

　この分野の巨大な成果。

Martindale, Charles, *John Milton and the Transformation of Ancient Epic* (London: Bristol
Classical P., 2002)

　Blessington, Harding, Porter と共にヴァージルとの関係を強調する。

Mason, H. A., *Humanism and Poetry in the Early Tudor Period* (London, Boston & Henley:
Routledge & Kegan Paul, 1959)

McKeon, Richard, "Literary Criticism and the Concept of Imitation in Antiquity," *MP* 34
(1936), 1–35

McLaughlin, M. L., *Literary Imitation in the Italian Renaissance* (Oxford: Clarendon P.,
1995)

——, "Humanism and Italian Literature" in Kaye 224–245

　特に『アエネイス』第6巻冥界行と『神曲』の模倣と独創関係を論じる。

Osgood, C. G., *The Classical Mythology of Milton's English Poems* (NY: Gordian Press,
1964)

Pigman III, G. W., "Versions of Imitation in the Renaissance," *Renaissance Quarterly* 33
(1980), 1–32

　セネカからエラスムスを含む近代大陸の模倣論の入門的通観。ミルトンの『リシ
　ダス』に触れる。

Porter, W. U., *Reading the Classics and* Paradise Lost (Lincoln & London: U. of Nebraska
P., 1993)

Quint, David, *Epic and Empire* (Princeton: U. P., 1993)

　勝者と敗者の叙事詩の系譜に『失楽園』と『復楽園』を位置づけ，それらの政治
　的意味を論じる。

——, et al. eds., *Creative Imitation: New Essays on Renaissance Literature in Honor of
Thomas M. Greene* (Binghamton: Medieval & Renaissance Texts & Studies, 1992)

　ルネサンス・テクトの意味を模倣，アルージョン，パロディーによるテクスト依
　存性 (intertextuaity) の関係から探る。

Ryan, L. V., *Roger Ascham* (Stanford: U. P., 1963)

Shitaka, Hideyuki, "The Son of God, the *Aeneid*, and the Bible in *Paradise Lost*," *Poetica*
41 (1994), 103–124 (Tokyo: Shubun International)

Steadman, J. M., *Milton's Biblical and Classical Imagery* (Pittsburgh: Duquesne U. P., 1984)

Tillyard, E. M. W., *The English Epic and Its Background* (NY: Oxford U. P., 1966)

　人文主義の横溢するヘンリー八世治下，中世詩人 Lydgate が詩のモデルであった (210) 等興味深い指摘が満載（16 世紀前半，中世と人文主義の相克について J. M. Berdan と H. A. Mason を挙げておきたい）。

Trousdale, Marion, "Recurrence and Renaissance: Rhetorical Imitation in Ascham and Sturm," *English Literary Renaissance* 6 (1976), 156–179

　「模倣」とはモデルから，その art 即ち原型的なフォームを引き出してそれに個別の装いをすること (178)。

White, H. O., *Plagiarism and Imitation during the English Renaissance* (1935: NY: Octagon Books, 1973)

　ホラティウスの模倣論をシドニーからジョンソンまで通観する。ドライデンに論及しない。

本書第 1 部中，特にドライデンはフィロロジーの方法と手腕を十分に見せてくれた。身近な例で次の二書を是非ご参照いただきたいと思う：

滝沢正彦『英文学の中の愛と自由』（花伝社 2010）

道家弘一郎「読解『失楽園』I〜III」聖心女子大学論叢第 117, 119, 121 集（2011–2013）

III　その他

本書のために役立てた小論は以下の通りである：

「おわりに」における 17 世紀真実論については，一部を『言葉の実在―「失楽園」の思想と文体』（英宝社 1992）に拠る。

第 2 部『失楽園』論における航海のイメジャリーについては，"Satan the Navigator," *Essays on Old, Middle, Modern English and Old Icelandic* In Honor of Raymond P. Tripp, Jr., ed. L. C. Greuber (Lewiston: Edwin Mellen Press, 2000), 467–480 に詳述している。

「はじめに」の一部は，「ルネサンス模倣論とミルトン」『英詩評論』（中四国イギリス・ロマン派学会）21 号 (2005)，42–51 で示した素描に基づく。

第 2 部『失楽園』論中，『失楽園』最終部におけるヴァージルとアウグスティヌスへの言及について，詳細は「文学テクストの重層性」（『英語文学テクストの語学的研究法』（九州大学出版会 2016），267–80）を参照されたい。

あ と が き

　作品をモデルとして模倣することは，それを単なる芸術作品として真似ることとは違い，そのモデルを介して精神が自然と対峙することだと言って良いと思われる。小著は 16–17 世紀の英国文芸に通底するこの創作原理を覗き見る小さな試みである。

　小著作成中，九州大学出版会編集企画委員会より貴重なご意見とご助言をいただいた。また同編集部には実に誠意ある対応をいただいた。共に衷心より御礼申し上げる。残る瑕疵，弱点はすべて著者の非力によるものである。

　2018 年 3 月

上利　政彦

著者紹介

上利政彦（あがり　まさひこ）

ミルトン，ルネサンス詩論専攻。著書：*Formula, Rhetoric and the Word*（Peter Lang, 1996），*Inversion in Milton's Poetry*（Peter Lang, 2001），『トテル詩選集　歌とソネット　1557』（九州大学出版会 2010），*Archaism in Tottel's Songes and Sonettes*（渓水社 2011）他。

創造の技術
──ルネサンス模倣論とミルトン──

2018 年 5 月 15 日　初版発行

著　者　上　利　政　彦
発行者　五十川　直　行
発行所　一般財団法人　九州大学出版会

〒 814-0001 福岡市早良区百道浜 3-8-34
九州大学産学官連携イノベーションプラザ 305
電話　092-833-9150
URL　http://kup.or.jp/
印刷・製本　研究社印刷株式会社

© Masahiko Agari, 2018　　　　　　ISBN 978-4-7985-0234-2